T0268230

A E
& I

La mesa herida

Autores Españoles e Iberoamericanos

Laura Martínez-Belli

La mesa herida

Planeta

Diseño de portada: Planeta Arte & Diseño / Eduardo Ramón Trejo
Fotografía de la autora: ©Blanca Charolet

Bajo el sello editorial PLANETA M.R.
Avenida Presidente Masarik núm. 111,
Piso 2, Polanco V Sección, Miguel Hidalgo
C.P. 11560, Ciudad de México
www.planetadelibros.com.mx

Primera edición en formato epub: septiembre de 2023
ISBN: 978-607-39-0607-4

Primera edición impresa en México: septiembre de 2023
ISBN: 978-607-39-0603-6

Impreso en los talleres de Litográfica Ingramex, S.A. de C.V.
Centeno núm. 162-1, colonia Granjas Esmeralda, Ciudad de México
Impreso y hecho en México – *Printed and made in Mexico*

A la memoria de mi Mamina, Gloria Pereira,
que murió demasiado pronto

La pintura ha llenado mi vida. He perdido tres hijos y
otra serie de cosas que hubiesen podido llenar mi
horrible vida. La pintura lo ha sustituido todo.

Frida Kahlo

Hay cicatrices que se rebelan para volver a su condición
primera: heridas.

Alejandra Pizarnik

Hay una grieta, una grieta en todo.
Así es como entra la luz.

Leonard Cohen

NOTA HISTÓRICA

«¿Alguien puede decirnos qué pasó con esta pintura perdida o dónde podemos encontrarla?».

Este letrero podía leerse en Polonia en el año 2017 en una exposición realizada por el Centro Cultural ZAMEK, junto a una fotografía en blanco y negro y a escala de *La mesa herida*, la obra más grande pintada por la artista mexicana Frida Kahlo.

El cuadro desapareció en Varsovia en 1955.

PRIMERA PARTE

La herida

Frida

México, 1935

Es de día y unas palomas están apostadas en el barandal del puente que une las dos casas. Frida las espanta con la mano, shu, shu, y las palomas alzan vuelo zureando a disgusto.

—Mugres palomas —dice cuando ve el puente todo cagado.

Frida sigue avanzando y entra en el territorio de Diego. Escucha ruidos. Gemidos. Conoce el sonido del placer. Y también conoce esa voz. Esa voz familiar que ha oído desde que tiene memoria. «¿Cristina?», se pregunta. Se detiene y se lleva las manos a la boca entre divertida y sorprendida a la vez.

Sí. Es ella.

Ríe la osadía de su hermana. Meter a un hombre en el estudio de Diego.

«Mira qué viva salió mi Kitty», y alza las cejas.

Por un momento se alegra. «Ya le hacía falta», piensa.

Y entonces, la curiosidad. La maldita e indiscreta curiosidad que mató al gato. Espiar a su hermana haciendo el amor hace que le pique bajo las flores del pelo. Ha visto otros cuerpos amándose, revueltos. Piernas entrelazadas en espiral. Pero jamás a su hermana. Nunca a su otra mitad. Porque Frida y Cristina son cuasi gemelas. Se llevan apenas unos meses y Cristina siempre ha estado ahí, orbitando como un satélite.

Frida avanza con la negrura de su pelo.

Porque Frida es un agujero negro que se fagocita todo. Su fuerza es tal que el mundo, comparado con ella, está deslavazado. Cuando Frida ríe, cascabelean los dientes. Frida arrolla. Frida entra en una habitación y todos voltean su mirar hacia ella. No por su aspecto, sino por su fuego. Frida es una zarza ardiendo. Así ha sido siempre. Cristina no. Cristina es invisible. A ella nadie la ve. Aunque sea más bonita. Aunque tenga dos esmeraldas verdes en los ojos y dos piernas parejas. Cristina pasa desapercibida porque siempre ha sido la que va detrás. La sombra. La que está para servirle. Su bastón. «Kitty, ayuda a tu hermana a caminar», «que no se caiga», «que no se tropiece», «acompáñala». Y Cristina siempre obedece. Kitty es la menor, pero Frida es Frida. Y se traga toda la luz a su alrededor.

A Frida siempre le ha gustado ver el amor. Contemplar al cuerpo gozar en vez de padecer. Los rostros extasiados de la carne cuando no siente dolor. A mujeres y a hombres por igual. El placer no tiene género. Así que avanza. Avanza discreta para espiar, para asomarse por esa ventana por la que, cuando era niña, veía a la otra Frida imaginaria con la que jugaba.

Y los ve.

Sobre los bocetos del mural.

Sobre papeles y carboncillos.

Sobre la mesa.

Frida abre los ojos. La incredulidad la deja pegada en un charco de alquitrán. Una mosca en un papel dulcemente fragante. Mira y abre la boca. No lo puede creer. «No puede ser, no puede ser», se repite. Y enseguida se da la vuelta porque sabe que esa visión la atormentará por el resto de sus días. Aprieta los ojos. Para no ver, para borrar. Si pudiera, metería la cabeza en la tierra. Pero ya es tarde. Muy tarde. Se tapa los oídos, pero los oye. Los gemidos de su hermana la surcan, la perforan. Gusanos que horadan los tímpanos y la muerden a bocados chiquitos. Porque son ellos. Son ellos. ¡Ellos dos!

Frida grita.

Un grito que sale desde sus entrañas rotas. Un grito opaco que hace que Cristina salga despavorida con las manos sobre el pubis, y deja a Diego panza arriba, un sapo desnudo que le dice:

—Frida…

Sólo eso. «Frida». Y ella le grita desgarrada:

—¡No me nombres!

Él ni siquiera hace por levantarse.

Frida abre la boca, pero de su garganta sólo salen palabras muertas, y de sus oídos, un pitido. Porque la acaban de arrollar otra vez. No quiere saber nada. Ha visto lo que ha visto. Ha sucedido. Las personas que más ama en el mundo. Amándose. A traición. Y mientras va caminando a toda prisa de regreso para cruzar el puente que une el estudio de Diego con su casa, esas casas separadas pero juntas, se va diciendo: «Pero cómo pude ser tan pendeja, ¡tan pendeja!». Las lágrimas no caen. Detenidas en el horror. En la estupefacción. No saben si rodar mejilla abajo o congelarse en la frialdad de aquel témpano. Frida intenta reconocer ese dolor. Pero no puede. Los otros sí los conoce. Pero éste no. Éste es nuevo. Y descubrir que aún hay dolores desconocidos la deja perpleja. Por un momento piensa que Diego irá tras ella. Que la consolará. Que se explicará. Que le hará al cuento. Pero ni eso.

Nadie la sigue.

Está sola.

Se abraza y se hace un ovillo.

Por primera vez en su vida cree que no lo podrá resistir.

Y entonces sí, las lágrimas se estrellan contra el suelo y la tierra sobre la que caen da un saltito hacia atrás. Llora. Llora mucho. Cree que no podrá soportar nada más.

Aún no lo sabe, pero resistirá. Se sobrepondrá a esa pérdida, a la desilusión, al dolor, como se sobrepone a todos. A todo. Porque Frida es una sobreviviente. Una mujer fuerte a pesar de la debilidad de su cuerpo. Y con toda esa traición amasará una imagen mental de llanto, de sangre. Una herida que la atravesará y dejará una cicatriz invisible. Pasarán los años, los días, los segundos y un día entrará al estudio de Diego y pedirá que le saquen esa mesa. La mesa en donde Cristina y Diego... En la que Diego y Cristina. Y la mandará a hacer añicos hasta convertirla en serrín. La compactará, la apisonará hasta reducirla a un tablón delgadito con olor a pasión. A traición. Cerrará los ojos y hurgará en el centro de su dolor con las manos desnudas.

Y pintará.

Pintará *La mesa herida*.

Olga

Moscú URSS, diciembre 1947

Hacía un par de horas que Moscú había despertado del letargo de la noche y el sol asomaba sobre un cielo celeste sin nubes. Tendida en el sofá, Olga Simonova aún seguía adormilada. Imaginó un círculo amarillo, un cuadrado negro y un brochazo azul. Paladeó los colores con el cielo de la boca. Alzó una mano y trazó formas que sólo ella veía. Después tomó aire y se lo metió despacito en los pulmones. Luego empujó todo eso al desván de sus ilusiones, un sitio oscuro y silencioso del que hacía mucho tiempo había tirado la llave. Y abrió los ojos. Se estiró. Se dio un par de palmaditas sobre las mejillas heladas, se puso de pie de un salto y se dijo:

—A trabajar.

Desde hacía poco más de un año trabajaba en la VOKS, la Sociedad para las Relaciones Culturales con el Exterior. Fungía como secretaria, aunque en sus documentos constaba que tenía estudios de pintura y restauración en la Escuela de Artes de Moscú.

—¿Así que pintora? —le había dicho su jefe Boris Bazhenov el día de su incorporación a la oficina, a lo que Olga asintió con cierta timidez.

—Poco de eso te va a servir aquí.

Y con esa simpleza se zanjó el asunto.

Olga era una jovencita culta que hablaba idiomas, hija de padre moscovita y madre vienesa, de mediana estatura —aunque junto a su jefe parecía un ciprés—, pelo corto a la altura de la barbilla, unos ojos hundidos de pestañas tímidas que apenas asomaban tras los párpados, boca rasa de tabla de barco pirata y un colmillo ligeramente apiñado hacia adelante que la hacía apretar los labios al sonreír.

Leía a escondidas a Mayakovski y a Burliuk, y debía tener unos diez años menos que su jefe porque su padre (que había muerto de una hemorragia cerebral hacía años) solía presumir de tener una verdadera hija de la Revolución. Y es que Olga había nacido en diciembre de 1922.[1]

Sus primeros recuerdos no eran, sin embargo, sobre revoluciones y bolcheviques, sino cuadros. Cuadros de colores. Rayas atravesadas de lado a lado, rostros deformados de personas en verde y en añil. Perspectivas imposibles. Blancos sobre blanco. Cuadros regados con la admiración de su madre, que la llevaba a ver obras de vanguardia desde que era tan pequeña que Olga tenía que levantar la cabeza para contemplarlas desde abajo. Su madre le hablaba en alemán y le decía nombres extraños, Chagall, Kandinsky, Malévich, con la voz dulce y melódica de los secretos susurrados. La voz con la que se le habla a las plantas.

—Mira, Olga, de todos los misterios del mundo, ninguno es tan profundo como la creación.

Palabras que la pequeña Olga no entendía, pero que guardó en la recámara de su memoria por la misma razón.

Agarrada de la mano de su madre, recorrió museos repletos de arte de vanguardia. Un arte elitista que entonces ninguna sabía que pronto sería mandado al ostracismo. Su madre se agachaba para poder hablarle bajito, a la altura de los oídos, y le susurraba:

—El arte nunca debe ser sumiso. No te sometas nunca, Olga. —Y luego le decía—: Ésa es la verdadera Revolución.

Pero su madre murió demasiado joven y se llevó consigo la libre apreciación por la belleza y un chorro de cariño que nunca llegó a explotar.

Con los años, cuando Olga creció, se preguntó si esa voz insumisa que escuchaba en su interior cada vez que se plantaba ante un cuadro sería la de su madre o la voz de su interior. La voz de sus sirenas.

El padre de Olga, por otro lado, era mucho más parco, más práctico, y todo lo abstracto le venía demasiado grande. Cuando Olga le

[1] Año en el que se constituyó la URSS.

mostraba su retrato, figuras deconstruidas y superpuestas en todos los ángulos, el padre le rompía el papel.

—Tienes que pintar cosas que entienda la gente.

No hubo hoja rota capaz de hacerla desistir de su empeño.

—De mayor seré pintora —le decía.

Su padre se asomaba a esos dibujos imposibles.

—Pues pintando así no llegarás muy lejos.

Y después regurgitaba con la boca torcida y le decía que era más seguro y estable ser secretaria.

Olga pintaba y pintaba. Todo el tiempo. Al principio, sobre las paredes, lo que le hizo llevarse una buena regañina de su padre, pero cuando tuvo quince años, consiguió una beca para entrar en la Escuela de Artes de Moscú.

Los profesores quedaron prendados con su facilidad para el retrato. Copiaba a los grandes con relativa facilidad. Para su corta edad tenía un buen dominio de la perspectiva y reproducía obras del realismo socialista con soltura.

—Tiene mucho talento —decían los profesores al padre—. Si controla su impulso burgués, será una gran artista.

Olga tenía un don para el dibujo que frustraba al resto de sus compañeros, que le hacían el vacío y le daban la espalda. Pero, en cambio, los profesores le sonreían, orgullosos de tener a una artista más al servicio de la Revolución. Olga agradecía el cumplido, pero luego sentía picazón en las manos, porque aún escuchaba la voz de su madre diciéndole que el arte, el arte de verdad, no tenía por qué estar al servicio de nada ni de nadie.

Entonces vino la guerra y sus siete males. El hambre. La desolación. El invierno. La muerte. Y el fin definitivo de las vanguardias.

Pasaron muchas cosas. Demasiadas. La vida se convirtió en una apisonadora que aplastó todos sus sueños despacito, de uno en uno, mientras Olga los escuchaba crujir. Ramas secas crepitando en un fuego que llenaba el aire de vapores tóxicos. Su padre murió solo. Fue fulminante. Olga lo encontró tirado en el suelo en un charco de orines, aún con la expresión de susto en la cara.

Por más que intentó, las circunstancias se le voltearon a Olga como un gato panza arriba. La necesidad la llevó a dejar la pintura y buscarse un trabajo estable, algo con lo que poder subsistir. Y la burocracia se presentó ante ella una mañana helada de octubre. Olga pasó ese umbral cabizbaja y agradecida. Tenía lumbre para calentarse y un plato caliente para cenar. Se convirtió en una secretaria eficiente y eficaz. Hasta que un día se fue a dormir y no escuchó nada. Entonces se dio cuenta de que ya no escuchaba la voz de su madre. Se había apagado. Su voz angelical fue sustituida por otra. Una voz masculina. Una voz áspera de lija de agua. La voz de su jefe, Boris Bazhenov.

Cuando Boris caminaba, el eco de sus pasos retumbaba en las paredes. A pesar de su pequeña estatura, su presencia se anunciaba incluso antes de su llegada porque se le oía venir. Sus piernas eran un par de baquetas rechonchas que asestaban el ritmo de su ambición sobre cada baldosa.

—La estatura de un hombre se mide de la cabeza al cielo —solía decirle su madre.

Era un hombre menudo de elevadas aspiraciones políticas.

Desde pequeño había sido el más bajito de sus hermanos, luego fue el más bajito de su clase y ahora era el más bajito de los jefes de departamento de la VOKS. Lo de su estatura era algo que creía superado, porque Boris Bazhenov se vanagloriaba mucho del pequeño gran triunfo que era ser jefe de departamento de una institución recién constituida como aquélla.

Su misión no era —como creía la mayoría a su alrededor— la de fomentar el intercambio cultural entre naciones no soviéticas ni la de generar relaciones amistosas con artistas extranjeros para ampliar el espectro creativo de los rusos que tendrían así acceso a los movimientos artísticos de los países occidentales. No, no, ni mucho menos. Eso ni hablar. Boris Bazhenov se encargaba de salvaguardar la salud mental de los rusos, cuidar que no consumieran arte extranjerizante sin valor político ni social. Despiojar los museos de todo lo que no fuera propaganda. Y se lo tomaba muy en serio. Sin relajarse ni un poco. Porque así se empezaba, pero luego no se sabía cómo se acababa. Y los extranjeros, bien lo sabía él, gustaban mucho de representaciones realistas carentes de mensaje social, obras burguesas, egocéntricas, individualistas que no representaban el sentir de un pueblo, ya no digamos el de la Unión de Repúblicas Socialistas Soviéticas.

Cada vez que iba al Museo de Arte Occidental regresaba dando gracias a los soviéticos por haberles abierto la mente y librado de generar artistas banales como Matisse, Renoir, Degas o Van Gogh, que se la pasaban contemplando nenúfares y cielos estrellados. El arte ruso socialista era otra cosa y siempre sería otra cosa.

Todas las mañanas, cuando Boris se sentaba en su escritorio, a mano derecha y a cuarenta y cinco grados de su estilográfica, una taza de té humeaba junto a una rebanada de pan tostado untado en mermelada. Boris le daba un trago al té, invariablemente se quemaba y maldecía con gran sentimiento, y luego mordía el pan con cuidado de no llenarse los bigotes de migas. Luego, empezaba a trabajar y no reparaba en Olga hasta que necesitaba revisar algún informe o dictar alguna carta siempre con carácter de urgencia. Sin dejar de ser eficiente (porque en realidad estaba haciendo cosas todo el tiempo), Olga tenía la capacidad de quedarse muy quieta y muy callada cada vez que su jefe irrumpía en el despacho de cortinas de terciopelo rojo. Olga había aprendido a moverse tan despacio y tan sigilosa que alguna vez Boris Bazhenov la había llamado a voces pensando que en la oficina no había nadie más que él. Entonces, Olga aparecía *ipso facto* frente a él y le metía a su jefe un susto de muerte.

Olga estaba acostumbrada al silencio. Compartía apartamento con Valentina, una *vdova* (viuda) que a lo mejor tendría unos cincuenta años pero que aparentaba setenta y que no hacía otra cosa que suspirar y beber cada quince minutos desde que supo de la muerte de su marido y de sus dos hijos en la ofensiva de Crimea. Bebía vodka sin consuelo y le gustaban más los gatos que las personas, aunque sólo había tenido dos (uno negro de parche naranja y otro atigrado), que en un principio creyó que eran los espíritus de sus hijos, y que también terminaron por abandonarla de un día para otro. Donde antes hubo bullicio, ahora sólo estaban ellas. Dos mujeres que compartían sus mutuas soledades.

El pequeño apartamento estaba en un décimo piso al que, por lo menos, le daba mucho el sol. Tenía una única habitación, un saloncito en el que solamente cabía un sofá de dos plazas tapizado en verde musgo, una minúscula cocina en cuya esquina reinaba una estufa de dos hornillas y un baño que Olga mantenía tan limpio que alguna vez había pillado a Valentina comiendo ahí, sentada en el excusado, con un cuenco de papas cocidas en el regazo, la mirada triste clavada en el plato y una cuchara suspendida en la mano. Aquel apartamento era un lugar silencioso, sin hombres, sin hijos, ni perros, ni gatos, ni pájaros, en donde tal vez algún ratón cauteloso merodease por las noches.

Al volver de la oficina, nada más atravesar la puerta de madera, se escuchaba la voz de Valentina, balbuceante y arrastrada, el sonido sucio de un aparato de radio mal sintonizado por el vodka.

—Qué bien que has vuelto, que me tuviste abandonada toda la tarde, ¿por qué has tardado tanto?, ¿qué tanto hacías con tu jefe en esa oficina?, venga, siéntate y comamos algo, que te estaba esperando para cenar.

Eso era todo. Cenaban juntas, Olga besaba en la frente a Valentina cual hija amorosa, Valentina le daba un par de palmaditas en la mano y luego se retiraba al único cuarto del apartamento para irse a dormir. Olga dormía en el salón, pero corría una cortina que deslizaba sobre una barra de madera para poder tener un poco de intimidad. El silencio reinaba sólo unos minutos porque Valentina roncaba peor que su marido.

Pieter.

Su Pieter.

Su amado y querido Pieter.

Pieter fue una de las razones por las que dejó de pintar.

Todas las noches, antes de caer rendida por el sueño, Olga hacía un esfuerzo por recordar el sabor de sus besos. Cada vez le costaba más trabajo y eso la llenaba de terror. Entonces, se obligaba a recordar los ángulos de su rostro, sus cejas pobladas, el tacto del cabello recién cortado a navaja, su risa abierta de muchacho guapo. ¿Estaría durmiendo Pieter también en medio de un salón en un apartamento compartido? ¿Estaría intentando recordarla? ¿La habría olvidado?

Echó cuentas con los dedos. Cinco. Cinco años sin verse. Una eternidad para un matrimonio. Pieter, como tantos y tantos hombres, había sido reclutado y asignado al batallón de tanques del Ejército Rojo. Se marchó entusiasta, con una ilusión y un patriotismo que no le cabían en el pecho. A Olga, sin embargo, se le encogían en la misma medida. Antes de partir hacia Stalingrado —los habían reclutado para la operación Azul—, Pieter le había dicho:

—Pararemos a los fascistas alemanes.

Olga sólo había bajado la cabeza, incapaz de atreverse a dudar, pero sin creerle del todo.

—Volveré, Olga, te lo prometo.

—¿Me lo prometes?

—Te lo prometo.

—Te esperaré todos los días hasta que vuelvas.

—Volveré.

Y luego se besaron. Un beso seco. Lleno de pesar.

Un par de semanas después, Valentina notó que Olga estaba más pálida y ojerosa. Con los ojos chiquitos y apretaditos.

—Tú estás embarazada —le dijo.

Y Olga se llevó las manos al vientre.

No se había atrevido a decirlo en voz alta. Ni siquiera a pensarlo.

—¿Cuántas faltas tienes?

—Dos —dijo Olga. Y se echó a llorar.

—Ay, criatura.

Las dos mujeres se sentaron en el sofá. Valentina le sobaba el pelo como antes se lo acariciaba a los gatos.

—¿Se lo dijiste a él?

Olga negó con la cabeza.

Y Valentina le besó la frente.

—Ya verás qué contento se pondrá cuando, al volver, vea que tiene un hijo. O una hija.

Las mujeres se quedaron así, en el nido de esos brazos. La cabeza de una sobre la de la otra. Apoyadas. Un gesto íntimo de amor verdadero. De pronto, Valentina se echó a llorar. Olga sabía por qué. Lo supo desde que la vio transformarse en esa alma en pena. En una madre sin hijos. Peor. Con hijos muertos. Y a Olga le entró el pavor. El miedo a perder. Otra vez. Ahora era Olga quien consolaba a Valentina:

—Este niño será de las dos —se escuchó decir aunque no lo pensara de verdad.

¡Lo que Valentina habría dado porque uno de sus hijos hubiera sido padre! Por verlos crecer. Enamorarse. Vivir. Valentina se levantó, se sirvió un vaso de vodka y se encerró en su habitación. Así era siempre. No se permitía ninguna alegría. Porque ella estaba viva y sus hijos no.

Olga comenzó a ilusionarse con la idea de ser madre. Una parte de Pieter habitaba en ella, y eso la hacía feliz en medio de la tristeza. Continuó con su trabajo, soportando el mal genio de Boris. Y extrañó a su madre como nunca.

A los pocos días, el suelo bajo los pies de Olga se volvió blando. Un lodazal de polvo, charcos y angustia. Comenzó a marearse. Trató de enfocar la vista, pero la imagen de Valentina sentada en la mesa de la cocina se emborronaba en un sinfín de rayas azules y negras que se mecían en horizontal de un lado al otro.

Después, la humedad.

Esa asquerosa y húmeda sensación en las bragas. Fría, pegajosa. Un pitido en los oídos. El zumbido constante y chillón del silbato de una locomotora que se le metía en los tímpanos. El tacto de su mano caliente en la entrepierna mojada, la mancha roja en la falda, en los dedos, el olor a hierro viejo, y una voz distorsionada en cámara lenta que a lo lejos la llamaba.

—Olga... Olga...

Luego se desmayó.

Allá, en el campo de batalla, Pieter no supo que su mujer había perdido al hijo que esperaban, ni lo sabría jamás.

Muchas noches Olga tuvo pesadillas con la imagen del feto muerto. Quiso ser gata para lamerlo, para embriagarse con su sangre y sus lágrimas. Se sintió más sola que nunca.

Cinco años llevaba Olga esperando ver a Pieter aparecer por la puerta.

Pero no había vuelto.

Aún.

Y mientras seguía esperando, la voz de esa promesa prendida en su espalda, «Volveré», la aplastaba contra el suelo. Olga avanzó sin detenerse, arrastrando a cuestas su resignación de tortuga.

Pero en cuanto pasaba el umbral de la oficina, se producía una especie de magia. Allí su caparazón se hacía invisible, porque todos los camaradas cargaban con el peso de sus propias corazas. Era poner un pie en la oficina y Olga se convertía en un minero que salía a la superficie tras escarbar en la oscuridad. Respiraba. Y un torrente con olor a plumero recién pasado, a limpiacristales y a cera para la madera irrumpía en su interior. Antes de sentarse, pasaba el dedo índice por el escritorio para regocijarse en su rechinar. Los sonidos de la oficina la relajaban. Procuraba no apretar con fuerza las engrapadoras al usarlas, ni presionar más de la cuenta los lápices contra el papel y colocaba las plumas en una taza de cerámica para no tener que hacer ruido al abrir cajones. El clin-clin-clan de las teclas de la máquina de escribir al chocar con el rodillo le producían, el mismo placer que cuando escuchaba a Rajmáninov. Sobre todo, quería ser útil a su jefe, porque Olga compensaba la ausencia de Pieter con la satisfacción de hacer bien su trabajo, aunque éste consistiera en tareas repetitivas y monótonas como ordenar oficios, archivar cartas, contestar misivas o solicitar —a tres instancias distintas— cinta para las máquinas de escribir. Qué lejos quedaba ya el arte, el suprematismo. Los trazos vigorosos de vida. Aun así, cuando nadie la veía, Olga hacía ejercicios de dibujo y llenaba libretas enteras con bocetos de sus manos. Su mano agarrando un pincel, su mano abierta. El puño apretado. Bocetos hiperrealistas que habrían sacado los colores al mismísimo Iliá Repin.[2]

Boris la consideraba la más virtuosa de todas las subordinadas que había tenido. Y cuando alguien entraba a su despacho, tardaba unos segundos en percatarse de su presencia, pues Olga era un camaleón que sabía camuflarse siempre que la ocasión lo ameritase, y pasaba desapercibida a pesar de estar apostada en la pared o junto a la mesa de madera o en la silla de terciopelo rojo. Boris solía decir que era «un poco muda». Y luego bromeaba:

—La secretaria perfecta.

Olga había aceptado hacía tiempo que su vida sería siempre así, entre el mutismo, la herida y la espera.

Pero esa mañana de diciembre de 1947 en la que aparentemente todo ocurrió como cualquier otro día, con la nieve pintando de blanco el paisaje, con el hielo construyendo figuras geométricas en las ventanas, con la oficina despertando por el fuerte olor a aceite de muebles recién pasado, con Boris hundiendo las suelas de sus zapatos hasta hacerlos sonar —poc, poc— contra el suelo, con un té humeante que soltaba aromas de una bolsita y un pan tostado con

[2] Iliá Repin fue un destacado pintor y escultor ruso de origen ucraniano. Fue ejemplo para ser imitado por los artistas del realismo socialista.

mermelada en el ángulo perfecto... A pesar de que la rutina se repitió como un calco en un papel carbón, ocurriría algo que cambiaría la vida de Olga para siempre.

Porque hay rayos que al caerte encima te parten sin matarte, te dividen en dos, la que eras antes y la que serás después, te alumbran desde dentro como si en el centro del pecho te naciera un faro, y a partir de entonces, sólo tienes dos opciones: o cegarte o volverte una sola con la luz. Y esa luz se le presentó a Olga una mañana en la que el sol de invierno no alcanzaba a derretir la nieve que cubría las calles ni los techos y en la que Boris recibió una instrucción que no supo cómo cumplir.

Hasta antes de ese día, Olga había vivido con la certeza de que su vida sería una estepa plana y avinagrada por los siglos de los siglos. Y con la parsimonia con la que una masa cruda se va extendiendo por un molde, se adaptó. A ser la mujer de un marido ausente, a su útero hueco, a convivir con la tristeza de Valentina, a la tranquilidad de un trabajo monótono, a la renuncia de sus sueños artísticos. Lo que Olga no sabía era que, al igual que las alubias se reblandecen en remojo para poder cocerse después más rápido en la olla, su vida estaba a punto de convertirse en un remolino capaz de dejar huellas en la tierra.

Y todo fue por esa carta.

La viajada y ninguneada carta mexicana que dinamitó todo.

Frida

México, c. *1940*

En agosto, por las tardes de verano, en Coyoacán llueve y el cielo se deshace en ríos verticales. Los charcos dibujan círculos concéntricos de grasa verdosa que asemejan troncos partidos de árboles y los truenos sacuden la tierra como un par de maracas. Los niños no pueden salir y, desde sus ventanas moteadas de gotas, contemplan los juegos del parque. El tobogán de metal llora la ausencia de chiquillos y una cascada de agua escurre hasta un charco en donde unas lombrices deciden bañarse, los tornillos de los columpios crujen a merced del viento, y el subibaja espera, estático, sin subir ni bajar, con la frente apoyada sobre el suelo empapado. Unos pasos rápidos chapotean al correr despavoridos en busca de un techo bajo el cual cobijarse. La ciudad se inunda un poco y, atragantadas, las coladeras intentan escupir más agua de la que son capaces de tragar. A veces llueve toda la noche, como si la oscuridad fuera el reino de los rayos y el agua.

Pero, por las mañanas, el cielo amanece limpio. Sin nubes. Sin rastro de la tormenta. Y engaña. La gente sale ligera de ropa, acalorada por el sol traicionero de agosto que promete brillar y dorar las pieles. Las calles despiertan con olor a maíz, a atoles de sabores —de chocolate, de guayaba o de nuez—, a tamales en canastas de mimbre y a chiles asados en comal. Y es entonces, durante esas horas de sol y calor, cuando los hombres aprovechan para pintar la casa, en la que dentro, recién levantada de su cama de doseles, está ella.

Le están dando a las paredes otra manita de pintura.

La casa debe ser azul, les ha ordenado. De un añil intenso como ese cielo mañanero. Pues añil es el color del amor. El color del perdón. No el rojo, que es el color de la sangre y la traición. No.

Azul.

Como el agua. Como los océanos. Como las faldas amplias que usa y que tapan la deformidad de su pierna enferma.

Azules son los besos que Diego le da.

Los hombres pintan brocha arriba, brocha abajo, con pañuelos anudados en cuatro puntas sobre la cabeza. Pintan en total concentración a pesar de lo mucho que hablan, sin inmutarse ante el escurrir de chorretones de sudor, por las patillas, por la frente. Piensan que los dueños deben ser o muy excéntricos o muy ricos, porque, ¡ah, canijo!, ¿a quién se le ocurre pintar una casa de semejante tamaño de azul?

Parecería que nadie habita la enorme casa. Del interior apenas sale ruido. Pero dentro Frida pasea por los pasillos. Los oye reír y cabulearse con esa gracia mexicana que adora y que replica cada que puede para vergüenza de su madre. «No seas cabrón, al chile, chanfle, pásame a tu hermana, yo le enseño, no chingues, ya ponte a trabajar, culero». Ella se divierte y sonríe. «¡Ah, mi pinche México!». Ojalá pudiera reír todo el tiempo. Beberse la vida a sorbos cortos. Le gusta el sonido de la alegría. Con cada una de esas manos de pintura sobre la pared espera el renacer de la esperanza.

Toda azul, toda, todita entera de azul. Paredes azules y postigos verdes. Borrar a brochazos los malos momentos. Una capa de pintura, y luego otra, y otra, hasta que no quede rastro de la que hubo debajo.

La vida es corta, bien lo sabe, la suya más que la de nadie, y con los años que le queden ha decidido botar los rencores.

No más mesas heridas.

No más piquetitos.

No más pelonas en sillas solitarias.

Abrazará el amor. La familia. Y amará en círculos grandes.

No volverá a separarse de Diego. No podría soportarlo. Una vida sin Diego es una vida sin piernas. Se rompieron las horas el día en que firmó el divorcio que los mató a los dos un poquito, si es que se puede morir de a poco.

Ella piensa que sí.

¿Cómo separar la harina del agua una vez amasado el pan? ¿Cómo recuperar la arcilla una vez fraguada la vasija? Su cuerpo maltrecho es capaz de soportar mucho, mucho. Pero eso no. Sin Diego no. Y mira que está acostumbrada al sufrimiento. Ya no se acuerda de lo que es vivir sin dolor. Sin sentir que los huesos no la sostienen, que es una figura de papel maché colgada en la pared, un Judas que nunca va a arder. Sabe bien lo que es sufrir de todas las maneras posibles en las que puede sufrir un ser humano. Ningún dolor le es ajeno. Los ha sentido todos. Todos. En la carne, atravesada por dentro por fierros; por fuera, lacerada de llagas y remiendos. Pero es el espíritu lo que aún trata de recomponer, quebrado en tantos diminutos pedazos que no hubo suficientes clavos para volver a unirlo. Se le rompió el día en que supo que su hermana Cristina se la había jugado. Porque ella le dio donde más dolía. Fue entonces cuando volvió a escuchar el chillido de los frenos del tranvía. El dolor del desgarro. Volvió a explotar. Se deshizo de rabia. De pena. De coraje. De desilusión. De incredulidad. De horror. Cada uno de los huesos de su cuerpo se volatilizó. Su hermana y Diego. Diego y Cristina. Juntos. Amándose. Sobre esa mesa.

Se estremece con el recuerdo y se lleva las manos a los oídos para no escuchar los gemidos de su hermana. Cristina es como ella, pero entera. Sin romper. Y la envidia y la tristeza trepan por su pierna enjuta. Le parece escuchar las risas de la mala fortuna escalando por su columna para apretarla hasta partirla. Y se tapa los oídos y grita, «¡No! ¡Vete! ¡Déjame en paz!». Pero el recuerdo permanece en ella el tiempo justo para hacerle ver la verdad. Una verdad que se niega a aceptar. De vez en cuando, la imagen de las personas que más ama en la vida se le mezclan en una grotesca figura sin cabeza. Ese dolor será como el de la columna. No se irá jamás.

Ya han pasado cinco años.

Cinco años desde lo de su hermana con Diego. Desde que su corazón quedó suspendido en el espanto. Y sin embargo sigue latiendo sin permiso. Pum, pum. Pero a veces le parece que ella está detenida en ese instante del tiempo. Quiere dejar de latir. Que el mundo pare de golpe y que todos los cacharros de la cocina se caigan al suelo. Que reviente el barro. Que revienten las figuras prehispánicas del jardín. Que estalle todo en mil pedazos. «Traición». Paladea la palabra y se le pega al cielo de la boca porque tragársela sería devorarse entera. Fagocitarse. Morir de nuevo. ¿Cuántas veces puede morir una persona? Quiere gritar, pero enmudece. Abre la boca y no sale ni un lamento. Las palabras altisonantes que tanto le gustan ahora están huecas. Muda. Sorda. Seca. Yerma. Respira en contra de su voluntad y el aire raspa como el arado en la tierra. Le duele más que su espalda, más que su cojera, más que su útero hueco. ¿Por qué su existencia está vinculada al dolor? ¿A la carne deshaciéndose en jirones, cayéndose a cachitos? Ahora también el alma gime para estar en sintonía. Y ella la escucha quejarse en el vacío. Es un llanto silencioso que también escucha su perro, el señor Xólotl, que la protege, que debe alejarla de los espíritus malignos y ser el encargado de guiarla al inframundo. El perro tuerce la cabeza ante el silbido de su hondo penar. ¿Por qué? ¿Por qué? ¿Por qué? Una y mil veces, ¿por qué ha tenido que engañarla con ella? ¡Con Cristina! Con la hermana a la que está tan unida que es casi su gemela. Separadas por apenas once meses, que se turnaron para mamar, aunque no de la misma teta, que dormían amoldadas una junta a la otra como dos cucharillas en un cajón, que se agarraban de las manos para saltar al unísono cuando la comba cepillaba el piso —cuando aún podía saltar, cuando ignoraba la condena que se cernía sobre su negra melena—. Con ella, que desde el accidente ha sido su bastón, su corsé. ¿Por qué ella? De Diego se lo espera, pues a fuerza de engaños y traiciones, a fuerza de aprender a llevar sus cuernos con la elegancia de un ciervo, se lo espera. Sabe que Diego sólo se quiere a sí mismo. Pero no de ella. De ella no. ¡Tú no, Cristina! Ella, que ha sido su paño de lágrimas. Que conoce los llantos derramados por cada infidelidad de su Panzón. ¿Cómo es posible? Y entonces, menea la cabeza y, aún con las manos sobre las orejas, contempla su reflejo en el espejo colocado en el cielo de su cama.

—¡Detente! —Se regaña—. No la culpes. No la culpes. La culpa es de Diego. Y mía. Suéltalo ya.

Coloca sus manos de dedos ensortijados sobre el pecho. No debió dejarla a solas con él, si ya sabía que la fuerza de Diego es la de Saturno devorando a sus hijos y poco puede hacerse contra un titán. Clava su mirada cejijunta en su reflejo y dice:

—La casa será azul.

Y de un pincel diminuto, de esos que apenas utiliza por lo delicado de sus cerdas, moja la punta con su saliva y luego la entinta en óleo. Cual miniaturista, con delicadeza, en un reloj de mesa que tiene dos pajaritos amorosos en la base, escribe con dificultad la hora en la que su mundo ha vuelto a latir. Y coloca las manecillas en la hora exacta en la que decide volver a casarse con su Diego. Su mayor accidente. A partir de ahora no habrá un principio ni un final. No habrá tiempo.

Coloca el reloj aún húmedo sobre la mesa de noche, junto a su gemelo: un reloj en el que escribió: «Se rompieron las horas» y cuyas manecillas marcan la hora exacta en la que se separó de Diego. Ahora ya están juntos de nuevo. Igual que los relojes. Luego, con cuidado, estira la cabeza a la derecha.

Al fondo, por la puerta que da al comedor, puede verlo, colgado sobre un sofá amarillo. El cuadro que a Diego no le cae en gracia porque lo retrató con la fealdad con la que lo vio entonces. Pequeño. Enjuto. Un monstruo sin corazón. Se han peleado muchas veces por *La mesa herida*. Pero a ella le gusta y, nada más desembalado de la exposición del MoMA en Nueva York, a donde viajó por error y sin permiso, ha pedido que lo cuelguen ahí, arriba del sofá. Para que Diego lo vea. Para que todos lo vean. De todos los cuadros que ha hecho éste es el más grande y el más pesado. Tan grande como su dolor.

Desde donde ella está, apenas puede ver el fragmento en donde aparecen los niños. Esos niños de Cristina a los que quiere como suyos, pero que ella no podrá jamás tener. Si pudiera.

Si pudiera tener.

Tener hijos.

La vanidad se pasea por su imaginación en una ráfaga veloz y, piensa, con absoluta clarividencia, la estupenda mamá que habría sido. Una mamá amorosa. Una mamá de esas que abrazan, que besan, que consienten. Que aman. Y esa certeza hace que un escalofrío le retuerza en medio de su espina. Se acaricia el collar de jade que lleva al cuello. Inclina la cabeza para ver si alcanza a contemplar a la Frida que preside la mesa. No puede. Tendrá que caminar hacia allí. Y luego piensa: «Se lo voy a poner. *La mesa herida* necesita perdonar, también».

Se levanta y camina, arrastrando las piernas hacia allí.

México

1945-1947

La carta que dinamitó todo llevaba meses vagando sin rumbo entre distintas instituciones. Su autor era Alexander Kapustin, el recién nombrado embajador ruso en México, que llevaba solamente un par de años en el cargo porque su predecesor Konstantin Umansky —un hombre de mediana edad, tirando más a joven que a viejo, que hablaba español, inglés, ruso y francés, traductor de Stalin, dicharachero, amigo de sus amigos y encandilador de sus enemigos, exembajador de Rusia en Estados Unidos y un parrandero que había encontrado en el México bohemio y boyante de artistas y escritores la horma de su zapato— había muerto en un trágico accidente de avión en enero del cuarenta y cinco.

Kapustin no tenía el encanto de Umansky, al contrario, a su lado parecía un clérigo, pero todo lo que tenía de parco lo tenía también de sereno. Y, aunque no se le notara en lo más mínimo, había aceptado el cargo con el entusiasmo con el que un buzo se aferra a una bombona de oxígeno a veinte metros de profundidad. Tras doce años de ausencia, el difunto antecesor había logrado restablecer con mano izquierda (nunca mejor dicho) las relaciones diplomáticas entre México y la URSS. Así que Kapustin se tomó muy en serio su labor y una de las cosas que con más ahínco impulsó fue la creación del Instituto de Intercambio Cultural Mexicano-Ruso. Un instituto que, aunque no había nacido como una idea original suya, sentía tan propio como la planta de sus pies. Kapustin despertaba todos los días contento e incrédulo de su suerte y siempre, invariablemente, se jaleaba dando tres palmadas antes de meterse en la ducha.

Tres cosas que Kapustin no tenía cuando llegó a México terminaron por convertirlo en un hombre distinto cuando se marchó. La primera fue un tono dorado que, como al cuero viejo, curtió las partes de piel que dejaba al descubierto: los antebrazos (del codo para arriba seguía blanco como el papel), la punta de la nariz y las manzanas de sus mofletes. Lo segundo fue una incipiente calvicie que comenzó a brillarle en lo alto de la frente y que él disimulaba usando siempre un sombrero. La gente reprimía una mueca de sorpresa cada vez que se lo quitaba, porque de golpe y porrazo su juventud se revestía de una pátina que anunciaba el avance del tiempo. Pero algo que sin duda Kapustin no tenía cuando llegó y que cambió para siempre fue su forma de mirar. Su mirada se volvió inquieta. Recorría todo cuanto tenía delante como si antes fuera daltónico y acabara de descubrir los colores. Percibió los hilos invisibles de las marionetas, escuchó decir que las sopas podían ser secas, aprendió que en su justa proporción el picante no aniquilaba el sabor de los platillos, se topó con los colores brillantes de las trajineras en Xochimilco, conoció el papel picado en Día de Muertos y le regalaron una calaverita de azúcar con su nombre escrito en la frente, aprendió la dulzura de un español inundado de diminutivos, y cuando necesitaba una cuchara, pedía una *cucharita*, y cuando quería un café, pedía un *cafecito*. Y una vez cruzado ese umbral, quedó saeteado como las púas al nopal. Kapustin ya no pudo nunca volver a ver el mundo en blanco y negro. México se le había metido en los ojos. Y así, aún guardando el luto por la muerte trágica de su predecesor, ni corto ni perezoso se puso a recoger firmas para que artistas mexicanos enviaran algunas de sus obras a la URSS, como símbolo de hermanamiento colorido y buena voluntad.

No fue una tarea fácil.

Dos años estuvo Kapustin recolectando obras que se guardaban oportunamente en el Instituto de Intercambio Cultural Mexicano-Ruso. Dos años en los que se juntaron todo tipo de obras dispares y diversas, grabados del Taller de Gráfica Popular, cuadros de hombres anchos como montañas, escorzos violentos de manos grandes que salían disparados de las telas, y un cuadro enorme, el más grande de todos, de casi dos metros de largo por uno veinte de alto. Un cuadro descomunal que pesaba mucho y que era muy difícil no sólo de mover, sino de ver. La temática no podía ser más extraña. Era una mesa con piernas humanas desmembradas en vez de patas. Presidía la escena una mujer de pelo negro alborotado, no por el viento, sino porque se lo jalaba una calavera. A su alrededor, un esperpento de personajes igual de imposibles: un cervatillo, dos niños, un Judas de papel maché y un monstruo de cuerpo gigante y cabeza de jíbaro que la atrapaba en un abrazo grotesco, todos a la espera de un banquete de dolor y sufrimiento que incomodaba a quien lo quisiera mirar. La gente trataba de pasar de largo y alguno movía la cabeza de lado a lado mientras decía:

—Llaman arte a cualquier porquería.

Dos años. Hasta que un martes cualquiera de la primavera de 1947, Kapustin acudió al Instituto para tratar asuntos diplomáticos con Vasconcelos, el secretario de la institución. Y al pasar por una pequeña salita en donde se había dado una conferencia sobre novelas rusas, Kapustin vio aquel cuadro monumental colgado en la pared.

Con la suavidad con la que un eslavo acariciaba el español, preguntó:

—Y ese cuadro, ¿qué hace ahí? ¿No debería estar con los demás?

Vasconcelos se frotó las manos como si estuviera calentándoselas ante un fuego:

—Lo pusimos ahí porque estorba menos colgado. Pero en cuanto comencemos a embalar, lo quitaremos, no se preocupe.

La mirada inquieta de Kapustin se posó en el cuadro. Observaba, incauto, el reloj que pretendía hipnotizarlo. Lo contempló un rato, sin saber muy bien qué hacer ni qué decir, como quien ve un insecto y reprime el impulso de asestarle un zapatazo. Kapustin y Vasconcelos guardaron silencio uno junto al otro en dirección al cuadro, duelistas a la espera de saber quién avienta el guante primero. Kapustin se quitó el sombrero como si de pronto se hubiera percatado de que estaba en un funeral. Su pelona reluciente reflejó las luces de la habitación.

—¿Quién es el autor?

—Autora —corrigió el mexicano—. La mujer de Diego Rivera... Frida Kahlo, la tullida. —Y su dedo resbaló en el aire como si pasara las cuentas de un ábaco—. ¿La conoce usted?

—No personalmente, no. De *oidillidas*, nada más. Últimamente pasa mucho en *hóspital*.

Vasconcelos no lo corrigió, pero asintió con la cabeza, era una mujer de la que se oía hablar mucho últimamente porque no salía de una operación para entrar en otra. Su vida estaba llena de drama.

—Una mujer *pecúliar*, sin duda.

Vasconcelos rio.

—¿Acaso lo he dicho mal?

—No, no. Al contrario. Ha dado usted en el clavo, embajador. *Pecúliar* es lo que es esa mujer.

Se volvió a hacer un silencio. Medían sus palabras como si la Frida del cuadro los estuviese escuchando.

—Casi nunca pinta nada tan grande… como normalmente pinta en su cama, acostada.

Kapustin asintió.

—Algo *oyí*, sí. Por aquel accidente tremendo.

—Con el tranvía. Sí. Tremendo. Qué cosa más terrible. La pobre nunca quedó del todo bien. Su mamá le puso un espejo encima de su cama, y por eso se pinta mucho. Pero un cuadro tan grande como éste, jamás.

—Está claro que ése no lo pintó *acóstada*.

—Desde luego, desde luego.

Silencio.

Y entonces Kapustin se pronunció con una voz que no salió de su boca, sino de su adoptada mexicanidad, porque en Rusia jamás habría podido decir aquello en voz alta.

—Es un buen cuadro.

Vasconcelos torció el gesto.

—¿Le parece?

—¿A usted no?

—He visto mejores. El de *Las dos Fridas* me gusta más.

—Bueno — dijo entonces Kapustin—, supongo que hay cuadros que no están hechos para gustar.

—¿Y para qué entonces?

—Para no gustar, justamente.

Vasconcelos apretó los labios en una mueca que quedó oculta bajo el bigote. No estaba de acuerdo. Kapustin entonces se giró hacia él:

—Hay que mirar con *las* ojos de aquí —dijo y juntó el dedo índice y anular como un pantocrátor para darse un par de toquecitos sobre el corazón.

La mirada inquieta de Kapustin se alejó un poco para mirar hacia el recuerdo. Hacia adentro. Y recordó voces que hablaban de la utilidad del arte, de la calidad del arte, de la necesidad de adoctrinar a través del arte. Voces que chirriaron arañando el pizarrón de su interior.

Vasconcelos se frotó las uñas de las manos una con otra. Un lápiz arrastrado sobre las púas de un peine.

—Oiga, embajador, perdone por la insistencia, pero nosotros en el Instituto ya estamos listos para mandar estas obras al Museo de Arte Occidental en cuanto usted nos diga.

—Sin duda, sin duda. Escribiré a la Unión Soviética hoy *misma* para que sepan que enviaremos las cuadros.

Y Kapustin se calzó el sombrero y se despidió con un fuerte apretón de manos.

Dos años había estado Kapustin haciendo labor diplomática hasta que ese martes de mayo de 1947, por fin, se decidió a mandar una carta al Museo de Arte Occidental para anunciarles la inminente llegada de diecinueve obras. Todas de artistas mexicanos de gran renombre, afines al régimen, que tenían especial interés en formar parte de la colección del museo para estrechar así sus vínculos culturales y políticos. Kapustin se la dictó a doña Eladia, su secretaria adorada sin la cual no habría podido subsistir ni quince días a la idiosincrasia mexicana. Era una señora heredada del equipo de Umansky, y a la que Kapustin cuidaba como oro en paño porque era bilingüe y podía escribir el cirílico con la misma destreza que el español. Kapustin nunca le preguntó cómo es que sabía los dos idiomas y asumió que en algún momento de su vida académica lo habría aprendido. Además, entre sus muchas virtudes, dominaba la taquigrafía, asignatura que había aprendido estudiando secretariado a conciencia desde los dieciocho años. Doña Eladia era una de esas funcionarias que sobrevivían a sus jefes. Mientras ellos iban y venían con cada cambio de administración, ella resistía como Simeón el Estilita apostado en la columna. Había servido a Umansky y ahora a Kapustin. Ni siquiera a sus allegados más íntimos dejó saber jamás a cuál de los dos prefería. Era discreta, servicial y lista como el hambre.

Una vez tomada la carta al dictado, doña Eladia la pasó a máquina con tal velocidad que en vez de estar tecleando sobre el rodillo parecía estar hilvanando un dobladillo en una máquina de coser. El clinc que sonaba al empujar la palanca liberadora del carro para regresarlo a su lugar asestaba al ambiente una alegría musical. A los pocos minutos, la secretaria entró al despacho de su jefe con una sonrisa que iluminaba su cara de luna llena. Kapustin la leyó tratando de disimular el sentimiento de orgullo que le invadió entero, dedicó un breve instante a pensar en la satisfacción que su trabajo habría causado en su predecesor Umansky, se secó el sudor de la calva con un pañuelo, abrió la estilográfica y luego firmó.

—Mándela *urgentamente*, por favor, Eladia.

La secretaria asintió con un pequeño gesto marcial sin apenas percibir el saltito de sus tacones ni el movimiento de su falda. Guardó la carta en su sobre lacrado, pegó las estampillas necesarias y la colocó en la bandeja de correspondencia que un muchacho de unos veinte años pasaría a recoger hacia mitad de la tarde, y después volvió a sus labores cotidianas, sin imaginar ni por un segundo que al estampar aquel sello acababa de cambiar el destino de una mujer, eficiente como ella, a diez mil quinientos kilómetros de distancia.

Olga

Moscú, 1947

Boris dulcificó el tono de su voz cuando dio una orden que sonaba a pregunta.

—Olga...

La muchacha se asomó tras la puerta.

—Encárguese de investigar cuáles son estas obras que mandaron de México a Moscú —indicó. Y le tendió la carta.

Olga asintió y echó un vistazo rápido al papel que su jefe acababa de darle y comprobó a vuelo de pájaro que la carta sólo tenía la primera página.

—¿Y el resto, camarada?

—¡Ah! ¡Inútiles incompetentes! —Se desahogó Boris—. Sólo tenemos ese pedazo. ¡Inconcebible! Pero estoy seguro de que usted, camarada Olga, podrá apañárselas con lo que hay.

Olga asintió llevándose la carta incompleta al regazo de su falda, y esperó un par de segundos a ver si su jefe le daba alguna otra instrucción. Al no recibirla, se retiró hacia atrás dando parsimoniosos pasitos de *geisha*.

La carta había sido mandada al Museo de Arte Occidental, pero ahí las cosas no pintaban bien y el desorden imperante era cosa del día a día. Corrían rumores de desintegración. Llevaban los últimos diez años sacando a goteo obras de los grandes pintores occidentales (todos varones, claro) para mandarlas al Hermitage en Leningrado: Picasso, Matisse, Cézanne, Toulouse-Lautrec, Degas, Renoir, Van Gogh... porque cada vez se escuchaba con más fuerza el reclamo de las voces disidentes. «¡Qué arte más decadente ése!», y negaban en desaprobación. Por los círculos del Partido se decía que el Museo de Arte Occidental se había convertido en un invernáculo de servilismo de la burguesía.

—Ese museo tiene los días contados —decían.

—Tales manifestaciones artísticas no tienen cabida en la construcción de la Unión Soviética.

A Olga se le apachurraba el corazón. Le parecía escuchar a su madre patalear y gritar en rebeldía: «Panda de inútiles, ignorantes. ¡El arte no tiene por qué estar al servicio de una ideología!». Y luego se tapaba las orejas para que volviera a reinar el silencio.

La carta se había quedado pululando entre distintas mesas de burócratas que se pasaban unos a otros la solicitud de Kapustin como una papa caliente. Hasta que un día, uno de tantos, a alguien se le ocurrió decir:

—¿No se encarga la VOKS de las relaciones culturales con los países extranjeros? ¡Pues mándenselas a ellos! Nosotros ya tenemos bastante con convencer al Pushkin de que nos reciba en bodegas las obras del Museo Occidental.

Y así, con un sencillo «ellos sabrán qué hacer», fue como Olga se encontraba ahora tratando de entender qué obras eran ésas y por qué se las mandaban.

Olga leyó la carta dos veces e incluso giró el papel para ver si se adjuntaba algún tipo de listado de las obras que pretendían enviar. Nada. Ni quiénes eran los artistas, ni qué tipo de obras eran.

La carta sólo hablaba de «relaciones amistosas, de buena voluntad, de un acto de diplomacia cultural sin precedentes, de amor a la Patria y a la Revolución, de la importancia de restablecer relaciones con México».

—*Meksika* —susurró Olga. Eso estaba muy lejos.

Se levantó despacito hacia una mesita lateral que tenía un globo terráqueo y lo hizo girar levemente. Buscó el lugar sin despegar el dedo índice de la superficie. De pronto su dedo se detuvo.

«Ahí», pensó.

Un país grande. Y luego volvió a sentarse frente a la carta y se puso a trabajar. Hizo un par de llamadas y contestó al Museo de Arte Occidental.

—¿Sí? Hablo de la oficina del camarada Boris Bazhenov, de la VOKS, sí, en relación con una donación... de *Meksika. Da. Da.* Nosotros nos haremos cargo de las obras del intercambio cultural. *Da. Net problem. Svidanya.*

Y colgó.

Varias semanas después, pasado ya el jolgorio del Año Nuevo, Olga recibió el aviso. Las cajas habían llegado. Eran muy voluminosas y había que acudir al almacén para abrirlas. Así, Olga se enfundó en un abrigo de lana y un grueso gorro que le tapaba las orejas y las cejas para realizar un inventario de las obras. Diecinueve en total, según Olga había podido dilucidar tras preguntar y preguntar.

Había ocho cajas. Tres cajas contenían dos obras cada una, casi todos grabados y dibujos sobre papel, otras cuatro cajas contenían tres obras cada una, óleos sobre lienzo en su mayoría, y luego había una caja sola, enorme, que por sí sola ocupaba casi todo el espacio. Olga ladeó la cabeza. Revisó las cuentas de su libreta y contó con los dedos.

«¿Sólo uno?», pensó al ver el gran tamaño de la caja. «Debe ser enorme», se dijo.

Tras abrir las cajas medianas y pequeñas, Olga contó: dieciocho obras. Entonces, Olga enseguida pidió que le abrieran esa caja grande, porque se preguntó si no se habrían equivocado y al final el envío fuese mayor al indicado.

Dos hombres desmontaron la caja con martillos y ganzúas. Y los dos hicieron esfuerzos por sacar lo que había en su interior. Era, en efecto, un único cuadro. Pesaba, porque estaba pintado sobre tabla. Lo colocaron frente a Olga con expresión de vergüenza y, una vez apoyado en horizontal sobre el suelo, los hombres que lo sujetaban trataron de no verlo, aunque de vez en cuando movían la cabeza en dirección al cuadro, mal disimulando una mueca de asco muda y maliciosa.

Y entonces Olga se estrelló de bruces contra las rocas.

Un rayo.

Un estremecimiento en su alma.

Una certeza. La pintura. El arte desnudo.

Eso fue.

Olga se partió en dos. La que hasta ese momento había sido y la que sería a partir de entonces. Ahí. Justo ahí. Pero eso no lo supo hasta después.

La voz de uno de los hombres recordó a Olga la razón por la que estaban en ese frío almacén.

—¿Dónde lo ponemos?

Olga tardó en contestar porque la voz de ese hombre se transmutó en la de su madre.

—¿Eh?

—El cuadro... ¿dónde lo ponemos?

Olga volvió en sí.

—Colóquenlo ahí, junto a las otras, *pazhálusta* (por favor).

Los hombres colocaron el cuadro al lado de las demás. Éste se los comía a todos. No sólo era por el tamaño. La imagen era distinta a todo lo que Olga —o ninguno de ellos— hubiese visto nunca. Uno de los hombres no pudo reprimir el impulso de dar su opinión:

—Qué cuadro más horrible.

Olga se tragó las ganas de contradecirlo, pero bajó la vista y la clavó en la punta de sus zapatos. Les dio las gracias, «*spasiba*», y comenzó a anotar en su libreta. Revisó los nombres que venían por detrás de los cuadros o en las cajas. Los apuntó todos, pero al anotar *La mesa herida* lo encerró en un círculo grande que repasó varias veces con su pluma y luego, por si hiciera falta más, lo subrayó. Al salir, la pequeña y dulce risita tierna de su madre la acompañó hasta la puerta.

Olga llevaba el tiempo suficiente trabajando (para la VOKS en general y para Boris en particular) como para saber que cada vez la institución se estaba convirtiendo en un brazo político del Estado. Algunas de las obras mexicanas cumplían con el canon: eran realistas y ensalzaban el sentimiento patriótico o la lucha de la clase obrera, pero ésa, *La mesa herida*, estaba condenada al ostracismo. Olga lo supo nada más clavar sus ojos en ella y observar lo que aquel cuadro ponía en primer plano. Desgarro, dolor, el sufrimiento de una mujer acosada por hombres monstruosos y deformes. Olga se preguntó entonces cómo era posible que se sintiera tan atraída hacia él. ¿Por qué no podía dejar de verlo? ¿Qué tenía ese cuadro informalista y burgués que la atraía sin remedio? Y entonces se escuchó contestándose en silencio:

«Porque nos atraviesa la misma herida».

Olga se llevó las manos al bajo vientre. Le dieron ganas de llorar. Se recompuso enseguida cuando vio acercarse a una persona:

—¿Se encuentra bien, camarada?

—Sí, sí, perfectamente.

Entonces, el compañero giró hacia el cuadro:

—¡Qué pintura más fea!

—Horrorosa —contestó Olga.

Y luego pretendió creerse lo que acababa de decir.

Regresó a la oficina para informarle a Boris que las obras estaban ya en el almacén e inventariadas.

—Excelente, excelente —dijo Boris. Se puso en pie (y el recorrido de estar sentado a levantado apenas duró un segundo), y añadió—: Vamos a verlas.

—¿Ahora?

—Ahora, claro. Vamos.

Y pasó lo que Olga sabía que iba a pasar.

Una vez ante el cuadro, Boris se puso tan rojo, tan rojo-rojo, que por un momento le hizo la competencia a la bandera que ondeaba en el techo de la institución. Los ojos abiertos parecían un par de huevos duros recién pelados y los aspavientos de los brazos, de arriba abajo y de abajo arriba, rebotaban en un sonido opaco contra sus muslitos rechonchos.

—¡Inaudito! ¡Inaudito! ¡Esto es…! ¡Inconcebible! ¡In-con-ce-bi-ble!

Boris se puso en jarras y resopló para soltar aire y meter paciencia. Una nubecita de vaho salía de su boca. Su calva cayó sobre el pecho con el peso del cabezón de una muñeca de trapo. Visto así, parecía aún más bajito de lo normal. Alzó la cabeza para ordenar:

—¡No podemos exponer esta obra al público! Es decadente, burguesa, narcisista… y… y… y… ¡un atentado! ¡Eso es lo que es! Un atentado contra el arte en general y contra el arte ruso en particular. Encárguese, Olga. De las demás… —Boris ojeó por encima de los grabados y algún óleo— veremos cuál nos interesa, pero definitivamente este horripilante cuadro jamás será exhibido mientras yo esté

al mando. ¡Qué desvergüenza! ¡Atreverse a mandarnos esto! ¡Aquí! ¡Inconcebible!
Y Boris se alejó mientras se arengaba solo, sin percatarse de que Olga le seguía a escasos metros de distancia.

Ya en su despacho, Olga se disponía a cumplir con la orden de su jefe. Colocó la hoja de papel en la máquina de escribir, hizo girar el rodillo hasta que el papel asomara por detrás del teclado, y escribió:

> Moscú, 23 de enero de 1948.
> Estimado camarada Alexander Kapustin:
>
> Por medio de la presente queremos informarle que, tras haber recibido las diecinueve obras de arte procedentes de México, la Sociedad para Relaciones Culturales con el Exterior (VOKS) ha decidido...

Y entonces se detuvo. Era una concertista que acababa de darse cuenta de que sonaba otra música de la que ella no llevaba la partitura. Se quedó con las manos suspendidas sobre las teclas a la espera de la orden del director de orquesta. «Acaso... debería...».

Se reclinó en su asiento hacia atrás para alcanzar a ver a su jefe al otro lado de la puerta sólo para cerciorarse de que el repentino silencio —que acababa de cubrir la estancia con su niebla— no hubiese llamado la atención. No había nada que temer. Boris estaba enfrascado en su periódico. «Debe estar resolviendo un crucigrama», pensó Olga, porque cuando resolvía crucigramas, se quedaba inmóvil, con el lápiz suspendido en el aire a la espera de que brotaran las respuestas como las encías aguardan la salida de los dientes de leche. Olga volvió a posar los ojos sobre su máquina de escribir.

«No, Olga», se escuchó pensar. «No te atrevas. No te la juegues. No hagas locuras. Tú no eres así». La sombra de Pieter se paseó por la oficina y ella se estremeció, porque ahí, entre esas cuatro paredes, Pieter no tenía cabida. El abandono. La pérdida. «No lo hagas», volvió a pensar. Y sin embargo, la imagen de ese cuadro había abierto en ella una brecha de la que brotaba una fuente. Dudas y deseos. La voz de su madre le susurraba: «No seas sumisa, Olga. Atrévete». Olga recordó el gesto de dolor de la mujer que presidía la mesa. Ese rostro de tez morena, a punto de romper en llanto. Las heridas. La sangre. El pelo de esa mujer sostenido por una calavera. ¿Qué quería decir ese cuadro? ¿Qué significaba? Y, aún más importante, ¿qué alma podría haber pintado algo así? Se estremeció entera. Porque de pronto a Olga le brotaron unas ansias locas de pintar, de agarrar pinceles y trazar el mismo dolor que llevaba dentro hasta el infinito. Vaciarse a través de colores, de mujeres dolientes. Olga colocó las manos de nuevo sobre el teclado porque, aunque aún no estaba partida en dos, estaba resquebrajada. Y ahí, a través de ese minúsculo craquelado, empezó a dejarse ir. Y escribió:

> ...ha decidido mantenerlas resguardadas en bodegas a la espera de que nos envíen información referente a los distintos autores de las obras.
>
> Agradeceré especialmente me comunique quién es el autor del cuadro titulado *La mesa herida*, así como una breve semblanza de su trayectoria.
>
> Le reitero la seguridad de mis mejores intenciones.
>
> Larga vida a Stalin.
>
> ¡Viva el comunismo!
>
> Atentamente,
> Olga Simonova
> (en representación de Boris Bazhenov).

Frida

México, 1945
Frente a frente, la mujer y el hombre desayunan en la mesa del comedor. Apenas se les oye masticar. Diego rebaña un poco de salsa verde que embarra en unos frijoles ayudándose de una tortilla de maíz. Frida casi no ha probado bocado y los huevos revueltos a la albañil, moteados de cebolla picada y tomate, la contemplan fríos desde el plato salpicado de gotas azules de Talavera. Él carraspea. Ella juega con los anillos de cada uno de sus dedos. Él hace a un lado una sección de periódico que ya ha leído. Al fondo, un cuadro violento y ensangrentado que a Diego horroriza. Hace intentos por no mirarlo, aunque la Frida que preside el centro de esa *mesa herida* parece llamarlo con voz de Medusa: «Voltea a ver lo que me hiciste, cabrón». No le gusta verse con cabeza de jíbaro ni la pasividad de las caras largas de sus sobrinos junto al cervatillo Granizo. Los remordimientos regurgitan en su esófago y lo hacen eructar al soltar un airecillo lento de llanta pinchada. Ella sabe lo mucho que ese cuadro le disgusta. Del mismo modo que sabe que sigue engañándola a pesar de que se hayan vuelto a casar, porque lo suyo no es un matrimonio, sino una cadena perpetua.

Se aman y se odian. No saben estar separados. Muchas veces Frida se ha preguntado qué tiene Diego que la atrae como los insectos a la luz. ¿Qué tiene el fuego que invita a tocarlo? ¿A arrimarse tanto, tanto, tanto hasta quemarse?

Frida es la madre de ese hombre de ojos tristes que sabe verla completa, que la mira embelesado con esos huevos saltones que pretenden escapar de la órbita trazada por sus párpados hinchados. Diego es el hijo que nunca tendrá. Diego, *su niño lindo*. ¿Cuántas veces le ha pedido que mame de sus tetas secas? Que chupe y succione tan duro que los pezones le arden mientras ella llora de placer. Ha vuelto a vestirse de tehuana. Otra vez. Se peina para él, se viste para él, se trenza el pelo con cintas de colores para él. Para ocultar las cicatrices, para tapar la desdicha de su cuerpo. Vestida así es imposible ver su fragilidad. Vestida así sólo se ve su máscara. El disfraz. Ella, a ratos, se desprecia por eso. Pero no sabe vivir sin Diego. Ya lo intentó. Y al hacerlo, se disfrazó de esa otra mujer que a Diego no le gusta. La de los pantalones caqui, la del pelo corto, la de corbata y chaqueta. Un año de divorcio. Eso fue todo. Un paréntesis de puntos suspensivos. Un año de separación, de alejamiento, de lloros, de noches extrañándolo tanto que el corazón se le encasquilló en la espina rota. Noches largas en las que esperaba despertar entre los abrazos de Diego. Imaginaba su mano encima de la suya. Comparaba el color de sus pieles. Ella, blanca paloma, él, marrón, lodo en la tierra. Y así, noche a noche se dormía borracha y adolorida.

No sabe estar sola. Nunca ha estado sola. Siempre alguien la cuida, la vigila, la alimenta en las temporadas de convalecencia, la ayuda a peinarse y a pintarse las uñas con los óleos de sus cuadros. Alguien que la arrope cuando tirita de dolor. Decir alguien es decir Cristina. Cristina siempre a su lado. Cristina es su sombra, su otra yo. Su espejo sin romper. Por eso los ha perdonado. Para volver a estar junto a su Diego, aunque sólo sea por oír el quejido de su respiración honda. Oler su piel a tamal. Meterse en los pliegues de su papada, lamerle las patillas y decirle «Diego, mi príncipe-sapo, vuelve a mí».

Han vuelto.

Se han recasado.

Y ella se ha vuelto a vestir de tehuana.

Pero hay dos cosas que no quiere de él. La primera: no lo quiere en su cama. No más. Ése será su castigo. Diego no volverá a tocarla. Al menos, no como antes. Además, ella ha conocido el placer junto a otros. Y junto a otras. El sexo puede encontrarlo en otras manos, en otros brazos, en otras lenguas. Todos los besos saben a gloria. El recuerdo de Nickolas se le dibuja encima de la nariz y ella entrecierra los ojos mientras da un trago largo al coñac. El sabor dulzón baja por la garganta mientras se lo respira entero. Nickolas Murray, con sus manos delicadas de fotógrafo, manos distintas a las de Diego. Las manos de Diego son las de un titán capaz de crear y destruir volcanes. Nickolas en cambio tiene brazos entrenados por la esgrima que dan las estocadas justas en los lugares precisos. Aún puede escuchar con nitidez el susurrar de su nombre con la dificultad con la que los gringos dicen las sílabas compuestas. *Free-da, my love*. «Mi gringuito», piensa, mientras se pasa la yema de los dedos sobre los labios mojados por el alcohol. Entonces, mira a Diego, ahí, frente a ella, con sus dientes chuecos y los ojos clavados en la correspondencia. Diego no es como Nickolas, ni como León Trotski, el Piochitas de Chivo, ni como Levy, ni como tantos otros. Pero es que el cuerpo es sólo eso: piel sobre huesos. Ella lo sabe bien. El cuerpo es la cárcel del alma como la concha a la ostra. Pero el amor, lo que ella cree que es el amor, eso, sólo Diego.

Para que el recasamiento vaya bien, han decidido de mutuo acuerdo que cada uno duerma en su propia recámara. Frida se esmera en que el cuarto de su Dieguito sea cómodo, con cama ancha y armarios tamaño elefante para sus camisas, con percheros para colgar la ropa en vez de aventarla, con una mesa para escribir y estanterías para sus piezas prehispánicas que cada vez son más y más y más.

Lo otro que no quiere es su dinero. Quiere mantenerse sola. Vender sus cuadros, dejar de ser «la señora de Rivera», «la esposa del genio» o «*madame* Rivera», como publican prestigiosas revistas de moda. Quiere estar a su lado, no a su sombra. Quiere destacar, que la vean venir desde lejos. Y por eso se trenza la melena en cintas turquesas y se envuelve en rebozos drapeados color magenta. La Frida que Diego ama. La que llama la atención. La que destaca. La Frida que Diego inventó. La artista, no la musa.

Ese amor que huele a aire viciado le da alas para volar. Porque ella cree que sólo él entiende lo que es ella. ¿Quién es ella? Durante los doce meses que vivió sin Diego se lo preguntó muchas veces. «¿Quién soy?». Y para su sorpresa se encontró pintando con más garra que nunca, más prolífica que nunca. Escarba con las uñas desnudas en las raíces más íntimas de su ser, en sus miedos más profundos, en sus anhelos más dolorosos. La muerte merodea por sus cuadros con la libertad con la que una rana salta de una piedra a otra. No pretende exorcizar el sufrimiento, sino abrazarlo. Ella es un río. Y Diego, un cauce, aunque a veces ella crea que es al revés, y, sin percibirlo, se retira de a poco, hasta ocupar el espacio que dejan los márgenes y deja al torrente de Diego correr. Él es la tierra, y ella, la lluvia. Él, el trueno, y ella, el relámpago. Ella es un punto verde dentro de una cantidad de rojo.

No lo necesita para pintar, para eso se basta y se sobra, pero sí para vivir. Se miran y se reconocen. Se leen, se entienden. Se ven y se comprenden. Se permiten. Se perdonan. Se conocen. Se lastiman y se hacen daño, se avientan trastos y se amenazan a balazos, y luego, uno a la otra, la otra al uno, se lamen las lágrimas que brotan de las heridas y se embriagan de besos. Y así, en un círculo vicioso del que no saben salir, permanecen y permanecerán. Ella perdona todo. Todo. Todo. Todo. Perdona a la hermosa Cristina, su «Kitty de mi vida y de mi corazón», y trata de no imaginar la belleza de su cuerpo perfecto y sanote sin piernas desiguales y caderas anchas retozando con Diego. Perdona a la perra mala suerte que la hizo cambiarse al camión que chocaría con el tranvía cuando ya estaba trepada en otro, perdona a su madre que no tuvo fuerzas para visitarla en el hospital cuando le dijeron que los fierros la habían atravesado y a su noviecito de entonces por irse a estudiar a Europa en el momento en que le pusieron el primer corsé. Perdona a su padre por empequeñecerse a medida que ella fue creciendo, por decirle que se dejara de pintar mamarrachadas y atendiera a Diego como una buena esposa, perdona a Lupe por no saber soltar a Diego (la entiende más que nadie) e instalarse en su cocina para seguir guisándole al exmarido. Perdona a su pierna coja y enjuta por la polio, a su espina bífida inservible, a su útero roto que no sabe retener bebés en su interior.

Y luego pinta.

Cinco años han pasado desde que decidieron volver a casarse. Cinco años lentos en donde el mundo se ha desmoronado tras la Segunda Guerra Mundial y dos bombas nucleares sobre Hiroshima y Nagasaki han matado a ciento cincuenta mil civiles en cinco minutos. Los soviéticos han liberado a cinco mil prisioneros del campo de concentración de Auschwitz. Asqueados ante el grado de maldad, los soldados soviéticos dejan que los prisioneros —sin apenas fuerza ya— tomen venganza durante veinticuatro horas. La posguerra mostrará otra cara de la miseria humana que la guerra ha logrado ocultar. Revanchismo. Ajusticiamientos públicos. A las mujeres alemanas les rapan la cabeza, las sobajan, las humillan, las violan en masa. A los judíos no los quiere nadie en sus territorios y pululan errantes en busca de una tierra prometida que nadie les da. En Checoslovaquia a los civiles alemanes, ancianos, mujeres, niños, los obligan a orillarse en las cunetas para matarlos uno a uno como patitos de feria. Las potencias ocupantes colocan el pie en la nuca de Alemania para asegurarse de que no levante cabeza. Nunca. Nunca más. Se divide el territorio en cuatro zonas, una por aliado: británicos, franceses, soviéticos e ingleses. Los países del Este cierran filas en un bloque comunista con Stalin, señor padre, a la cabeza. Pero en la Casa Azul, en Coyoacán, huele a guirnaldas de colores, a mesas con frutas para recibir a los amigos, a cubiertos de fiesta, a botellas de vino recién descorchadas, a salsas de chiles picosos que hacen salivar.

Hay una botella de coñac sobre la mesa. Frida se sirve por tercera vez un vaso y aún no dan las diez de la mañana. Diego levanta la vista y contempla la botella medio vacía. Ella diría que está medio llena. Diego abre la palma monumental con la que podría aplanar un bistec y, sin necesidad de separar los labios, le pide que ya no beba más.

—No seas aguado, Diego. —Y luego dice—: Hay que ser muy hijo de la chingada para soltar la bomba atómica. —Se empina todo lo que queda en el vaso de un jalón y luego dice—: Cabrones.

Diego no contesta. La mira entre embelesado y pensativo. Y entonces jala la botella de coñac hacia él. Frida resopla y se deja caer en su asiento. El mono, Fulang-Chang, se le acerca y se le sube al regazo primero y luego a los hombros. Enrolla su cola alrededor del cuello y por un momento la cola peluda compite con un collar de enormes piedras de jade que adornan la delgadez de sus clavículas. Frida comienza a alimentar al changuito con pequeños taquitos de huevo de los restos de su plato mientras espera que Diego diga algo.

El afilador pasa en frente de las ventanas, enormes como puertas, abiertas de par en par, y el silbido de la armónica se alarga hasta caer en cascada con la ligereza con la que los rizos escapan de las cofias de las novicias rebeldes. Entonces, ella dice:

—Quiero ser más política con mi arte.

—Tu arte no tiene ideología, Friducha —dice él sin levantar los ojos del periódico.

—Pues por eso mismo, panzón.

Diego por fin la mira. El mono le enseña los dientes.

—Lo decía como un cumplido.

Ella hace una mueca y vuelve a alimentar al mono. Diego hace a un lado el periódico.

—¿Qué fue lo que dijiste de los surrealistas? Que preferías sentarte en el suelo del mercado de Toluca a vender tortillas antes que te asociaran a esos —Diego dibuja comillas con los dedos— «despreciables artistas».

—No me recuerdes a esos dizque «intelectuales». Me dan asco, ya lo sabes. Con sus pretensiones y sus jaladas. Y más la bola de pintores que los copian. ¡Ahora resulta que todos los pintores mexicanos son surrealistas! ¡Hazme el favor! Pero no, no me refiero a eso. Ya sabes que mis cuadros no encajan en ningún lado.

—¿Entonces?

—Creo que es hora de poner mi arte al servicio del Partido.

—La última vez que fuiste más «política» —Diego cierra comillas— terminaste en la cárcel por dos días.

—Panda de cabrones esos también.

Las doce horas de interrogatorio que tuvo que soportar en la cárcel hace seis años la dejan viendo unos segundos al infinito con el minitaquito de Fulang-Chang sostenido en el aire. El changuito estira sus manitas chiquitas para alcanzarlo. Se la llevaron presa cuando sospecharon que era muy probable —casi seguro— que estuviera involucrada en el asesinato de Trotski, el viejo, el hombre que la había cautivado con su inteligencia y que la había hastiado con sus celos y su aliento a muerte. Su asesino —un joven menudo, pero recio como los chayotes bien llegados— se había dejado ver varias veces en su compañía e incluso una vez le pidió entre copas que le enseñara la pierna mala. «Anda, enséñamela», le había pedido el muy méndigo. Y ella le había besado en la boca antes de levantarse las faldas. A veces aún tiene pesadillas en las que el viejo Piochas se le aparece con el cráneo agujereado, con el pico del piolet saliéndose por la cuenca del ojo izquierdo, diciéndole con desesperado acento ruso: «*Pazhálusta*, por favor, no me dejes, *my love*, Frieda». Frida sacude la cabeza avergonzada por su inocencia, por su ingenuidad, porque sabe ahora que recibir a Trotski, aunque fuera por lealtad a Diego, fue un grave error político. Pero lo peor fue el llanto desconsolado de su hermana, su Cristina, Kitty querida, a la que también creyeron sospechosa, y a la que oía rogar al policía desde la celda contigua.

—Por favor, se lo ruego, no le digo que me suelte, pero tengan la bondad de ir a darles de comer a mis chamacos. Por favor, por favor, se lo pido. ¡No habrán comido en dos días!

Y el policía le contestaba:

—¡Ya deje de chillar, señora, que los consentidos se busquen la vida! Los va a hacer unos pinches inútiles.

—Pero ¡si sólo son unos chamaquitos!

Frida recuerda el frío de la celda, el hambre, la impotencia. La rabia.

Durante las horas en que Cristina se desgarraba de tristeza ante el tormento de sus hijos hambrientos abandonados a su suerte, Diego retozaba con una actriz y con una pintora que le habían ayudado a escapar de México. Un par de días antes, mientras Diego cruzaba «al otro lado» metido en la cajuela de un Ford azul marino, Frida empacaba una a una todas las piezas prehispánicas de su Dieguito lindo —«el tesoro de Moctezuma», decía ella— en cincuenta y siete cajas de madera. Después, dibujos, fotografías y toda clase de papiros se los llevó a buen recaudo, porque antes muerta que dejar que saquearan a su panzón, y luego, interrogadas y encarceladas como sospechosas de conspiración, Cristina y ella se quedaron cual Penélopes a la espera del retorno del rey. En esas doce horas, Frida tuvo tiempo suficiente para preguntarse si su Dieguito lindo sería inocente del todo, o si en verdad habría alojado a Trotski en su casa como a un cerdo en un matadero, porque después de eso los Rivera pudieron volver a entrar por la puerta del Partido Comunista sin el cartel de «traidores» sobre la frente.

—Pues si me van a encerrar de nuevo que sea por algo que sí haya hecho, al menos.

Diego ríe porque ese arrojo de Frida es lo que más le gusta de ella. Más que su pelo suelto. Más que sus cejas pobladas. Más que sus manos ensortijadas. Más que su boca carnosa mordiéndole a bocados chiquitos el bajo vientre. La conoce muy bien como para saber que algo se trae entre manos. Las consultas de Frida son un mero acto protocolario.

—¿Qué te traes? A ver.

Frida se levanta y el changuito brinca al suelo. Se dirige a buscar algo, y a los pocos minutos regresa con un ejemplar de la revista *Cultura Soviética* que coloca frente a Diego abierta por la página cincuenta y cinco y con su dedo índice de uñas pintadas de rojo carmesí señala un artículo y golpea dos veces, tap, tap, y lee en voz alta, con la voz rasposa de las mujeres que han fumado y bebido todo el aguardiente que han querido:

«El Museo de Arte Occidental en Moscú desea ampliar su colección permanente con obras de arte. No tienen que cumplir necesariamente con la estética ni normas del realismo socialista propias del arte soviético e invita a artistas mexicanos a donar las obras que consideren oportunas. Para ello se ruega ponerse en contacto con el Instituto de Intercambio Cultural Mexicano-Ruso…», bla, bla, bla…

—¿No era Umansky el que se estaba encargando? —pregunta Diego.

—¡Estaba! —contesta con sorna. Diego la reprende con la mirada. Se hace un silencio y luego prosigue—: Pobrecito. Morir tan joven. Me caía bien el *rusosky*.

—¿Ya ves por qué no me gusta volar en avioneta? —Diego frunce los labios y piensa en todos los aviones en los que ha volado en los últimos años.

Ambos suspenden los pensamientos para pensar un segundo en la posibilidad de la muerte temprana. En la propia o en la ajena. Frida sacude la cabeza.

—¿Quién está ahora en la embajada?

—No sé. Un pelón… No me acuerdo ahorita del nombre. Entonces, ¿qué? ¿Mandamos unos cuadros a la Madre Patria?

—Nada me haría más feliz. ¿Te imaginas? ¡Nuestros cuadros en Rusia!

A Diego se le erizan los cuatro pelos del pecho.

—¿Y cuál vas a mandar? —pregunta Diego.

Los ojos de Frida atraviesan la habitación a la velocidad de un cometa en dirección a la pared. Diego se gira con dificultad y al contemplar el cuadro se le escapa un eructo.

—¿Ése?

Frida jala aire hasta adentro del alma.

—Ése.

Diego resopla.

—Al fin vamos a perderlo de vista.

Olga

Moscú, 1949

Habían pasado dos años desde que el mundo se había dividido en dos grandes bloques. El Este y el Oeste. Dos sistemas antagónicos que se miraban con recelo. Capitalismo y comunismo. Dos animales que empezaban a medir sus fuerzas y a enseñar los colmillos antes de morder. Y en medio, la oficina de Olga se había inundado de idas y venidas de burocrática correspondencia. Incluso un día, Olga se encontró sellando de «recibido» el memorándum que anunciaba el cierre definitivo y fulminante del Museo de Arte Occidental.

Cuando se acercó a la mesa de su jefe para darle la noticia, Boris exclamó un «¡Por fin!» que acompañó con un único aplauso cuyo eco permaneció latente aún después de que separara las manos y, por primera vez desde que Olga entrara a trabajar a su servicio, sacó una botella de vodka de uno de los cajones de su escritorio, sirvió en dos vasitos pequeños dos chorritos del tamaño de un dedo meñique, le ofreció uno a su secretaria y luego dijo visiblemente emocionado:

—¡*Dzasdaróvia*! ¡Por la sensatez soviética!

A lo que Olga replicó:

— ¡*Dzasdaróvia*!

Y se lo bebió de un trago. Inmediatamente pensó en Valentina, en su aliento a vodka mañanero, y se limpió los labios con el dorso de la mano.

A partir de ahora, la VOKS sería la encargada de las relaciones interculturales con el extranjero, pero Olga, desde el primer momento, supo que por «extranjeros» se referían solamente al resto de los países del Este.

Con la desidia con la que se entierra el cadáver de un enemigo, toda la colección del Museo de Arte Occidental se envió al museo del Hermitage o al Pushkin.

Así que dos años. Dos años llevaba Olga salvaguardando las obras mexicanas en lo más hondo de las bodegas de la VOKS a la espera de una carta con instrucciones que no llegaba. Mientras tanto, Olga se las había apañado con toda suerte de tejemanejes burocráticos entre instancias aquí y allá, para que nadie tocase el tema de los cuadros mexicanos, y lo había hecho tan bien, tan bien, que durante esos veinticuatro meses Boris no había vuelto a preguntar por ese asunto.

Por eso, esa mañana gélida, escarchada en hojuelas de las mañanas de enero, cuando Olga llegó a su despacho, se calentó las manos junto a la estufa apostada detrás de su escritorio, se quitó el gorro de lana y el abrigo, los colgó en un perchero, alistó papeles, preparó té, contestó documentos, pasó a máquina los dictados de su jefe, a eso de media mañana se quedó sin palabras cuando el joven con marcas de acné que solía llevarle la correspondencia le acercó un sobre rígido atestado y franqueado en matasellos que venía de *Meksika*.

Por un momento, el muchacho creyó que eran malas noticias porque, aunque estaba acostumbrado al respetuoso mutismo de Olga, le asombró la rapidez con la que el color rosado abandonó sus mejillas y los labios.

—¿Se encuentra bien, camarada?

Olga se apresuró en contestar:

—*Da, da. Spasiba.*

Y el muchacho se retiró con un leve, aunque no desapercibido, choque de talones.

Con ayuda de un abrecartas que tenía grabados la hoz y el martillo, Olga rasgó el sobre. Sobre la mesa cayeron tres documentos: dos listados y una carta membretada de la embajada soviética en México. La carta, lógicamente, no iba dirigida a ella, sino a Boris. Leyó:

Ciudad de México, julio de 1948.

Respetado camarada Bazhenov:

Gracias por recibir las obras mexicanas con tanto entusiasmo. Estoy seguro de que en nuestra querida patria, la URSS, sabrán apreciar la generosidad con la que todos estos artistas desean hermanar lazos con las naciones soviéticas, a quienes admiran y respetan.

Entiendo por su carta que no les llegó, sin embargo, un listado de las mismas. Dicha relación se envió en su día al Museo Estatal de Arte Occidental y desconozco la razón por la que no consta en su poder. Pero para no demorar más el resultado de este intercambio cultural, que con tanto esfuerzo y ahínco llevo años tratando de impulsar, le facilito de nuevo el listado que encontrará adjunto. Comprobará que la mayoría es obra gráfica perteneciente al Taller de Gráfica Popular, institución que apoya la unión obrera y ferviente opositora del fascismo. También algunos óleos de autores comunistas.

Pregunta usted especialmente por el autor de *La mesa herida*. Dicha obra pertenece a la esposa del señor Diego Rivera, un pintor de mucho renombre aquí con vocación de escándalo. Una obra suya también está en el listado.

Adjunto una fotografía que me hice con la esposa del pintor, la señora Frida Kahlo.

Sin más por el momento, le reitero la seguridad de mis más sinceras consideraciones.

¡Larga vida a Stalin!

¡Viva el comunismo!

Alexander Kapustin
Embajador de Meksika
Presidente del Instituto de Intercambio
Cultural Mexicano-Ruso

«¡Una mujer!», pensó Olga. Y sacudió el sobre del que cayó una fotografía. Casi sin pestañear, Olga contempló la fotografía que el mismísimo señor embajador de la URSS en México, el camarada Kapustin, había tenido la gentileza de anexar a la carta. En ella podía ver a un señor de mediana edad, de calva esplendorosa y sonrisa reluciente, junto a una mujer ataviada con una tela drapeada sobre los hombros y una falda amplia repleta de bordados que recordaba a los cielos estrellados. El vestido se asemejaba un poco a los sarafanes trapezoidales con los que las mujeres de las zonas rurales se engalanaban los días festivos, sólo que la tela parecía más ligera y fresca. Llevaba el cabello recogido en una especie de turbante.

Olga aproximó la foto a su nariz para comprobar que aquello no era un turbante, sino las trenzas de su pelo. Cuajado de flores. Aunque la foto era en blanco y negro, Olga trató de imaginar cuáles serían los colores de su vestimenta, porque los oscuros contrastaban con los claros con la insolencia de la tinta negra manchando el papel. De sus orejas pendían hermosos aretes tejidos en metal. Pero la mujer no sonreía. Estaba muy seria, aunque miraba a la cámara como si pudiera atravesarla. Sus cejas, muy pobladas, parecían querer tocarse una a la otra. Y esos ojos oscuros, casi negros, profundos como el fondo del mar, la miraban a través del papel. Entonces, Olga notó su espíritu entrar en turbulencia. Se quedó blanda como la col que permite al cuchillo trocearla hasta hacerla trizas. Olga giró la foto para leer por detrás: «La señora Frida Kahlo de Rivera y yo. 1947».

Olga saboreó aquel nombre con la punta de la lengua y luego, muy bajito, apenas sin separar los dientes, pronunció despacio cada sílaba.

—Fri-da Kah-lo.

Embelesada estaba cuando oyó a Boris carraspear frente a su escritorio con las manos a la espalda.

—¿La interrumpo, camarada?

Convertida en una alumna que ve entrar al profesor en el salón de clases, Olga se puso de pie en un santiamén. Ante la repentina muestra de respeto, Boris dio un saltito hacia atrás. Luego señaló el sobre abierto.

—Veo que ha llegado correspondencia.

—*Da*, señor. De *Meksika*, señor.

—¡*Meksika*! —Boris hizo memoria—: «¿*Meksika*...? ¿En serio? ¡*Meksika*! ¡Los cuadros aquellos!». Un dolor de muelas. Se puso tan serio que Olga apretó los labios.

—¿Y qué hace? ¿Aprendiéndosela de memoria?

—Estaba ordenándosela, señor.

Boris la observó un instante que duró un poco más de la cuenta.

—¿Es mi impresión o está usted hoy en las nubes? —Serpenteó los dedos a la altura de su cabeza.

—No, señor.

—¿No estará embarazada?

Olga tembló.

—No, señor.

Ambos se miraron con desconfianza.

—Quiero la correspondencia en mi mesa en dos minutos. No tres, ni cuatro, ni cinco. ¡Dos!

—Sí, señor.

Boris se dio medio vuelta y Olga, sin sentarse, empezó a recoger los papeles con manos temblorosas. Sabía que Boris la interrogaría. ¿Por qué si él había dado la orden de contestar que se negaban a mostrar las obras en público, el embajador de México contestaba dando las gracias y mandando relación de las obras en general y refiriéndose a *La mesa herida* en particular? Olga pensaba de prisa. Fingiría demencia. Sí. Eso haría. No tenía más remedio. Había pasado mucho tiempo, lo más probable es que no se acordara del asunto.

Cogió los listados, la carta, pero se metió la fotografía, la guinda del pastel, en el bolsillo. Se estiró la falda con las manos, se retiró el cabello de la cara sujetándolo detrás de las orejas y se dirigió al despacho de su jefe.

El rebuznar de Boris se oyó incluso en el despacho contiguo. No daba crédito. ¡No-daba-crédito!

—¡Explíqueme, Olga! ¿Contradijo una orden directa?

Olga pensó que, en cuanto Boris la pusiera contra las cuerdas, le castañetearía el mentón, que la sangre se le congelaría en las venas. Pero lo cierto es que ni siquiera le sudaban las manos.

—No, señor.

—Y entonces, ¡cómo demonios se explica esta absurda contestación de parte de un embajador!

—No lo sé, señor. Yo sólo pregunté por los artistas para poder hacer un inventario, señor. Nada más. ¿Cómo vamos si no a regresar estas obras?

—No habrá escrito en mi nombre, ¿verdad, Olga?

Derecha cual estandarte, Olga le sostuvo la mirada sin inmutarse. Se tuvo que moderar para no parecer altanera.

—Jamás me tomaría tales atribuciones, camarada.

Y entonces, Boris, su rechoncho jefe, insuflado de vanidad jerárquica, pareció recordar la eficiencia de su secretaria. Recordó que en cinco años jamás había tenido ningún fallo burocrático, ningún desliz ni desacato, ninguna indiscreción, y el beneficio de la duda lo atravesó a velocidad de un tren encarrilado. Olga no podía haberse saltado el protocolo. No era de ésas. Tampoco podía darse el lujo de deshacerse de ella. No en estos momentos de cambio. Necesitaba a su lado al mejor equipo posible, porque la VOKS cada vez se perfilaba con más fuerza para ser el brazo político del Estado en las esferas culturales. Y cuando eso pasara, Boris quería estar en primera fila.

Al estar sentado, levantó ligeramente la barbilla para verla mejor. Le pareció que la madurez la estaba cubriendo de una belleza parca y sin estridencias de la que no se había percatado. Se detuvo un segundo para apreciar su serenidad, ahí quieta. Aguantando el chaparrón. No. No podía deshacerse de una mujer como Olga. Y entonces la vanidad empezó a susurrarle en el oído, porque un buen jefe también demostraba su valía en los momentos delicados, y en un acto de absoluto autocontrol decidió recobrar la calma y dignidad rusas y mostrarse impertérrito como el bigote de Stalin. Respiró hondo, se dio un tirón de la chaqueta, se pasó un pañuelo para retirar el sudor de la frente y moderó el tono de voz.

—Está bien, está bien. Vamos a calmarnos un poco y a pensar con la cabeza. Esto es lo que haremos. Haga el inventario. Rescataremos las obras que sirvan a la causa soviética.

Olga movió el cuello al ver al verdugo tirar el hacha al suelo.

—¿Dónde están las obras ahora?

—Abajo, señor. En nuestras bodegas.

—¿En nuestras bodegas? ¿Desde cuándo?

—Desde que llegaron, señor.

Boris apretó los puños, levantó las cejas y se dijo por lo bajo: «in-con-ce-bi-ble». Luego ordenó:

—Muy bien, pues tome nota.

Olga abrió una libretita de hojas amarillas engarzadas con una espiral en la parte superior y empezó a escribir. Iba tomando notas a toda velocidad: «Jamás debemos permitir que dichas obras decadentes y burguesas vean la luz», «corromper el espíritu soviético», «obras disidentes del régimen», «insulto a la Unión Soviética». Y para finalizar, tras agradecer que permitieran guardar/ocultar tales obras en las bodegas de un museo como el suyo, en un acto que a Olga le pareció un tanto melodramático, Boris concluyó con un «Pidámosle disculpas a Pushkin, camaradas».

Al finalizar de dictar, Boris parecía haberse calmado y Olga pensaba que había pasado lo peor.

Pero entonces Boris dijo algo que hizo despertar una parte de Olga que dormitaba en ella, una pulsión latente que comenzaba a desperezarse tras el letargo de muchos inviernos y primaveras.

—Y dígales también que pueden destruir el cuadro grande sobre tabla. Hará buen fuego y el invierno es largo.

Olga tartamudeó ante aquella sentencia de muerte.

—¿El de la...?, ¿el de la pintora?

—¿Pintora? *Net, net.* «La esposa de un pintor». Ese cuadro carece de todo valor. Además, es la aberración más grande que hayan visto mis ojos. Que lo quemen.

—¿Cómo que lo quemen?

—¿Quiere que le haga un croquis?

Olga ni parpadeó. Luego dijo:

—Pero, camarada, no podemos quemar una obra donada.

—Claro que podemos —dijo Boris—. Avíseme cuando esté todo listo. Yo mismo quiero ver cómo arde esa aberración.

Y viendo que Olga permanecía estática, Boris palmeó con los dedos al aire:

—Puede retirarse ya. *Da svidanya*.

Al regresar a su escritorio, Olga podía escuchar el desorden de sus venas. «¿Quemar el cuadro? ¿Acaso Boris se había vuelto loco?», pensó Olga. Y de pronto escuchó prístina una voz que hacía mucho llevaba enmudecida.

«Ni se te ocurra», dijo esa voz.

Autómata, Olga comenzó a hacer todo lo que Boris le había ordenado. Pasó a máquina la carta. La metió en un sobre y se la entregó al muchacho con acné para que la llevara al Pushkin. Ordenó el inventario, numeró las cajas. Hizo todo lo que se esperaba que hiciera, todo, menos una cosa.

Esperó pacientemente a que el edificio se quedara vacío. Por la noche, la VOKS era un desierto.

Un par de guardias de seguridad, enjutos cual espigas, custodiaban las instalaciones mientras pasaban la mayor parte del turno jugando ajedrez. Cuando ya no se oía un alma, Olga se dirigió al despacho de Boris. Del cajón de su escritorio sacó una linterna que tenía para emergencias. Luego bajó al almacén.

En el silencio, el eco de sus pisadas retumbaba. Tuvo el impulso de echarse a correr, pero se dijo:

«Tranquila, Olga, si alguien te ve, dices que estás haciendo tu trabajo, que te mandaron a comprobar algo. ¿A estas horas?», se daba ella misma la réplica. «Tranquila, Olga, tranquila, nadie va a decirte nada. Aquí no hay nadie».

Y era verdad. Ahí no había nadie. En la negritud de la noche, los pasillos le parecieron mucho más largos y serpenteantes. El vaho de su boca salía nervioso. Caminó un par de minutos y poco a poco sus ojos se fueron acostumbrando a la oscuridad. Había un orden desordenado en el que cajas de diversos tamaños se mezclaban con lienzos encajados unos sobre otros, llenos de polvo.

Por fin, llegó al fondo de un pasillo lateral muy retirado. Ahí estaba *La mesa herida.* Hizo palanca con unas ganzúas para quitar la tapa. Una nube traslúcida sobrevoló sus ojos. La nuca le hormigueó al reconocer en la mujer que presidía ese banquete de dolor a la mujer de la fotografía. ¡Era ella! Pintada en detalle y a todo color. Con sus cejas de gaviota, su pelo suelto sin trenzas, con esos ojos suplicantes y su vestido de volantes.

—*Sdrávstvuite.* Hola, Frida —la saludó con formalidad.

Ninguna de las dos sonreía.

Luego, se llevó la cámara al ojo y comenzó a tomar fotos. Clic. Clic. Con cada fogonazo, el almacén relampagueaba. Tomó fotos de los niños, de la calavera, del cervatillo, de Frida, por supuesto, y de las patas-piernas de la mesa. Luego se alejó todo lo que pudo para tomar una fotografía del cuadro completo. Al terminar, aunque no era creyente, se acercó con un respeto casi místico para acariciar el rostro de esa mujer. Y entonces notó que el collar que llevaba al cuello no estaba pintado, sino prendido. ¡Era un collar de verdad! Olga sonrió. A los lados del cuello, dos orificios pequeños se habían taladrado para poder colgarle al cuadro joyería auténtica. Una excentricidad más, sin duda. Olga tiró del collar con fuerza hacia sí y se lo arrancó. Era un collar de piedras verdes. Se lo guardó en el bolsillo junto a la fotografía. Y luego volvió a acomodarlo todo como estaba. Clavó la tapa de nuevo, empujó la caja con ayuda de una manta y la arrastró hacia un lugar en donde no estaban agrupadas las obras mexicanas. Sudó como nunca.

Volvió al departamento ya entrada la noche. Olga estaba sucia, con las manos astilladas, el pelo enmarañado y las rodillas amoratadas. Valentina, que estaba angustiada porque llevaba esperándola más de cuatro horas, se llevó las manos a la cabeza:

—Pero ¿de dónde vienes, chiquilla? ¡Parece que te arrolló un tranvía! ¿Estás bien? ¡Ay, ay! ¡Ven, siéntate!

Olga se dejó caer en el sofá, exhausta.

—No es nada, Valentina. Estoy bien.

—Pero ¿qué ha pasado?

Olga no pensaba contarle nada de nada y estuvo un rato inventándole una historia que involucraba un trabajo de última hora en la oficina, un apagón y una caída rocambolesca por unas escaleras a causa del hielo. Valentina le creyó.

—Te prepararé un plato de *kasha*[3] para que recuperes fuerzas.

Mientras Valentina preparaba los cereales, Olga fue a asearse un poco. Ante el espejo, la sombra del gulag se paseó de pronto. ¿Qué había hecho? ¿Por qué se arriesgaba tanto por un cuadro que no le importaba a nadie? El terror a que vinieran por ella en mitad de la noche, que se la llevaran a la Lubianka y la interrogaran en ese edificio tenebroso de ladrillos amarillos desde el que algunos decían que salían gritos de gente aterrorizada, la hizo decir frente al espejo: «Eres una tonta, Olga».

La voz de Valentina la llamó para que comiera algo. Olga tomó aire muy hondo y muy adentro, porque, sin explicarse por qué, junto al miedo burbujeaba también un fuego de esperanza. El recuerdo de sus años en la Escuela de Artes, el deseo de pintar. La vida antes de Pieter. Antes del dolor, de las pérdidas. El candor de su madre.

Ésa fue la primera noche en años en que se quedó dormida sin pensar en Pieter.

[3] Plato de cereales cocidos, muy popular en Rusia, Polonia y países vecinos. Los cereales, como arroz o mijo, sémola o copos de avena, son hervidos en leche, a veces mezclada con agua.

«¿Por qué me soltaste, mamá?».

Olga despertó asustada y empapada ante el reclamo de su hijo no nacido. Se levantó y se fue a echar agua en la cara. A pesar del tiempo transcurrido, *La mesa herida* parecía tener el poder de azuzar pesadillas que la asaltaban y le helaban la nuca. Ese cuadro tenía el poder de remover angustias. Sentimientos sobre los que Olga creía haber echado paladas de tierra. Quizá Boris llevaba razón y lo mejor fuera quemar ese cuadro para dejar que supurase la herida. Dejar de hurgar en el dolor. Olvidar. Pasar página. Se llevó las manos al corazón para reprimir la culpa que le palpitaba en el centro del pecho cuando se topó con Valentina sentada en la butaca con la mirada ida.

—¡Ay! ¡Valentina! —dijo asustada—. ¿Qué haces ahí en la oscuridad?

—Yo tampoco puedo dormir —le contestó lánguida.

—¿También tienes pesadillas?

Valentina no le respondió, porque así dormía ella todas las noches. Las pesadillas eran a su almohada lo que el polvo a la tierra.

Olga se sentó en el sofá, abrazó al cojín y se lo llevó al pecho. Permanecieron calladas una junto a la otra. Valentina, de pronto, pareció responder a su angustia y soltó:

—No hay dolor más grande en el mundo que perder a un hijo.

—Lo sé, Valentina. Lo sé.

Y entonces Valentina balbuceó por lo bajo y de su boca escapó un pájaro moribundo:

—¿Tú que vas a saber?

Olga se quedó callada. Masculló el mal aliento del despertar. Trató de encajar el gancho al hígado que Valentina, la mujer en la que se apoyaba en la tristeza, le acababa de soltar a traición.

—Yo también he perdido un hijo, Valentina.

—Aquello no era un hijo. No seas ridícula.

Olga sintió que la abofeteaban. Los ojos de Valentina, inexpresivos, ajenos al arañazo que asestaban sus palabras, miraban al suelo. Aun así, Olga se enderezó en el asiento y sacó bandera blanca.

—No… aún no… pero entiendo tu dolor…

—Tú no entiendes nada. ¿Vas a comparar lo tuyo con lo mío? Cómo te atreves… —le dijo.

Olga se quedó clavada en el sofá. Los ojos estaban tan abiertos y tan secos que se le volvieron de cristal. Y entonces la imagen de esos niños desconocidos, un niño y una niña a la izquierda de la mujer del cuadro parecieron susurrarle ladinos: «Nosotros sí somos hijos de verdad». Olga se estremeció.

Los hombros de Valentina comenzaron a subir y bajar, a subir y bajar a un ritmo sereno sin control. El rostro contraído, el espasmo inconsolable, los mocos, las lágrimas. Valentina se tapó la cara con decoro.

—Mis hijos, Olga, mis hijos… eran apenas unos niños. Apenas unos niños…

Y Olga se retorció de angustia y de vergüenza porque Valentina llevaba razón. Cómo iba a comparar su dolor con el de ella. Se acercó para abrazarla. Para hacer de amiga, de madre, de hija. Valentina se dejó ir en ese abrazo hasta que se vació. Olga pudo sentir su pesar y en una ráfaga se descubrió pensando que a lo mejor perder ese bebé había sido lo mejor que podía pasarle. No estaba segura de tener la valentía de soltar al mundo un ser, entregarlo a las guerras, al frío, a la soledad. Un mundo en blanco y negro. Retiró el cabello mojado de las mejillas de Valentina y la besó con ternura en la frente. «A lo mejor», pensó, «también ella podría entender el cuadro. Tal vez, tal vez debería enseñárselo». Pero entonces Valentina se enjugó las lágrimas, respiró hondo, la miró a los ojos y le dijo:

—Perdóname, criatura. Perdóname.

Las mujeres asintieron sin necesidad de decir nada. Pero entonces Valentina abrió los labios y soltó una sentencia:

—Cuando seas madre, entenderás.

—¿Y si nunca lo soy?

—¿El qué?

—Madre… ¿y si nunca soy madre? ¿Seré menos mujer por no ser madre?

Valentina le colocó la mano en la cabeza, igual que a un perrito asustado. Se levantó y se fue arrastrando su dolor.

Olga se quedó echa un ovillo, abrazada al cojín.

Frida

México, 1946

Veintiocho corsés ortopédicos, uno de acero, tres de cuero, veinticuatro de escayola, han moldeado un torso tieso de muñeca de plástico. Un castigo. Un tormento. La condena de no poder estirarse ni doblarse ni inclinarse para pintar o escribir. En el zapato izquierdo le colocan una talonera con la intención de compensar el desequilibrio de sus piernas. Le inyectan fármacos potentes tan frecuentemente que el cráneo parece encogérsele y amenaza con reventarla como si fuera una piñata de barro. No soporta el peso de su propia cabeza y, aun así, se empeña en llenarla de flores y cintas de telas multicolor. «Al menos, si me estalla», piensa, «será una bomba de colores». Su vida es eso: dolor y color. Color y dolor. Separadas una de la otra por la nimiedad de una letra. A veces piensa que son la misma cosa. Prefiere abrazar su realidad y morderla con los dientes desnudos. Entonces, es su cara lo que contempla. Su rostro. Esa mujer a la que se sabe de memoria. Su rostro es el altar de un cuerpo roto. Se mira. Se aprende. Se examina. Se obliga a mirarse a los ojos durante horas, días, semanas. Pero a su cuerpo, la prisión que la encierra, a ése no lo alcanza a ver en el espejo. Y entonces imagina. Se atraviesa con todas las flechas del mundo, dardos, púas de nopal. Es una san Sebastiana con el cuerpo de Granizo, el cervatillo que camina a saltitos por el patio de la Casa Azul mientras lo corretean los xoloitzcuintles, los pelones perros aztecas que tanto adora. Su madre le hablaba de mártires, de los tormentos a los que esos santos eran sometidos, hombres y mujeres como ella que se mantenían firmes como estacas, sin renegar de Dios ni de su fe a pesar de arder en parrillas, de ver caer su piel a tiras, a pesar de las cuencas vacías de sus ojos cuando se los arrancaban de cuajo. Frida piensa que ninguna de esas torturas duró tanto tiempo como la suya. Además, ella sólo tiene fe en el comunismo. Su Dios es revolucionario.

Pero está cansada, aunque luche con todas sus fuerzas por vivir. A veces —sólo a veces— fantasea con la plácida muerte en la que acostarse a retozar, un descanso verde en donde ya no haya nada. Nada de nada. Pero ese páramo es un lugar sin Diego. Y entonces se estremece. Cada flor que se pone en el pelo es un desafío a los fantasmas que tratan de seducirla. Se coloca sobre la frente una peineta de flores, grandes, flores exuberantes que adornen la negritud de su melena y se dice que no. Que por él tiene que seguir viviendo. Porque Diego es vida. Diego es el Universo. Nadie jamás sabrá cuánto amor le cabe a Frida en el pecho. Una palabra suya bastará para sanarla. Ella vive por él. Diego la toca. Diego la mira. Diego la abraza. Sin Diego se moriría.

Cristina le dice que no, que ella ya vivía desde antes de conocerlo. Que ya pintaba desde antes de conocerlo. Que ya amaba desde antes de conocerlo. Pero Frida sacude la cabeza.

—Antes de Diego, yo no estaba viva del todo —le dice. Y su mirada es tan severa como triste.

Cristina se refleja en esos ojos aguados que la hacen enmudecer, y luego le acaricia el pelo, le da un beso tronado en el cachete y se da la vuelta.

Porque hay un antes y un después de Diego, del mismo modo que hay un antes y un después del accidente del tranvía. Cuando la encontraron atravesada por fierros como a un toro tras una corrida pensaron que era el final. Jamás-nadie-nunca pensó que un accidente semejante podría ser un principio. Tenía el hombro izquierdo fuera de lugar, dos costillas rotas, tres fracturas en la columna vertebral, tres fracturas en la pelvis, once fracturas en la pierna derecha y el pie aplastado en un puré de uñas y carne. «¿Para qué sobreviví?», se preguntó muchas veces enyesada de cuello para abajo, forrada en engrudo igual que un Judas de papel maché, «¿Por qué no me morí?», parecía preguntar con los ojos inundados de angustia a su hermana mayor, Matilde, que velaba por ella día y noche junto a su cama del hospital. Y la gorda y bonachona Matilde dejaba a un lado el estambre y las agujas de tejer y con la dulzura con la que se soba a un pajarillo le decía lo mismo que pensaban todos:

—Es un milagro que estés viva, mijita.

Frida ya no le llama milagro sino destino. Porque hace tiempo que sabe por qué no murió ese día, y la respuesta tiene un nombre redondo, contundente y voluminoso como el cuerpo que lo habita.

—Estoy viva por y para Diego —se contesta cuando la coqueta muerte le suelta despacito su aliento gélido en la nuca: «Ven conmigo, Frida».

No. No se va a ir porque ella vive para estar con Diego. Para ser su madre, su hija, su amante, su novia, su final, la fruta en el jugo de sus labios, su «esposa». Así, entre comillas, porque Diego jamás será esposo de nadie, porque él es de sí mismo y de nadie más. Pero eso a ella le da igual. Frida es todo lo demás y con eso le basta y le sobra. Aquel tranvía no sólo la empujó contra la pared, sino hacia los brazos de un hombre irrompible y monumental. Por eso. Por eso sigue viva.

Desde hace un año, *La mesa herida* ya no está colgada en los salones de la Casa Azul. Ha viajado a la URSS y, cuando el dolor de su cuerpo se hace insoportable, Frida trata de imaginarse su cuadro colgado en un museo de Moscú y el dolor, sorbo a sorbo, se desvanece un poco. Nadie, sin embargo, le ha dado noticias de su paradero, pero está acostumbrada a que ese cuadro se haga del rogar. Una vez, hace seis años, cuando se lo llevaron para exponerlo en Nueva York junto a *Las dos Fridas*, tampoco le dijeron qué habían hecho con el cuadro. Solía bromear de eso con Diego:

—Ese cuadro parece haber hecho votos de silencio.

Diego tuerce la boca porque no le gusta la referencia religiosa y replica:

—Es que lo pintaste muda.

Olga

Moscú, 1949

El día que Olga vio arder *La mesa herida* en el fuego de los hornos creyó que las piernas se le doblarían en acordeón. Lo vio en medio de las llamas. Lo escuchó crepitar. Lo vio retorcerse y enjutarse como un pedazo de carne en una sartén. Y luego, cuando Boris se marchó, Olga se dio un tironcito del saco de la chaqueta y caminó más firme que nunca hacia la salida. «Ya está hecho», se dijo. «Ya no hay marcha atrás».

La máquina del destino se puso en funcionamiento.

Las cosas sucedieron en este orden.

Más o menos.

La monotonía había vuelto a instalarse en las oficinas de la VOKS. Boris seguía empecinado en destruir todo aquello que no cumpliera con los preceptos del realismo socialista más acérrimo y Olga trataba, con el poder de la burocracia, de mantener el cuadro a salvo durante el mayor tiempo posible. Por lo demás, todo se sucedía con la vulgaridad de la rutina.

Pero una tarde de sábado en que el cielo gris como la panza de un burro amenazaba nevada sin que llegaran los copos a caer, Olga recibió un telegrama desde Alemania.

«¿Un telegrama?», se dijo. «¿Desde Alemania?».

Y sin saber de quién era ni por qué, a Olga se le aflojaron las piernas porque su cuerpo intuyó el golpe de un presagio. Sus manos temblorosas desdoblaron el telegrama y su voz fue incapaz de ahogar un grito.

—¡Pieter!

¡Siete años! Siete años preguntándose, abofeteándose la cara cada vez que la sospecha de la muerte la sorprendía mirando una fotografía en la que Pieter aparecía sonriente y rebosante de vida. Siete años de un silencio infernal en el que Valentina y ella habían compartido el masoquismo de relamerse las heridas. Y al fin sabría algo. Por fin tendría una certeza. A toda prisa, con temor, con auténtico pavor ante lo que podría decir aquel papel, Olga dejó que sus ojos recorrieran la línea:

Pieter en Berlín Oeste. *Stop*. Herido, fuera de peligro. *Stop*...

Apretó el papel contra el pecho.

¡Vivo! ¡Estaba vivo! Herido, pero vivo, en Berlín Occidental. «¿Berlín Occidental?», pensó Olga. «¿Estaría en la parte soviética?», se preguntó, pero luego se olvidó del detalle y besó el papel tantas veces que éste se arrugó y se humedeció al borde de romperse. Así estuvo un par de minutos, o cinco, o diez, o quince, porque lo cierto es que el tiempo se había detenido y el mundo había parado de girar, cuando sintió la presencia triste de Valentina clavada en su espalda. Olga se giró. La una, encendida como un faro, la otra, pálida cual fantasma. Valentina notó el papel que Olga apretaba junto a su pecho, el color sonrosado de las mejillas, sus ojos vivaces, y enmudeció. Entonces Olga extendió el papel y habló, bajito, en una especie de susurro que casi parecía una disculpa:

—Está vivo, Valentina.

Valentina trató de sonreír. Trató con toda su alma, pero no pudo. No pudo. Porque Pieter no era ninguno de sus hijos. Porque ella no había recibido ningún telegrama. Porque la alegría de Olga sólo hizo más grande el hoyo de su tristeza. Y eso la hizo sentirse aún más mezquina e infeliz. Valentina se dio medio vuelta y avanzó a duras penas, tambaleándose, agarrándose a la pared por la borrachera de su corazón. Con dificultad llegó a la puerta, dio un leve portazo y se encerró. Olga quiso abrir, pero Valentina se había trancado por dentro. Así que apoyó la mejilla sobre la madera y le habló con ternura:

—Valentina... ábreme.

Un breve silencio. Luego se escuchó la voz rasposa de un lamento:

—Me alegro por ti, niña...

—A lo mejor pronto recibes noticias tú también… a lo mejor…

—¡Calla! ¡No digas nada, por favor! Déjame sola.

Olga reclinó la frente sobre la puerta y susurró con los ojos cerrados:

—Valentina… abre, por favor.

—No digas nada más. Vete. Anda. Estaré bien.

Olga suspiró lento, desinflándose despacio, y decidió respetar su amargura.

Se alejó sin hacer ruido y se sentó en la mesa. Estiró el cuello en dirección a la puerta cerrada de Valentina para cerciorarse de que no podía verla, y contuvo unas inmensas ganas de zapatear de alegría. Se llevó las manos a la boca para tapar su sonrisa, y tras serenarse, planchó el papel con las manos. Volvió a leer:

> Pieter en Berlín Oeste. *Stop*. Herido, fuera de peligro. *Stop*. Esperar noticias. *Stop*.

Besó el telegrama.

Sólo entonces unas lágrimas de felicidad escurrieron por su rostro. «Pieter estaba vivo», se repetía una y otra vez, «vivo, aunque herido». Probablemente no habría podido avisar. Tal vez habría estado inconsciente. Tal vez habría tenido que esconderse. Tal vez había caído prisionero de los alemanes, tal vez habría estado a punto de morir, tal vez habría perdido temporalmente la memoria y ahora la había recobrado. Tal vez, tal vez, tal vez… la cabeza de Olga se llenaba de *tal-veces* posibles, escenarios imaginarios en los que su Pieter no habría podido dar señales de vida en siete años, ¡siete años!, no porque no hubiera querido, sino porque no habría podido, y en todo ellos, en todos sin excepción, el rostro de su Olga le habría acompañado en cada despertar.

Porque la imaginación a veces pone trampas y nubla el razonamiento. «Pobre Pieter», se decía, «lo que habrá tenido que pasar, tratando de comunicarse sin éxito en todos estos años. Sin poder volver a casa. Sin poder volver conmigo». Esa noche Olga se durmió contenta y a partir de la mañana siguiente no hizo otra cosa que esperarlo.

Así pasó una semana, y luego otra.

Y vino más nieve en enero y más sol en verano, y en primavera los tulipanes florecieron en los bulevares y los abedules siguieron creciendo hacia lo alto. Y Olga ya no se acordaba de a qué sabían sus besos.

En su ausencia pasaron muchas cosas: Boris. La VOKS. *Meksika. La mesa herida.* Y no entendía cómo es que Pieter se había quedado en un Berlín dividido en cuatro porciones como un pastel en vez de volver a Moscú, junto a ella. ¿Por qué no volvía? ¿Por qué no había vuelto? ¿Cómo es que no había cumplido su promesa? ¿Por qué? ¿Por quién? ¿Por qué seguiría atrapado en Alemania, el país que los había abocado a la guerra, el país que les había arrebatado la juventud? Tras la «Gran Guerra Patriótica», como los rusos la llamaban, los vencedores habían desmantelado aquel lugar. Era verdad que había muchos rusos viviendo en la zona soviética de Berlín. Pero Olga nunca más volvió a recibir noticias. Ni de Alemania ni de ninguna parte.

Cada mañana, ese sinsabor le blanqueaba la lengua al despertar. Era la hiel de su angustia. Guijarros agolpados dentro del zapato que con cada paso le hacían daño. La imaginación que antes la bañaba de esperanza ahora creaba monstruos y le mostraba escenas de su Pieter con otra familia, tal vez un chiquillo y una mujer alemana, de pelo castaño y manos dulces, que le curaba las heridas y le decía «No te vayas nunca, tu vida está aquí ahora, con nosotros. Conmigo».

Valentina reconocía en Olga el hondo pesar de la incertidumbre, y cuando pasaba junto a ella, se detenía un momento para acariciarle la mejilla. Luego le apretaba el hombro y le decía:

—Valor, muchacha.

Hasta que un martes de febrero otro telegrama llegó.

No voy a volver, querida Olga. *Stop*. Te deseo lo mejor. *Stop*. Pieter.

Ya está.

Sólo eso. Años de espera disueltos en una decena de palabras. Una bota militar sobre una garganta.

No. No. No. Imposible.

Imposible.

Im-po-si-ble.

Y sin embargo era cierto.

Pieter no volvería. Pieter no cumpliría su promesa.

Sin Pieter en el horizonte, Olga se prometió que no volvería a esperar jamás nada de nadie.

Las palabras eran espacios vacíos.

Las palabras no le alcanzaban.

Olga enmudeció. Sólo hablaba para lo imprescindible. Para nada más.

La instrucción de quemar *La mesa herida* llegó envuelta en un halo de secretismo. La cremación debía hacerse con discreción y sin dar aviso al Pushkin. Cuando Boris comunicó la noticia, Olga se quedó pasmada. Boris, al notar su desconcierto, le aseguró:

—La decisión está tomada y autorizada por el mismísimo Stalin.

—¿Stalin?

—De viva voz.

—Pero, camarada, no es necesario quemar esos cuadros, tan sólo... pintemos encima... con pintura blanca... podemos reutilizar el material...

—Tonterías, tonterías. Destrucción. Eso es lo que esos cuadros se merecen. Y que agradezcan que son sus obras y no ellos quienes conocen el fuego.

Olga parpadeó para no parecer muerta.

—Prepare todo, Olga. Avíseme en cuanto esté todo listo.

—¿Cuánto tiempo tenemos?

—¿Cuánto puede tardarse en organizar una cremación?

—Pues... supongo que...

—Poco... se tardará poco. Póngase a eso.

Olga se giró. Arrastraba los pies porque la losa de la pena se le depositó en los hombros cuando antes de atravesar el umbral, escuchó la voz de Boris:

—Recuerde: absoluta discreción, camarada.

Y ella volvió sobre sus pasos sin decir palabra.

Bajó al almacén. Alumbrada por la intimidad de los pasillos vacíos de las bodegas, Olga acudió al cuadro con fervorosa religiosidad. A punto estuvo de caer ante él de rodillas. Le pidió perdón, pasó la mano sobre la pintura, sobre los labios apretados de Frida y luego se besó la yema de los dedos. Ella y el dolor de ese cuadro. Olga y la mesa. Las dos. La misma cosa. Olga buceó en ese mar de desolación y de pronto, como un milagro, empezó a escuchar la voz cándida de su madre, que le decía: «La belleza sobrevive al horror». Olga de algún modo también presidía esa mesa macabra. ¿Sería capaz de sobrevivir al miedo ella también?

Lo entendía. Lo sentía. Lo leía.

Lo comprendía a un nivel inexplicable.

—Perdóname por lo que voy a hacerte. Pero no tengo otra salida —le dijo al cuadro.

Esa noche esperó a que Valentina se quedara dormida. Arrullada por sus ronquidos, Olga se levantó y, descalza, se dirigió a unas tablas sueltas del suelo en el que hacía mucho tiempo, mucho ya, había guardado sus enseres de pintar. Hizo palanca con un cuchillo. La tabla se separó sin resistencia. Había un par de libretas y unos lápices de colores, ramitas que Olga había ido llevando poco a poco a aquel hormiguero. Los sacó y acarició como si fueran cachorros abandonados en una tormenta y luego sopló. Una nubecita de polvo sobrevoló por la estancia. Olga se enterneció. Dibujos hechos cuando apenas era una niña. Dibujos ilusionados creados en la ignorancia del páramo hacia el que se abocaría. Dibujos libres. Sin miedo. El retrato de un padre en el que él jamás se reconoció. Trazos sueltos y violentos repletos de ausencias.

Olga agarró un lápiz sin apenas punta y empezó a dibujar. Del lápiz salían figuras enfebrecidas. «¿Quién soy yo?», parecían decir esas caras, figuras retorcidas que de pronto empezaron a llenar el papel.

—¿Quién eres, Olga? —se escuchó preguntarse en voz baja.

¿En quién se había convertido? ¿En quién quería convertirse? Ya no sería más la esposa paciente, ni tampoco una mujer que se regodeaba en su desgracia. No quería ser la bien mandada, ni la mujer muda de la que presumía su jefe. Ni quería llenarse de reproches. Todo eso parecían querer decirle sus dibujos enfebrecidos. Pintó toda la noche hasta que el lápiz disminuyó tanto que era imposible sostenerlo entre los dedos.

—El arte no tiene que deberse a nadie —se dijo con la voz impostada de su madre.

Y casi inmediatamente, la prudencia del padre irrumpió los sueños de un empujón:

—No te la juegues, no te arriesgues, no hagas cosas de las que te arrepientas. Cumple con la norma, cumple con lo establecido.

Los vellos en los brazos de Olga se levantaron atraídos por un pararrayos.

Todos los días se oían historias horribles de purgas, gente a la que se llevaban detenida por cosas tan nimias como no haberse percatado de que habían envuelto el pescado con el periódico en el que aparecía el retrato de Stalin. Todo el arte tenía que estar al servicio del pueblo. A compositores como Prokófiev lo intimidaron al grado de verse forzado a componer melodías que pudiesen silbar los obreros de camino al trabajo y a los artistas que no cumplían con el dogma del realismo socialista los privaban de la cartilla de racionamiento, y se veían obligados a hacer malabares para vivir. Todo esto lo sabía Olga de primera mano, porque tras las paredes de la oficina escuchaba a Boris dar instrucciones férreas de persecución y represión ordenadas por instancias superiores. Sí. Ella sabía muy bien que algo tan simple como no mandar a quemar ese cuadro burgués podía acarrearle años de encierro. Torturas o algo peor. El pecado de la subjetividad se pagaba caro.

Al amanecer, volvió a colocar todos los dibujos bajo las tablas de la cocina.

Había tomado una decisión.

Haría lo que tenía que hacer.

Semanas después, de pie junto a Boris y con la mirada gacha, sin atreverse a levantarla, Olga aguantaba más tiesa que una estaca mientras veía arder la pira de cuadros en el horno.

Boris insistió mucho en que él, personalmente, asistiría a la cremación. Por alguna extraña razón que escapaba a su comprensión, no se fiaba de Olga. Así que él fue el primer sorprendido cuando vio a la camarada Simonova, estoica e impertérrita, aguantando lo que a todas luces para ella era un chaparrón. Aquello se parecía mucho a la quema de libros que, quince años antes en Berlín, los nazis habían llevado a cabo. Olga sentía tanta vergüenza que se le dificultaba incluso hablar.

Al menos quince obras burguesas ardieron junto a *La mesa herida* en un horno a las afueras de Moscú.

Boris no podía estar más satisfecho. El fuego danzaba en las pupilas. Estaba tan contento y orgulloso que lo único que enturbiaba ese momento era que no estuviera su jefe Nikolái Lebedev porque, de haber estado, le habría dado una palmadita a la espalda y le habría dicho: «Qué gran soviético es usted, camarada Bazhenov».

Olga, por el contrario, se agarraba fuerte, fuerte, las manos, una dentro de otra para estarse quieta. Ni siquiera parpadeaba. El fuego le calentaba las mejillas, que estaban encendidas, rojas, rojas, y una gotita de sudor le perlaba las patillas.

Cuando todo hubo terminado, un olor a ceniza y a pintura fresca flotaba en el aire. En el pelo de Olga había restos de hollín.

Boris se dirigió hacia el coche negro que lo esperaba afuera del crematorio. Un hombre de traje oscuro le abrió la puerta. Olga se abrazó porque una ráfaga de aire helado le enredó el cabello cuando el coche se puso en marcha. Boris subió al auto.

— Llegará usted muy lejos, camarada Simonova.

Entonces, notando que Olga seguía de pie en la acera, Boris le dijo:

—Suba al coche, camarada.

—No, no se preocupe, camarada.

—No diga tonterías. No pretenderá volver andando. Suba al coche.

Y dio dos palmaditas en el asiento mullido de atrás.

Olga subió a regañadientes.

Una vez dentro, Boris le dijo:

—Ni una palabra a nadie de esto. Negaremos esta quema hasta el fin de los tiempos si es necesario. ¿Me ha entendido?

Ella asintió con una mueca que sabía a mentira.

En todo el camino de regreso a la oficina, Olga trató de ahogar las ganas de abofetearlo y borrarle de un guantazo esa estúpida sonrisa que, durante todo el trayecto, Boris llevó en el rostro.

Frida

México, 1946

Llegaron las jacarandas y México explotó en morado. Moradas las copas de los árboles, moradas las banquetas, morados los camellones, alfombras de pétalos huidizos sobre las calles moradas que bailan con cada soplo del viento. Pero dentro de Frida no hay colores alegres, sino una negrura de podredumbre y desolación. Hace meses que no menciona *La mesa herida* porque no tiene cuerpo para nada. Ni siquiera para pensar en pintar. Cristina trata de mantenerla activa, de distraerla, de que se concentre en algo que no sea la espina quebrada.

—¿Te traigo tu cuaderno? Escríbeme un poema con tu letra tan bonita —le pide.

Y Frida le dice a Cristina que sí, que le traiga su diario.

Frida lo abre por la mitad y escribe: «Los animales no exhiben su dolor en teatros abiertos». E inmediatamente lo cierra porque toda ella es un gusano con sal.

—Ahorita no puedo —le dice.

Y Cristina agarra el cuaderno y lo coloca cerca de su mesita de noche.

Frida está deshecha. El espinazo le duele tanto, tantísimo, que a veces se lo quiere arrancar. Está reteharta del desfile de médicos, todos con soluciones distintas, pero con la misma cara de angustia. Y todos, sin fallar ninguno, coinciden en el diagnóstico: «Hay que operar». La operación será complicada, complicadísima, y se tiene que hacer en Estados Unidos porque sólo en las manos de un doctor gringo copetudo Frida está dispuesta a operarse.

Cortar. Quitar. Abrir. Remendar. Trocear a Frida. Ella escucha cómo hablan de su cuerpo igual que de un muñeco articulado que no sangra, que no supura, que no huele. «Quitaremos un trozo de aquí, lo pasaremos para allá, luego meteremos una placa por aquí, y coseremos por allá». Frida aprieta sus labios pintados de rojo para tragarse el terror. Durante un rato se queda nadando en ese mar desolado. Olas embravecidas surcan feroces hacia una orilla que está aún muy lejos. Necesita hablar con alguien, cerciorarse de que lo que le acaban de decir es tal cual lo acaba de oír. Que le van a sacar un pedazo de hueso de la pelvis para ponérselo en la columna.

—¿Dónde está Diego?

—Salió —le contesta Cristina sin más explicaciones.

«Por supuesto que salió». Diego huye del cuerpo maltrecho de Frida como de la peste. A veces escucha agazapado en el recoveco de una esquina, acobardado como un niño al que le dicen que su madre va a morir. Y luego se va. A beber, a coger, a saber qué carajo.

Entonces, a Frida sólo le queda su hermana Cristina. Su confidente. Y es con ella con quien habla:

—¿Me opero, Kitty?

Cristina se acerca y la agarra de la mano.

—Esta operación hará que estés mejor.

—¿Y si no? ¿Y si nada más todo empeora?

—¿De qué manera podría ser peor?

El silencio se sienta entre ellas sin decir nada. Frida no llora. No mueve una ceja. Cristina tampoco. Dejan que los pensamientos se coloquen uno tras otro, formaditos, en orden de estatura de mayor a menor, pequeños niños de párvulos esperando los honores a la bandera. Inquieto, uno de esos pensamientos se sale de la fila cuando Cristina, por fin, se atreve a preguntar quedito:

—¿Tienes miedo?

Frida le agarra fuerte fuerte la mano. Luego la besa y se la lleva a la mejilla. Clava sus ojos en su hermana, su cuasi gemela. Saca un hilo de voz:

—¿Y si mi destino es sufrir eternamente?

Cristina se eriza y los vellos de los brazos se le levantan en punta ante tal premonición.

—No digas eso.

—Amo la vida, amo a la gente y las cosas. Quiero vivir, pero el dolor. El dolor no lo puedo soportar.

A Cristina se le escurre una lágrima porque sabe que es verdad. Nunca ha visto a nadie aguantar tanto.

—Ya verás cómo la operación te ayuda. Ten fe.

«Fe», piensa Frida. Qué palabra más corta para un esfuerzo tan grande. Si se trata de echar mano de las palabras religiosas de su madre, prefiere quedarse con «esperanza». Pero ¿qué es la esperanza? ¿Una ilusión? ¿Una quimera? ¿Un futuro mejor que nunca llega?

Frida se queda viendo a su hermana. También conoce su rostro de memoria y sin embargo no lo pinta. Es bonita. De cara redonda, como las actrices de cine mudo, lozana. Llena de vida. Una mujer sin remiendos. Derechita como soldadito. Y sin embargo, su placidez esconde una especie de recato. Es como si todo el protagonismo se lo hubiese llevado Frida, y Cristina estuviera condenada a permanecer tras bambalinas, sin brillo, sin luz propia, a la espera de que la protagonista se ausente para poder salir a escena.

—¿Por qué querrías ser como yo, Crisi?

Cristina tuerce la cabeza, extrañada.

Frida insiste:

—¿No me ves? Estoy rota. Tú, en cambio, estás entera. ¡Mírate! No quieras ser yo.

—¿Por qué me dices eso?

—Ya sabes por qué.

La sombra del pintor se pasea en el espacio que han dejado vacío para no tener que nombrarlo. Para no tener que volver a rememorar aquel incidente. Cristina se enfurece, pero sabe que ese derecho lo perdió al meterse con el esposo de su hermana. Ella no estuvo con Diego por eso. No es que quiera ser ella. Nunca en el mundo se cambiaría por ella. Pero en vez de explicar nada, se humilla. El toro sabe bajar la cabeza ante el descabello:

—Han pasado más de diez años. ¿No podemos dejar eso atrás? —Luego suspira. Toma aire. Repite una vez más de cientos, de miles—: Aquello fue el error más grande de mi vida. Nunca debí... Pero tienes que creerme: no quise hacerte daño.

Frida aprieta los ojos. «Daño». No fue eso lo que sintió. Conoce el dolor y aquello no se le pareció en nada. Ese engaño por poco la revienta. Entonces traga bilis y dice:

—No fue tu culpa. Él es como es.

Frida vuelve a besar la mano dulce y suave de su hermana. Y luego, abre la boca y, de su garganta, sale un trueno.

—Si me muero, cuídalo tú.

Cristina le coloca un dedo en los labios asustada ante la maldición que, de pronto, le acaba de caer encima.

—No digas eso. No te vas a morir.

Y Frida suplica:

—No me dejes morir entre desconocidos, Kitty.

Por un instante, la posibilidad de que Frida pueda morir en la cama de un hospital gringo se les presenta fragmentada a través del montón de colores de un caleidoscopio. Las dos se asoman a esas luces que las hipnotizan, sin querer ver, pero contemplando sin parpadear el juego de formas geométricas de todos esos diminutos cristales. Triángulos rojos, círculos naranjas, rombos amarillos, lágrimas azules. Ninguna vuelve a decir nada, conscientes de que, sentada a los pies de la cama como un perro faldero, la muerte las está escuchando.

Olga

Moscú, 1952

Tobías Richter irrumpió en su vida con la inocencia de una ola que se aproxima a la orilla y de la que Olga no se apartó porque ignoraba la fuerza de su alcance.

La primera vez que Olga escuchó su voz fue por teléfono. El hombre estaba en Moscú y necesitaba urgentemente hablar con algún alto mando de la VOKS, pero, nada más ponerse al aparato, Olga notó que hablar ruso no era precisamente el fuerte de aquel hombre. A juzgar por el jadeo nervioso de su respiración —y porque cada cinco palabras hacía una leve pausa para pedir «*der Interpret*»—, diríase que estaba secándose las gotas de sudor que la falta de vocabulario le hacía escurrir por la frente. El hombre vio el cielo abierto cuando Olga le dijo:

—Hablo alemán, *Genosse*.[4] ¿En qué puedo ayudarle?

El tono de voz del hombre cambió al instante:

—Me salva usted la vida. *Frau*…

—Olga. *Mein Name ist* Olga Simonova.

Un cosquilleo recorrió a Olga al escucharse hablar en la lengua materna.

El hombre, mucho más relajado, explicó entonces que formaba parte de una delegación de la República Democrática Alemana (RDA) que estaba recopilando obras soviéticas para que ocupasen distinguidas oficinas gubernamentales, tanto en la RDA como en Eu-

[4] Camarada en alemán.

ropa del Este, y necesitaba reunirse con el camarada Bazhenov para ultimar ciertos procedimientos

—No hace falta que se reúna con el camarada Bazhenov: yo puedo ayudarle.

Y Olga lo asesoró sobre los trámites que debía realizar, sin escatimar ninguno. Los soviéticos eran muy estrictos con todo el papeleo. Le indicó el orden en que tenía que pedir los permisos, así como las distintas instancias encargadas de otorgar los permisos de salida de cada una de las obras. Al terminar con la explicación, a Olga casi le pareció verlo sonreír. Luego el hombre dijo:

—Su alemán es muy bueno, *Frau* Olga.

—*Danke schön*. Mi madre era austriaca.

—¿Ah, sí? Yo nací en Viena, también. Aunque salí de allí hace mucho.

Olga no intervino ni para bien ni para mal ante tal apertura de intimidad por parte de aquel desconocido. Tobías rompió el silencio:

—Pues va a tener ocasión de practicar. Me temo que mi ruso es bastante deficiente. *Net gut* —bromeó.

—*Kein Problem, Herr* Richter.

—*Vielen Dank, Frau* Olga.

Y entonces el mundo de Olga se tornó en un lugar frágil y delicado, cuando se escuchó corrigiéndolo con suavidad, casi con timidez:

—Es *Fräulein* Olga.

—¡Oh! Disculpe, *Fräulein* —dijo Tobías, sin percatarse, ni por un instante de que, al quitarse el título de «esposa», Olga acababa de desintegrar de un soplido el polvo sobre sus alas de mariposa.

—*Auf Wiedersehen, Herr* Richter.

—*Auf Wiedersehen, Fräulein* Olga.

Y colgaron.

Olga no se detuvo a pensar cómo sería el aspecto de aquel hombre. Sería como todos. Mediana estatura, pelo en la cabeza, barriga en la panza, dedos en las manos y cigarro en la boca. Un hombre *vulgo vulgaris* de sombrero, chaqueta sobria y corbata ancha, con zapatos de cordones sin lustrar, de pelo cortado raya al lado, patillas discretas y quizás un bigote poblado y bien peinado. Un burócrata alemán parco y gris como la puerta de una oficina gubernamental, cortado por la tijera del comunismo, que convertía a todos los burócratas en muñequitos calcados en una ristra de papel. Igualitos unos a otros, unidos por los brazos y los pies.

Sí. Así sería aquel hombre. Un hombre común, de pelo común, rostro común, peso común y gusto común.

Y sí. No hubo nada en Tobías que lo hiciera atractivo a simple vista, ni nada que lo hiciera destacar en medio de una multitud. Era lo más parecido a un trámite burocrático. Aburrido pero necesario. Un documento que hay que sacar y al que dedicarle planificación, tiempo e, incluso, altas dosis de paciencia.

Eso creyó ella.

En el horizonte de Moscú se levantaban hacia las nubes siete rascacielos a los que la gente llamaba las «Siete Hermanas de Stalin», que los niños de muchos jardines de infancia podían ver como telón de fondo en la distancia. Los prisioneros de los *gulags* veían conmutadas sus penas por trabajos forzosos, y hombres y mujeres —muchos inocentes cuyo único crimen había sido pensar diferente— caían exhaustos de agotamiento mientras construían sin descanso el canal Volga-Don para que estuviese listo para su inauguración en los meses de verano; el periódico *Pravda* se llenaba de noticias que le hacían creer a la gente que aplicar la mano dura era absolutamente necesario, y muchas almas incautas seguían llamando a Stalin «Padre».

Dentro del edificio de ladrillos pardos que era la VOKS, el aire circulaba con una densidad parecida a la del humo. Olga avanzaba a paso ligero frente a despachos en donde señores de chaquetas de punto marrón fumaban con parsimonia frente a ventanas de cristal cerradas a cal y canto, o con otros cuyas espaldas redondeadas acusaban las horas que pasaban con la vista clavada en algún libro. Las secretarias hervían té y luego, a la espera de alguna instrucción, mataban las horas pintándose las uñas con algún esmalte. Porque lo cierto es que no había demasiado trabajo en las oficinas de la Sociedad para las Relaciones Culturales con el Exterior.

El cabello de Olga había crecido tanto que le llegaba ya por debajo de los hombros y solía llevarlo recogido en un moño, cuando llegó otra de esas botellas arrojadas al mar. Otra carta.

Otra carta procedente de México.

De México.

Olga reconoció los sellos de un vistazo y la abrió con dedos apresurados.

La mandaba un tal Fernando Gamboa, del Frente Nacional de Artes Plásticas de México, y solicitaba de la manera más atenta el préstamo de *La mesa herida*.

El suelo se abrió bajo sus pies.

—No lo puedo creer —balbuceó por lo bajo.

El estómago de Olga se encogió.

La querían para formar parte de una exposición que viajaría al Palacio de Tokio en París y al Tate de Londres.

—¡Francia y Gran Bretaña! —exclamó Olga.

Olga sabía que Stalin había llegado a odiar a los británicos tanto como ahora odiaba a los judíos. Olga se mordió un padrastro del dedo anular con el que jugueteaba siempre que se ponía nerviosa. Los mexicanos suponían que la obra estaba resguardada en las bodegas del Pushkin o de la Sociedad para las Relaciones Culturales con el Exterior, naturalmente.

Olga empezó a abanicarse con el papel y el aire trajo consigo un olor a óleo quemado.

«Si se enteran...», pensó Olga.

Olga trataba de pensar con serenidad. Hasta ahora a nadie le había importado que la obra hubiera sido quemada. Lo mejor sería no decir nada a los mexicanos. ¿O sí?

No había hecho nada malo, se convencía, «No has hecho nada malo», se repetía. Pero entonces empezó a imaginar una serie de escenarios fatídicos en donde los mexicanos buscarían la obra en el Pushkin y, al no encontrarla, la darían por perdida. «Sí, sí, eso pasaría». O lo peor, Boris se hincharía cual palomo y diría que la obra había sido mandada a los hornos.

«No», pensó Olga. «Boris jamás admitirá que quemó el cuadro».

¿O sí?

Porque Boris Bazhenov comenzaba a gozar de cierto prestigio por su constancia, perseverancia y rigidez para aplicar las normas. Y todo ello había repercutido en el premio que él más ansiaba: la confianza del Partido. En los últimos años había desalojado bibliotecas de libros antisoviéticos que pudieran dañar la imagen de los soldados o de sus dirigentes, había colgado en todas las paredes de las instituciones cuadros que ensalzaban el espíritu social comunista y todo el mundo sabía que una palabra suya podía condenar al ostracismo —o algo peor— a cualquier artista que fuera objeto de la más mínima sospecha. También todos empezaban a saber que Olga había sido su brazo derecho. Más bien, su brazo izquierdo. La ejecutora de cada una de esas órdenes férreas. Órdenes que la hacían bajar la cabeza de vergüenza cada vez que se cruzaba con la mirada triste de Valentina.

Pero habían jurado no decir la verdad jamás a nadie.

«La verdad», repitió Olga para sí.

Olga entró en el despacho de su jefe. Boris estaba a medio resolver un crucigrama cuando la vio ahí, más derecha que una vela frente a su escritorio. Pegó un brinco que le hizo ensuciar de tinta azul el entramado de cuadros apilados en líneas verticales. Tras el susto, alzó la pluma para enzarzarse en un sermón sobre las buenas formas y jerarquías institucionales cuando se percató de la seriedad en el rostro de su secretaria.

—¿Qué sucede, camarada?

Por toda respuesta, Olga le extendió la carta de Fernando Gamboa.

Boris la leyó con atención y luego clavó sus ojos en su secretaria.

—¿El cuadro antisoviético?

—Sí, camarada. El que... ya sabe.

Boris alzó los brazos a lo alto como un patriarca de la iglesia ortodoxa.

—¡In-con-ce-bi-ble! ¡Me toman el pelo!

Olga miró la calva de su jefe y luego se alzó de hombros. Dos veces. Dos toquecitos rápidos que en el acto la encogieron al tamaño de una niña de cinco años que miente ante un padre severo.

—Habrá que decirles que destruimos el cuadro...

—*Net, net, net*... —dijo Boris. Y luego rebuznó haciendo temblar los labios.

Se cruzó de brazos y luego reflexionó un momento. Se puso de pie y comenzó a caminar con las manos manchadas de azul a la espalda. Olga lo observaba pensar mientras sus ojos se posaban a vuelo de pájaro sobre su barriga prominente, reflejo inequívoco de que el Partido lo estaba alimentando bien.

—Nadie sabe que quemamos el cuadro… ¿verdad?

—Así es, camarada… usted me dijo que nadie debía enterarse…

Boris se mesó el bigote.

Olga ladeó la cabeza con la docilidad de un perrillo ante un silbato. ¿Qué estaría tramando ahora el camarada Bazhenov, el defensor a ultranza del espíritu del Partido?

Boris juntó los talones en un saltito marcial que hizo que ahora fuese Olga quien diera un brinco.

—¡Póngame en conferencia con el museo Pushkin!

E hizo un par de aspavientos con las manos del mismo modo en que dispersaría un grupo de palomas.

Olga se dio la media vuelta y, sin mover una pestaña (porque no se atrevía ni a parpadear), se dirigió a su mesa para establecer la llamada.

Con la ayuda de un lápiz comenzó a hacer girar el disco del teléfono. Tres, tacatacatá, seis, tacatacatacatá, cuatro, tacatacatá. El disco giraba con lentitud. Olga trataba de mantener la sangre fría cada vez que sacaba el lápiz de los agujeros del disco para que la rueda regresara con la inercia de la tracción. El miedo comenzaba a ponerle la piel de gallina justo cuando Olga escuchó que contestaban al otro lado. Saludó con cortesía protocolaria y a continuación apretó un botón que estableció la comunicación con Boris.

—Tengo al Pushkin en la línea, camarada.

Al ver parpadear la lucecita roja, Olga colgó. Y, con los brazos entrelazados bajo la barbilla, se mantuvo quieta y silenciosa como las piedras de los ríos.

Al cabo de unos minutos, Boris la llamó.

—¡Olga!

La voz de Boris aún no abandonaba las paredes cuando Olga ya estaba dentro del despacho.

—Diga, mi camarada.

—Escriba a los mexicanos y dígales que, si quieren el cuadro, tienen que pagar por su transporte.

El corazón de Olga trastabilló.

—Pero… si no tenemos el cuadro…

—¡Pero ellos no lo saben!

Olga parpadeó.

—¿Quiere que le mienta al Pushkin?

—Haga lo que tenga que hacer. Pero nadie debe enterarse que quemamos ese cuadro.

—Pero, camarada…

Boris se le quedó viendo igual que una víbora ante un ratoncito.

—Si se enteran, deberá dar usted muchas explicaciones.

—¿Yo?

—Yo no he firmado ningún documento, camarada.

—Yo tampoco. Usted me pidió absoluta discreción.

—No esté tan segura.

—¿Cómo dice?

—Su nombre consta en los permisos de salida del Pushkin.

«Maldito infeliz», pensó Olga.

Boris estiró su chaqueta con un tironcito enérgico hacia abajo. Y volvió a enfrascarse en el crucigrama que discretamente había colocado bajo un par de documentos.

—Así que… vaya… usted sígame la corriente y todo irá bien.

En las tripas de Olga revoloteaba un nido de serpientes, pero se quitó un mechón de pelo sobre la frente con naturalidad, tragó saliva y salió del despacho. Notó la mirada lasciva de Boris sobre sus posaderas al salir.

Se sentó rápido frente a su máquina de escribir, no fuera que le fallaran las piernas, y redactó una carta. No para el Pushkin, sino a los mexicanos. La carta decía que: «… con mucho gusto les devolverían la obra de Frida Kahlo y la mandarían a la embajada de México en Moscú».

Olga cerró los ojos en recogimiento. Trató de aletear sus alas de mariposa. Estaban rotas.

Acababa de darse cuenta de que aquello era ya un juego de póker en toda regla en donde mentir era un requisito indispensable. Olga no estaba segura de hasta dónde podría aguantar el farol.

«¿Qué hiciste, Olga?», se preguntó con los dedos entrelazados a la altura de la boca.

Y luego se quedó en silencio por el resto del día.

Lo que ninguno de ellos sabía aún era que se acababan de repartir las cartas en la jugada de su vida.

Olga llevaba un par de ases.

Un par de días más tarde, el jueves para ser más concretos, al llegar a su oficina, Olga se encontró con dos sorpresas que no esperaba.

La primera: sentado en la sala de espera, con el sombrero en una mano y un cigarro en la otra, un hombre al que no había visto nunca antes llevaba, a juzgar por el cenicero ante él, al menos cinco cigarrillos esperando.

Olga se detuvo en seco. El hombre se puso en pie y de su boca salió a trompicones un «buenos días» en ruso sumergido entre restos de alemán.

—*Dóbroje útro, Fräulein.*

Olga dedujo al instante quién era ese hombre común, de rostro común y traje común.

—*Guten Morgen, Herr* Richter.

E inmediatamente se acercó, le tendió la mano a modo de saludo, le ofreció colgar su abrigo en el perchero y después un té, mientras a toda velocidad abría su agenda para verificar si, en efecto, hubiese agendado una cita con aquel alemán. Tobías Richter la sacó de dudas:

—Disculpe el atrevimiento de venir sin anunciar, pero es que tengo cierta urgencia con respecto a unos permisos de salida. Confiaba en que el camarada Bazhenov pudiera ayudarme con *mein Problem*. Esperaré, si no le parece inoportuno.

—Veré qué puedo hacer —dijo con sonrisa forzada.

Olga sabía muy bien que todas las peticiones eran siempre denegadas. Y cuando alguna rara vez su jefe había accedido a hacerse de la vista gorda con el procedimiento de alguno de los trámites establecidos, Boris siempre, siempre, siempre pedía algo a cambio. Últimamente, incluso, se estaba tomando con Olga más atribuciones de la cuenta, y la invitaba a cenar a restaurantes cuyas cocinas emanaban más olor a sumisión que a comida. Ella se negaba cada vez que podía, que no era siempre, pero tampoco nunca. Todo eso pensaba Olga mientras observaba al alemán con desconfianza y él le correspondía sonriéndole de vuelta con unos ojos pequeñitos de los que Olga no se fiaba un pelo. Pasaba las páginas de la agenda con la boca torcida, chasqueando la lengua para que el hombre se percatase de que ser recibido por Boris Bazhenov era una empresa tan complicada como la del *El anillo del nibelungos*. Al menos, lo haría esperar un poco. Le llevó una bandeja con una tetera hirviendo y una taza, y Tobías, temiéndose lo que aquello significaba, comenzó a fumar.

Pasaban quince minutos de las once de la mañana cuando sonó el teléfono.

—¿Oficina de la Sociedad para las Relaciones Culturales con el Exterior?

—Buenos días. Hablamos de la embajada de México en Moscú.

Ésa fue la segunda sorpresa.

Tobías notó cómo el rostro ya de por sí pálido de Olga se volvía blanco, blanco, blanco. Casi azul.

—¿Es usted Olga Simonova?

—Al habla.

Entonces los otros respondieron efusivamente:

—Llamamos en relación con el cuadro de Frida Kahlo de Rivera.

Olga se sentó. Por un segundo creyó que se desmayaría. Cerró los ojos al decir:

—¿Y bien?

—Lamentándolo mucho, no podremos incluir dicho cuadro en nuestra exposición.

Olga abrió los ojos de par en par.

—¿Cómo dice?

—No podemos hacernos cargo. Es demasiado grande y el transporte demasiado caro. Imagínese, de Moscú a París, y a Londres, una obra de tales dimensiones... Además de todo el papeleo y visados que se requerirían para garantizar el transporte hasta Occidente...

Ambos hicieron una pausa. Olga no podía ni respirar.

—Entonces, ¿no quieren el cuadro?

Al otro lado se escuchó:

—Claro que... si ustedes estuvieran dispuestos a apoyarnos...

—¿Apoyarlos?

—A costear los portes.

Olga se estremeció y empezó a jugar al póker.

—Me temo que eso no será posible, camarada. La VOKS ha sido muy firme a ese respecto. Como se les comunicó, nos ofrecemos a hacérselos llegar a su embajada. Pero me temo que no podemos hacer nada más.

Y entonces, Olga titubeó un poco. Un segundo apenas, un segundo en el que dudó si decir lo que estaba a punto de decir y, sin embargo, lo dijo. Ella misma se sorprendió al escuchar el melifluo tono de su voz baja, muy baja, como si revelara un secreto:

—Le pido que consideren recibirlo en su embajada, porque si no, lo vamos a tener que destruir.

Olga no pudo ver la reacción de su interlocutor al otro lado de la línea telefónica, pero le pareció ver que Tobías detenía el humo que salía de su boca. Ella le dio la espalda.

—¿Destruirlo? ¿Qué quiere decir con «destruir»?

—Comprenda que es un cuadro muy... especial... —y Olga rectificó— muy grande. Nos estorba. Ocupa mucho espacio y, además, es un cuadro antisoviético.

—Tengo entendido que fue una donación a la Unión Soviética.

—Un desacierto —contestó ella.

Se hizo un silencio. Olga contenía la respiración. Enrollaba y desenrollaba el tirabuzón del cordón del teléfono en su dedo. Al otro lado de la línea se escuchaba un entrecortado y profundo respirar. Finalmente, la voz dijo:

—Me temo que si no costean el envío de la itinerancia, nos será imposible llevárnoslo. Pero le pido que no lo destruyan. Le ruego un poco más de tiempo. Veré si hay algo que se pueda hacer.

—No puedo garantizarle nada.

—Considere el daño que una acción como ésa les haría a nuestras naciones.

Olga apretó un poco más el cordón sobre su dedo índice. Estaba sudando.

—Dense prisa —dijo Olga.

Colocó un dedo sobre el interruptor y cortó la llamada.

Beep, beep, beep.

Olga se quedó unos segundos con el auricular pegado en la oreja. El pitido de la comunicación interrumpida repiqueteaba en su oído. Ella miraba al infinito. Trataba de vislumbrar los bordes de aquel panorama incierto que acababa de desplegarse ante sus ojos.

«Ay, Olga, ay», pensó. «Estás jugando con fuego».

Luego dejó caer el peso de sus hombros sobre el aparato.

Tobías, que había estado observándola con curiosidad taxidermista, no había perdido detalle. Atento como un cazador. «¿Qué acababa de suceder?». Estaba seguro de haber presenciado una especie de duelo.

Tobías carraspeó para aclarase la irritación de la garganta.

Aquel ronquido trajo a Olga de vuelta de su ensimismamiento. Se había olvidado por completo de su presencia. Y lo miró. Por primera vez lo miró. Entonces Olga parpadeó tres veces como si acabara de salir de un encantamiento, asintió en su dirección con una leve inclinación de cabeza (que era a la vez un saludo y una suerte de agradecimiento), y marcó el teléfono de Boris.

Tobías la escuchó cuchichear con su jefe un par de frases que no entendió, y después dijo unas pocas líneas que sí entendió: «Sí, camarada», «así es, camarada», «de Alemania Oriental, camarada». Y tras esto, Olga tomó bríos. Su actitud hacia Tobías cambió como una actriz canjea el hastío por una sonrisa al dejar las bambalinas y salir al escenario. Se levantó, se estiró la falda con las manos y le anunció:

—*Herr* Richter, el camarada Bazhenov lo recibirá ahora.

Y caminó delante de él para indicarle el camino.

Para sorpresa de Olga, Boris no escudriñó a Tobías como se había imaginado. Y es que, a diferencia de Olga, Boris sí sabía quién era Tobías Richter. Era miembro de la Kulturbund[5] y al parecer el mismísimo Johannes R. Becher —el poeta creador de la letra del himno de la RDA—, lo tenía en gran estima. Así, nada más identificarlo, Boris se levantó de su asiento y le apretó en un abrazo fraternal y luego le plantó tres besos, izquierda, derecha, izquierda, en las mejillas. Olga se arrepintió de no haberlo hecho pasar antes. Con una mirada fría, Boris le indicó a Olga que tomara asiento junto a él. La necesitaba para traducir.

[5] Asociación cultural que fue una federación de clubes locales en la República Democrática Alemana (RDA). Formó parte del Frente Nacional de Alemania Democrática, y tuvo representación en la Volkskammer. Muchos de sus miembros eran escritores, incluyendo a Willi Bredel y Anna Seghers.

Los dos hombres empezaron a conversar mientras Olga, a toda prisa, convertía al ruso palabras alemanas que hacía siglos no escuchaba, y viceversa. Estaba tiesa como una vara, cuidando no equivocarse, pero los hombres estaban relajados, incluso les dio tiempo de bromear un poco. Olga se enteró así de que Tobías había estado en la Gran Guerra Patriótica rusa y que había combatido junto al Ejército Rojo. En Alemania le llamaban «el Ruso», aunque apenas se defendía con algunas palabras en polaco que había aprendido para sobrevivir. *Matka, tabachok, kaputt*. Y cuando llegó la hora de dividir Berlín en cuatro porciones como un queso, Tobías había decidido quedarse en el sector soviético. Al oír esto, el recuerdo de Pieter azotó a Olga en la frente.

Boris extendió los brazos en dirección a su interlocutor en efusiva señal de agradecimiento. Olga nunca había visto a su jefe tan amable y servicial. Luego hablaron de la necesidad ineludible de dividir las dos Alemanias de manera contundente y eficiente, de la gran labor que estaba llevando a cabo Walter Ulbricht, el primer secretario del Partido Socialista Unificado de Alemania (SED), y aplaudieron la nacionalización de casi el ochenta por ciento de la industria. En la RDA estaban dispuestos a todo. Tobías le contó que combatirían las dificultades económicas que aquejaba Alemania con una subida de impuestos y también de los precios y, si las nuevas cuotas de producción no eran alcanzadas, los trabajadores tendrían que asumirlas con una reducción de los salarios.

—He oído que el pueblo amenaza con revueltas —comentó Boris.

—Si tienen que salir los tanques, saldrán. Rusia nos apoya —contestó Tobías.

—Lo que haga falta para erradicar el fascismo de Alemania.

—No hacemos sino imitar la labor soviética, camarada Bazhenov.

Así estuvieron un rato, endulzándose los oídos uno al otro, hasta que Boris le preguntó cuáles eran las razones que lo habían llevado hasta Moscú. Fue entonces cuando Tobías se puso muy serio y pidió un poco de agua. Boris dijo que ni hablar: «El agua oxida los huesos», y en su lugar le indicó a Olga que les sirviera dos vasitos de coñac ruso. Ella reprimió el impulso de entornar los ojos al cielo.

Si querían beber, ¡que se sirvieran ellos! A regañadientes, se levantó por la botella. Les sirvió y los hombres se lo bebieron de un trago. Con la garganta aún ardiente por el licor, Tobías habló:

—Verá. Tengo un camión con obras de arte que deben viajar a la RDA, para vestir las oficinas de gobierno, y en estos momentos, mientras hablamos, el camión se encuentra detenido en la frontera.

—¿Qué tipo de obras?

—Obras soviéticas, naturalmente.

Las mejillas sonrosadas y gordinflonas de Boris se tiñeron de una sombra pesimista y el camarada apretó los labios.

—Al parecer falta algún permiso —le indicó Tobías.

Boris se reclinó en su asiento y juntó las yemas de sus dedos. Tobías, prosiguió:

—Pero aquí puede ver que tengo todo en regla. —Y desplegó sus documentos—. No entiendo qué motivo puede haber para atravesar por este inconveniente. El camión debería haber salido ya rumbo a Berlín.

Olga se puso en guardia mientras pensaba a toda velocidad. «¿Este hombre quiere sacar cuadros de Moscú?», se dijo. Y sin apenas darse cuenta, se acomodó en su asiento porque, de pronto, ese hombre común acababa de convertirse en la persona más interesante a varios kilómetros a la redonda.

Boris echó un vistazo a los papeles, y los fue pasando uno debajo del otro, de uno en uno, como un profesor concienzudo que revisa exámenes. Y entonces Boris se pasó la mano por la frente abombada y dijo en absoluta calma:

—Si mis camaradas han detenido ese envío, alguna razón tendrán.

Ambos hombres permanecieron impertérritos. Monolíticos. Tobías habló:

—Pero, camarada… ¿usted ve aquí alguna irregularidad?

—Tal vez la irregularidad no se halle en los documentos.

Tobías, que hasta entonces pensaba que la reunión rendiría buenos frutos, empezó a preocuparse.

—¿Me está acusando de transportar algo indebido, camarada?

Tras traducir, Olga notó un sudor nervioso humedeciéndole la espalda.

A espaldas de Boris, colgado en la pared, el retrato de Stalin contemplaba la escena con esos ojos pequeñajos de ranura de alcancía y su bigote de cepillo. Atento, omnipresente. Boris pensaba que el Gran Padre refutaría sus palabras: «Sí, camarada, ¿transporta usted algo indebido?».

Olga notó cómo Tobías se sentaba más derecho en su asiento. Ella también estaba en posición de firmes, como si el mismísimo Lavrenti Beria, el jefe de la policía secreta y responsable de los arrestos más arbitrarios, estuviera pasando revista en aquella habitación.

Ambos permanecían impasibles.

Pero Boris Bazhenov no era un estúpido. Era un hombre que se había ganado la confianza del Partido. Un hombre listo y convenenciero. Y no estaba dispuesto a levantar una acusación a la ligera a un miembro de la Kulturbund que se codeaba con altos rangos. Al menos, no hasta estar más seguro. Entonces, reculó:

—En nuestra gran nación no acusamos sin pruebas.

Tobías señaló los papeles desplegados ante él.

—Pueden revisarlos, camarada. No hay nada irregular. A lo mejor falta algún papel que se me haya pasado por alto. Si pudieran informarme qué necesito para liberar ese camión, subsanaríamos este inconveniente de forma inmediata. Estoy seguro de que mis colegas en Alemania le agradecerán el favor.

Boris entonces lo miró con arrogante condescendencia. Olga conocía muy bien esa mirada. La mirada que Boris ponía cuando vislumbraba que acababa de abrirse un resquicio por el cual colarse, un vacío por el cual pedir algo a cambio. La mirada que ponía cuando reconocía la oportunidad de hacer que una acción realizada por otros repercutiera en su beneficio. Y entonces dijo un tanto airado:

—Mi secretaria, la camarada Olga, aquí presente, se comunicará con usted en breve para darle una resolución. —Y luego, dirigiéndose a su secretaria, le ordenó—: Encárguese, Olga.

Tobías se puso en pie porque comprendió que era el momento de retirarse. Esta vez no hubo besos de despedida. Estiró su mano derecha y agradeció la voluntad de Boris con un apretón tan contundente que bien podría haber desnucado a un pollo. Junto a Boris, Tobías parecía un gigante.

Olga lo acompañó a la salida. Se despidieron en total seriedad, Tobías se calzó el sombrero y recogió su abrigo.

—Espero su llamado, *Fräulein*. —A Olga le pareció que los ojos de Tobías le sonreían amistosamente.

Una vez que el alemán hubo salido, Boris la mandó llamar y le hizo cerrar la puerta de su despacho. Por lo que pudo entrever, Boris, junto al mueble del bar, se acababa de beber otro coñac y se servía un tercero.

—Encárguese de inventariar las obras que el camarada Richter saca del país.

Olga asintió.

—Quiero un informe detallado de todo lo que saca. Procedencia. Destino. Con fecha y hora.

—Sí, mi camarada.

Por cómo la miraba, y por estar envalentonado por el coñac, Olga se temió que iba a citarla para verse con él al salir de la oficina. Notó sus músculos tensarse como las cuerdas de un instrumento recién afinado. Pero Boris soltó:

—¿Qué sabemos del cuadro mexicano?

—¡Oh! Los mexicanos no están dispuestos a pagar el transporte. Así que todo en orden, camarada.

Boris se rio.

—¿Ve? Ni siquiera ellos quieren esa mierda que nos mandaron.

Olga se disponía a marcharse cuando Boris la detuvo:

—Y una cosa más...

—¿Sí?

—... Vigílelo.

Se hizo un breve silencio que Boris aprovechó para beber. Al poner el vaso sobre la mesa, Olga seguía ahí, sin moverse, observándolo fijamente con todas las preguntas del mundo revoloteando en un enjambre sobre su cabeza.

—¿Que vigile a quién, camarada?

—¿A quién va a ser?

Olga volteó en dirección hacia la puerta por la que había salido Tobías.

—¿A *Herr* Richter?

—Quiero un informe detallado de sus movimientos. A dónde va, con quién duerme, qué come, cuándo va al baño... Todo.

—¿Me está pidiendo que… lo espíe?

Boris sólo dijo:

—Haga lo que tenga que hacer.

Olga permaneció inmóvil ante su jefe, sin saber qué decir, ni qué hacer.

—¿Y cómo pretende que haga… eso?

—¿Quiere que le haga un croquis?

Y luego le sonrió con lascivia, la miró, la señaló con el vaso en la mano de arriba abajo:

—Usted sabrá cómo.

Los ojos de Olga estaban tan abiertos como su boca. Notó que sus manos comenzaron a temblar y se las agarró en un puño.

—No se ponga así. Usted sabe muy bien cómo la miran los hombres. —Y luego añadió—: Hágalo y el Partido sabrá compensárselo.

Olga salió de allí con la ropa intacta por fuera, pero por dentro estaba hecha un boñigo, revolcada y zarandeada como si una ola acabara de golpearla y revolcarla contra las rocas. Porque en ese instante, humillada, avergonzada y asustada, Olga aún no podía saber que se había equivocado. Porque Tobías Richter podría ser muchas cosas, podría tener una apariencia simplona, podría parecer uno más del montón, podría estar cortado con la misma tijera que recortaba a todos los hombres a su alrededor, pero Tobías Richter, ese alemán al que apodaban «el Ruso», nunca, nunca, nunca, sería lo que llamaban un hombre común.

Frida

México-Estados Unidos, 1946

Tras sopesarlo mucho, Frida decide operarse. Viajará. Le van a hacer la operación más delicada de su vida, pero atónita escucha a Diego decirle que no va a acompañarla. El gordo panzón le dice que «tú puedes con eso y más, Fridu», la besa en la frente y, con sonrisa bobalicona de tortuga tras desovar, le promete estarla esperando a su regreso. Durante una ráfaga de segundo, una voz interior le dice a Frida que lo mande a chingar a su madre sin alharacas ni espectáculos, que lo despida para siempre, que lo deje; pero enseguida otra voz, aún más fuerte y estridente, le grita que es mejor así, que nada puede hacer Diego por ella en Gringolandia, mejor que se quede trabajando, pintando, pintando como el gran muralista que es, como el gigante que es, que los titanes no están hechos para convivir con las miserias de los mortales. Su Diego es una fuerza telúrica. Incontrolable. Impredecible. Irreparable. Incontestable. Y con un beso en los labios Frida deja que tiemble la tierra.

Tras las primeras horas sin Frida, Cristina camina por la casa sobándose las manos y mordiéndose los padrastros con desesperación. El remordimiento le arde en la boca del estómago como si en sus centros se hubiera desatado un incendio. En un intento por recobrar la serenidad de la rutina, se sienta a hacer las tareas escolares con sus hijos. Pero no los escucha. Al rato, oye la voz aguda y enojada de Toñito:

—¡Mamita!

—¿Qué pasó!, ¡qué pasó?

—¿Pues quién es el prócer de la Patria? —dice con las palmas de sus manitas hacia arriba.

—¿Pues quién va a ser, mijo? Acuérdese…

El niño levanta las cejas y cruza los brazos. Su madre le ayuda soltando en sílabas la respuesta de a poco:

—Be… —Toñito agarra el lápiz y, aún sin saber la respuesta, escribe en su cuaderno: «Be»… y mira a su madre a la espera del resto de las sílabas— ni… tooo… —Estira las últimas letras Cristina.

Y el niño se le queda mirando esperando un apellido sin que aquel nombre haga resonar ninguna campana.

—¡Ay! ¡Toñito! ¡Pero cómo no sabes aún! ¡Revisa tu libro!

La madre se levanta de la mesa dejando al pequeño Toño con la duda y una cara enfurruñada porque tendrá que leerse la lección.

Cristina sabe que se ha equivocado. Que ha sido un gran error —otro gravísimo error— mandar a su hermana sola. Los cristales de ese caleidoscopio de colores se le mezclan en la cabeza atormentándola, construyendo imágenes horrorosas de cementerios y panteones negros y el cadáver de su hermana en un ataúd de madera bajando por la escalera del avión. Se presenta ante el cuñado reclamándole su desidia. Le dan ganas de agarrar a Diego por las solapas mientras en su cabeza escucha los reclamos que quiere decirle en voz alta: «¡Apóyala! ¡Cuídala! ¡Estate con ella, pedazo de cabrón!». Pero todo es inútil porque jamás se atreverá a hablarle así al proveedor del pan de sus hijos. Por dentro bulle, pero por fuera es un laguito de agua estancada que pide las cosas «por favorcito» y «si no es mucha molestia». Pero entonces Diego dice algo que la deja en el sitio porque no se lo espera.

—Si tanto crees que necesitas estar con ella, yo te pago el vuelo.

Demasiado descaro, demasiada soberbia. No todo lo arregla un cheque, piensa Cristina. Pero las aguas mansas de su conciencia le toman la palabra y dice que dale, voy yo.

Así que es Cristina, atormentada por el miedo de las promesas incumplidas, quien a los pocos días encarga a sus hijos con sus otras hermanas mayores, les da un beso apachurrado en los cachetes y se sube al avión sin nada, sin hospedaje ni dinero, sin certezas, pero con el corazón amalgamado de un almizcle de miedos, culpas y amor hacia su hermana.

Cuando Frida ve a Kitty aparecer por la puerta, de su boca atea por poco se le escapa un «gracias a Dios».

La operación supone colocar cuatro vértebras en su sitio. Cortar un pedazo de pelvis para injertárselo en la columna y una placa de quince centímetros de largo lo juntará todo en una pieza híbrida de sangre y metal. Después vendrán tres meses de reposo en una cama más dura que las piedras del Pedregal. Un reposo que no es tal porque el dolor es insoportable y Frida grita y llora, y grita más duro, y se retuerce y vuelve a llorar. Calmantes, sedantes. Días que pasan lentos como el hambre. Y después, ocho meses de un corsé frío de acero. Otro más de tantos. Frida está flaca, flaca, flaca. No tiene un gramo de grasa sobre los huesos. Los pómulos le llegan a la sien. Sus pechos huecos se han quedado blandos y calientes como calcetines usados y la regla se le retira y mengua igual que un charco en sequía. En su mano derecha, la que usa para pintar, le salen hongos. Le prohíben coger los pinceles hasta que la infección pase. Eso la mata un poco más. Una nube negra descarga sobre ella una lluvia de tristeza. Cierra los ojos, y dentro sólo hay sangre. Dos cicatrices grandes la atraviesan por la espalda. Está remendada igual que un saco de papas. Mal cosida. Cristina trata de darle ánimos: «Mantente firme, Frida», le dice. Sin Cristina no podría sobrellevar aquel horror. Sobre la mesita descansa una cajita de música a la que le dan cuerda a todas horas. Su tintinear las arrulla. Frida contempla a la muñequita de *ballet* girar sobre una única pierna. Gira, gira, gira sin detenerse, sobre su pata de palo.

Un día, Kitty le dice:

—Mira lo que te traje —y saca de una bolsa un vestido de tehuana y un huipil.

La cara de Frida, que lleva meses en bata de hospital, se ilumina.

Las visitas comienzan a llegar. Amigos, examantes, familias, todos la van visitando en el hospital y Frida recupera la esperanza. El médico indica que hay que quitarle medicamentos y Frida sonríe con todos los dientes:

—Ay, sí, doctorcito, en vez de meterme más, quíteme mierdas. Así estaré mejor.

Por las noches, Cristina le cambia las sábanas hasta tres veces porque Frida suda y suda a causa de los corsés. Huele a perro muerto, pero Cristina y ella se han acostumbrado al olor de la carne encerrada.

Por fin, con los primeros días del verano, el doctor dice que ya es hora, que trate de ponerse en pie. A Cristina se le resbalan las lágrimas, que aparta con rapidez de la cara al ver a su hermana de pie durante dos minutos. Después del esfuerzo, la sientan en un sillón. Por fin. Es la primera vez en semanas que no está metida en la cama. El doctor le permite moverse:

—Pero con mucho cuidado.

—No se preocupe, mejor me quedo quietecita.

Aún no se atreve. Se mueve con la delicadeza con la que se acomodan unas copas de cristal en una repisa tambaleante.

Cristina la viste. La peina. Le pinta la boca. Una mañana de sol radiante, Cristina le dice:

—Ven.

—¿A dónde?

—Tú sígueme.

—¿Andando?

—El doctor te ha dicho que ya puedes caminar. Ven, no tengas miedo.

Los ojos de Frida se llenan de espanto.

—No, no. Aún es pronto.

—Yo te cuido, vamos…

—No, Kitty. No seas imprudente.

—No te va a pasar nada. Ven.

Y Cristina la jala con suavidad para que dé un paso. Perpleja, Kitty escucha el grito de pavor de su hermana, que de pronto emite pitidos de tetera hirviendo. Tiene tanto miedo que teme que pueda orinarse encima. Cristina se asusta. Es la primera vez que ve el miedo en los ojos de Frida. Dolor, sí, pero terror: eso jamás. Cristina la sujeta con suavidad de la cara y clava sus ojos claros en los oscuros de su hermana:

—Frida, mírame.

La cabeza de Frida está inclinada al suelo. Cristina repite:

—Mírame.

Lentamente, Frida alza el marrón de sus ojos en la claridad verde de Cristina. Se ven. Se reconocen. Se conocen tanto. Hubo un tiempo en donde pensaban que los caminos que recorría la una los surcaba también la otra porque caminaban de la mano, se reían las gracias a mandíbula batiente y jamás pensaban en el futuro porque el presente les alcanzaba. Un tiempo sin dolor ni reproches ni arrepentimientos. Sus otras hermanas al verlas decían: «Y ahora qué se traerán esas dos», porque como un par de urracas iban siempre juntas persiguiendo destellos. Cuando hablaban de ellas lo hacían en plural: *nosotras*. Nunca tú y yo. Jamás yo y tú. Estaban enredadas, igual que las trenzas con las que Frida se recoge la melena en lo alto de la frente. Pero ese lazo se rompió quién sabe cuándo. Quizás fue con la polio cuando la enfermedad las cercenó de un navajazo. Y luego vinieron todas las demás desgracias, una tras otra, con la frialdad con la que el río se convierte en cascada. Frida rompe en llanto y Cristina la deja llorar. No la interrumpe. La envuelve para cobijar sus lágrimas con sus brazos, mucho, mucho, mucho rato. Todo lo que no ha llorado Frida en los últimos meses sale desbarrancado en lágrimas rojas con sabor a ceniza. Y así permanecen, una contra el pecho de la otra, como cuando eran niñas, como cuando no conocían penas ni penurias, y no había principios ni finales. Entonces la felicidad consistía en gritar con voz cantinera «¡La bota! ¡La rosa! ¡El borracho!», hasta llenar el cartón de lotería, y al aburrirse, contar hasta cien con los ojos cerrados para dar tiempo a que la otra encontrase el mejor sitio para esconderse; cuando un beso en la herida tenía el poder de sanarla. «Sana, sana, colita de rana. Si no sana hoy, sanará mañana». Así. Así permanecen abrazadas. Cuando Cristina siente que el temblor del llanto se detiene, la besa. En los ojos. En la frente.

—¿Estás mejor?

Frida asiente.

Luego Cristina le dice:

—Confía en mí.

«Confianza», una palabra rota que comienza a remendarse, a juntarse en los pedazos que quedaron desperdigados por el suelo. Frida se seca la cara con el dorso de la mano.

Y entonces, lo da.

Un paso.

Luego otro. Frida ríe a pedacitos cortos. Da otro. Y otro. Cristina suelta un gritito de alegría. Frida camina. Está en pie. Firme. Derecha. La cabeza no se le cae. Un paso. La columna no se le rompe. Otro paso. Los pies de horribles zapatos ortopédicos le responden.

Y así, a ritmo de caracol, salen a una terraza no muy lejos de la habitación. Frida se deja besar por ese sol que no ha tocado su piel en meses. Se recuesta sobre el regazo de Cristina y cierra los ojos. No es como el sol de México, pero a ellas les gusta imaginar que sí. Un sol que calienta y no quema. Un sol que las hace saber que siguen vivas. Que queda mucho por hacer. Que la vida no se ha acabado en aquel hospital.

—Te quiero, Kitty.

—Yo más. —Y la besa en el pelo que antes le ha trenzado entre cintas de color magenta. Como las jacarandas.

Y se quedan ahí, ignorando que su dolor es una botella aventada al mar que siempre vuelve a la orilla.

Olga

Moscú, 1953

Olga se pasó el resto de su jornada laboral con la mirada perdida. Veía a su alrededor y le parecía contemplar la inhóspita aridez de la estepa. La oficina había dejado de ser ese remanso de paz al que acudir cada día. ¿En qué momento aquel lugar se había convertido en una losa más? ¿Cuándo habían profanado su santuario, transformándolo en un tumulto desordenado de insectos suicidándose en torno a una luz incandescente? ¿Cómo es que su oasis se había secado y convertido en esa amalgama de mutismo y desilusión? Y cuando hacía recuento de los daños, las flechas apuntaban en dos direcciones: a la desilusión de estarse dedicando a la burocracia en vez de al arte. Y hacia Boris.

Era él.

Por él.

Boris emanaba un tufillo agrio, tan egoísta y convenenciero que hasta los cristales crujían en una especie de lamento. Olía a rancio. En la medida en que había ido ganando poder, se había ido tornando en un trol arrogante de dientes sucios y colmillos largos. Un ser desconfiado que volteaba hacia atrás para vigilar el reflejo de su sombra. Miraba con la barbilla alzada y daba indicaciones tronando los dedos. Era más taimado. Más pequeño incluso, como si a mayor estatura política, su tamaño menguase, un prodigio espeluznante de vasos comunicantes.

Pero lo más triste era que Olga sabía que ella había colaborado en aquella transformación. Como si su varita hubiese obrado la magia. Ella, la artífice responsable de convertir al príncipe en sapo. Sin ella, Boris habría seguido siendo un funcionario cuyo talento no estaba a la altura de su ambición. Había sido ella —a su pesar— quien le había ayudado a escalar esa montaña. La que le había allanado el terreno para subir cada peldaño. Pues sin ella, Boris era un satélite sin luz propia. Y Olga era la luz que iluminaba aquella luna.

Un tambor en el interior de Olga redobló fúnebre. Pues por más culpables que buscara, ella misma había cavado la madriguera en la que estaba atrapada. Boris era el zorro y ella un conejo.

Y no había más.

La orden que Boris le había dado esa mañana machacaba su cabeza hasta hacerla un puré. ¿Vigilar a Tobías? ¿Qué implicaciones tendría eso? Y ¿qué había pretendido decir Boris con aquello de «usted sabe muy bien cómo la miran los hombres»? ¿Acaso la miraban los hombres? Desde que Pieter se marchó no había estado con nadie, ni había deseado volver a ser mirada por nadie. Al contrario, caminaba encerrada en su concha, cabizbaja, con la vista puesta en las baldosas de las aceras para no tropezar ni con bordillos ni con miradas. Los hombres para ella eran nombres comunes. El panadero, el lechero, el médico, el repartidor de periódicos. Porque sólo un nombre propio le interesaba. Uno solo. *Pieter.* Ninguno más.

No se imaginaba erizada entre otras manos, ser besada por otros labios. Ni ella se imaginaba rozar otros brazos, acariciar otra espalda, hundirse en otras nalgas, otras piernas. Desde Pieter, los cuerpos de los demás dejaron de interesarle. Si no era con Pieter, prefería no estar con nadie más. Hubo un tiempo en que su cuerpo lo añoró con tal intensidad que le dolía. Lo buscaba a tientas en el cuenco vacío de su soledad. Pero había pasado mucho, mucho tiempo ya. Y el dolor de añorarlo se difuminó. Ya ni siquiera era humo. Era el filtro de un cigarro en un cenicero.

Recogió sus cosas, apagó la luz y se fue a casa.

Cuando entró en el apartamento, Valentina colgaba la ropa recién lavada en unas cuerdas tendidas que atravesaban el salón.

—Ah, eres tú.

—¿Quién más va a ser, Valentina?

En los ojos de la mujer siempre habitaba la desconfianza. Al caminar arrastraba los pies sin hacer ruido, aunque ahora la seguía a todas partes una nueva sombra: un gatito recogido de la calle al que llamó Alexander, en honor a Alejandro II, el menos castrense de los zares. El gato contempló a Olga desde lo alto del sofá y por todo recibimiento movió parsimonioso su cola de serpiente encantada. Nada más verla, Valentina reconoció en su cara un abatimiento similar al suyo.

—¿Qué pasa, niña?

Olga se dejó caer en el sofá.

—No es nada. Un día complicado. Eso es todo.

Valentina dejó la canasta de ropa en el suelo y se sentó a su lado.

—¿Quieres algo de comer? He preparado chucrut.

Olga asintió, más por cortesía que por apetito.

Valentina le sirvió un plato y se sentó junto a ella en silencio. La acompañó mientras comía y, al ritmo de cada cucharada, acariciaba a Alexander, que ronroneaba mimoso sobre su regazo.

—¿Qué te pasa? ¿No me lo vas a contar?

—Es mejor que no sepas nada, Valentina.

—No se lo diré a nadie, muchacha.

No. No se lo diría a nadie. Porque Valentina no tenía en el mundo más que a ese gatito que ronroneaba a cambio de una caricia. A Olga le habría venido bien hablar. Decirle que estaba a punto de jugar con fuego. Que se quemaría. Que ardería igual que el cuadro aquel del que no quería acordarse. Que Boris la había colocado al borde de un precipicio. Que una palabra suya podría mandar a un hombre al cadalso. Las sombras de historias terribles, historias de interrogatorios injustificados y campos de trabajo forzoso, *gulags,* de orfanatos del Comisariado del Pueblo para Asuntos Internos (NKVD) repletos de infantes de dos, tres, cinco años, cuyos padres desaparecían misteriosamente... Todas esas imágenes de angustia y desesperación se proyectaron una encima de otra. Tenedores apilados en la conciencia de Olga. El gato se erizó al percibir su miedo. Y de pronto, sin permiso y sin aviso, la imagen de Frida le azotó en la frente, porque se imaginó a sí misma presidiendo una mesa de terror y silencio ensangrentado. Las manos se le helaron y tuvo que calentárselas con su aliento.

—No es nada, Valentina. Cosas de la oficina. Un trabajo delicado, eso es todo.

Valentina no le creyó una palabra. Pero había visto lo suficiente como para saber que esa cerrazón y malestar en su semblante no podían significar nada bueno. Así que echó mano a la botella de aguardiente sobre la mesa y bebió a morro. Luego deslizó la silla hacia atrás, que se arrastró penitente por el suelo en un quejido seco y áspero. Pero antes de marcharse, Valentina le dijo muy bajito:

—No te metas en líos de los que no puedas salir.

Y besó a Olga en el pelo con la languidez de un pez muerto.

Al día siguiente, Olga hizo un par de llamadas, consiguió varios certificados, selló permisos y luego pasó a firma los documentos que liberarían el camión de Tobías detenido en la aduana. Cuando le entregó la carpeta a Boris con todo organizado y resuelto, éste le dijo:

—Buen trabajo.

Y antes de que Olga saliera de allí con la carpeta contra el pecho, le recordó:

—Espero su informe mañana a primera hora.

Intercambiaron miradas un segundo. La ya de por sí leve sonrisa de Olga desapareció. «Al mal paso, darle prisa», se dijo. Y salió.

Ya en su mesa, discó el número del hotel en donde se alojaba Tobías.

—¿Aló?

—*Herr* Richter, aquí Olga Simonova.

—…

—*Ya, ya*. Está todo en orden, *Herr* Richter. Pase por la oficina para que le entregue la autorización.

—…

—*Bitte, Genosse.*

Y colgó.

Tobías, como es natural, se presentó ya casi al mediodía con un fuerte olor a tabaco en su ropa. Parapetada tras su mesa, Olga se puso de pie y le entregó los papeles. Él abrió la carpeta y la revisó con cuidado, y luego dijo algo como:

—No sé cómo agradecérselo.

—Podría invitarme a comer.

La sorpresa hizo que Tobías ladeara la cabeza.

—¿Comer? —titubeó—. ¿No habría inconveniente?

Y casi sin querer, ambos miraron al unísono hacia la puerta cerrada del despacho de Boris.

—¿Por qué habría de haberlo?

Se hizo una pausa. Como si los dos supieran lo inusual que resultaba todo aquello. La pausa duró demasiado. Tanto que la vergüenza comenzó a treparle a Olga por los pies y pudo sentir su rostro congestionarse como si estuviera en medio de un incendio.

—Discúlpeme, *Herr* Richter. Lo he incomodado. No pretendía…

—No, no, de ninguna manera —la interrumpió él—. Es sólo que no me lo esperaba.

—De verdad, no es necesario… —Y Olga se sentó y clavó los ojos en la máquina de escribir. Luego señaló la carpeta—. Con eso ya no debería tener ningún problema. Que tenga un buen día, camarada.

Tobías se quitó el sombrero y jugueteó con él en la mano. Ver a Olga colorada hasta las cejas lo conmovió.

—Por favor, insisto. Déjeme invitarla a comer. Por favor —repitió.

Olga trató de calmarse. El corazón le latía rápido. Un poco por miedo. Un poco por osada. Otro poco por mentirosa. Un mucho porque estaba a punto de cruzar la línea imaginaria de una frontera de la cual no podría regresar.

—Vamos. Conozco un lugar.

Lo que pasó después de ese encuentro nadie pudo verlo venir. Ni Olga. Ni Tobías. Ni Valentina. Ni Boris. Porque Olga no tenía ningún plan. Ninguno. Y al no tenerlo, se dejó llevar, armada con las habilidades de una intuición que, tras años al servicio de Boris, la habían afilado como a navaja suiza.

Hablaron de arte. De pintores. Del papel de los artistas. Y de cuadros.

Una carrera en una media de seda. Así sucedió. Por accidente, sin querer y sin remedio. Una grieta que a cada paso se hizo más definitiva. Porque a los pocos días de haber entablado una relación más personal con Tobías, Olga decidió que aquel hombre le caía bien.

Cuando alguna vez se preguntó qué fue aquello que vio en Tobías, qué había sido eso que la había cautivado tan a prisa, no supo apuntar hacia nada en concreto. Porque, no es que hubiera sido nada: había sido todo. «Fue su hambre», se dijo entonces. Porque Tobías tenía hambre de hacer cosas. Hambre. Ganas. Ilusión. Todo lo que ella creía haber perdido.

Tobías era generoso y ambicioso. Pero su ambición nada tenía que ver con la de Boris. Nada. Nada de nada. Olga pudo reconocer en sus buenos modos, en su forma de dirigirse a los niños que vendían cerillas en la calle, en la manera de mover la cucharilla para disolver el terrón de azúcar en la taza de té, en la manera en que abrazaba a los camaradas que se encontraba en el camino, al buen hombre que era Tobías. Además, para sorpresa de Olga, a pesar de la seriedad de sus ojos marrones, de la discreta monocromía en su vestir, a pesar de la profundidad barítona de su voz, Tobías resultó ser simpático. A su manera. También era limpio y llevaba siempre las uñas muy bien recortadas. Sus modales eran cándidos, siempre decía «por favor» y «gracias», pero —sobre todo— lo que a Olga le maravillaba era el interés que Tobías ponía en todo lo que ella le contaba. Y Olga se sorprendía al descubrir el tiempo que llevaba sin que alguien le pusiera tanta atención.

Al principio, las palabras de Boris la tenían en guardia: «Usted sabe cómo la miran los hombres». Pero pronto supo que no. Porque el brillo en los ojos de Tobías Richter jamás acució deseo, sino algo más cercano al respeto fraternal.

Siempre se despedían con un:

—*Auf Wiedersehen, Herr* Richter.

—*Auf Wiedersehen, Fräulein* Olga.

Pero Olga, cada día, a primera hora en la oficina, tenía que pasar un informe verbal detallado y pormenorizado ante su jefe. Y le contaba a qué había venido Tobías esta vez, con quién se había reunido, qué cuadros se llevaba, mientras contemplaba los esfuerzos de Boris por encontrar alguna fisura en aquel submarino. Porque Olga jamás dijo nada que pudiera comprometerlo. No por encubrirlo, sino porque estaba segura de que Tobías estaba más limpio que el trigo de hacer pan. De todos modos, Boris no quitó el dedo del renglón.

—A la primera duda, por mínima que sea, de las actividades del camarada Richter, dé aviso inmediato.

Olga se preguntaba qué interés podría tener Boris en Tobías. Y en su inocencia, no se daba cuenta de que el objetivo nunca había sido él.

Los encuentros se fueron espaciando a lo largo del año, porque Tobías iba y venía de Alemania Oriental a Moscú con relativa frecuencia. Y cada vez que estaba de visita aprovechaba para reunirse con su nueva amiga. Vinieron otras reuniones distendidas. A veces, si caía la tarde, Tobías la acompañaba hasta las puertas de su edificio para que no anduviese sola. Asistieron a algún partido de *hockey* en el Estadio Dinamo y alguna vez, incluso, se habían echado una partida rápida de ajedrez en las mesitas del parque Petrovsky. Hasta que una de esas tardes, al volver al departamento, Olga lo invitó a subir.

—Hace frío, y en casa podemos calentarnos —dijo ella.

Tobías accedió.

Cuando los vio entrar, Valentina se asustó. Los extraños normalmente eran portadores de malas noticias. Olga se apresuró a presentarlos:

—Valentina, te presento al camarada Tobías Richter. Un amigo.

Valentina, congelada aún por la novedad, saludó apenas. Un saludo que parecía un pellizquito. Sin mediar palabra, Valentina se fue a encerrar en la única habitación con tal discreción y parsimonia que el gato, que la seguía con la mirada, le aprendió en ese momento tres o cuatro cosas. Después, digno, Alexander miró a Olga, bostezó enseñando todos los dientes y se acurrucó en lo alto del sofá.

Olga calentó la tetera en la lumbre y en su torpeza hizo trastabillar un par de vasos que escurrían al borde del fregadero. Valentina había dejado un reguero de trastes sucios. A decir por el desorden, ahí nadie había pasado un trapo en todo el día. Tobías se acercó, se arremangó, y comenzó a lavar. Ella secaba.

—Siento mucho el desorden. No pensé que… normalmente está todo más limpio.

Tobías no le dio importancia. Pausa. Un silencio breve. Luego Tobías preguntó:

—¿Cómo es que no viven con más gente?

—Su marido y sus hijos murieron en Crimea. Así que sólo somos ella y yo.

Tobías siguió lavando platos en la pila de jabón. Olga prosiguió:

—Valentina no ha levantado cabeza desde entonces.

—Todos perdimos a gente en la guerra.

Olga estuvo a punto de mencionar a Pieter, pero se mordió la lengua. Sin dejar de secar un vaso que ya chirriaba, preguntó:

—¿A quién perdiste?

—A mi madre.

Olga balbuceó:

—Yo también a la mía.

Después estuvieron callados un rato. Afuera se oía la noche. Pero en el interior de Olga el bullicio era tal que creyó que tendría que gritar para pedir silencio. Un manojo de preguntas se le hacían bola en la garganta. Quería hablar del cuadro de México con Tobías. Lo deseaba desde el fondo de su corazón. Quería contarle. Preguntarle cómo alguien capaz de encerrar en una pintura tanto sufrimiento y dolor podía ser considerado un mal pintor. Una mala pintora. Quería confesar.

—¿De quién son esos cuadros que te llevas?

—De nadie. Son cuadros soviéticos. No tienen un autor definido. Pintan para el pueblo, no por vanidad.

Una pausa.

—¿Sabes?, yo quería ser pintora.

—¿Pintas?

—Pintaba. Ya no.

—¿Y por qué no?

—Me quedé muda —dijo Olga.

—Pues yo te escucho alto y claro —contestó Tobías.

Los dos sonrieron. Más platos. Más vasos.

—¿Eras buena?

—No lo hacía mal —mintió con falsa modestia.

Olga quería hablarle de la mujer de la foto a la que llamaban Frida Kahlo. Preguntarle si tenían derecho a quemar una obra como aquella. El olor a quemado le picó la nariz y se rascó con la mano mojada.

—¿Qué significa Frida? —preguntó entonces Olga.

—¿Frida?

—Es un nombre…

—¡Ah! ¡Te refieres a Frieda! Significa «paz». ¿Por?

—Por nada.

A vuelo de pájaro, miró los tablones bajo los cuales escondía sus cuadernos, sus dibujos. Dibujos de un arte considerado burgués y antisoviético. Ahí debajo había escondidos bocetos y bocetos de un cuadro que le obsesionaba y que reproducía sin parar. «¿Acaso estaba perdiendo el juicio? ¿Acaso estaba loca? No digas una palabra», se ordenó.

Como si pudiera leer sus pensamientos, Tobías irrumpió en aquel desorden:

—¿Qué sucede, Olga?

Ella abrió los labios para hablar, pero enseguida la prudencia la paralizó. Midió muy bien sus palabras. Olga clavó sus ojos en Tobías.

—¿Transportas a artistas de la lista negra?

—Shhh. Sabes que no existe tal cosa.

Tobías se puso muy serio. La conversación se había tornado interesante. Él recalcó en voz baja, con la voz susurrante de quien está acostumbrado a los oídos de las paredes:

—Tan sólo mencionar la existencia de una lista negra puede acarrearte problemas.

Los dos pasaron saliva. Estaban adentrándose en arenas movedizas. Olga reformuló con la voz a ras de suelo:

—¿Crees que un artista rechazado pueda abrirse un espacio en la Unión Soviética?

—Los principios son los principios, Olga. Ésos no cambian a conveniencia. Ni con el tiempo.

—Pero… Si su obra es sincera…

—La sinceridad no es el único requisito para la creación en la URSS. Lo sabes.

—Pero… ¿y la libertad?

—¿Qué hay de la libertad?

—Un artista debería crear con libertad.

Tobías habló un poco más alto. Parecía repetir un discurso aprendido:

—Libertad no es hacer todo lo que a uno le venga en gana sin tener en cuenta los intereses de la comunidad. Los artistas deben producir sólo lo que el pueblo necesita, lo que es útil al pueblo. Más ahora, en estos tiempos que vivimos. Lo que estamos construyendo es la esperanza del futuro. Las generaciones venideras vivirán en un mundo de paz. Un mundo en donde el pueblo lleve las riendas de su destino. Eso no se ha visto nunca antes en la Historia. El arte debe apoyar la causa y ser comprometido. Y si a cambio hay un precio que pagar, pues se paga.

—No hace falta que alces la voz. Valentina no habla alemán —le dijo Olga divertida—. Tranquilo, aquí estás en lugar seguro.

—¿Lo estoy?

Tobías se puso repentinamente en guardia. Tenso. Las venas de los brazos le palpitaban. Olga ignoró sus señales y prosiguió:

—Pero... ¿Y la espiritualidad? ¿Y las heridas internas? ¿Dónde expresarlas? ¿No puede el dolor particular convertirse en algo útil para la sociedad?

Tobías dio un paso atrás y le dio la espalda meneando la cabeza.

—No entres en ese terreno, Olga. Todos llevamos nuestras heridas a cuestas. Y no por eso las exhibimos en un lienzo ni en un pedazo de papel.

Se hizo un breve silencio en donde ambos podían escuchar sus mutuas respiraciones. Entonces Olga escuchó el bum bum de su corazón en sus oídos. Y soltó. Así, sin pensar:

—¿Rescatarías un cuadro burgués?

Tobías se detuvo en seco. Olga, de pronto, captó todo su interés. «¿Qué me está queriendo decir esta mujer?», pensó.

—¿Un cuadro burgués? ¿Rescatarlo de qué?

—De la quema, de... destruirlo. Eliminarlo. ¿Lo rescatarías?

—Depende. —Y se detuvo a pensar un segundo. Luego dijo rotundo—: No. No lo haría.

—¿No?

—¿Por qué? ¿Me ves cara de rescatador de obras de arte?

El corazón de Olga desaceleró con desencanto.

—No me hagas caso. Era simple curiosidad.

Tobías intuyó que algo bullía en el interior de Olga, pero no quiso saber más. Se desarremangó la camisa, cogió su abrigo, su sombrero y se dirigió a la puerta. En el umbral le dijo:

—Ten cuidado.

—¿Cuidado con qué? Si no he hecho nada.

—No hace falta que hagas algo. Si quieren acusarte de algo, lo harán. Ten mucho cuidado, por favor.

—Tobías... —dijo ella— van tras de ti.

Tobías soltó aire. No hizo falta que ella dijera más. Él entendió lo que eso quería decir.

Tobías entonces la besó en la mano y le dijo:

—Si alguna vez necesitas ayuda… búscame. Y gracias por el té.

La puerta se cerró y en el aire un regusto a advertencia flotó por el resto de la noche.

Frida

México, 1947-1951

Regresan a la ciudad de México, a su Coyoacán del alma mía. Lejos queda el hospital de Gringolandia en el que Cristina y Frida han vuelto a ser las que eran. Al menos por un rato.

Y luego pasa un año. Pasan dos. Setecientos treinta días con sus noches. Dos años cuya única cualidad es la de ser muy parecidos entre sí, distintos solamente por los detalles con los que una madre sería capaz de distinguir a sus hijos gemelos. «Éste tiene un lunar aquí, éste tiene las cejas más separadas, éste tiene una curvita más pronunciada en la comisura de los labios». Pero lo cierto es que, a la vista de los demás, se parecen uno al otro con precisión milimétrica. Para Frida esos dos años huelen a corsé, a piel muerta y a pinceles. La enjundia de su espíritu inquebrantable se asoma en cada cosa que toca. En su diario, en sus pinturas, en la manera en la que sonríe cuando sólo hay motivos para llorar. Y pinta. Pintar es un salvavidas que le impide ahogarse. Pinta flores para que no mueran. La vida no se detiene mientras ella pinta.

Con la lentitud con la que los caracoles avanzan tras la lluvia, Frida se recupera poco a poco. Pero sólo hay algo de lo que Frida no puede recuperarse: Diego. A ése no hay operación capaz de sacárselo. Diego está sin estar. Un monolito hierático e imponente en el centro de su vida que ella venera y que la sigue engañando a diestra y siniestra. Sin pudor. Sin recato.

Pero Frida toma aire y pretende no ver, no saber, no sentir, y obliga a su corazón a irrigar temple en vez de sangre, y saca fuerzas de flaqueza para organizarle a su Dieguito una fiesta por todo lo alto. No es para menos, se dice, porque el panzón cumple sesenta y un años. Ella apenas tiene cuarenta y uno. Pero esa mañana despierta llena de vida y quiere divertirse, así que decide que ninguna mala racha ni ningún dolor le van a arruinar las ganas de fiesta. Porque... ¡qué chingados!, para eso se operó, ¿no? Para seguir viviendo. Así que a darle que es mola de olla.

La Casa Azul vuelve a estar repleta de gente, de amigos y enemigos, y en el centro del patio unos concheros con sus penachos de plumas giran y danzan alrededor del árbol. Las ásperas paredes de piedra negra reverberan con el sonido de tambores y atabales igual que en tiempos de los tlatoque[6] y las piezas prehispánicas que Diego ha ido reuniendo para su museo, el Anahuacalli, parecen reír. El tequila corre de caballito en caballito, sal, limón, pa'l centro y pa' dentro, jugos de frutas en jarras con hielo le roban protagonismo a las tinajas de barro donde reposa el café de olla bien caliente. Encima de las mesas, tres bandejas de tamales envueltos en hojas de plátano construyen una pirámide y, un poco más allá, unos elotes con granos del tamaño de dientes exhiben impúdicos el escurrir de su salsa picante. Tacos, enchiladas, corridos, risas, baile, rancheras desafinadas. «Y te vas, y te vas y te vas, y no te has ido», un par de borrachos envalentonados se abraza al mariachi, que aprovecha el hueco que le dejan para lanzar un gritito agudo y desafiante. La gente aplaude. La euforia y la alegría de vivir puede palparse. La multitud no conoce mejores fiestas que las de esa Casa Azul. Desde una silla de madera y cuero de Jalisco, como en un trono, Frida observa el jolgorio con una botella de brandi en la mano. Empina el codo y bebe. Mucho. A lo lejos y a lo cerca, sin disimulo, Diego le habla quedito a María Félix. Ella le ríe el comentario con esa boca grande de estrella de cine, y echa la cabeza para atrás para que Diego pueda besarle las clavículas. Dos besos. Una en cada hueso sobresaliente. Huesos que están donde deben estar. Huesos blancos sin soldar. Frida da un trago a la botella, a morro, y traga ese fuego caliente que le baja por el gaznate. Frida arde en pena. Y se gira. Clava su pesar en el mariachi y al oído le dice quedito:

—Échate otra, pero, ahora sí, que duela.

[6] Plural de *tlatoani*, gobernante mexica.

Cuando todos se van, la Casa recupera poco a poco la calma de las noches en Coyoacán. Un perro aúlla a lo lejos como si añorase escuchar los lamentos de aquellos cantares borrachos. Y entonces Diego, desde en una silla de mimbre trenzado, descamisado, pero con pantalón y el cinturón aún amarrado casi por debajo de los sobacos, le dice:

—Si nos divorciáramos otra vez, me casaría con María.

En el silencio entre los dos no cabe la broma. Frida palidece.

—¿Casarte?

—¿Me dejas?

—Yo ya no te firmo nada más porque estás muy pendejo.

Diego se levanta rebuznando de disgusto. Y Frida le grita:

—¡Y dile a María que le hago un favor!

Frida no puede creer que María Félix, bella hasta la médula, de cejas altivas y separadas, de ondas brillantes en el pelo, que duerme en su casa, que le canta canciones mientras pinta, mientras se peina, que le embarra los labios de bilé rojo en sus cachetes flacos cada tarde después de comer, también le pegue un brinco como a una cuerda en el patio de un colegio. Todo el mundo usurpa su lugar en esta pinche vida.

Al otro día, Diego agarra una maleta, mete cuatro prendas de ropa y se va. Con María. Con la artista de cine que vuelve locos a los hombres y a las mujeres. Frida se encabrona y avienta al piso amarillo de la cocina un plato de barro. En su estudio agarra un montón de dibujos que ha bocetado y los rompe, rasga un par de lienzos, manotea, grita, tira al suelo un bote de pinceles. Mienta madres. Habla por teléfono a los periódicos y acude a la prensa para ventanear a los amantes y, ya de paso, entre las flores del pelo le brotan unos cuernos tan grandes que no cabe por la puerta. Y cuenta que Diego y María. Que María y Diego. Y siente las heridas abrírsele despacio, los puntos reventar. Se deshilacha como una muñeca de trapo a la que jalan de los brazos y de las piernas. Porque ese amor no es amor: es vicio. Porque esa pasión no es sino un camino sin retorno en una sola dirección. Lo ama con pasión solitaria. Y bebe. Porque la chingada se la lleva de tanto sufrimiento. Y así, alcoholizada y drogada por los medicamentos, pinta. Se pinta con los pelos sueltos y el bigote poblado. Se pinta con Diego tatuado en la frente. Se pinta con Diego en brazos como si fuera un grotesco bebé gigante. Pinta lágrimas que ruedan cuesta abajo. Y un día Frida contempla esos cuadros, sentada desde una silla de remaches de cuero, y entiende que Diego no es ni su esposo, ni su amante, ni su hijo. Quizás por vez primera, en un momento de clarividencia, Frida descubre que ama a un Diego que se ha inventado. Un Diego que no existe. Y entonces piensa que la muerte se equivocó al no llevársela aquella tarde. Mira los botes de pastillas sobre la mesita de noche y fantasea —por un instante— con un pájaro sin alas muerto en medio de la banqueta.

Es Cristina, su «Kitty de mi corazón», la hermana del alma, quien un día se presenta ante Diego.

—¿Acaso quieres matarla? Porque eso es lo que estás haciendo. —reclama.

—Cris, yo amo a tu hermana, pero ¡yo necesito a las mujeres para crear! Si no las encuero, no puedo pintar —bromea—. ¿Has visto a María? ¿Cómo voy a decirle que no?

Cristina, que lleva un buen rato con el ceño fruncido preguntándose cómo es que también ella pudo caer en esas redes, suelta desde dentro del alma un:

—No seas mamón.

Diego resopla. Es la primera vez que Cristina le dice algo así mirándolo a los ojos y se asusta ante las garras que la gatita ha sacado de pronto. Luego, ella parece reconocerlo, porque Diego es transparente como las medusas, y trata de calmarse y recomponerse. «Todo sea por Frida», y se lleva las manos al corazón para apaciguar el hervir de la sangre. Respira y le dice:

—Mira. No te estoy diciendo que la dejes, sólo que vuelvas.

El niño mimado, consentido y encolerizado que Diego es siente ganas de patalear y hacer berrinche y lloriquear y decir: «No, no, no quiero. Quiero quedarme con María Félix». Pero el hombre grande, artista y barrigón que también es dice que se lo pensará.

Y al cabo de unas semanas vuelve junto a Frida.

Ella huele a alcohol dulce, pegajoso. Tiene el pelo suelto y enmarañado sin cepillar desde quién sabe cuántos días. Ha adelgazado mucho y los pómulos se le marcan hasta la sien. Está dormida con la boca un poco entreabierta. No se da cuenta cuando Diego la besa en la frente:

—Ya estoy aquí, Friducha. Ya volví.

Al despertar, Frida escucha la voz de Diego en el patio hablándole a Sombra, la consentida de los perros pelones. Y entonces sucede la magia. Con Diego a su lado se siente capaz de todo. Diego es su sol, y ella, su luna. Nada puede hacer por evitarlo. En su ausencia ha tratado de entender qué es lo que la mantiene unida a Diego. A esos ojos que la colman de admiración. Es eso: admiración. Diego la admira. A las otras no las mira como a ella, se dice, se convence. Las otras son piel. Carne sin heridas. Ella y Diego tienen otra cosa. Nadie lo entendería. De hecho, nadie lo entiende. Va más allá del placer, de los besos, de los arrumacos. A ellos los une el dolor y la pintura. Y perdona porque ya no duele. Perdona porque se ha acostumbrado a su soledad como a su cuerpo maltrecho. Todo eso va pensando mientras baja con torpeza los escalones de la gran escalera que da al patio para abrazarlo. Permanecen largo rato así, uno entre los brazos del otro, sin separarse y sin mirarse a los ojos, pero pronto comienzan a picotearse con besitos chiquitos y desordenados en el cuello, en los labios, en la nariz, como una pareja de pajaritos enamorados. Entre los besos, un hilillo de voz sale de la garganta aguardientosa de Frida:

—Nada más te pido que para la próxima yo no me entere. Sólo eso. Finjamos que sólo somos tú y yo.

Y Diego contesta:

—Ojos que no ven…

—Corazón que no se va a la chingada, panzón.

Olga

Febrero, 1953
Valentina viviría lo suficiente para avergonzarse de sus actos, día sí y otro, también. El cargo de conciencia le pesó tanto, tanto, tanto, que las suelas de sus zapatos rechinaban quejumbrosas por arrastrar tamañas cadenas. Se movía con lentitud de molusco, y cada vez que abría la boca, un «¡ay!» se le escapaba a ras de suelo. Un quejido rastrero. El lengüetazo de un lamento imperceptible y casi mudo con el que se flagelaba en silencio.

Porque se arrepintió al instante. No quepa duda alguna. Se dio bofetadas frente al espejo, se tiró de los pelos lacios y pajizos que le quedaban, ayunó inapetente, pero nada se podía hacer para desandar el camino.

Desde que salió de aquel edificio infernal, jamás volvió a dormir ni una sola noche en paz. Los cadáveres de sus hijos —apenas unos chiquillos en edad de aprender a volar— se le aparecían enfundados en sus uniformes, cubiertos de lodo seco de los pies a la cabeza, con sus cascos de metal perforados por las balas y con el rostro ensangrentado. «Cómo pudiste, mamá, cómo pudiste». A veces, a los espectros de sus hijos se les unían el resto de sus muertos, que eran muchos: su madre Ludmila, su padre Petrov, su marido Iván, su *babushka* Sacha, su hermano León, y todos le reprochaban meneando la cabeza, con ojos vacíos de vida y llenos de vergüenza. «Cómo pudiste, Valentina».

Para poder dormir bebía vodka hasta la extenuación. Sólo así lograba conciliar unas pocas horas de sueño. Pero, al despertar, la culpa no se había evaporado. La seguía a todas partes. Como el frío a la nieve, como el mal olor de los dientes podridos. Ésa fue su condena y resultó ser peor que el dolor, peor que la muerte.

Insoportable.

Una tarde comenzó a tricotar con frenesí. Se procuró del material necesario con todo lo que halló a su paso, deshizo suéteres, cortó sábanas, deshilachó su único mantel, y no se detuvo hasta haberse hecho una cuerda. Alexander estuvo a sus pies unos días, maullando de hambre y de sed, hasta que la policía tiró abajo la puerta y logró escapar embravecido. Los vecinos habían dado aviso del mal olor que provenía del departamento y de aquellos maullidos inaguantables.

Olga no se enteró de todos estos detalles. Apenas fue capaz de recopilar unos cuantos. Cosas que escuchó y recapituló, por aquí y acullá, cuando tiempo después trató de reconstruir aquel nefasto rompecabezas.

Ocurrió en febrero.

El invierno aún estaba instalado en Moscú con la persistencia de un panal de abejas en un tronco viejo. El sol del mediodía estaba en su cénit, Valentina decidió salir a comprar unas cebollas y algo de carne para preparar unos *piroshki*[7] cuando un par de señores de traje negro la interceptaron en el portal.

—¿Ciudadana Valentina Merezko?

—¿Sí?

—Acompáñenos, por favor, tenemos que hacerle algunas preguntas.

Un automóvil GAZ-21 color verde botella esperaba en la puerta.

—Suba.

—Es que me esperan para comer —dijo para oponer algo de resistencia.

—Cuanto antes nos vayamos, antes volverá.

Y Valentina subió.

Tras unos minutos de tensa calma en los que Valentina ataba cabos a toda velocidad, se aventuró a decir:

[7] Empanadillas rusas.

—Deben haberme confundido con otra persona. Hace años que no ejerzo de enfermera. Y no soy judía.

Uno de los hombres, el más flaco de los dos, se giró hacia el asiento trasero para aclararle que no estaba ahí por el asunto de las batas blancas[8] y le ordenó de malos modos que cerrara la boca.

—No hable si no se le pide.

Dieron un par de vueltas, giraron varias calles y poco a poco se aproximaron a un edificio rectangular de ladrillos color ocre, en cuyo frontispicio coronaba la cima un reloj que marcó la hora exacta en la que el corazón de Valentina se paró.

Los hombres se bajaron y le abrieron la puerta caballerosamente como si estuvieran llevándola a un baile. Valentina —y muchos otros— sabía muy bien cuáles eran los bailes que se llevaban a cabo en las oficinas de la Lubianka.

—Yo no he hecho nada —dijo con un hilo de voz.

—Entonces, no tiene nada que temer —le contestaron.

Aun así, Valentina tembló como una hoja.

Uno delante, otro detrás y Valentina en medio, se internaron en un largo pasillo iluminado por tubos fluorescentes. Alguno que otro parpadeaba. Había puertas a diestra y siniestra. De una de las puertas salió un hombre de traje oscuro. A pocos metros de él, otro par de guardias arrastraba a un hombre de edad avanzada que, asido de las axilas, a duras penas se tenía en pie. El hombre apenas podía ver, porque tenía los pómulos inflamados por los golpes, y de su mandíbula escurría un hilo de sangre seca. Los hombres que la custodiaban le indicaron:

—Mirada al suelo.

Valentina obedeció.

Después continuaron andando hasta detenerse ante una puerta del color del barro fresco con el número 323. Capicúa.

—Pase.

Era un pequeño cuarto, no más grande que su cocina, sin ventanas, cuya luz refulgía la blancura de un quirófano. Había dos mesas,

[8] El complot de los médicos fue una supuesta conspiración dirigida por prestigiosos médicos de la Unión Soviética, mayoritariamente de etnia judía, a inicios de 1953. El objetivo de esta conspiración sería asesinar a altos dirigentes políticos soviéticos aprovechando los tratamientos médicos de éstos. Muchos médicos judíos fueron eliminados o desaparecidos por orden de Stalin.

una más grande a modo de escritorio y otra más pequeña en donde descansaba un magnetófono. Y frente a las mesas, sola, iluminada por la luz cenital como un niño a punto de declamar en un recital de poesía, una silla de madera de pino llena de arañazos. La hicieron tomar asiento.

—Las manos debajo de las posaderas —le indicaron.

Valentina obedeció de nuevo.

Los hombres salieron.

En aquel silencio, Valentina podía escuchar el murmullo gaseoso que provenía de la luz. A los pocos minutos, un camarada enfundado en chaqueta militar gris y botas altas de cuero ocupó su lugar tras la mesa más grande.

Valentina nunca había visto en persona al jefe de Olga, pero de haberlo conocido se habría quedado patidifusa al reconocer que el hombre que entró para someterla a interrogatorio no era otro que Boris Bazhenov.

Boris dio a la tecla verde y el magnetófono de bobina abierta comenzó a grabar.

—Tenemos entendido que usted comparte vivienda con Olga Simonova.

Valentina asintió.

—En voz alta, por favor.

—Sí.

—¿Sí qué?

—Sí, vivo con Olga Simonova.

—¿Y con quién más?

Valentina se revolvió sobre sus manos con nerviosismo. Y negó con la cabeza.

—En voz alta…

—No. Con nadie más.

Boris apretó los labios con un rictus recriminatorio ante su egoísmo burgués. Valentina pidió perdón:

—Ha sido un error. Un error egoísta. Prometo enmendarlo.

Boris entrelazó los dedos y luego hizo chocar las yemas de los pulgares. Tap, tap. Tap.

—Estamos dispuestos a pasar ese error por alto siempre y cuando colabore.

Valentina se movió en su asiento.

—No sé cómo puedo colaborar. Soy una viuda, apenas salgo de casa… pero usted dirá.

—Nos interesa información sobre Olga Simonova.

—¿Olga?

—La camarada Olga Simonova podría estar cometiendo alta traición.

A la cabeza ofuscada de Valentina acudió una ráfaga de imágenes de Olga entrando y saliendo en silencio del departamento, su mutismo, su abatimiento…

— Su testimonio nos ayudará a establecer un par de cuestiones.

Las palabras de Olga vinieron entonces a la memoria de Valentina. «Un trabajo delicado, Valentina, eso es todo». Pero de eso a… ¿traición? ¿Acaso Olga estaría metida en algún lío? ¡Mira que se lo había dicho! No te metas en líos… y ahora, ella estaba ahí, aguantando un interrogatorio.

Valentina estaba tan asustada que Boris calculó que en diez minutos habría terminado. Abrió una libreta de cuero y apuntó sus iniciales: «V. M.».

—¿Ha sido usted testigo de alguna actitud sospechosa por parte de la camarada Olga Simonova?

—¿Sospechosa?

Boris preguntó lo que ya sabía:

—¿Se ha reunido con alguien últimamente?

Valentina asintió con timidez.

—Especifique, por favor.

—El otro día llegó a casa con un extranjero. Nunca lo había visto antes.

—¿Extranjero?

—Creo que era alemán.

Boris le extendió una fotografía de Tobías Richter.

—¿Es éste el sujeto?

—¡Oh, sí! Éste es.

—¿La camarada Olga Simonova mantuvo relaciones íntimas con él?

—No. El hombre estuvo sólo un momento y se fue. Tomaron té.

—Y ¿de qué hablaron?

—No sé. No entendí lo que dijeron. Hablaban en alemán.

—Ya. —Boris apuntó algo en su libreta—. Pero hablaron.

—Sí, sí.

—Y ¿diría usted que por el tono de voz estaban nerviosos, o si planeaban algo?

—Bueno… Hablaban en susurros, si a eso se refiere. El hombre en determinado momento alzó un poco más la voz y luego se fue.

—¿Mencionaron algún nombre?

Valentina trató de hacer memoria.

—No que yo sepa. Pero hablaban en alemán, ya le digo. Puede que se me pasara por alto.

—¿Diría usted que Olga Simonova expresó opiniones antisoviéticas?

—Ya le dije que no hablo alemán. No sé de qué hablaron.

—No lo sabe, ¿eh?

—No puedo decirle más.

Entonces, Boris cerró la libreta con el estruendo de un aplauso. Se levantó, apagó el magnetófono y se fue. Valentina, sin saber qué hacer, se quedó quieta. Casi sin respirar. A los pocos minutos aparecieron dos hombres en casaca militar y la llevaron a una celda de cemento.

Y ahí la dejaron.

Todo el día. De pie. Con una luz potente que la iluminaba y que la hizo perder la noción del tiempo. No durmió. No comió. No fue al baño. Cuando se sentaba en el suelo, unas mujeres recias venían a obligarla a ponerse de pie. Las piernas se le hincharon.

Al día siguiente la volvieron a llevar a la sala 323. Esta vez fue otro hombre quien la interrogó. Ella repitió lo mismo. Ni una palabra de más ni de menos. No podía decir, salvo que mintiese, de qué había hablado Olga con aquel alemán.

Le extendieron una carta manuscrita, supuestamente de su puño y letra, en la que confesaba que ella, Valentina Merezko, había oído a la camarada Olga Simonova decir en voz alta que soñaba con el día en que Stalin abandonara el Kremlin. Valentina se negó.

Entonces la volvieron a encerrar. Esta vez Valentina lloró. Pidió ir al baño, pero no la dejaron, así que tuvo que orinar y defecar en una esquina de la celda que ya olía a meados. Cuando se le caía la cabeza de cansancio, una mujer entraba y la obligaba a mantenerse despierta. De vez en cuando la abofeteaban para espantar el sueño. Así permaneció por los menos tres días enteros, aislada, sin saber cuánto tiempo había transcurrido, sin saber si era de día o de noche. La obligaron a escuchar torturas de otras celdas. Y luego le metían el terror en el cuerpo.

—Tú serás la siguiente.

Cada vez que entraba alguien en la celda, Valentina se hacía un ovillo, aterrada.

Hasta que un día, en la sala 323, Boris volvió a aparecer.

—Sólo firme y se irá a casa.

—No puedo hacerlo —dijo entre sollozos Valentina.

—Usted no tiene por qué estar aquí. No es usted quien debería estar aquí.

Y le pasó a Valentina un papel en blanco. Le pidió que escribiera de su puño y letra una declaración. Ella obedeció. Escribió lo que sabía. Lo que ya les había dicho. Boris la leyó, hizo con el papel una bolita que tiró en un cubo de basura y le pasó otro papel.

—Puede hacerlo mejor.

Así, estuvieron durante días, de la celda a la sala, de la sala a la celda, hasta que Valentina, agotada, aturdida, y con tan pocas fuerzas que hubo que sujetarle el brazo para que pudiera firmar, Valentina sucumbió. Boris leyó: «actividades antisoviéticas de naturaleza terrorista».

—Perfecto. —Y dio un capirotazo a la hoja de papel.

Ése fue el instante en que Valentina empezó a morir.

Una mujer menuda de pelo corto la acompañó a la salida. Afuera, Valentina se hizo una visera con la mano porque la luz del sol (que no era un sol especialmente refulgente) la cegó. Le costó volver a abrirlos. Tenía la sensación de haber estado ahí dentro años. Valentina se había encogido y la ropa le quedaba grande. Finalmente, habían logrado eliminar la poca esperanza que le quedaba. Valentina estuvo un rato de pie, bajo la sombra de ese edificio del que aún escuchaba salir gritos, porque esos gritos se le metieron dentro y los oía aun cuando se tapara las orejas. La gente que pasaba por ahí, sin embargo, no oía nada y sonreían al pasar bajo la efigie de Stalin, omnipresente y protector de su mundo. Valentina comenzó a caminar. Un pie detrás de otro. Los coches circulaban, los niños acudían a clase apresurados con sus mochilas rectangulares a la espalda, los hombres leían el periódico *Pravda* sentados en los bancos de alrededor. Valentina se mezcló entre la muchedumbre. Algunos la esquivaban por su mal aspecto. Otros bajaban la vista al suelo para no intercambiar miradas con esa desgraciada que parecía haber perdido el juicio. Valentina apuró el paso. Hasta que se dio cuenta de que había empezado a correr. El abrigo sin abotonar se le abría con el viento. Pero ella sólo quería correr, correr, correr con todo lo que le dieran esas piernas enclenques, que no era mucho. Quería alejarse del miedo. Pero tropezó y cayó al suelo. Estaba muy débil. Se rompió las medias, o a lo mejor ya las traía rotas desde hacía días. Y ahí, tendida en medio de la calle, supo que jamás podría huir de esa sensación infame: la indefensión. Ser una marioneta a merced de un titiritero. Habían hecho con ella lo que habían querido y nadie se había enterado. Nadie. Absolutamente nadie. Porque estaba sola en el mundo.

Se equivocaba.

Se equivocaba.

No estaba sola. Olga llevaba días buscándola. Hizo llamadas a todo ser viviente que se le ocurrió, preguntó al de la panadería, a los chicos de los periódicos, a los que vendían tabaco, a la señora que barría la escalera, a los guardias de los colegios. Fue a los cementerios, a los monumentos de los caídos en la guerra. A todo mundo preguntó por ella. Incluso en el trabajo, cuando Boris, al verla cariacontecida, le había preguntado si le pasaba algo, ella le había comentado que su compañera de vivienda no había llegado a dormir en tres noches y estaba preocupada.

—Se habrá echado novio —le había apuntado Boris sin despeinarse.

Pero Olga sabía que no. Eso no era. No, jamás. Porque conocía su ajado corazón. Tenía que ser otra cosa. No descansó, cuidó del gato Alexander y hasta recorrió los hospitales con una fotografía suya en mano, por si alguien supiera darle razón.

Por eso, al verla aparecer por la puerta, Olga alzó los brazos al cielo.

—¡Ay, Valentina! ¿Estás bien? ¿Qué te ha pasado? ¿Estás bien? Ven, ven, siéntate aquí.

Le ofreció agua, le acarició el pelo.

—Pero ¿qué te han hecho, mujer?, ¿qué te hicieron?

Y la abrazaba, y se llevaba las manos al pecho.

—Ven, te prepararé un baño caliente.

Valentina no habló. Ni ese día, ni los días que siguieron.

Enmudeció. Porque descubrió que aún le cabía espacio en el cuerpo para un horror más terrible. Un terror espantoso que nacía de su entraña. El conocimiento pleno y total de que por sus palabras la mujer en cuyos brazos encontraba consuelo ahora, la que le quitaba los mechones de pelo de la cara, la que la había buscado hasta debajo de las piedras, la que había estado enseñando su foto a cuanto transeúnte se cruzara por la calle, la que la abrazaba como una hija a su madre. Ésa. Esa misma mujer correría una suerte peor que la suya. Estaba segura. Y no fue capaz de decírselo.

Frida

México, 1952

En esa ciega calma chicha se va otro año, y Frida mueve con angustia los dedos de su pie izquierdo, que cada vez con más frecuencia se le queda dormido y muerto. Con el puño cerrado se da unos golpecitos a la altura de la rodilla para ver si así mejora su circulación. Del derecho ya le han quitado parte de algunos dedos y al caminar tiene que apoyar primero el talón. La van cortando a cachitos. Se ha convertido en una especie de lápiz al que los doctores sacan punta con un cúter. Y entonces con caras lánguidas y párpados caídos, casi avergonzados, los médicos dicen otra vez:

—Hay que operar.

Cuando ingresa, Frida no se imagina que una habitación de hospital será su nueva casa durante nueve meses, los mismos meses que dura la gestación de un niño. Después, cuando piense en eso, suspirará llena de resignación ante su vacía maternidad. Pero eso aún no lo sabe, así que antes de entrar, estira su mano ensortijada y acaricia el rostro afligido de Kitty con ternura, como si a quien fueran a operar fuera a su hermana pequeña:

—Quita esa cara larga. Ya verás cómo el doctorcito Farrill ahora sí le atina.

Es entonces cuando empieza el víacrucis. Los médicos operan, abren, cierran, y vuelven a operar. Apenas se está recuperando de una intervención cuando los médicos anuncian, cariacontecidos y con toda la frialdad que encuentran en el fondo de sus conciencias:

—Hubo una pequeña complicación, pero la vamos a arreglar. Tu caso es muy severo, pero lo vamos a componer. Una operacioncita más y ya. Quizás dos.

Porque nadie podía prever que la cosa se complicaría tanto. Ni siquiera Frida. Mucho menos Frida. Y, una tras otra, caen operaciones como los números de un bingo. El 1, el 2, el 3, el 4… Aún no lo sabe, pero no cantarán línea hasta que sean siete. Y mientras tanto pasan los meses en la asepsia verdiblanca de ese hospital.

Frida permanece fuerte, a pesar del dolor, a pesar de la rabia y la desesperación. A veces, antes de que se ponga el sol, gira con suavidad la cabeza y con su mirada atraviesa la ventana, recorre la ciudad de México por los aires y vuela, libre como un pájaro, sobrevuela el Zócalo Catedral, el Templo Mayor con su imponente e impresionante Calendario Azteca, culmen de una civilización que añora con toda su mexicanidad, e imagina que recorre sus recovecos con los dedos, y luego alza el vuelo hacia Tacubaya, pasa por Mixcoac, atraviesa la inmensidad de Río Churubusco y se imagina la ciudad cuando era una laguna, y así, volando, llega a su hogar. A la casa en la que nació, la Casa Azul de sus afectos, y se posa en el árbol centenario. Desde ahí observa a su Diego pintar en su taller, y deja que los aires de Coyoacán le entren por la nariz hasta convertirse en lágrimas, y llora óleos, barniz mezclado con el sudor de su hombre, y ese llanto calmo y lento se desliza negro como huitlacoche y luego relame todo con la punta de la lengua y se queda dormida.

Una tarde en que la encuentra cabizbaja le pregunta:

—¿Cómo puedo ayudarte, Frida?

—Ay, Kitty. Lo que daría por irme a la casa.

—Ya pronto, Friducha, cada vez falta menos.

—Si al menos Diego pudiera pintar estas paredes blancas horrorosas.

Y entonces Cristina se ilumina y abre los ojos verdes porque se le acaba de ocurrir una idea. La besa en la frente, ilusionada, y le dice:

—Pues tú no te me achicopales, ya verás lo que te voy a traer.

Frida se contagia de su sonrisa:

—¿Qué estás pensando?

—Tú nada más aguántame tantito y no te me desesperes.

Y antes de irse, Cristina se truena los dedos. Esa misma tarde empieza la inundación de ese torrente. El ABC, el American British Cowdray Hospital, nunca ha conocido ni conocerá jamás nada semejante. Todo a su alrededor grita «¡Frida!». Con la paciencia y constancia de las hormigas, Cristina cubre el pasillo hacia su habitación con carteles con la efigie de Marx, de Engels y de Mao. Algún católico que acude a visitar a un familiar sacude la cabeza de lado a lado y tuerce la boca, alguno incluso se santigua, mientras del cuarto de Frida se escuchan declamar odas a Stalin y al Partido Comunista. Risas. Muchas risas. Si no fuera un hospital, diríase que están en una cantina.

—¡Qué poca vergüenza! —dicen señoras enfundadas en abrigos de piel.

—¡Qué falta de respeto! —se oye decir antes de ponerse el sombrero a un pachuco con pintas de Tin Tan.[9]

Cristina y Diego corren la voz, y poco a poco los amigos se las ingenian para meter tequila en la habitación disfrazado en las botellas de alcohol de 95°. Porque Frida ha decidido que si se la ha de cargar la tiznada, se la va a llevar bien borracha. El cabecero de su cama se cubre de fotos de seres queridos con la misma enjundia con la que las flores brotan en primavera y no hay un solo resquicio sin tapizar. Su madre, su padre, sus hermanas, sus sobrinos Isolda y Toñito, Diego, sus amigos, sus abuelos y abuelas, y, coronándolo, todos los líderes del Partido Comunista.

Le pide a Diego:

—¿Te quedarías en una habitación aquí al lado?

—Pero si no estamos en un hotel, Frida.

—Hazlo por mí, ¿sí? Para que vengas a dormir junto a mí.

Diego dice que sí para dejarla tranquila.

Antes de cada operación, Cristina la peina, le deshace las trenzas y le cepilla el pelo que le llega casi hasta la cintura. Al despertar, en vez de sillón tiene a su disposición una silla marrón de ruedas grandes. Su silla. Frida voltea hacia su hermana y en sus ojos hay una pregunta: «¿Volveré a andar alguna vez?». Nadie lo sabe. Las dos se agarran de las manos: «Valor, Frida, valor», dice ese apretón.

[9] Comediante mexicano de los cincuenta.

La cuelgan de corsés, la enyesan de la cintura para arriba. Y ella los pinta. Se dibuja la hoz y el martillo en el pecho, y con cada trazo se le ríen los huesos deshechos.

Una tarde Cristina le grita que van a cerrar las cortinas para ver una película, que han traído un proyector, y Frida aplaude. Las enfermeras cada que pueden se quedan a las sesiones, fascinadas por el arrojo de una mujer capaz de reírse en la jeta de la purítita desgracia.

A partir de entonces, sus tres hermanas, Diego y sus alumnos «Los Fridos» —ellas vestidas de tehuanas; ellos, de pantalón caqui y camisa blanca— le llevan sus colores, sus pinceles, su caballete especial para pintar tumbada. Pero a veces no puede porque el dolor es insoportable. No se retrata apenas. Cristina entonces le lleva —con discreción— el cuaderno de su diario. Ahí Frida escribe palabras que riman, ideas que la divierten, juega con las palabras igual que juega con los colores y con la desesperación. Cuando el dolor aprieta, su letra es burda, grande, alejada de la caligrafía recta de las primeras páginas. Pero ella es un arcoíris que sale ante el primer rayo de sol. Sobre la mesita en donde normalmente hay pastillas y termómetros pueden verse calaveritas de azúcar, alebrijes de cera con alas, papeles, libros, yoyos, trompos, boxeadorcitos de madera (uno rojo y otro azul) que se agarran a madrazos cuando se presionan unas cuerdas, cuadernos de dibujos, acuarelas, y sobre la cama, cuando abren la puerta, ondea orgullosa una bandera roja como la sangre.

Los días pasan con el lento caer de las gotas de rocío, y Frida cicatriza despacio; poco a poco las heridas cierran, cortan los hilos que la sujetan cual marioneta, la sacan del corsé que la aprisiona. Y por fin, casi un año después, le dan el alta. Frida está tan flaca que al abrazarla parece que se tenga entre los dedos la fragilidad de un pajarillo, su mirada ha perdido brillo y ese año le pasa la factura de una vida entera. Pero antes de salir se despide del hospital besando a las enfermeras en los cachetes y hace que los médicos se agachen a la altura de su silla de ruedas de molino para poder agarrarles la cara con las manos y clavarse en sus ojos cuando les dice:

—No sé cómo agradecerles.

Y luego voltea hacia el doctor que está al fondo de esa hilera de médicos, un güero de cara plácida y lustrosa calva, y la voz se le quiebra como si apoyara los dientes sobre una sierra al decir:

—Gracias, doctor Farrill. Le debo la vida.

El hombre se acerca y se agacha para dejarse abrazar por esa mujer que conoce hasta la entraña, a la que ha armado y desarmado cientos de veces para que todas las piezas encajen, que ha visto sangrar y recomponerse, la mujer cuyas dolencias y fortaleza le ha quitado el sueño durante cada una de esas trescientas noches, y luego, en un instinto animal más viejo que el tiempo, Frida junta su calavera con la del doctor Farrill y así se quedan, frente con frente, en silencio.

Al pasar el umbral de la puerta azul de Coyoacán, escucha el canto de los pájaros escondidos en el follaje de los árboles, y grita:

—¡Ya llegué! ¡Salgan a recibirme!

Los primeros en acudir al llamado son sus perros que comienzan a ladrar al unísono como cada vez que suena la campana de la puerta, aunque ahora el escándalo no le molesta en lo más mínimo, y Frida les habla con voz impostada y les dice:

—Ay, pero qué lindos, mis cochitas pechochas, mis peloncitos chulos, ¿me extrañaron?, ¿me extrañaron? —Y los acaricia mientras los canes baten la cola en frenesí y brincan dando saltos de alegría que los mantienen suspendidos un segundo en el aire, y durante ese instante perfecto en el que Frida permanece en el patio cree que, por fin, ¡por fin!, está a salvo.

Diego, que la observa con la risa puesta, piensa que no hay en el mundo mujer más valiente.

Olga

Marzo, 1953

Olga tuvo que ser muy valiente cuando al abrir la puerta se encontró con tres hombres de traje oscuro y dos con uniforme militar que venían para llevársela detenida. Eran las ocho de la mañana y en el cielo aún flotaban resabios de la noche. Los hombres entraron en su vivienda como irrumpen las avispas. Casi le dieron un empujón. Le pidieron que se identificara y, nada más decir su nombre, la arrinconaron contra la pared. A Valentina, que también estaba ahí, la ignoraron igual que el cauce del río pasa de largo ante una roca. Olga tuvo valor para protestar, aun a pesar del miedo que, de pronto, la invadió entera. Y justo en ese momento sonó el teléfono. Uno de los hombres la agarró de la muñeca, la levantó del sofá y dijo:

—Ni se te ocurra decir que estamos aquí. Ni se te ocurra.

Y luego le colocó el auricular en la oreja.

Era Tobías.

Llamaba para despedirse antes de partir hacia la RDA. Olga creyó que se desmayaría ahí mismo. Tobías la escuchaba jadear.

—¿Va todo bien?

—Sí, sí —mintió—. Estaba a punto de salir a la oficina.

—Te oigo agitada. ¿Seguro que estás bien?

—Sí.

—Bueno, pues espero verte en mi próximo viaje. O a lo mejor nos vemos algún día en Berlín.

—Eso espero. —Apretaba el auricular tan fuerte que dolía.

El guardia le hizo una seña para que colgase ya, así que ella se apresuró a decir:

—Tobías… yo…

Pero no pudo decir nada más porque la comunicación se interrumpió.

El guardia había colgado.

Olga se quedó estupefacta. Y miró a Valentina con unos ojos incrédulos que la atormentaron para siempre.

Los hombres, entonces, zarandearon a Olga y se la llevaron.

—Está usted detenida, camarada Olga.

Cuando la puerta se cerró, todo quedó en un silencio sepulcral. Valentina corrió a su habitación y se encerró ahí.

Pero sucedería algo que nadie podía calibrar. Ni anticipar. Y es que quiso el destino que el día que detuvieron a Olga fuera el 5 de marzo de 1953. Y ese día, dentro de la cabeza de Stalin, explotó el enemigo con el que el totalitario líder nunca contó. El enemigo al que no podría purgar, ni controlar, ni eliminar jamás.

En su dacha, a las afueras de Moscú, mientras Olga estaba siendo detenida, un rayo cerebral fulminó a Stalin. Un latigazo. Y luego, un vaso sanguíneo se derramó sin hacer ruido. Los guardias que custodiaban la puerta del despacho, apostados cual toros alados a los costados, escucharon los gemidos de su líder, el arrastrar borracho de la lengua, el trastabillar de sus pasos, chocar con los muebles, el golpeteo de varios libros al caer de la mesa. Pero se quedaron inmóviles, más tiesos que las columnas, sin respirar, sin atreverse a invadir un espacio que les estaba vetado. Y, de pronto, el estruendo de Stalin estrellándose contra el suelo con la rotundidad de un árbol talado. Uno de ellos hizo amago de entrar. El otro le ordenó:

—Ni te muevas.

Dos anchas gotas de sudor les escurrieron desde las patillas.

Y ahí se quedó el gran líder hasta que horas más tarde lo encontró Beria. Bañado en un charco de sus propios orines, víctima de su mala sangre. El propio Lavrenti Beria no supo qué hacer. Él, capaz de torturar sin descanso a gente inocente hasta hacerles jurar que eran la mismísima reina de Inglaterra, se paralizó. No había médicos. Los de cabecera de Stalin estaban muertos o medio muertos, acusados de conspiración. Beria llamó a otros que, cagados de miedo, tuvieron que verificar el estado de salud de Stalin. Tan nerviosos estaban que las manos les temblaban. No podían ni desvestir al paciente. Y Beria, desesperado al grado que tenía ganas de soltar un guantazo, les pasó unas tijeras para que cortaran la chaqueta militar. Los médicos, sin atreverse a mirar a la cara al director de la policía secreta, corroboraron los que todos veían. Stalin había muerto.

La radio tardó un día en dar la noticia, porque antes de soltar una bomba como aquella había que atar bien todos los cabos sueltos. Ante la intempestiva muerte, se tuvieron que tomar decisiones políticas a toda velocidad. O, al menos, lo más rápido que se pudo. Pero acaecida la tarde, en todas las familias, en las oficinas de gobierno, en los establecimientos, en todos los lugares donde había un transistor, la gente se reunió alrededor del aparato, se subió el volumen, y así, en absoluto silencio y con los oídos bien abiertos, en toda la URSS solamente se escuchó una voz trémula, grave, pausada y llena de pesar, que anunció:

—Tras una larga y agónica enfermedad, el presidente del Consejo de Ministros de la Unión Soviética y secretario del Comité Central del Partido Comunista de la Unión Soviética, Iosif... Vissarionovitch... Stalin... ha fallecido.

Del mismo modo que en tierras cristianas se saca la imagen de los santos, todo aquel que tuviera uno sacó el retrato enmarcado de Stalin. Y ante él lloraban un río, le sacaban brillo, le sacudían el polvo, como si con cada roce de esos pañuelos bañados en lágrimas pudieran revivirlo, como si pudieran insuflarle de nuevo la vida. Le ponían flores, encendían velas, hombres y mujeres se sonaban la nariz para poder seguir llorando su desconsuelo. «¡Ay de mí! ¡Ay de nosotros!»

Pero hubo mucha gente que, también, ese día se abrazó con ilusión, porque habían sobrevivido al naufragio, y ahogaban gritos de felicidad, se besaban, se agarraban las caritas unos a otros y juntaban sus frentes para decirse sin palabras «Por fin, por fin se ha muerto el cabrón». Y se fueron a dormir en paz, sabiendo que, al menos esa noche, no aparecerían las fuerzas de la MGB[10] a llevárselos detenidos en mitad de la noche, por judíos, por médicos, por estorbar a los intereses de otros, por ser víctimas de falsos testimonios, por declaraciones de delitos imaginarios firmadas a base de torturas, por encabezar listas de purgas. Por pensar diferente. Por disentir. Por soñar.

[10] Precursor de la KGB.

La capilla fúnebre se instaló en el Salón de Columnas del Kremlin, que estaba completamente abarrotado. Por ahí desfilaron hileras interminables de hombres y mujeres, de niños y niñas de las manos de sus padres o abuelos, hormigas formadas una tras otra, que pasaban —sin querer ver, pero viendo— el cadáver de su Gran Padre Stalin en un féretro de cristal que habría hecho las delicias de Blancanieves. Niños que aún no sabían hablar eran alzados por sus mayores y les indicaban con emoción «Ése, ése de ahí, recuérdalo bien», no fuera a ser que olvidasen que habían vivido, al menos durante unos meses, en el mismo mundo que ese hombre de gran bigote. Niñas de trenzas rubias, ancianas que se encorvaban tanto que parecía que las estuviera llamando la tierra, jóvenes idealistas que creían que con él moría el último gran líder de todos los tiempos. Aquel desfile duró días.

Al enterarse de la noticia, Valentina pareció recuperar el interés por la vida. Se pegó a la radio y la escuchaba día y noche, sin parar. Esperaba ver a Olga aparecer en cualquier momento por la puerta. Rogaba para que estuviera viva, por verla volver sana y salva. Sólo cuando se imaginaba aquello, una luz parecía brillar en esos ojos en donde sólo habitaba una sombra de tristeza y miedo. Pero pasaban los días y Olga no volvía. Los remordimientos se hicieron más y más insoportables. Fue entonces cuando decidió tricotarse una cuerda y poner fin a su vida.

Así, nunca supo que la razón por la que Olga no regresó fue porque había sido llevada a la prisión de Lefortovo. Una pesadilla viviente.

La metieron en una de las celdas del cuarto piso, el último. Cada piso tenía cinco calabozos. La sometieron a un aislamiento absoluto. Olga nunca supo a ciencia cierta por qué había sido detenida. Aunque sospechaba.

«Ya está. Me han descubierto», pensó.

Tenía que ser por eso. Pensaba que habían descubierto lo que había hecho con el cuadro hasta que le empezaron a preguntar por Tobías. Qué relación tenía con él, qué información le había pasado, qué documentos había sacado de la URSS, cuál era la misión de Tobías en Moscú. Y ella se desgañitaba explicando que nada. No le había dado nada. La interrogaban hasta las cinco de la mañana preguntándole si estaba segura de que Tobías no era un espía de Occidente, querían saber qué le traía a Moscú y por qué ella le había ayudado.

—¿Por qué le facilitas la salida de cuadros para venderlos en Occidente? ¿Colaboras con ese espía?

—Yo no le he ayudado en nada —decía ella.

Y luego agregaba:

—Tobías no es un espía.

La tenían en una celda estrecha, con una luz cegadora que le impedía dormir y con un traqueteo constante de vías de tren que la aturdía y le afectaba los nervios. Apagaban las luces a las diez de la noche, pero, entonces, en cuanto comenzaba a quedarse dormida, una guardia iba por ella y la mantenían despierta, interrogándola sin parar, hasta las cinco de la madrugada. Cuando la devolvían a su celda, Olga se sentaba en su cama, pero la guardia del turno de día venía y la despertaba. La tuvieron sin dormir durante días. Olga, rozaba la locura.

Le quemaron los antebrazos con cigarros. Le hicieron soportar todo tipo de vejaciones. Le hicieron creer que jamás despertaría de aquella pesadilla.

Y durante todo ese tiempo Olga se aferró a una sola cosa. Sólo una. Algo que le permitió mantenerse firme y no morir. Porque habría podido morir de no haber sido porque encontró algo a lo que asirse. Eso la aferró a la vida con la resistencia con la que las raíces sujetan al árbol ante el huracán. Cuando sentía que la esperanza la abandonaba, cerraba los ojos y veía *La mesa herida*. Repasaba mentalmente cada detalle. Lo dibujaba con su imaginación. Se obligaba a recordar hasta el más mínimo resquicio de aquella tabla, todo. Así llenaba el vacío de esos días de angustia: los rostros de los personajes, los niños, el venadito, el esqueleto tétrico que le sujetaba el cabello a la mujer. Frida. Esa mujer enigmática que miraba desde el cuadro directamente hacia su corazón y que parecía decirle: «Árbol de la esperanza, mantente firme». En sus delirios, durante la tortura, la voz que nunca había oído de esa pintora se le metía en la nuca y le decía: «No te quiebres, no te doblegues, no te hundas. Yo estoy contigo».

Y de pronto, la luz.

Un día, alguien le abrió la celda, y la dejaron libre.

Del mismo modo que no le habían explicado por qué se la llevaban detenida, no le explicaron que Lavrenti Beria —que se había quedado al mando temporalmente— había decidido hacer una especie de amnistía a todos los presos políticos. Más que por buena conciencia, porque había descubierto que él encabezaba la lista de una nueva purga de Stalin. De no haber muerto Stalin, él mismo hacía más de una semana se habría ido a criar malvas. O al carajo, que era más o menos lo mismo.

Y le entregaron sus pertenencias.

—Agradezca al camarada Beria —le dijeron al abrirle la puerta.

Olga se tapó los antebrazos para cubrir los moretones y las quemaduras aún en carne viva.

Sólo al salir supo dos cosas fundamentales.

La primera: que Stalin había muerto. Esto la dejó perpleja un rato largo. Después asimiló la idea de que en el Partido había un caos considerable entre Malenkov, Beria y Molotov, porque entre los tres no decidían quién debería sustituir al líder que los había dirigido durante treinta años.

Y la segunda, y —para ella— no menos impactante: que Valentina se había ahorcado (autoasesinato, le informaron consternados).

Olga trató de entender qué había pasado. Recordó la última mirada de Valentina. Esos ojos delatores llenos de vergüenza. Recordó los días que había estado desaparecida. Supuso entonces que la habían secuestrado para llegar hasta ella. Y comprendió. Se le revolvieron las tripas en el estómago. Vomitó. Sacó todo, todo, hasta vaciarse. Hasta quedarse vacía de miedo.

Olga, entonces, temió por Tobías. Intentó localizarlo, sin éxito. Llamó por teléfono a los números de la Kulturbund. Le aseguraron que había salido de la RDA rumbo a países del Este para organizar unas conferencias y que no volvería hasta dentro de unos meses. Olga no sabía rezar, pero su deseo de que aquello fuera verdad fue lo más cercano a una plegaria.

Después se quedó dormida.

Olga estuvo en una especie de letargo hasta que poco a poco comenzó a despertar. Si hubiera sido un venadito herido, la habrían alimentado con pipeta, le habrían ido quitando las vendas con mimo.

Pero no hubo nadie que velase por ella, así que tuvo que aprender a levantarse sola.

El primer día se obligó a comer unas gachas porque se juró que sobreviviría al horror.

Después, durmió.

El segundo día comió algo más y luego durmió otra vez. El tercer día deambuló por el departamento y lo limpió. Restregó y restregó como si quisiera borrarle la memoria al suelo. El cuarto día se dedicó a quemar todos los recuerdos tristes de Valentina. Debajo de su cama encontró una caja de metal con cartas, postales y papeles. Con gran pesar, Olga identificó las que le anunciaban las muertes de sus hijos, también la de su marido.

—Pobre Valentina —dijo en voz alta por primera vez en días.

Olga se levantó, prendió la estufa y las quemó.

Perdida entre un montón de recortes de noticias, una carta de amor hacia Valentina. Fechada en 1941. Firmada por su marido. Era una carta amarilleada ya, por las lágrimas y el tiempo. Olga leyó emocionada. Entendió que el pesar de Valentina era proporcional al amor que había recibido. También la quemó.

Quemó todo, menos una foto de Valentina con sus tres hombres. En ella se veía a una Valentina sin miedo. Casi feliz. Olga atesoró siempre esa foto junto a la otra, la de Frida Kahlo junto al embajador Kapustin de *Meksika* y que se robó del expediente. A ninguno de esos retratados los había conocido Olga en persona, pero los sentía miembros de su familia.

El quinto día Olga sacó los dibujos de su escondite bajo las tablas de la cocina.

Lo que sea que Valentina hubiera contado bajo tortura, no tenía relación con los dibujos. O eso, o deliberadamente la había protegido.

—Gracias, Valentina.

Colocó todos los dibujos, la foto de *La mesa herida* sobre la mesa y pasó su mano por el rostro de Frida. Ese cuadro le había salvado la vida.

—Es hora de contar la verdad —le dijo al cuadro.

Después, se lavó, se puso unos pantalones y volvió a lanzarse al mundo.

Olga jamás habló de sus días de encierro en la cárcel, ni por equivocación. Jamás habló de lo que había visto, de lo que había oído o soportado. No volvió a llevar un vestido de manga corta en la vida, ni cuando hacía calor. Jamás contó ese episodio de su vida a nadie. No por cobardía, sino porque no permitió que ese episodio terrorífico la definiera.

De alguna manera, al haber vivido lo peor que podía vivir, habían logrado sacarle el miedo del cuerpo.

Porque sí. Probablemente habrían conseguido matarla en esa prisión, pero la Olga superviviente renació con otra determinación. A partir de ahora ella siempre sería primero. Ella, primero. Sus ideas, primero. Sus pensamientos, primero. Sus anhelos, primero. Los de nadie más.

Frida

1953

Diego clava su mirada saltona sobre Frida. No quiere infligir una pena más a todas las que lleva encima, pero se siente obligado a decírselo. La mira ahí. Tan ella. Frida trata de distraerse forzándose a crear círculos con el humo del cigarro que sale de su boca. Lleva un rato así, jugando con mirada lánguida a las señales de humo. Imagina palabras que rimen con cada uno de esos círculos blancos. Los observa deshacerse en el viento y, sin apartar su mirada cejona, de pronto dice:

—Buscamos la calma y la paz, porque nos anticipamos a la muerte. Pero lo cierto es que morimos cada segundo. No somos otra cosa que vectores y dirección.

Diego suspira, porque ama oírla hablar así. Ama al alma encerrada en ese cuerpo roto. Su ateísmo se tambalea ante Frida. Sólo por ella sería capaz de hincarse de rodillas. Ella es su religión.

—Friducha, me he enterado de algo, pero no sé si contarte.

Ella no dice nada. No por apatía, sino porque Diego es muy de rodeos. Así que espera sin inmutarse. Igual que el humo antes de desvanecerse, aguarda paciente a que Diego suelte lo que trae atorado en el centro de esa panza descomunal. No pasa mucho rato, apenas unos segunditos de nada, cuando Diego le confiesa:

—Resulta (me contaron) que *La mesa herida* no les gustó a los rusoskis.

Frida lo voltea a ver. Se traga el humo.

—¿Cómo sabes?

—Me dijeron los de la embajada mexicana en Moscú.

—¿Y dónde está el cuadro?

—Allá.

—¿Y luego?

—Lo tienen guardado en bodegas.

—¿Y qué pasó con la exposición?

—No la hicieron.

—Me lleva. —Da otra calada. Esta vez suelta el humo en un chorro largo.

Se hace un silencio que ambos respetan. Un vacío de palabras lleno, llenito, de pensamientos. Diego se levanta y se pone a caminar en círculos. Sabe lo que se siente cuando te rechazan un cuadro, aunque a él le pasó al revés. Se lo rechazaron los gringos por pintar el retrato de Lenin en medio de un mural del Rockefeller Center. «Que lo quite», le pidieron. Y antes que cambiarlo, él prefirió agarrarse a martillazo limpio contra ese muro. O a su manera o a la chingada. Esos recuerdos le remueven el coraje y el orgullo. Está a punto de pedirle a Frida que haga lo mismo. Que replique *La mesa herida* en México. Cuando Diego la voltea a ver sabe en el acto que su cabeza es un mar bravío a pesar de que su boca esté cerrada. Frida saca humo a intervalos chiquitos como una chimenea que se ha apagado.

—¿Qué piensas, Fridu?

Frida sostiene el cigarro entre los dedos.

—Que tienen razón. Debería ser más comprometida con mi pintura. Ya ves que te dije que quería transformarla. Que tenía que ser más útil. Te lo dije. Si yo sabía, pa' qué no hago caso.

—Nadie pinta como tú. No cambies eso.

—¿Y pa' qué me sirve? ¿Hmm? ¿Para qué chingados sirve, Diego? Nadie la entiende.

—Tú no pintas para los demás, Frida. Y eso es lo que más te admiro. A ti te vale madres lo que opinen los demás. A ti la pintura te sale de las entrañas. Pintas lo que te nace. Si no pintaras, te morirías.

—Si al menos pintara murales, como tú.

—Un muro se puede venir abajo igual.

Y Frida escucha cómo se resquebraja un poquito más. Esa grieta que atraviesa la estructura de su cuerpo inconforme, por inarmónico, por inadaptado. Necesita asirse a un nuevo soporte. A una nueva motivación.

—He sido una enferma toda la vida, y así no he podido ser útil al Partido. Pero ahora, después de veintidós operaciones quirúrgicas de la tiznada, con las fuerzas que me quedan, óyeme bien, panzón, voy a hacer lo posible por ayudar al comunismo. Quiero que mi arte sea útil.

Y se queda mirando al infinito. Imagina. Visualiza un cuadro que aún no pinta, pero que ya existe porque lo acaba de crear en su mente.

—Voy a hacer el retrato de Stalin.

Diego asiente con la boca chueca hacia abajo.

—Eso sin duda sí que es comunista.

Frida se ilumina desde dentro cual luciérnaga.

—Dile a Kapustin que no hay falla. Que nos regresen *La mesa*… y que a cambio les mandamos un retrato de Stalin. ¿Sale, panzón?

Diego se levanta, camina hacia ella y le planta un beso aplastado en todos los morros.

—Estás hecha de otra madera. Lo sabes, ¿verdad?

«Madera podrida», piensa Frida. Y luego se ríe por no llorar.

Un jueves a eso de las cinco de la tarde, Frida dirige su mirada al cielo. Se ha oscurecido tanto que pareciera que la noche estuviese decidida a ganarle terreno al día. A lo lejos, los truenos anticipan la caída de unos rayos tan blancos que destellan azules. Frida llama a la Sombra, su perrita, y al gatito amarillo —que van siempre juntos—, para que no vayan a mojarse, e indica al servicio que cierren ventanas y que recojan la ropa colgada en la cuerda del tendedero cuando escucha que alguien ha hecho sonar la campana de la puerta principal. Es su amiga Dolores que viene de visita. El viento le ha desordenado el recogido de su pelo y viene con las greñas alborotadas.

—Ay, Lola. Pero ¿cómo vienes hasta acá con este tiempo de perros, mujer?

—Es que allá por tu casa cuando salí estaba el solazo… ¡Y mira ahora!

—Qué bueno que no te agarró el aguacero. Ya no tarda en soltarse. Pásate, pásate. Te invito a un champurradito.[11]

[11] El champurrado es un atole que se realiza con maíz y chocolate, una bebida que tiene sus orígenes en la cultura azteca, y que además de ser deliciosa es muy nutritiva.

Tras pasar el umbral y ya sin la premura de la sorpresa, se dan el abrazo apretado de amigas de antaño.

Pasan a tomar la bebida caliente a la cocina. A lo lejos truena con fuerza y los perros más valientes ladran al aire. El resto corre a esconderse en los baños, en las alacenas, bajo las camas. Frida se envuelve en un rebozo morado que le abriga el pecho porque la humedad le cala los huesos. Le duelen mucho las piernas y su amiga lo detecta enseguida.

—¿Cómo sigues de las patrullas?

—Pues amolada. Pero pues ¡ya qué!

Se hace un silencio y las amigas se llevan la bebida caliente a la boca. Escuchan su mutuo sorber a tragos chiquitos. El atolito burbujea como la lava de un diminuto volcán. El champurrado les ensucia los labios y Frida se pasa la lengua por el labio. Lola se limpia con el dorso de la mano y se arranca a decirle a su amiga qué es eso que la ha traído desde la colonia Juárez a Coyoacán en medio de una tormenta:

—Me gustaría proponerte algo. A ver qué te parece.

Frida, con los labios hundidos en la bebida de maíz con chocolate, por toda señal levanta la hermosura de sus cejas pobladas en una línea casi recta. Se conocen desde hace muchos años y se han contado mil confidencias. Lo saben todo la una de la otra. Todo. Las penas, las alegrías. Lola se la ha pasado tomándole fotos en esa casa desde que estudiaban juntas en la Escuela Nacional Preparatoria y sabe leer sus silencios casi tan bien como sabía hacerlo Nickolas Murray, el único hombre que —piensa Lola— la ha amado bien. Sabe que lo que tenga que decir, mejor decírselo directamente. A pesar de ello, da un pequeño rodeo. Nomás tantito.

—¿Cómo ves si armamos una exposición tuya en mi galería? Una exposición individual. Podríamos exponer todo lo que hay en México y pedirle a la gente que tiene cuadros tuyos en Nueva York que nos los presten. Calculo que podríamos juntar unos ochenta y tantos cuadros. ¿Cómo ves?

Frida hace rato que escucha con el corazón a galope y, cuando su amiga deja de hablar, suelta un gritito de felicidad y deja caer la taza de Talavera sobre la mesa. No se rompe de puro milagro. Frida aplaude. La inyección de ilusión que su amiga acaba de darle es justo lo que necesita.

—¡Ay! ¡Lola! ¿De veras? ¿Lo dices en serio?

—Totalmente, querida. Ya se han tardado en hacerte una exposición. Le he estado dando muchas vueltas y si nadie te la organiza, pues te la organizo yo.

Frida se levanta y comienza a besar a su amiga en el pelo, en las mejillas, en la coronilla, mientras dice:

—Ay, Lola, eres un sol, gracias, gracias, gracias.

Está eufórica. Pletórica. Casi no siente dolor. Porque por sus venas corre un nuevo suero, una explosión de vitaminas. Es feliz. Se abrazan, brindan, planean. Ése será uno de los momentos más felices de su vida. Y ya no le importa la lluvia, ni el agua que se desliza formando un río calle abajo. Ni el tronar del cielo. La lluvia es abundancia.

Con una paciencia más larga que una playa, Lola y Diego se encargan de ir recuperando las obras para la exposición. Casi todos los que tienen obra de Frida son amigos, y algunos están dispuestos a prestar sus cuadros de manera simbólica, pero no más. Esos cuadros ya forman parte de sus casas, de sus vidas, y temen perderlos de vista. Quizás lo prestan, pero un día, tal vez dos.

—Como mucho una semana —le dicen a Lola.

Y la galerista se lleva las manos al cielo y ruega, y negocia con toda su habilidad: que una semana es muy poco tiempo, que por lo menos tienen que prestar las obras tres meses. «¡Tres meses!», le dicen. No. Tres meses es mucho tiempo. Y Lola Álvarez Bravo, entonces, suplica. Que es la ilusión de la vida de Frida, que ha sufrido mucho y que está enferma, que promete devolverlos igualito, igualito que como se los prestaron.

A regañadientes, acceden.

—Pero con «v» de vuelta —solicitan con cierto escepticismo.

Frida, emocionada, escribe un poema que reparte entre sus amigos a modo de invitación:

Con amistad y cariño
nacido del corazón
tengo el gusto de invitarte
a mi humilde exposición.

A las ocho de la noche
—pues reloj tienes al cabo—
te espero en la galería
d'esta Lola Álvarez Bravo.

Se encuentra en Amberes 12
y con puertas a la calle,
de suerte que no te pierdas
porque se acaba el detalle.

Sólo quiero que me digas
tu opinión buena y sincera
eres leído y escribido;
tu saber es de primera.

Estos cuadros de pintura
pinté con mis propias manos
y esperen en las paredes
que gusten a mis hermanos.

Bueno, mi Cuate querido:
con amistad verdadera
te lo agradece en el alma
Frida Kahlo de Rivera.

Coyoacán, 1953.

Mientras Diego y Lola organizan la muestra, Frida le cuenta a todo el mundo que por fin va a tener una exposición en la Galería de Arte Contemporáneo de Lola Álvarez Bravo. Algunas almas advenedizas abren los ojos de par en par y se quieren sumar al proyecto.

—Oye, ¿y yo no podría exponer mis artesanías también?

Y Frida, más buena que el pan, contesta que sí. Que hablen con Lola, pero que cree que no habrá problema.

Así la voz se corre como la pólvora. Y una retahíla de artistas de tres al cuarto aparecen con la prontitud de las setas en un bosque empapado.

—¿Puedo exponer mi colección de suéteres tejidos con motivos mexicanos? —Y Frida contesta que sí, que cómo no, que hablen con Lola.

—¿Puedo exponer mis acuarelas? —Sí, cómo no.

—Yo también pinto, ¿crees que me puedan dar un lugarcito en la exposición?

Y Frida «dale, dale, dale» como en piñata, «que sí, que habla con Lola, que dile que ya hablaste conmigo».

Hasta que un día, sentada a la mesa, Frida se coloca un montoncito de orégano entre sus palmas y comienza a deshacerlo en polvillo para echárselo al pozole, mientras le cuenta a Diego de toda la gente que quiere sumarse a la iniciativa. Entonces Diego azota la mesa con su mano de aplanar milanesas. Frida pega un brinco sin despegar las manos.

—Ni hablar, Frida. Ni hablar. Ésta es TU exposición. Tuya y sólo tuya.

—Pero, Diego… —Deja caer el orégano sobre el pozole y se sacude las manos. Luego agarra un limón y lo exprime—. Sólo quieren una oportunidad.

—Que se la ganen, pinches advenedizos. Que ni crean que van a exponer una sola pestaña en tu exposición.

Y Frida se hincha por dentro insuflada por los aires de grandeza de su gran céfiro. Pero dice lastimera:

—Es que ya les dije que sí.

—Mándamelos a mí. A ver si tienen los tamaños de pedírmelo a mí en la cara. Ya verán los muy… —Y balbucea una ristra de palabras que se diluyen entre los granos del maíz pozolero.

Frida sonríe y le avienta un beso al aire desde el extremo de la mesa. Diego se pasa el bocado y con sonrisa anfibia recoge ese beso y luego vuelve a hundir la cuchara en el pozole y reasegura:

—Yo me encargo.

—¿Ya ves?, por eso te quiero, panzón.

Abril es un mes frío y húmedo, y aunque por las mañanas el sol luce esplendoroso, por las tardes el cielo se rompe en dos y empieza a llover con saña bíblica. En los mercados y en el tranvía se oye a la gente toser con voz de perro y en el camino al trabajo en algún momento tienen que detenerse para sonarse la nariz. Todo el mundo está resfriado o a punto de estarlo.

Frida no es la excepción, pero en su cuerpo maltrecho y herido lo que en otros son voces mormadas, mocos en la garganta y estornudos sueltos, en ella es una bronquitis que la postra en cama con fiebres altísimas y pitidos en el pecho de flauta mal afinada. La muerte la ronda de nuevo, pero Frida ya la maneja a su antojo. Mira a la huesuda de frente y desde la oscuridad de sus ojos marrones le dice:

—Todavía no, pelona, que tengo que ir a mi exposición.

El día de la inauguración amanece nítido. Azul, azul, azul como si el cielo más bonito del mundo hubiese decidido despertar en la ciudad de México. Las nubes no llevan agua y en su danzar al compás del viento se deshilachan en hilos de algodón de azúcar. Unos pájaros pían de felicidad en los cables del tendido eléctrico.

Pero dentro de la Casa Azul las caras largas son de funeral. Diego acompaña al doctor a la salida. Ninguno de los dos ha querido decir nada hasta estar lejos del alcance de Frida. Por fin, el doctor carraspea y tuerce la boca, y dice lo que todos, a varios kilómetros a la redonda, pueden ver:

—Está muy mal. Muy mal. La bronquitis la ha debilitado más de lo que esperaba. Habrá que esperar a que el reposo haga lo suyo. Mañana vendré a verla.

Y se quita los lentes y comienza a limpiarlos con la punta de su chaqueta. Se los vuelve a poner cuando Diego en una especie de súplica susurra:

—Pero hoy es su inauguración, doctor.

—No pretenderá que… en su estado…

—No ir le hará más daño que ir. No sabe la ilusión que ha puesto en esto.

El doctor se soba las manos despacio como si se las lavara con jabón.

—Lo sé, lo sé.

—Tiene que haber algo que pueda hacer. ¿Algo que le pueda dar? ¿Otra inyección para que aguante?

—No puedo suministrarle nada más. El cuerpo está al límite.

—Prometo regresarla a casa pronto.

—No debe ir a la exposición, lo siento mucho.

—Pero doctor…

—De ninguna manera puede abandonar esa cama —ordena en el tono más neutral que encuentra, pero con el dedo índice levantado—. Si lo hace, no respondo… —Y piensa para sus adentros: «No sé qué podría pasar».

Luego vuelve a juntar las manos en un ruego y en un susurro trata de hacer entrar en razón al monumental hombre.

—Hable con ella. Convénzala. Es por su bien.

Diego resopla.

—De acuerdo, doctor. Muchas gracias.

Pero Diego sabe muy bien que no hay poder humano ni divino capaz de impedir que Frida asista a su inauguración. Así que después, sentado a los pies de la cama de su mujer, no le sorprende lo más mínimo escuchar la reacción de Frida.

—Yo voy a mi inauguración porque voy.

—Pero Friducha… estás muy débil. El doctor dice que no…

—El doctor, mangos. He aguantado cosas peores. Por una más, no me va a pasar nada.

Diego le agarra la mano y se la besa porque sabe que es verdad. Nunca ha visto a nadie capaz de aguantar más que su Frida. Diego se desinfla un poco, sólo un poco, al soltar el aire de los pulmones.

Frida va porque va. Va a asistir. Y nada se puede hacer para evitarlo.

Pero antes de salir, Diego toma el teléfono y habla con Lola:

—Ábrenos las puertas grandes y haznos un hueco en medio de la sala.

—¿Un hueco? ¿Cómo para qué?

—Para que quepa la cama.

Años después, todos recordarán a Frida como la mujer que supo a la vez obedecer y desobedecer una orden dada por el doctor, cuando acudió a la inauguración de su exposición postrada en cama.

La gente a su alrededor se agolpa como si ella fuera un mono de feria. Todos quieren ver a la artista vestida de tehuana, con flores en el pelo y collares enormes tendida en esa cama de cabecero tapizado con fotos. Es la estrella, su llamativa presencia es un objeto más de la exposición. Desde su cama, Frida alcanza a ver a Diego. Su Diego ya no está tan panzón. Los cachetes le cuelgan porque ha perdido peso. Se ve cansado. Preocupado. De su bolsillo saca cada cierto tiempo un pañuelo con el que se seca el sudor que le perla la frente. Apenas sonríe, y cuando sus amigos se acercan a saludar, aprieta la boca con la misma mueca de angustia que puso antes de destruir *El hombre en el cruce de caminos* en el Rockefeller Center de Nueva York. Cada dos por tres se le acerca para decirle:

—Ya vámonos a casa, Frida. Ya viniste, ya estuviste. Ya vámonos, flaca.

Pero ella no quiere irse. Quiere quedarse a escuchar los corridos. Quiere ver las caras de la gente ante sus cuadros. Algunos menean la cabeza y pasan de largo ante la crudeza de unos que muestran partos fallidos y columnas rotas. Sus cuadros no son fáciles de ver. Frida gira el cuello y, al hacerlo, su collar de piedras grandes tintinea, observa a unos periodistas tomar notas y fotos en total concentración. Frida se pregunta qué irán a publicar mañana en el periódico. Está expuesta. Desnuda. Sus retratos son la manera de exorcizar el dolor para poder aguantarlo, para poder compartirlo. ¿Sabrán ver eso?

Observa a uno en particular. Agudiza la vista y se fija en una chapa que lleva prendida en la solapa. *Novedades,* dice. El hombre asiente ante cada cuadro, pliega la frente en un acordeón de arrugas y parece hablar para sus adentros. Está de pie ante *Las dos Fridas* cuando se gira para ver a la mujer en medio del salón. Sus miradas se cruzan, se leen las mentes en un instante que dura muy poco, y el periodista se lleva la mano al sombrero en un saludo respetuoso. Frida descansa. Sabe que él ha entendido. Frida le contesta mandándole un beso sonoro con la mano. Nadie quiere perder detalle. Los hay que asienten, los hay que niegan. Sin duda les atrae la enfermedad y la miran intentando entender qué clase de sufrimiento puede crear un arte como el suyo. Pero cuando se topa con Diego, Frida puede leer en sus ojos un miedo que no le conoce. Y ella se eriza entera. Es como si, de pronto, hubiesen podido ver el momento exacto de sus respectivas muertes.

Un mes después llega la noticia de la muerte de Stalin. Frida se tapa la cara con pesar y luego se pone un mezcal en un vasito tequilero y brinda a la salud del camarada más grande que ha dado la humanidad.

—La muerte se lleva siempre primero a los mejores, Diego.

Y Diego le dice:

—Tú vivirás eternamente.

—No me salgas ahora con vidas eternas.

—Está bueno, está bueno. —Le ríe Diego, porque sabe que tiene razón—. Pero que nos entierren juntitos. Por si acaso.

Ella le acaricia esa cara redonda que tanto la reconforta. Ese rostro que tanto ama y que tanto la hace sufrir. Frida sabe que Diego anda con una nueva mujer: Emma Hurtado.

—¿Cómo es que un hombre tan feo puede tener tanto éxito con las viejas?

—Eso mismo me pregunto yo —responde Diego y enseña la hilera de dientes.

—Siempre es más divertido querer a que te quieran, ¿verdad, panzón?

—Verdad.

Frida se vuelve a servir más mezcal. El venadito Granizo pasea por el patio.

—Oye, Diego, prométeme algo.

Diego se cruza de brazos sobre la panza.

—Prométeme que te casarás de nuevo cuando yo me muera.

—Sólo si me prometes que tú harás lo mismo cuando yo me muera.

—Sonso. Si yo voy a chupar faros antes que tú. Ándale, prométemelo. Si la Hurtado está deseando…

Diego se ríe, pero no contesta. No quiere invocar a la muerte porque Frida está muy débil, hay que inyectarle muchos calmantes a cada rato y en esas circunstancias mencionar a la Huesuda le pone la piel chinita. Logra cambiar el tema cuando dice:

—Por cierto, ya hablé con Kapustin.

—A poco. ¿Y qué te dijo?

—Que ya andan viendo lo de *La mesa herida*. Me avisará en cuanto sepa algo.

Olga

Mayo, 1953
Un hombre con la elegancia de un lápiz sin estrenar recibía con el ceño fruncido las quejas que le llegaban en relación con su subordinado Boris Bazhenov. Al parecer no estaba manejando de manera ortodoxa algunos asuntos en la Sociedad para las Relaciones Culturales con el Exterior.

Se llamaba Nikolái Lebedev. Espigado sin ser enclenque, usaba gafas redondas de pasta negra y tenía una melena castaña tan abundante que debía cortarla muy al ras para que le cupiera el sombrero. Prefería los peludos gorros cosacos a los sombreros de ala de fieltro. Buen lector y peor escritor. Más de Dostoyevski que de Tolstói, y aunque admiraba a Gorki, había llorado al leer *Stalingrado*[12] de Vasili Grossman.

En medio de las exequias por el camarada Stalin, el teléfono de la oficina de Nikolái Lebedev no dejaba de sonar. El embajador de la URSS en México, el camarada Alexander Kapustin, insistía en hablar urgentemente con el director Lebedev por un asunto de un cuadro perdido. Nikolái se negó varios días seguidos, porque al morir el Gran Padre las oficinas de gobierno, todas, todas, eran un polvorín. Pero llegó un momento en el que no hubo más remedio que tomar la llamada ante la insistencia del embajador.

—Usted dirá, camarada Kapustin.

—Verá, el asunto es un poco delicado. El camarada Diego Rivera, reputado artista de *Meksika*, ha terminado un retrato de nuestro

[12] Publicado después como *Por una causa justa*.

Gran Padre Stalin, que la tierra le sea leve, y quisiera regalarlo a la URSS.

—Muy noble de su parte.

—Sí. El caso es que su esposa, Frida Kahlo de Rivera, quisiera llevarlo personalmente y de paso que la revisaran médicos rusos. Ella está muy enferma y ya no confía en los médicos que la han tratado.

«Al menos alguien confía en los médicos rusos», pensó Nikolái.

—Querría solicitar en su nombre permiso para viajar a la Unión Soviética.

—Veré qué se puede hacer.

La conversación, aunque no fuera violenta ni poco cordial, mantenía a Nikolái en guardia. Kapustin, con su talante diplomático, como si pudiera oler la desconfianza, fue correcto, formal y respetuoso. Pero llegados a un punto, sí pidió explicaciones de por qué las obras que tanto esfuerzo y ahínco habían tardado tantos años en recopilar y mandar desde México, seguían sin mostrarse en público.

—El Museo de Arte Occidental se desmanteló hace años, camarada —contestó impaciente Lebedev.

Empezó entonces un ping-pong. Un estira y afloja que duró quince minutos. Tal vez veinte. Siempre de una manera tan serena y educada que quien no estuviera al tanto del problema pensaría que los hombres estarían comentando el resultado del último partido de hockey sobre hielo.

—Camarada Lebedev —dijo entonces Kapustin—, sólo le pido que facilite la labor del Instituto de Intercambio Cultural Mexicano-Ruso. Llevamos cinco años con este tema que no hemos podido resolver.

«¡Cinco años!», pensó Nikolái. «¿Cómo se puede ser tan incompetente!».

—Camarada Kapustin, entiendo su desconcierto. Me encargaré personalmente de este asunto —dijo mientras se quitaba los lentes para alisarse los pelos de las cejas.

—Y… una cosa más… el cuadro de la esposa de Diego Rivera fue un regalo para la URSS, pero, si no les interesa, la autora querría cambiarlo por un retrato del Gran Padre Stalin.

—No sé de cuál cuadro me habla, pero si fue una donación, me temo que no podemos regresarlo. Dígale a la pintora que, si quiere, puede realizar el retrato igualmente.

—Se lo comento porque fue de mi conocimiento que estaban pensando destruirlo. Entiendo que el cuadro no sea del gusto soviético, pero destruirlo me pondría en una situación un tanto… delicada.

Nikolái anotó el nombre del cuadro en una hoja en blanco que tenía delante.

—¿Me puede repetir el nombre de la pintora?

Al otro lado de la línea, Kapustin se quitó los lentes y se sobó el puente de la nariz.

—Frida Kahlo.

—¿Es apellido alemán?

—Sí. Hija de Wilhelm Kahlo.

—¿Judío?

—Protestante.

Nikolái volvió a anotar en la hoja de papel. Subrayó el apellido.

—Entiendo. Revisaré cómo está ese tema. Ahora me es imposible facilitar más información. Y ahora, si me disculpa, camarada, tengo un compromiso que atender.

—Por supuesto. *Spasiba,* camarada.

—*Da svidanya*, camarada Kapustin.

Nada más colgar con el embajador, Nikolái supo con quién se iba a desquitar. Porque encontró a alguien a quien leerle la cartilla. Cogió el teléfono y marcó el directo:

—¿Camarada Boris Bazhenov?

—Dígame, camarada Lebedev.

—¿Le suena de algo un cuadro titulado *La mesa herida*?

—Mmmm… no, camarada. No me suena —mintió.

—Suba a mi despacho inmediatamente. Tiene muchas explicaciones que darme.

En toda vida hay un factor suerte. Pero sucede que la mayoría de las veces no se sabe reconocer. ¿Cómo es? ¿En qué momento se presenta ante uno, efímera, transparente, un hada de los bosques? ¿Tiene alas? ¿Tiene rostro? En tiempos de dolor y muerte, ¿qué es la suerte? ¿Vivir? ¿Morir? ¿Sobrevivir? Nadie sabe cómo luce la suerte. Qué aspecto tiene. ¿Vendrá alguna vez? Sin duda es silenciosa, y camina de puntitas para pasar desapercibida. Dura muy poco. Vive lo justo para volver a morir. Sólo un instante. Un parpadeo. Después, la suerte se evapora. Sube al cielo o baja al subsuelo, a saber. Pero lo más probable es que se quede prendida de las nubes. Porque a veces la vida brinda una segunda oportunidad y caen gotas de lluvia sobre los párpados de los justos.

Olga nunca había creído en la suerte.

Consideraba que la suerte siempre había pasado de largo ante su puerta. Todos los que había conocido le habían dado la espalda. Pieter. Tobías. Valentina. Boris. La suerte se la labraba una sola.

Pero se equivocaba.

Porque, aunque tarde en caer, la lluvia siempre vuelve a empapar la tierra.

Lo primero que pensó Nikolái al interrogar a Boris Bazhenov sobre la situación de la donación de los cuadros mexicanos es que el hombre le estaba mintiendo a cielo abierto. Podía olerlo. Lo segundo que pensó fue que necesitaba conocer cuanto antes a la mujer que, aseguraba él, sí estaba enterada. La encargada de toda la correspondencia, la mujer que hacía posible que Boris bailara aquel baile. La que hacía sonar la música. Porque, a la tercera palabra que intercambió con él, para Nikolái Lebedev fue evidente que no había sido Boris el responsable de mover los hilos de esa marioneta.

Ni corto ni perezoso, pidió que le trajeran a su despacho el expediente de la camarada Olga Simonova. Lo revisó minuciosamente. Estaba todo ahí. Todo. Los nombres de sus padres, su formación académica en artes en la Universidad de Moscú, sus posteriores estudios en secretariado y taquigrafía, su matrimonio con Pieter Simonov, sus años al servicio de la VOKS, su afiliación al Partido Comunista, reconocimientos varios por su eficiencia, su aparente vinculación con Tobías Richter, la acusación firmada de Valentina Merezko, su detención.

Lefortovo.

Nikolái cerró el expediente. Y sopesó. «Una mujer fuerte», pensó.

Entonces volvió a llamar a Boris a su despacho. Esta vez, para darle una instrucción que puso a Boris contra las cuerdas, pero ante la cual no se pudo negar.

—Camarada Bazhenov —le dijo—, a partir de mañana la camarada Olga Simonova será la nueva delegada de las relaciones institucionales de la VOKS.

Boris se puso rojo.

—¿Cómo dice?

—Lo que oye.

Un jarro de agua fría.

Un vaso reventado.

La cara de Boris, un poema.

—Pero, camarada, Olga Simonova no está preparada. Acaba de salir de prisión por… actividad sospechosa.

—Fue detenida sin causa probada, según dice su expediente.

—Pero… no tiene el nivel para ese encargo.

—Difiero. La camarada Simonova ha dado muestras de su capacidad en repetidas ocasiones. Y es quien mejor está enterada de las últimas donaciones recibidas. Ella ha sabido gestionar todo este asunto de las obras mexicanas. Algo que usted, camarada Bazhenov, ha mantenido estancado durante cinco años. Va a generar un problema diplomático con su incompetencia.

Boris trinaba por dentro.

—Esos cuadros eran antisoviéticos.

—¿Eran?

—Son… son antisoviéticos, camarada. No deben mostrarse en público. Cualquier comité aprobaría la decisión.

—Le recuerdo que cualquier decisión que lleve a cabo tengo que aprobarla yo, camarada. Yo decidiré qué se hace con esos cuadros.

Boris se secaba el sudor de las manos en los muslos con las palmas abiertas.

Se hizo un silencio. En la nuca de Boris pudo escucharse el crepitar de la madera ardiendo en medio del fuego.

Nikolái ordenó:

—Infórmele a la camarada Simonova a la brevedad de su nueva posición. Eso es todo, camarada Bazhenov. Puede retirarse.

Boris se puso en pie y salió. Nikolái pudo ver su disgusto aún de espaldas. Contuvo una sonrisa maliciosa y se fue a ver llover desde su ventana.

La lluvia encharcaba ya las calles y los pasos de la gente chapoteaban al andar cuando Olga preparaba el segundo té del día en la oficina. Boris se asomó por la puerta de su despacho:

—Olga, ¿puede venir un momento, por favor?

A Olga le sorprendieron sus modales pulidos. Encerados.

Olga pasó.

—Tome asiento. —Y señaló la silla—. ¿Le apetece un té?

Tan encerados que resbalaban.

—No, gracias.

—Bien. Verá. El camarada Nikolái Lebedev... sabe a quién me refiero, ¿verdad? —Olga asintió—. Me ha estado preguntando por alguien cuya trayectoria sea impecable... y salvo por aquel pequeño incidente sin importancia... usted cumple los requisitos...

—¿Se refiere a —Olga bajó la voz— la quema de los cuadros?

—Me refiero a Lefortovo.

Olga instintivamente se sobó los brazos.

—¿Sabe lo de la prisión?

Boris dejó caer los párpados y meneó la cabeza en asentimiento.

—¿Sabe por qué me detuvieron?

—Lo que sé es quién la sacó de allí.

—¿Quién?

—Yo, naturalmente. Hice llamadas en cuanto supe de su desaparición.

—¿Usted?

—No sé de qué se extraña, camarada.

Olga calló. Durante todo este tiempo había pensado que Boris era el causante de su arresto, no de su liberación. Y ahora resultaba que Boris había sido quien la había sacado de la cárcel. Había sido él quien había firmado sus papeles y una declaración jurada en la que daba cuenta de haber manifestado siempre un comportamiento ejemplar. Olga pensó en Boris, a quien a veces había llegado a considerar un poco bobo, tan simplón, tan histriónico, y —mira tú por dónde— ahora iba a resultar que le debía la vida.

Boris prosiguió.

—Salvo aquel incidente, como decía, su expediente es intachable. Se merece una oportunidad y yo se la voy a dar.

Olga parpadeó.

—Quiero que sea la nueva delegada de la VOKS en los países extranjeros. Ha demostrado serme fiel, y eso se recompensa.

—Entonces, ¿quiere decir que me ascienden?

—Es una gran oportunidad.

«Sí. Es una gran oportunidad», pensó Olga.

«Una completa injusticia, un atropello», pensó Boris.

—Tendrá un nuevo despacho. Necesita un espacio un poco más... cómodo.

—Gracias, camarada.

—Puede ir trasladando sus cosas. Luego, termine lo que estaba pendiente. Y enhorabuena.

Boris se levantó y la distancia que recorrió de estar sentado a erguido duró apenas un parpadeo. Olga también se levantó.

—Muchas gracias, camarada. No sé cómo agradecérselo. Por... todo.

Y entonces Boris dijo:

—Cuando sea necesario, ya me devolverá el favor. —Sonrió con malicia bajo el bigote.

Ella se estremeció. Luego Boris le dijo:

—Suba a la oficina del camarada Lebedev. La está esperando —dijo.

La oficina de Nikolái estaba en el mismo edificio, siete pisos más arriba. Desde allí las vistas eran espectaculares y parecía que entraba más el sol.

Nikolái Lebedev la recibió en un despacho flanqueado con dos grandes lámparas de pie. La calidez de las pantallas refulgía sobre los cuadros amarillos de la pared y se conseguía la ilusión de un salón de ámbar. El olor a trapo encerado para dar brillo a las maderas rivalizaba con la fragancia a tabaco de aquel hombre. Era alto, muy alto si se comparaba con Boris, mayor como un padre, pero con la prestancia de un general del ejército. Aunque su rostro era afable, aquellos ojos delataban pocas ganas de bromas. Frente a él, Olga se sintió muy joven y menuda. Inexperta. Olga, de camisa blanca de manga larga y traje sastre negro, se sobó los antebrazos.

—Tome asiento, camarada Olga.

Olga se sentó en la silla azul que estaba frente al escritorio de madera maciza.

—Camarada Simonova —abordó él sin rodeos—, como le habrá comentado el camarada Bazhenov, a partir de ahora usted fungirá como delegada de esta institución. Deberá encargarse de vigilar el correcto funcionamiento de las exposiciones que la VOKS lleve a cabo.

—Me honran con el nombramiento, camarada.

—Es una gran responsabilidad. No la desperdicie. —Sonrió—. Y también quiero que me explique la situación de un cuadro del que usted se encargó particularmente.

El suelo bajo los pies de Olga se abrió en una grieta.

—¿Sabe de qué cuadro le hablo?

Olga alzó las cejas y frunció los labios.

—Así, sin más detalles…

—Un cuadro mexicano.

—*Meksika*… sí. Donaron muchos cuadros. Muchos grabados también.

—Quizás esto le refresque la memoria.

Y Nikolái le pasó la carta que solicitaba el préstamo de *La mesa herida* para una exposición en Occidente. Olga leyó.

—Ah. *Ése* cuadro.

—¿Dónde está?

—¿Que dónde está?

Nikolái esperó sin decir nada. Olga sostuvo la misma versión que había mantenido siempre:

—Resguardado en las bodegas del museo Pushkin.

—En el museo Pushkin…

—Sí, señor.

—¿Y nadie en su departamento amenazó a los mexicanos con destruirla?

Quizás unos meses antes, Olga habría aventado a Boris de cabeza. Habría dicho que había quemado unas quince obras antisoviéticas con total secretismo y alevosía. Pero la habían torturado, sometido, vejado. Todo por nada. Y acababa de enterarse de que Boris la había liberado de aquello. Así que calló y no dijo nada que pudiera comprometerlo.

—No, camarada.

—¿Está segura?

Olga se atravesó el corazón con una equis:

—Se lo juro por mi madre, camarada.

—¿Entonces la obra sigue en el Pushkin?

—Está en bodegas, camarada. Se lo garantizo —dijo firme.

Silencio.

Nikolái podía leerla como un libro abierto, porque tenía experiencia en interpretar a la gente. «Una mujer leal», pensó Nikolái.

—Tengo entendido que se lleva bien con miembros de la Kulturbund alemana.

Olga tomó aire.

—Si se refiere a mi relación con Tobías Richter, le diré que es estrictamente profesional.

Olga se acarició los antebrazos. Nikolái se percató de su nerviosismo y bajó el tono de su voz. Y así, en un hilo confidencial, el hombre espigado dijo:

—Al padre de mi esposa lo acusaron de conspiración. Era un buen hombre que sólo había hecho zapatos toda su vida.

Olga trató de descifrar a toda velocidad qué le estaba tratando de decir el hombre que tenía delante. Permanecieron callados un minuto, leyéndose los silencios. Diciéndose sin palabras lo que jamás podrían admitir en voz alta. No ahí. No en esas oficinas. Nikolái retomó el tema:

—Dígame una cosa… ¿Qué tiene de especial ese cuadro mexicano?

—¿Qué?, ¿qué tiene de especial?

—Algo debe tener para que se tomen tantas molestias desde embajadores hasta instituciones.

Nikolái esperó paciente a que ella contestara.

—Pues…

Olga no sabía qué decir. Si mantenerse firme en la versión oficialista, si decir que era un cuadro antisoviético, burgués, decadente o lo que realmente pensaba. Pero pensar estaba prohibido.

—Al parecer, la artista es la esposa de un pintor muy reconocido en aquel país.

—¿Frida Kahlo?

—Frida. Kahlo. Sí. —Y se aventuró a decir—: Es una mujer peculiar.

—¿Peculiar?

—Parece de otro mundo. Usa vestidos tradicionales, folclóricos de allí, de colores, como nuestros sarafanes. Y se pone flores en el pelo.

—Desde luego hay que ser peculiar para refugiar a Trotski.

Olga palideció.

—¿Cómo dice?

—Ella y su marido, el pintor, hospedaron a Trotski antes de que el compañero Ramón Mercader pusiera fin a su vida.

—No lo sabía —balbuceó una Olga pálida hasta las cejas. Eso complicaba aún más las cosas.

Y entonces Nikolái dijo algo que la dejó perpleja:

—¿Sabe que ha solicitado venir a la URSS?

—¿Quién? ¿Frida? —Y se le salió así, como si fuera su amiga.

—No creo que le autoricen venir con semejante antecedente.

Olga, por un momento, pensó que el señor con pinta de catedrático tenía ganas de conocer a la pintora también.

—Aún no me ha contestado —dijo entonces Nikolái.

—¿El qué?

—¿Por qué ese cuadro es especial?

Olga entonces se atrevió a decir:

—Era… es… diferente.

—Entonces, tal vez debería dejar que se exhiba a los rusos, ¿no le parece, camarada Olga?

—¿Exhibirla? ¿Al público?

—Tal vez podría buscar la manera de que participe en alguna exposición. Ahora es usted la encargada de esos asuntos, camarada —dijo pronunciando con esmero cada una de las palabras.

Olga abrió los ojos de par en par.

—¿Quiere exhibir ese cuadro?

A Nikolái no le pareció desapercibido su asombro.

—¿Algún problema?

—No, no, ninguno. Me parece una magnífica idea —contestó Olga.

La lluvia comenzó a amainar.

Porque hay lluvias que duran sólo un momento.

Frida

1953-1954

Sólo tres meses después de su exposición, cuando a duras penas la ha librado de la bronconeumonía, el horror vuelve a llamar a su puerta.

—Tal vez haya que amputar.

Uno, dos, tres, cuatro doctores. Todos opinan lo mismo. Todos menos uno que piensa que, quizás, tal vez, la pierna agangrenada podría salvarse a base de inyecciones subcutáneas de helio, hidrógeno y oxígeno.

—No —concluyen al fin—. Hay que amputar.

—¿Amputarme la pierna?

—Tal vez sólo el pie.

Frida se sobrepone, a ratos. Se da valor porque sabe que, si se raja, se quiebra. Un empujoncito y caerá por el precipicio. Sólo dos años han pasado desde que dejó el hospital inglés y ya tiene que volver, no para operarse, sino para amputar, cortar, mutilar, cercenar. Esta vez no hay vuelta de hoja.

—Si no amputamos, puede ser fatal.

Tiene la pierna deshecha, podrida, maloliente. La gangrena la invade por los pies. Trepa por ella como una enredadera negra y mortal. Frida voltea la cara para no mirar y se avienta la falda de tehuana sobre la pierna. Bendita falda que la cubre con su manto.

Y amputan.

Cortan.

Mutilan justo por debajo de la rodilla.

Cuando despierta, Frida no se atreve a mirar, pero en un impulso trata de mover el pie que ya no tiene. Y entonces siente dolor. A gritos acomedidos, llama a la enfermera y le dice que le duele su pie. Que siente un hormigueo, que aún puede mover los dedos, que tiene el pie frío.

—Ya no tiene pie.

—Pero me duele.

—Es el síndrome del miembro fantasma. Trate de relajarse, finja que está relajando el pie.

—¿Que finja que relajo el pie?

—Eso es —dice mientras aprovecha para ahuecar la almohada de Frida.

—Pero me duele mucho…

—Mire… no debería… pero déjeme ver si le podemos dar un analgésico más potente. Espéreme tantito.

La enfermera sale.

La pierna cortada llama a Frida igual que la Llorona a los niños incautos, igual que los cabellos serpenteantes de Medusa. «Voltea, mírame si tienes valor». Y sí. Lo tiene. Frida retira la sábana para asomarse a ese vacío que le duele. Los ojos se le pasman. Ahí no hay nada. Na-da. Sólo un muñón sin pantorrilla envuelto en vendas ensangrentadas. Un puro mal apagado. Se lleva la mano a la boca para ahogar un grito de espanto y voltea hacia otro lado. Quiere olvidar lo que acaba de ver. Pero la pierna le ordena: «¡Veme! ¡Voltea! ¡Mírame!». Y poco a poco, como la niña que espiaba tras las rendijas, encuentra fuerza para clavar sus ojos en esa parte suya que le han quitado. Se le escapa un lamento. Un quejido. Una angustia. Se soba el muslo sin esperanzas, enajenada, igual que una madre con un hijo moribundo entre sus brazos. Y revive sus abortos. La sensación es casi idéntica. ¿Dónde están todos esos bebés que no tuvo? ¿Dónde está su pierna? Se encabrita y grita. Y el grito hondo y desgarrador le retumba en el cielo de la boca. Quiere su pantorrilla con su pie, que se lo vuelvan a pegar, que regresen el tiempo. Prefiere el pie negro que esa ausencia, esa pierna inconclusa. Y se tapa la cara con las manos y se hunde en ellas mientras se deja ir en un lamento largo, largo, largo, largo. Que nunca termina.

Una tarde, Cristina acude a verla con su hija Isolda. Nada más verlas el corazón se ensancha un poco más y levanta los brazos para abrazarlas. ¡Cómo quiere a esa niña! A veces, en sus sueños, ha imaginado que Isoldita es su hija. ¿Cómo habría sido una niña suya? ¿Una niña suya y de Diego? Seguro que tan bonita como Isolda. La niña ha crecido mucho. Ya no es la niña que pintó en *La mesa herida*. Ya no lleva trenzas ni juega con Granizo, el venadito. Al recordar aquel cuadro al que puso pies humanos en lugar de patas, Frida se asegura de tapar bien la mutilación con la sábana. Y entonces la hija que ella jamás tuvo, a la que ama como a la niña de sus ojos, se sienta a los pies de la cama y le acaricia el muslo cortado:

—Tía, no sufras. Nunca necesitaste los pies para volar.

Y la niña se le acurruca en el pecho y así, pegaditas, permanecen juntas en el abrazo maternal que siempre soñó dar. El desconsuelo se le escapa a sorbitos chiquitos y Frida llora.

De la espalda de Frida, como en un milagro, nacen alas.

Al principio cree que la invasión naranja de las flores de cempasúchil que inunda portales, bulevares en las grandes avenidas, mercados y hasta los vientos de un México que parece ser más festivo en octubre, con sus tiras de papel picado y sus calaveritas de azúcar, es lo que hace revivir en Frida el recuerdo de su madre y el de su padre. Los añora. Los extraña. Tal vez fuera eso. O quizás no hacía falta que el Día de Muertos viniera a remover recuerdos. De lo que Cristina sí está segura es que ese mes de octubre, que es muy húmedo y muy frío, en el que llueve cada tarde como si el cielo más nublado del mundo hubiera decidido instalarse en la ciudad de México, a Frida le dan el alta.

Frida abandona el hospital en silla de ruedas.

De regreso en la Casa Azul, Frida, lánguida, contempla el bullicio tras la ventana de rejas verdes. Parece que la alegría perteneciera a otro mundo, a otro tiempo, a otra gente. Gente con dos piernas y mucha prisa. Gente que huye hacia adelante sin saber que ya es feliz. De pronto truena. Y la gente se apresura porque ahí se va a soltar el aguacero. Frida se queda a cubierto en la habitación de Cristina y de Isolda, mientras ve llover en el patio.

Si no fuera porque sus ojos ven que no hay pie, Frida pensaría que se ha vuelto loca. Porque siente su pie fantasma incluso más vívidamente que cuando lo tenía. Le pica, le arde, le duele como si las venas le fueran a explotar y, cuando eso pasa, mueve los deditos imaginarios y los deditos imaginarios le responden. Separa el dedo gordo del meñique hasta parecer un pato palmípedo y luego los relaja. ¿Qué clase de tormento es ése? Porque no hay pie.

No.

Hay.

Pie.

Cristina, sentada a su lado, está subiendo el dobladillo del pantalón del uniforme de Toñito. Mete la aguja, saca la aguja, estira el hilo:

—Deberías distraerte. Leer un poco.

Frida dice que no con la cabeza.

—No tengo ganas.

—Bueno, pues entonces, pinta algo, linda.

—No quiero pintar.

—Eso no me lo creo, Fridu.

—No quiero. Me da miedo ver cómo podría pintarme.

—Hay más cosas aparte de ti. Pinta a los perros. O al gato.

Y Cristina jala el hilo, remata con un nudo y lo corta con los dientes.

Por la tarde Frida decide echar un ojo a sus libros. Repasa su biblioteca. A muchos de esos ejemplares les ha hecho un vestido de papel y los ha forrado. Algunos en papel de periódico y alguno que otro, que prefiere mantener lejos de la vista de los curiosos —como *Mi lucha*—, en papel negro de reuso. Libros doblados. Libros leídos. Libros con las hojas dobladas en las puntas. Con el dedo recorre la hilera de misceláneas de libros acomodados por temas de obstetricia y ginecología. Toma uno y lo abre. La imagen de un bebé acomodado con placidez en el útero materno la saluda. Y ella le dice:

—¿Cómo estás, chamaquín?

Tres abortos. Tres. Los tres la han marcado con la marca de un fierro candente invisible, porque todo el mundo, menos ella, los normalizaron. Frases desprolijas dichas sin cuidado. Disparos de cazadores furtivos al aire: «Pero cómo se te ocurre, con tu condición», «Mejor así», «Las cosas pasan por algo». ¿Ah, sí? ¿Por qué? ¿Por qué pasan las cosas? Su primer aborto lo tuvo a los dos meses de embarazo. El segundo y el tercero a los cuatro meses. Frida abre el libro para ver cómo está formado un feto a los cuatro meses. Se hunde en esa información y lee con la curiosa inquietud con la que hace años —hace otra vida— quiso estudiar medicina. El tejido cartilaginoso empezará a osificarse, es decir, empezarán a endurecerse los huesos. Los riñones del feto ya son funcionales y empiezan a formar orina. «Le sale un vello, que comienza en las cejas y el bigote, y lo cubre para conservar el calor corporal». Frida se acaricia sus cejas y piensa en la hermosura de cejas de sus hijos no nacidos. A los cuatro meses ya tienen uñas, los ojos están separados, pero la cabeza es más proporcionada. Ya no es un frijol. Ahora es más una manzana. Los bracitos son largos, y la médula —el espinazo que ella tiene atrofiado— empieza a ayudar al hígado a producir células sanguíneas. Así. Así eran los bebés que perdió. Manzanitas peludas.

Frida coloca el libro en el estante y saca uno titulado *La lucha contra la muerte* de Metalnikof. Lo abre. En la página en blanco (página de respeto, le dice siempre Diego que se llama), Frida reconoce su letra. Es su historial médico. Enlistado, acontecimiento tras acontecimiento, año por año, su propia lucha contra la muerte. Desde los siete años hasta los treinta y cuatro. Muchos años de joda. A veces se pregunta si la huesuda le ha brindado ya muchas oportunidades. Está cansada. Y reteharta de toda esta mierda.

Al otro día, cuando Cristina entra en la habitación para sacudir el polvo, encuentra un lienzo pequeñito a medio terminar. Es una sandía destripada, reventada, junto a granadas maduras con la pulpa en carne viva. Cristina se emociona y se tapa la boca al ver a su hermana convertida en frutas rojas. La reconoce, ahí, en esa pulpa, en esa carne. Frida está frente a la ventana, sentada en su silla de ruedas, fumándose un cigarro. Al exhalar redondea su boca sin pintar en una «o» y de sus labios salen señales de humo. Los ojos están perdidos en la inmensidad de lo fugaz. Pero Cristina sabe que no es el infinito lo que contempla. En esa cabecita las ideas van y vienen, viajan y revuelan en parvadas ordenadas. Entonces, Cristina se acerca por detrás y la abraza.

—Eres tan especial, Frida. Tan especial.

Frida recarga su cabeza en su hermana. Y luego le dice:

—¿Viste lo que pinté?

—Sí. Me encantó.

Cristina la besa en la coronilla, se enjuga una lágrima y agarra el manubrio de la silla de ruedas de su hermana.

—Vente, vamos a pasear.

—No quiero salir, Kitty.

—Ándale, vamos a que te dé el sol, que estás muy paliducha.

Pero al llegar al borde de las escaleras, se detienen igual que Moisés se detuvo ante el Mar Rojo.

—Espérame tantito. No te muevas —dice Cris. Y sale a buscar al servicio para que le ayuden a bajar a Frida al patio.

Frida le grita por las escaleras:

—¡Dile a Manuel, el Inquieto! A ver si no me he muerto pa' cuando llegue.

Y Cristina sonríe y da gracias a Dios porque mientras haya humor, hay esperanza.

Por fin, Manuel, el Inquieto —el chofer que se mueve por la casa con la urgencia de un oso perezoso— toma a Frida en brazos como a una novia, y doña Petra y Cristina les siguen detrás cargando la silla de ruedas. Al bajar, Frida contempla los grandes escalones de piedra en donde antes ha habido fiestas y jolgorios.

—Esta casa no está pensada para sillas de ruedas —se lamenta. Y de pronto su pie fantasma quiere zapatear de coraje.

Aún no recibe noticias de Kapustin, pero Frida no es tonta y se teme que ha pecado de ingenua. El mazazo de saber que *La mesa herida* ha sido rechazada en la URSS lo lleva clavado por dentro. Aunque quiere pintar para el pueblo, no tiene mucho tiempo. Lo sabe. Como también sabe que ella es sólo una célula en el complejo mecanismo de las revoluciones, un pequeño grano de maíz molido en la masa de las tortillas. El comunismo. México. Ésos son sus verdaderos amores. Diego es comunista y mexicano. Y ese cuerpo redondo encierra las dos ideas por las que está dispuesta a morir. No quiere oír ni saber, ni leer nada que contradiga su fe en el comunismo. Recuerda a Trotski hablar de los horrores del Stalin, que arrincona, que fusila sin piedad a todo el que considera un enemigo, y Frida niega. «No, no y no. Eso es imposible». Marx, Lenin, Mao y Stalin son las columnas que soportan su templo. No creer en ellos sería amputarle la otra pierna. Así que ella cree en el comunismo como otros en la virginidad de María.

Los médicos le recomiendan reposo y calma porque Frida es un fósforo que se apaga despacio. Y encima, ahora, la no-pierna. Se desintegra poco a poco, o mucho a mucho. Le han hecho una pierna ortopédica de bota roja. Roja como ella. Frida la decora con moños, pedazos de seda y bordados chinos de dragones, y una gran lazada que sube a la altura de la pantorrilla. En la base de las agujetas, Frida ata un cascabel. El señor Xólotl se vuelve loco con ese tintineo de gato navideño.

Pero más de una vez Diego la ha encontrado adormecida por los calmantes y el alcohol, aferrándose a esa falsa pierna. A esa extensión de su cuerpo que no es ella. Por más que la pinte. Por más que la decore. La prótesis es sólo una más de sus máscaras. Diego le quita la pierna ortopédica de las manos, pero ella la tiene agarrada contra su pecho como si fuera una almohada. Al sentir que se la zafan, balbucea entre dientes «Devuélvanmela. Devuélvanme mi pierna». Diego, que no se quiebra nunca, quiere llorar. Sin embargo, cuando está despierta, se la pone a regañadientes. Le duele. Le cuesta. De nuevo, es un bebé aprendiendo a caminar. Es torpe. Se cae. Se tropieza. Los tacones están gastados de forma irregular. Frida pisa en desnivel, desacompasada. La aborrece y la necesita al mismo tiempo. No quiere ser una muñeca articulada. Encabronada, se deja caer en una silla, se quita la pinche pata y la avienta. Luego se prende un cigarro. Diego, que ha oído el escándalo, se asoma por la puerta. No le dice nada. Pero ella le lee los pensamientos y le pide:

—Aparta esa cosa de mí.

Diego se acerca a ella y la abraza para que llore sobre su panza. Ella entonces presiente que algo no va bien con Diego. Está más apagado. Más flaco, sin duda. Más dócil. La enjundia se desvanece a brochazos chiquitos.

—Si te mueres antes que yo, te mato —le dice Frida.

Diego contrata a una enfermera que asuma a la vez el rol de cuidadora y el de ama de llaves, porque para Diego «cuidadora» es sinónimo de alguien capaz de desdoblarse en mil facetas. Así que, aunque la mujer tiene estudios en medicina, además de velar por

Frida, de inyectarla, curarla, también se ocupa de que todo marche bien en la inmensidad de esa Casa Azul. Le prepara de comer —sopa, casi siempre— y la alimenta en la boca como a un infante. Frida voltea la cara y se echa al drama:

—La comida es para los trabajadores. No para mí. Yo no hago nada.

—No sea remilgosa. Necesita comer. ¿Cómo va a terminar el cuadro ese en el que está sin muletas si no come?

Ese cuadro es muy distinto al de *La mesa herida*. Lo va a titular: *El marxismo dará salud a los enfermos*. Y Frida abre la boca para permitir la entrada de la cuchara de sopa.

La enfermera la escucha, le enjuga las lágrimas, a veces le cuenta historias de Costa Rica (de donde es ella) y también le habla de Nueva York, donde estudió. Frida asiente. ¡Ah! Los tiempos gringos. ¡Cómo añoró México mientras estuvo fuera! Se acuerda de su mamá. Su mamita linda. Cómo la echa de menos. Qué falta le hace ahora. Su mamá fue una buena madre. La quería. La quería mucho. Ella también habría sido una buena mamá. Entonces, de pronto, el pesar por los bebés perdidos hace años regresa, como vuelve la basura a la playa. Y se encabrona. Con la vida, con la enfermedad. Está cansada de nadar siempre contracorriente. Avienta el plato de sopa, que sale volando, y la enfermera se quema y dice:

—¡Pero... señora! ¡Cálmese!

La enfermera corre por la inyección del tranquilizante porque Frida está fuera de sí. Nada más sentir la droga en la vena, Frida se va calmando, calmando, calmando.

Se queda dormida. La enfermera la observa con pesar y encabronamiento. Se soba el cuello. Tiene una quemadura de sopa encima de la clavícula. Se coloca un paño con vinagre que le calma el ardor. A veces le dan ganas de agarrar sus chivas y largarse. Pero entonces se le queda mirando, ahí, tan indefensa y necesitada de afecto, y se compadece. Ese dolor no es fingido. Ni inventado. Es dolor en estado superlativo, porque el nervio mismo se retuerce con espasmos. Cerebro y espina están conectados por un cable pelado. Entonces la acomoda, le ahueca la almohada, le coloca la pierna estiradita junto a la otra que ya no tiene, y las dos se reflejan en el espejo que está encima de la cama. «Qué guapa es», se dice. Y así, dormida, con el dorso de la mano le acaricia ese rostro, el altar de su cuerpo roto.

Todo queda en silencio. Los perros están dormidos. La brisa mueve las cortinas. Frida empieza a roncar ligeramente. Suavecito. Afuera, en la calle de Londres, un organillero hace girar la manivela y suenan los aflautados acordes de *Rancho alegre*. La enfermera aprovecha para recorrer la habitación de Frida, abre los joyeros, se prueba sus sortijas, sus collares. Se sienta en su tocador y se recoge el pelo simulando el peinado de Frida. Después, abre el ropero y agarra uno de sus vestidos de tehuana, se lo coloca al pecho frente a su bata de enfermera. Le gusta la imagen que devuelve el espejo. Decididamente tradicional. Descaradamente excéntrica. Incluso da una vueltecita para que la falda agarre vuelito. Sonríe. Vuelve a guardar el vestido y, uno a uno, revisa los trajes colgados, las faldas. Sin malicia. Revisa todo con la ternura con la que se vacían los cajones de pertenencias de una madre recién fallecida. Algo tiene esa mujer, a pesar de verla tan débil, de estar tan mal, tan doliente. Algo que magnetiza.

Todos los días son así. Alrededor de Frida hay que caminar quedito, porque el dolor convierte a Frida en una escopeta cargada capaz de disparar en el momento menos pensado. Vuelan vasos de vidrio, reclamos mezclados con llanto, gritos desesperados con los que trata de aferrarse a la vida. Suelta furia y fuego y después vuelve a serenarse en la ovejita suave que de todas las tetas mama.

La enfermera, un día, harta de ese vaivén, se va.

Otra llega en su lugar. Es la enfermera Cornelia.

Frida cada vez está peor. Ya casi no puede masticar. A veces le dan la comida en jeringas. La cambian de posición porque está postrada en cama y casi no se mueve. Y en el bolsillo de la enfermera siempre hay una jeringa con Demerol, ese narcótico parecido a la morfina al que Frida, a fuerza de consumir, se ha vuelto adicta. A escondidas de Diego, Frida le da a la nueva enfermera sus joyas para que las venda y cambie por ampolletas de droga.

—Anda, mamita chula, ve. Y tráeme. Y no le digas al señor.

Frida, muchas veces, se queda dormida con un cigarro prendido en la mano y hay que vigilar que no prenda fuego a la Casa Azul en algún descuido. Ya un día se quemó un brazo y otro prendió fuego a las sábanas. Cristina empieza a verla con los ojos con los que se ve a una persona a la que cuesta reconocer. La logística de la Casa Azul funciona a los traspiés. Aquello es como un avispero de gente que vuela con el aguijón al tiro. Choferes, muchachas, cocineras, todos sisan ante ese gran río revuelto. Al principio poquito, dos, tres, cuatro pesitos. Después la cosa va subiendo hasta el descaro. Y las paredes de la Casa Azul se deslavazan de tristeza, presintiendo desde ya su ausencia.

Diego un día les grita a todos encolerizado:

—¡Panda de abusadores! ¡Lárguense de esta casa!

Frida, en uno de esos momentos de lucidez, le agarra de la mano:

—Qué fea es la *gente*.

El día que Frida cumple 47 años, Emma Hurtado toca al timbre de la Casa Azul con un ramo de alcatraces impresionante. La enfermera Cornelia recibe las flores y se las lleva a la cama de Frida. Emma Hurtado espera paciente en la sala. La enfermera, oronda y llena de gracia, entrega el ramo.

—Mire nada más que retechulas las flores que le trajeron.

Frida está tendida con el pelo suelto. La cascada de cabello negro la cubre igual que una manta.

—¿Quién las manda?

La enfermera Cornelia saca la tarjeta y lee:

—«Con mi cariño y amistad en su cumpleaños. Emma Hurtado».

La sonrisa de Frida se diluye en una mueca de payaso dividida entre la ilusión y la decepción.

—¿Es amiga suya?

—Es la amante de Diego.

La enfermera se solidariza en el acto.

—¡Ay! ¡No! —Y aunque no lo dice explícitamente, su lenguaje corporal consigue arrancarle a Frida la primera risa en semanas—. Si quiere, la corro, pero ahorita. —Y truena los dedos.

—No es para tanto. Yo la quiero porque cuida de Diego.

—Con todo respeto, a mí no me parece que la señora venga a la casa de usted.

—Ay, chula. ¿Para qué nos hacemos tontas? Yo sólo soy una enferma para Diego desde hace catorce años. Es normal que tenga sus mujeres. Con ésta lleva años. Mejor ella que otra sonsa. Al menos a ésta le gira —se señala la cabeza—, sabe de arte y tiene un buen de mosca —simula tener un fajo de billetes en la mano—. Además, ¿quién lo va a cuidar cuando yo me muera? Ella lo procurará bien.

—Ay, señito Frida. No hable así. Diosito me la guarde muchos años.

—Dios no existe, chula.

La enfermera se santigua.

Frida abre la boca para hablar, pero las palabras se le pegan en el paladar. «Sólo un monte conoce las entrañas de otro monte», piensa de pronto. Entonces dice:

—Dile a la Hurtadora que gracias, pero que por favor se vaya. Que no me encuentro bien.

La enfermera Cornelia sale disparada hacia la puerta y, justo cuando está a punto de salir, Frida le dice en voz alta:

—¡Pero déjame aquí las flores!

A los pocos días, Frida le pide a la enfermera Cornelia que aliste un botiquín y la acompañe a Xochimilco. La enfermera se alegra porque sabe a dónde van. Van a una pequeña casita-estudio en donde a Frida le gusta pintar. La enfermera prepara todo, le venda bien el muñón y agarra una jeringa de Demerol que se mete en uno de los bolsillos delanteros del suéter por si a medio camino le da un ataque. Cristina también las acompaña. Las mujeres están contentas al ver que Frida empieza a romper ese cascarón de angustia y depresión. El cielo luce radiante y les hace competencia a las paredes añiles de la casa. Cielo y tierra fundidos en el mismo color.

Frida pinta.

Cristina observa a su hermana mientras trata de encontrar a la niña que fue. De ella no queda nada ya. En su lugar hay una mujer nacida de la resistencia. Una Coyolxauhqui desmembrada y poderosa. Monumental. «Nunca habrá otra como ella», piensa Cristina. Lo percibe con clarividencia, mientras la ve ahí sentada, pincel en mano ante el caballete, concentrada ante la pintura. La pierna ortopédica asoma por debajo de la falda igual que un ratón se asoma tantito para checar si estará seguro afuera de su madriguera.

Es un día tranquilo. Sin nada especial. Un día en que parece que la vida sigue. Que la vida seguirá sin detenerse. Ignoran que están atravesando el ojo del huracán.

Días después, la maldición regresa sin remedio.

Vuelve el dolor. Vuelven los gritos. Vuelve la sedación. Frida grita que le corten la pierna, que no lo puede soportar:

—¡Pero ya te la cortaron!

—¡Me duele! ¡Me duele! ¡No puedo más!

Cristina tampoco puede soportarlo y deja a la enfermera Cornelia sola para lidiar con Frida. Detrás de la puerta, con la espalda en la pared, se tapa los oídos. «Por favor, por favor, que todo pare de una vez, que se vaya ese maldito dolor». Poco a poco, por efecto de la inyección narcótica, los gritos cesan con la prontitud del agua hirviendo al ser retirada del fuego. Frida, por fin, duerme.

Todos en la Casa saben que esa situación es insostenible. Nadie lo dice, pero todos lo piensan. Se turnan para cuidarla. Le secan la frente de sudor. La apapachan todo lo que pueden. El changuito se asoma por los barrotes de la ventana con expresión lánguida porque su madre no responde, y jadea de pena. Chilla desconsolado. Y a todos se les pone la piel de gallina.

La enfermera Cornelia está a su vera. Sentada en una butaca, bajo una lámpara de pie, con las piernas tapadas por una cobija de cuadros de colores, lee un libro. Apenas ha leído unas pocas páginas cuando se le cae de las manos. Está agotada. Física y emocionalmente. Las dos, enfermera y paciente, descansan. Quién sabe cuánto tiempo lleva traspuesta cuando la despierta la enorme mano de Diego que le toca un hombro.

La enfermera se talla los ojos y se disculpa:

—Discúlpeme, señor. Apenas me fui tantito.

—Váyase a descansar. Yo me quedo esta noche.

—¿Seguro?

—Seguro. Descanse.

La enfermera Cornelia recoge el libro, dice «Buenas noches» y cierra la puerta.

Diego apoya los codos en la silla y cruza los dedos de las manos a la altura del pecho. Nunca ha rezado, pero si hay un momento para rezar, es ése. Frida respira despacio. A Diego se le escapa un resoplido de pesar. Frida se ha consumido toda. Es piel sobre huesos. Las cuencas de los ojos se le han hundido en un manto oscuro. Pero Cristina le sigue pintando las uñas de las manos. Diego se aproxima y se acurruca junto a ella en la cama. Con la suavidad con la que sostiene un pincel, le acaricia el cabello. Las mejillas. Los labios. Ella responde a sus caricias y en la penumbra abre los ojos.

Se ven. Se leen. Se entienden.

—Diego mío. Siempre me gustó cómo me miras. —Y sonríe.

Diego también sonríe en una mueca de congoja.

—Friducha, dime qué quieres que haga. Y lo haré.

—¿Tanto me quieres?

—Ya sabes que sí.

El respirar de Frida se entrecorta con pequeñas tosecitas roncas.

—¿Sabes una cosa? A veces imaginaba que me querías tanto como a tus piezas prehispánicas. Yo quise ser para ti ese México indio que tanto adoras, Diego. Pero no sé si lo logré.

—Eres eso y más, Frida.

Se ven. Se leen. Se entienden.

Dos seres transparentes entre los que no hay veladuras.

—Frida... Frida mía. Ya componte. Hazlo por tu Diego. Yo sin ti, me moriría.

—Mientes muy mal, Diego. Sabes que sin mí vivirías mejor. Sin una enferma que cuidar.

—Eso no es cierto. — La cabeza de piñata vapuleada se le cae hacia adelante porque quiere llorar —. Yo te quiero, Frida. Nunca amé a nadie como a ti.

—Ay, Dieguito. Eres un bebote. Un niño de cuatro años atrapado en un cuerpo de gigante.

Frida le acaricia los cachetes colgados y le seca las lágrimas de cocodrilo.

—Si eso es verdad... si tanto me amas... ayúdame.

Diego alza la cabeza suplicante:

—¿Cómo? ¿Cómo te ayudo?

—Cómo te explico, Diego... Ya me pesa... todo... mi soledad de años... mi estructura inadaptada. Estoy cansada. Agradezco a la vida por haberte conocido, por ponerme en tu camino, por ser comunista. Pero ya es hora de irme. De escaparme. Ayúdame a que todo pase en un instante. Ayúdame a soltar.

Y Frida señala con el dedo huesudo y ensortijado la caja de pastillas para dormir.

Se ven. Se leen. Se entienden.

—Ya te tomaste una. No puedo darte más.

Ella aprieta los ojos.

—Se me rompieron las alas, Diego. ¿Es que no lo ves?

—Tú puedes con esto y mucho más.

Y a Frida le dan ganas de abofetearlo. No quiere. No puede. No quiere tener que aguantar nada más.

—Ayúdame, por favor. Déjame ir. Suéltame ya.

Diego se acerca y la besa en los labios.

Un beso triste con sabor a almendra amarga, mojado en llanto, que ella corresponde.

La mañana del martes 13 de julio de 1954, los guajolotes cantan, mientras Manuel, el ayudante de Diego, acude al estudio. Aunque son las seis de la mañana, atraviesa los pasillos con paso ligero porque tiene mucho que hacer. Pasa a toda prisa por delante de un recibidor acondicionado especialmente para la señora Frida, ahora que se le dificulta subir escaleras. Lo hace con tiento para no incomodar su descanso, no vaya a ser el diablo y vaya a despertarla. Pasa de largo cuando sin querer voltea, porque siente una mirada fija sobre él. Frida lo está mirando.

—¡Ay! ¡Niña Frida! Me espantó...

Dice llevándose las manos al corazón.

Pero Frida no responde. La mirada está fija. No parpadea. No se mueve. Las piernas de Manuel se le aflojan y sale hecho la mocha a llamar a la enfermera.

En cuanto la ve, la enfermera la toca:

—Mija. Despierte. ¿Qué le pasó?

Y Manuel le responde angustiado:

—¡Pues qué le va a pasar!, ¡que ya se petateó!

La enfermera Cornelia se santigua y le toma el pulso sólo para corroborar que Manuel lleva razón.

—¡Ave María Purísima!
La enfermera le cierra los ojos a Frida y le indica a Manuel:
—Corre. Avisa al maestro Rivera.

México

1954

—¿Camarada embajador Kapustin? Soy Olga Simonova, de Moscú. Sí. Así es. Lo mismo para usted, camarada. Sí. Llamo con respecto a *La mesa herida*. Sí. ¿Qué necesita saber? *Da*. *Da*… Bueno, el cuadro permanecerá aquí en bodegas. Sí. No… De momento, no lo podemos exhibir. No cumple con los requisitos… *Da*… Comprendo su disgusto. Me encantaría poder hacer algo más por usted. Créame que lo siento mucho, pero… ¿Devolverlo? Tampoco creo que eso se pueda, camarada, pero permítame averiguar… El camarada Lebedev se encuentra ocupado en estos momentos. Comprendo su enfado, camarada embajador, pero yo estoy para ayudar. Estoy segura de que algo se podrá hacer… De acuerdo. *Da svidanya*, camarada.

Beep, beep, beep.

Al otro lado de la línea, Kapustin estaba encendido de coraje. Lo primero que pensó fue que tendría que hablar con Diego Rivera para explicarle la situación. Sabía que no le iba a gustar ni un pelo. Pero con su español mexicanizado dijo en voz alta:

—*Mejorr* una *colorrada* que ciento *amarrilla*.

Agarró su sombrero color avellana y se dirigió a la Casa Azul para discutir este tema en persona.

Nunca se imaginó el espectáculo dantesco que se encontraría al llegar a Coyoacán.

Frida Kahlo acababa de morir.

La casa estaba llena de gente que, aunque trataba de no estorbar, estorbaba. Afuera, personas de toda índole se apiñaban alrededor de la Casa Azul, y el runrún de sus palabras en voz baja aleteaba por la calle.

—¿Que se murió la señora Frida?

—Eso dicen.

—Pero ¿cómo?

—Mira nada más el desmadrito de gente.

—A ver, hazte un lado. Déjame ver.

—No se ve nada.

—Hazte para allá. Quiero ver.

Algún periodista al que le habían negado la entrada intentaba sobornar sin éxito a las muchachas de servicio —que de tanto en cuanto pasaban cerca de las ventanas con cara de consternación— mostrándoles un billete de veinte pesos (una fortuna) que sacudía entre los barrotes verdes del mismo modo en que se agitan los pañuelos blancos en la plaza de toros. Dentro de las habitaciones, tratando de mantener la calma en medio de la situación, Ruth Rivera (la hija de Diego y Lupe Marín) daba órdenes al personal de servicio; la amiga íntima de Frida, Lola Álvarez Bravo, con la espalda apoyada en la pared de la cocina, trataba de fumar, y digo trataba porque la mano que sostenía la cerilla le temblaba tanto que se negaba a conectar con el extremo del cigarrillo. Cuando por fin lo logró, dio una calada honda y luego se dejó ir en llanto leve y sosegado. Cristina, Kitty adorada, aún no asimilaba que Frida estuviera muerta y permanecía sentada en una silla de mimbre del estudio de Diego, rodeada de caballetes y olor a aguarrás, tan quieta que pareciera que había dejado de respirar, con las manos sobre las rodillas y la cabeza hundida en el pecho. La enfermera Cornelia revisaba el número de pastillas para dormir que quedaban en el bote, mientras hacía cuentas mentales que no le cuadraban.

Con ayuda de otro mozo, Manuel, el ayudante de Rivera, levantó el cadáver —que era una pluma—, y acomodaron a Frida en su cama con el cielo de espejo. En la mesita de noche los alcatraces de Emma comenzaban a marchitarse, y el blanco de la flor mostraba un halo amarronado en los bordes del pétalo. Las voces de afuera llegaban amortiguadas con sordina, en un revoltijo de sonidos que flotaban en el aire y luego reventaban como burbujas de jabón. El cuerpo de Frida estaba helado, tan frío que quemaba, pero al agarrarla, los dedos aún se hundían en esa carne blanda de masa de maíz. Frida, lejos de estar rígida, estaba dúctil y se dejaba mover y acomodar como si el *rigor mortis* hubiera preferido no besarla en la boca, como si —igual que el volcán Iztaccíhuatl— la muerte le hubiera permitido ser una mujer dormida.

Las notas agudas de la armónica de un afilador acariciaban el silencio de aquel cuarto cuando las mujeres entraron para amortajar el cadáver. Todas contuvieron el aliento ante el cuerpo sin vida de Frida. Las mujeres se envolvieron en sus rebozos, en sus trajes de chaqueta, en sus propios brazos, contagiadas de la humedad que el estertor de la muerte hacía supurar. Los perros aullaban desconsolados. Nadie reparó en que el señor Xólotl permanecía impasible, elegante, regio, con la mirada seria y el ceño fruncido en total concentración en lo alto de la pirámide del patio. Frida tenía los brazos colocados a los lados del cuerpo, aún con las alhajas en los dedos, y un único pie desnudo, con las uñas pintadas de rojo, asomaba por debajo de la falda blanca. Cristina le sobó un brazo, y la piel de Frida se tornó en la de las gallinas desplumadas. Cristina se espantó, la zarandeó y le gritó:

—¡¿Frida?!

Las mujeres, que dieron un brinco hacia atrás llenas de espanto, pidieron serenidad. Pero entonces Cristina señaló sus brazos velludos erizados.

—¡No está muerta! ¡Miren!

Todas se fijaron en su piel, horrorizadas. La voz esperanzada de Cristina gritó:

—¡Responde al tacto, miren!

Y deslizó su dedo índice por todo el antebrazo para rebañar la vida que quedaba en ese cuenco vacío. La piel se volvió a enchinar.

Al borde del desmayo ante la idea de enterrar a Frida viva, gritó:

—¡Llamen a los médicos!

Varios médicos entraron en la habitación, seguidos uno tras otro en una fila india respetuosa y obediente. Los doctores la auscultaron, otra vez, le checaron el pulso en la aorta, otra vez, le revisaron las pupilas, de nuevo.

No había duda: Frida estaba muerta.

Pero Cristina se negaba a creerlo. Entonces Diego, que había entrado con los médicos, agarró un escalpelo y, ante la mirada horrorizada de las mujeres, en general, y de Cristina, en particular, le cortó a Frida las venas de la muñeca izquierda de un tajo. Rezumó un hilillo de atole marrón, sangre espesa y coagulada que a todos enmudeció. Diego aventó el escalpelo al piso. Salió de la habitación con paso de elefante y dijo con la voz rota:

—Ya déjense de supercherías. Y compórtense a la altura.

Las mujeres, calladas, comenzaron a preparar a Frida. Un perrito logró colarse en la habitación y brincó sobre Frida para lamerle la cara. El perrito pareció sorprenderse ante la inmovilidad de una dueña que, en otras circunstancias, lo hubiera agarrado, apapachado, sobado la cabecita. Detuvo extrañado sus besos ante los gritos de esas mujeres que, histéricas, se llevaban las manos a la cabeza ante semejante profanación. Lo agarraron de malas maneras y lo echaron con unos aspavientos e insultos que el perro no se merecía. Desde el otro lado de la puerta, el perrito les ladró. El afilador hizo sonar aún más fuerte la cascada de notas de su armónica. Y el aire arrastraba un aroma dulce a café de olla. Las mujeres prosiguieron. A medida que avanzaban, el rostro de Frida se iba acartonando, endureciéndose, asemejándose cada vez más a uno de sus retratos. La lavaron, la maquillaron, le cepillaron las cejas, la vistieron y llegó el momento de peinarla. Los pensamientos de Cristina eran un acordeón. No podía creer que estuviera preparando a Frida para su entierro. No podía creer que en pocas horas ese cuerpo ardería y que todo lo que quedaría de Frida sería una montaña de cenizas. Se bebía sus lágrimas entre pucheros y a duras penas podía disimular el temblor de sus manos. Lola le acarició el cabello para consolarla:

—Linda, si quieres, esto lo hacemos nosotras. Ándale, sal un rato.

Pero Cristina se negó.

—No. Yo siempre la peinaba. A ella le gustaba que yo la peinara.

El rostro de Frida parecía sonreír. Plácida. Sin dolor. Sin angustia. Ya no había sufrimiento.

Kapustin supo que estaba fuera de lugar en cuanto se percató de la situación. «Qué terrible, qué terrible», pensó. Y le dio coraje no haber resuelto antes el tema del cuadro de Frida. Hiciera lo que hiciera ahora, ya llegaba tarde. Estaba a punto de marcharse, sombrero en mano y pies rumbo a la salida, cuando Diego lo avistó a lo lejos y se levantó para interceptarlo. Al oír a Diego llamándolo a voces, Kapustin se dio la vuelta. Diego lo alcanzó y los dos se fundieron en un abrazo hondo de palmadas en la espalda. Kapustin le plantó tres besos, izquierda, derecha y, el último, un piquito en la boca. Diego estaba tan sacado de onda que ni se movió.

—Mi más sentido pésame, camarada Diego.

—Gracias, embajador... mire... con qué nos vinimos a despertar hoy.

—Una terrible desgracia.

Los ojos de Diego se anegaron en un lago calmo. Tres lagrimones cayeron y él se los sacudió con las manotas abiertas.

—¿Cómo fue? —preguntó incómodo y en voz baja el embajador.

—Estaba ya muy mal desde la amputación. A partir de ahí todo fue inútil.

Kapustin le infundió valor asestándole dos grandes palmadas en su brazo izquierdo.

—Fortaleza, fortaleza. Que la tierra le sea leve.

Se consolaron en silencio. Después de un ratito corto, Diego habló.

—¿Y cómo se enteró usted tan rápido, embajador?

—Bueno, las noticias vuelan —mintió. No le dijo que en realidad venía a traerle malas noticias de *La mesa herida*, el cuadro que tanta lata les había dado y que tanto quería la mujer que yacía aún caliente, según hablaban, en uno de los cuartos de esa enorme casa pintada de un color que supuestamente alejaba el mal de ojo.

—Embajador, aprovechando que lo veo, quisiera pedirle algo.

—Usted dirá.

—Necesito viajar a Moscú para una revisión médica.

—¿Usted? ¿A Moscú?

—Si pudiera echarme una manita con eso. Se lo agradeceré.

—¿No estará usted enfermo, camarada Rivera?

—Yo creo que Frida no va a tener que esperarme mucho tiempo. Pero antes haré la lucha. Igual que la hizo ella.

Diego clavó los ojos en el suelo.

—Veré qué puedo hacer.

Ambos guardaron silencio un momento. Kapustin preguntó:

—¿Dónde será el funeral?

—Parece que en Bellas Artes —respondió Diego.

Kapustin asintió en total aprobación, pero notó una dubitación en Diego.

—¿Qué quiere decir con «parece»? ¿No es seguro?

—Andrés Iriarte, el director de Bellas Artes, me puso como condición que no haya ningún tinte político. Eso es lo único que me chirría, embajador. Frida se volvió muy política en los últimos tiempos, ¿sabe? Se declaraba comunista acérrima. Casi más que yo. Se merecía que se le reconociera eso.

—Lo que Frida se merecía es Bellas Artes, camarada Rivera, sin duda alguna. —«Aunque aún haya algunos que no lo entiendan», pensó—. No le quite ese derecho.

Los hombres asintieron con camaradería.

Se despidieron con más abrazos, y entre ellos el olor a promesas incumplidas se mezcló con el de un meloso arroz con leche que flotó en el aire.

Diego consiguió el homenaje en el Palacio de Bellas Artes. El templo de sus murales. El santuario de los artistas. El lugar en el que brillaba el mural que le deshicieron a martillazos en el Rockefeller Center: *El hombre en el cruce de caminos*. Pero en el epicentro del cruce de caminos de ese día no estaría un hombre, sino una mujer. Una mujer amoldada a su féretro como un diamante resguardado con primor dentro de su cajita, con un vestido de tehuana, un huipil blanco de Yalalag, un collar de Tehuantepec y anillos en todos los dedos de las manos.

Cuando el ataúd salió de la Casa Azul, el cielo amenazaba aguacero. Unas nubes tan negras como el atuendo de los asistentes escoltaron al carro fúnebre durante todo el camino en procesión.

En su camino pasaron por delante de establecimientos de electrodomésticos que seguían vendiendo repuestos y enseres de cocina como si nada, unos niños pequeños rumbo a una excursión seguían a su profesor tomaditos de las manos para no separarse, unos señores leían el periódico sentados en unas sillas altas mientras unos limpiabotas les boleaban los zapatos con alegría, atizando el trapo con cera a ritmo constante, jalando de los extremos con ímpetu, jalón arriba, jalón abajo, jalón arriba, jalón abajo, hasta lograr el milagro de convertir el cuero en charol. Un aroma a chiles asados, a cebolla picada y jitomate maduro invadía las cocinas de las casas que daban al Hemiciclo a Juárez. Gatos caseros lamían sus patas en total indiferencia asomados al balcón. Una novia vestida de blanco clavaba con desesperación un cuchillo en una maceta ante el mal augurio de la tormenta. Una abuela escuchaba la radionovela mientras tejía un suetercito para un nietecito nuevo que venía en camino. Los vivos, en definitiva, continuaban sumidos en la vulgar rutina de los días, mientras el cadáver de Frida pasaba frente a ellos en total oscuridad.

Al llegar al Palacio de Bellas Artes, ni en la explanada exterior de mármol blanco ni en las gigantescas escaleras del vestíbulo cabía un alfiler. Mujeres con abrigos gordos y medias de seda, hombres de corbata y gabardina, muchachos de pantalones pachucos. Todo el mundo se agolpaba para poder contemplar de cerca la llegada del féretro cubierto por la bandera mexicana. Colocaron el ataúd a los pies de la escalinata central. Olía a flores recién cortadas aún con sus púas, a tallos verdes, a ramas de palma, a alcatraces y siempreviva. El olor floral de las coronas fúnebres se codeaba con el inerte aroma de las piedras. Abrieron el féretro a la altura del rostro y por una ventanita mostraron la cara de Frida, la perla en el centro de la ostra, ese rostro tantas veces retratado estaba con los ojos cerrados y las manos ensortijadas de uñas rojas sobre el pecho. El murmullo de una exclamación de sorpresa y calamidad se paseó entre los peldaños con la penetrante persistencia del humo de los habanos. Hacía frío. Y el mudo compás de la multitud al respirar se mecía entre el murmullo de los pasos.

El director de Bellas Artes leyó unas palabras pretendidamente sentidas, pretendidamente emotivas. Palabras.

El palacio se oscureció no sólo por los cortinajes negros que pendían de las paredes, sino porque la muerte, curiosa, también vino al velorio. Apostada a las puertas del teatro, observaba a los asistentes reflejados sobre el brillante suelo de mármol. A algunos ya los conocía. Se los llevaría pronto. Al fijar su vista en Diego Rivera, se detuvo un rato. Nunca lo había visto así, tan deprimido, tan de labios hacia abajo, tan de mirada perdida, tan compungido. La muerte se llevó la mano calacuda al reloj de arena de su bolsillo y le dio la vuelta. Decidió que le daría chance de extrañar a Frida por los años que le quedaban por vivir, que no eran muchos, para enseñarle que la parte más maravillosa de su vida había sido ella. Afuera el estruendo de un trueno reventó para poner música a esa marcha fúnebre. La Torre Latinoamericana clavó su antena en una nube negra que reventó al momento. Y se vino el aguacero.

La lluvia lavaba las calles con entusiasmo. Ríos de agua deslavazaban la tierra incrustada en las juntas de las baldosas de la avenida Juárez. Y Arturo, un alumno de Frida, se aproximó al ataúd. Miró a Diego y le enseñó una bandera roja como la sangre doblada en triángulo.

—¿Puedo? —preguntó a Diego.

Diego por respuesta asintió con la cabeza.

Entonces el muchacho desplegó la bandera comunista. Y la hoz y el martillo cubrieron al águila y al nopal, y encima del féretro de Frida brillaron los símbolos comunistas cual luces de luciérnaga. Diego palmeó al muchacho en la espalda.

—A Frida le habría gustado mucho esto.

El ruido de la tormenta, que rebotaba en el interior del Palacio de Bellas Artes, hizo que lo que pudo haber sido un murmullo de abejas se volviera un zumbido de avispas ensordecedor. La gente gritaba:

—¡Quiten eso!

—¡Respeto!

—¡No es un acto político!

—¡Stalin asesino!

Y algunos querían marcharse, ofendidos con las ideas rojas de las que estaban haciendo apología en el velorio de una pintora. Otros, como David Alfaro Siqueiros, se acomodaron junto al féretro y defendieron esa conquista como los Reyes Católicos al tomar Granada.

—¡Nadie se acerca! —amenazó el pintor.

El revuelo que se armó dentro competía con los truenos de afuera.

El director del Palacio de Bellas Artes, Andrés Iriarte, se acercó a Diego.

—Dijimos que actos políticos no, Diego. Quita esa bandera.

Pero Diego casi podía escuchar las risotadas de alegría que Frida se estaba echando dentro de su ataúd. Así que se plantó.

—Eso dije, pero ya me arrepentí. Córreme con el ataúd.

Iriarte se sacó un pañuelo y se secó el sudor del bigote.

—Vas a conseguir que me corran, Diego.

—Pues ya seremos dos que nos vamos a la chingada.

Cristina desde hacía rato trataba de poner calma en el funeral de su hermana. Aquello se estaba convirtiendo en un circo y eso sí que no. Estaban ahí para honrar a su hermana. A la mujer valiente y entregada que había sido. Honrar cada uno de sus esfuerzos, su entrega, sus ganas de luchar. Por cada grito que oía en las escaleras, por cada insulto a la bandera roja, por cada abucheo y silbido, por cada manotear que veía hacer a Diego, a la mente de Cristina venían relámpagos de Frida. De la mujer entrona, agradecida con la vida. Con un corazón tan grande que no le cabía en el pecho. La que siempre ponía la otra mejilla. La que reía a sorbos largos. La que amaba a los niños, a los animales. La que decía «México» con la boca bien abierta y el pecho en alto. La que no regateaba en el mercado. La que sabía hacer piñatas y daba dulces a los niños de la calle. La que amaba a borbotones. Su hermana querida. Su hermana adorada. La quería recordar así, entera. Sin partir. Sin llorar. La quería recordar cantando corridos. Así que abrió la boca y de su garganta brotó un cántico.

—Mexicanos al grito de gueeeeerra. —Un río que sonó flojito primero y que agarró bríos a medida que bajaba por la montaña—. El acero aprestad y el bridó-ón.

Alguien más se unió a voz en grito:

—Y retiemble en sus centros la tierra.

Más voces femeninas se unieron.

—Al sonoro rugir del cañón.

De pronto, todo entonaron:

—Y retiemble en sus centros la tieeeeerra al sonoro rugir del cañón.

Las voces de los demás se fueron sumando, a cada cual, con más sentimiento, más enjundia, más orgullo, hasta que, poco a poco, no hubo un alma en todo el Palacio de Bellas Artes que no entonara el himno nacional. Incluso la muerte tamborileó el ritmo marcial con los dedillos huesudos sobre el mármol, porque allí, tal vez habría una comunista, sí, pero sobre todo yacía una mexicana.

Al terminar, Cristina gritó embargada de emoción:

—¡Viva México!

Y todos corearon:

—¡Viva!

Y luego Diego gritó:

—¡Viva Frida Kahlo!

Y todos corearon otra vez:

—¡Viva!

La lluvia no tuvo más remedio que aplacar tantito, achantada ante el largo aplauso atronador que resonó dentro.

Al terminar el funeral, Iriarte, Siqueiros, Rivera y otros tres cargaron el féretro a hombros para llevarlo al Panteón Civil de Dolores. Allí la cremarían. Allí, los huesos maltratados de Frida se harían polvo.

La izquierda mexicana en pleno caminó a paso lento tras el coche fúnebre de puertas blancas y techo negro. Un cortejo de hombres y mujeres que, aunque se consideraban iguales, sabían que la mujer a la que rendían homenaje no era igual a nadie más. Los hombres, a cabeza descubierta, avanzaron con el sombrero en la mano. Diego Rivera era un barco partido en dos al borde del naufragio. Iriarte, aún temiendo que aquello podía costarle el puesto, sujetaba a Diego del brazo en señal de apoyo y unión de fuerzas, por si acaso se venía lo peor. A la derecha de Diego, en posición central, el expresidente Lázaro Cárdenas caminaba con la vista al frente junto a otros dos ministros. Tras ellos, David Alfaro Siqueiros avanzaba cabizbajo junto a Carlos Pellicer, y Lola Álvarez Bravo soportaba con entereza el peso de la pena. El arquitecto Juan O'Gorman, Aurora Reyes... Muchos los seguían. Muchos. Porque muchos habían bebido de las mieles de Frida. Cristina creía que nunca llegarían al panteón porque ya desde Balderas el camino se le antojó largo y tortuoso como si la obligaran a caminar sobre lava ardiente, y con cada paso reprimía el impulso de echarse a correr. Un poco más allá, sus estudiantes «Los Fridos» caminaban con los brazos entrelazados bajo un par de paraguas, el embajador Kapustin, al quitarse el sombrero, dejó a relucir su calva de espejo. Tras ellos, miembros del Partido Comunista avanzaban al acecho para alzar sus puños en alto en la primera oportunidad.

Para Cristina fue mucho más fácil entrar que salir del panteón. Cuando todo hubiese terminado, se quedaría allí, incrustada en la tierra como una de esas tumbas de cemento. Durante un buen rato sería incapaz de moverse, de dejar atrás. Pero cuando entró, Cristina creyó que aguantaría. Que resistiría el mazazo de la despedida. Que sería capaz de demostrar la entereza que había demostrado antes, frente a las operaciones, frente a la amputación, frente a frente con Frida, de unos cinco o seis años, aguantándose la risa nerviosa dentro de un ropero que olía a nogal y en el que sus padres las escondían a las dos cuando los revolucionarios pasaron por su casa durante la Decena Trágica. Tenía que ser capaz de aguantar. Pero entonces, unas cuerdas de guitarra rasgaron el silencio, y una voz anónima, raspada y doliente, se arrancó a cantar *Adiós, mi chaparrita* con el sentimiento aguardientoso de las rancheras que se quedan por siempre prendidas en el corazón. Fueron pocos los que aguantaron sin llorar. Quizás un par. Los demás lloraron abrazados unos a otros, huérfanos, distorsionados. Cuando la carretilla empezó a jalar el cadáver hacia la entrada al horno, algunos se colgaron de los brazos de Frida y le sacaron los anillos. Por avaricia o sentimentalismo, a saber.

La puerta del horno crematorio se cerró.

Y a los que se les permitió su presencia, estupefactos, impresionados, sin atreverse del todo, con los rostros hacia el techo o hacia la pared, lanzaban ráfagas de miradas que miraban para dejar de ver casi al instante, porque un rastrillo les horadó el alma hasta el fondo y los surcó para siempre con una pena profunda al comprobar que el cuerpo de la mujer que había sido Frida Kahlo ardía en medio de un girasol de fuego.

México

Agosto, 1954

La muerte de Frida dejó a Diego indefenso y solo. Un buque perdido a la deriva. Frida le daba rumbo. Le daba dirección. Y ahora, mirara a donde mirase, se topaba con un velo espeso de niebla. El mundo a su alrededor se volvió más pálido, más deslavazado, más insulso, más callado, más blando.

En la Casa Azul reinaba un silencio opaco, interrumpido de vez en cuando por el trinar de unos pájaros. Las plantas del jardín apenas se movían con una brisa respetuosa y leve que parecía pedir permiso para circular. Pero Diego agradeció esa quietud igual que el agua los sedientos. Por fin, después de días de ajetreo, de pésames, de visitas de amigos tan lejanos que eran ya completos desconocidos, de llamadas protocolarias, de grillas, de compromisos, de entrevistas, de broncas, de papeleo, de Emma Hurtado, que por más que intentaba no podía disimular la alegría de saber que Diego estaba viudo y que lo atosigaba para arriba y para abajo preguntándole si se le ofrecía algo, si ya había comido, si ya había cenado, si había desayunado, si se había bañado, si había dormido, si se había tomado las pastillas, si se había abrigado, si necesitaba un carro, si le caía en la casa de Altavista para limpiar, para acomodar, para desempolvar o para apapachar. Por fin, ¡por fin!, estaba solo. Por fin algo de intimidad. Al fin respetaban el derecho a su soledad. A la calma. Y en esa quietud podía escuchar el vacío que Frida dejaba.

En una mano, Diego llevaba una cajita de cedro con un listón rojo en donde le habían entregado los restos de Frida tras la cremación. Bajo el brazo, como si fuera una barra de pan, llevaba una vasija de barro en forma de sapo que él mismo había sacado del Anahuacalli, su colección de piezas prehispánicas. Con el respeto con el que agarraba el pincel para dar los últimos trazos a un mural, Diego trasvasó los restos de cenizas de Frida del cedro al barro. Frida se deslizó en un susurro de reloj de arena. Diego deseó fundirse con ella, formar junto a su Frida un cuerpo arenoso fino, sin volumen, en donde él ya no fuera un elefante ni ella una paloma. Al terminar, sus manos, ya ni tan grandotas ni tan burdas, se habían ensuciado con restos de ese polvo volátil. Diego pasó con suavidad esos dedos blanquinosos sobre su cara, sobre sus ojos, sobre su frente, se embadurnó de Frida en una última caricia y, al pasar sobre sus labios, desesperado por un último beso, la punta de la lengua se le escapó y lamió. Con el rostro ceniciento deseó ser también polvo, y compartir juntos una vida eterna en la que no creía, pero que estaba dispuesto a pasar junto a Frida en esa misma vasija. Diego besó la urna, la colocó con cuidado frente a un tocador de espejo, sobre un tapetito de ganchillo blanco en donde también una pequeña pieza oaxaqueña de barro negro del señor Xólotl descansaba dormido. El guardián del Inframundo, el guía del Mictlán. «Sí», pensó. «Aquí estará bien». Luego le dijo en voz baja:

—No me tardo, Friducha.

Y salió.

La enfermedad de Frida, tan drástica, tan estridente, había opacado la suya. Porque Diego también estaba muy enfermo, pero su dolencia era silenciosa, muda. Él seguía con sus dos piernas, con sus dos brazos, con su espalda. Pero por dentro le crecía un mal invisible tan negro como la gangrena. Un mal que lo avergonzaba porque fue un dardo que atinó en la diana de su masculinidad. Su pene, que había conocido a tantas mujeres, que había usado a diestra y siniestra para dar placer, sin importarle las amarras, ni los papeles, ni el amor que sentía por Frida, ese pene tantas veces introducido en carnes jóvenes y no tan jóvenes de todos los colores, de todas las razas, de todas las religiones, ese pene que desde hacía años había dejado de penetrar en Frida, se rendía. Cáncer de pene. Eso tenía. Un mal que no se atrevía ni a mencionar, agraviado en todo su orgullo de macho, herido en la aguja de su compás.

Un nuevo periplo por los hospitales de México empezó a girar en esa rueda perversa de la mala fortuna. Sólo entonces Diego entendió lo injusto que había sido con Frida. Lo hijo de la tiznada que se había portado con ella. Lo insensible. Lo hojaldra. Y todos los días que acudía a su tratamiento le pedía perdón. «Perdóname, Friducha. Por no haberte acompañado a Nueva York, por ponerte los cuernos majestuosos de un ciervo. Por pasarme horas pintando a modelos con las que después me acostaba mientras tú yacías en un corsé de yeso». La culpa, por primera vez en su vida, llamó a su puerta. Y ése fue uno más de los tormentos que, a partir de entonces, llevó pegado en la piel.

Una mañana en que Diego, invadido por la nostalgia de sus tiempos parisinos, desayunaba pan tostado untado en mantequilla y café con leche, sonó el teléfono. Era Kapustin. Diego intuyó que algo iba mal desde que escuchó la voz aguda y algo sofocada de su interlocutor.

—Verá, camarada Rivera. Lo intenté, pero ha sido imposible. Me temo que el cuadro de su difunta esposa no podrá regresar a México.

—¿*La mesa herida*? ¿Por qué?

—Fue una donación legal, el cuadro pertenece ahora a la URSS.

—Sí, pero lo tienen defenestrado. No lo exhiben, no lo quieren. ¿Por qué no lo regresan?

Kapustin no dijo lo que mascullaba desde hacía meses: que pensaba que lo habrían destruido.

—Les expliqué todo. Pero no hay manera. Mis camaradas soviéticos son... ¿cómo dicen ustedes? *Terrcos*. No me dan más razón.

—¿Ni a cambio de un retrato de Stalin?

—Me temo que no.

Los dos permanecieron un momento en pausa. Pensaban. Sopesaban. Diego sugirió:

—Y ¿no habrá una manera de organizar una exposición de arte mexicano en la URSS en la que pueda exhibirse?

—¿Una exposición de arte mexicano en Moscú?

—O en alguna república soviética...

Kapustin se pasó la mano por la barba de candado. Después arrastró el balbuceo de unas palabras que, aunque dijo en voz alta, estaban pensadas sólo para sí:

—¿Cómo no se me había ocurrido antes?

—¿Cómo dice, embajador?

—Que no es una mala idea, camarada Rivera. Déjeme ver qué puedo hacer.

—Yo puedo hablar con Gamboa. ¿Conoce usted a Fernando? —preguntó Diego.

Kapustin contestó a la mexicana que «no tenía el gusto».

—Él podría ayudarnos a organizar algo.

—De *acuerrrdo*. Hable usted con él y yo hablaré con la VOKS. A ver qué se puede hacer.

Y antes de despedirse intercambiaron una rápida charla cordial:

—De salud, ¿bien?

—Pues ahí la llevo, embajador. Cuanto más me cagan los doctores, más los necesito a los cabrones.

Kapustin rio.

—Valor, camarada.

—Sí. Si ganas le echo.

Los dos sonrieron.

—De *acuerrrdo*, pues en cuanto tenga noticias de este asunto, me comunico de nuevo, camarada Rivera.

—Gracias, embajador. Gracias por todo.

Diego, afecto a negociaciones políticas y con la carta de ser uno de los artistas mexicanos más reconocidos bajo el brazo —y también al empujón enfático del museógrafo Fernando Gamboa, que se había quedado con muy mal sabor de boca al no haber podido contar con *La mesa herida* para las exposiciones en París y Londres—, consiguió sin dificultad que el director del Instituto Nacional de Bellas Artes (INBA) diera luz verde al proyecto. El encargo se adjudicó al FNAP que sería el encargado de coordinarse con el Comité Polaco de Relaciones Culturales con el Extranjero, que desde hacía tiempo había mostrado particular interés en realizar una exposición de arte mexicano en la República Popular de Polonia.

Los polacos se entusiasmaron. Pusieron manos a la obra a velocidad de vértigo. Y lo que iba a ser una exposición temporal de arte mexicano a nivel local agarró el impulso desbocado de una bola de nieve que rueda montaña abajo. El proyecto, a medida que se gestionaba, iba ganando adeptos, y Diego comprobó cómo aquella exposición se ensanchaba y duplicaba, incluso triplicaba su tamaño.

Esta vez, en la VOKS no fueron tan reacios y facilitaron los trámites en la medida de lo posible.

Serían exhibidas cuatrocientas obras de sesenta artistas mexicanos, entre los que debería encontrarse (requisito indispensable) *La mesa herida* de Frida Kahlo. La exposición itineraria recorrería desde Varsovia hasta Pekín.

—¿Cómo? ¿Hasta China?

—Sí, sí, hasta Pekín. Pasando por Sofía, Bucarest, Berlín y Cantón —le confirmó Gamboa.

—Pues ya se armó —dijo Diego. Y los cachetes se le colgaron de pena al pensar que eso lo tenía que haber hecho antes. Pero, una vez más, como con todo lo referente a su Frida, otra vez llegaba tarde.

Moscú

1954

La cara de Boris era un poema. Olga nunca lo había visto tan desencajado. Podía ver el brillo de la sal en sus ojos, el gesto de asco en la garganta.

—¡Cómo es posible que ese maldito cuadro nos persiga!

Olga pensaba que le estaba bien empleado por imbécil. «¡A quién se le ocurre quemar cuadros como en la Edad Media!», quería decirle, pero se mordía la lengua. Y a veces, sólo a veces, una risita maliciosa amenazaba con escapársele del esternón. Olga se contenía en cuanto veía a su jefe rojo como un tomate, a punto de explotar del coraje, no quería que le diera un infarto y tener que cargar con su muerte en la conciencia.

—¡Qué vamos a hacer, Olga! —se lamentaba Boris, y luego tamborileaba los dedos en la mesa—. ¡Qué vamos a hacer!

—Pues no podemos hacer otra cosa que decir que Stalin firmó la orden de la quema. Que no pudimos negarnos.

Y entonces Boris detuvo el tamborilear de sus dedos de sopetón.

—No, no. Eso jamás.

—Eso es lo único que le va a salvar el pellejo, camarada. Tiene que decir que recibió instrucciones.

—Bueno... es que… puede que eso no sea del todo cierto.

Olga se congeló.

—¿Qué no es del todo cierto?

—Lo de la orden…

—¿Qué parte?

—Lo de que estaba autorizada por el Gran Padre…

Olga se llevó las manos a la cabeza.

—¡No me diga que mandó quemar quince obras sin autorización! —Pero lo que realmente quería decir era: «¡No me diga que quemé esas obras por capricho suyo!».

Por toda respuesta, Boris clavó los ojos en el suelo como un niño regañado.

Olga quería tirarse de los pelos, abofetearlo a él primero y luego a ella por estúpida. Por ilusa, crédula, lamebotas, insulsa, tonta, más que tonta, idiota. ¡Había quemado arte como una fascista! La vergüenza la inundó y trepó desde la planta de los pies hasta el último de sus cabellos.

—¡Camarada! —gritó ella con un reproche lastimero.

—No pensé que fuera a tener repercusión. Eran cuadros horribles. Ho-rri-bles.

—¡Eso es desacato! Usted no tenía autoridad. Y me engañó. Me engañó, Boris. No me deja más alternativa que dar aviso de esta irregularidad al camarada Lebedev…

Entonces Boris se puso en pie. Le llegaba a la altura de los hombros. Le agarró las manos y soltó tuteándola sin anestesia:

—Yo te ayudé a salir de Lefortovo…

Olga detuvo el aire a medio respirar. Boris repitió:

—Yo te salvé. ¡Te saqué de allí! ¿O es que ya no te acuerdas? —Boris jadeaba.

Se acordaba. Oh, sí. Se acordaba. Eso no se olvidaba ni con mil años de amnesia.

—Pero…

—Ayúdame, camarada.

¿Sería posible? Sería posible que detrás de su liberación estuviera ese hombre. El fantasma de Valentina se retorcía ante la mentira, hacía aspavientos, se tiraba de los pelos, revoloteaba a su alrededor para decirle «No, Olga, no. Éste fue el hombre que me interrogó. Quiere tu ruina». Pero Olga no podía verla.

Los ánimos se calmaron un poco. Olga se sentó y dejó caer el peso de su cabeza sobre las rodillas. Ambos se miraban con desconfianza.

—¿Y cómo pretende que le ayude? Usted vio arder el cuadro. Igual que yo.

Hubo algo en la manera en que Olga dijo esas palabras. Algo que Boris no supo identificar. Era casi como si Olga acabara de colocar a Boris de cara al paredón.

Boris caminó con un paso flemático nuevo, alejado de la contundencia de antes. Boris resbaló el susurro de una serpiente:

—Cópielo.

—¿Cómo dice?

—Es pintora, ¿no? Estudió Bellas Artes… en la Academia.

—Eso fue hace muchos años.

—Pero según su expediente era buena… tenía talento.

—Una cosa es tener talento para el dibujo y otra copiar un cuadro. Replicarlo, para ser más precisos. ¿Qué le hace pensar que podría copiarlo a tal nivel de detalle?

—Tampoco es que tenga que copiar un Repin…[13]

—Ya, pero…

—Por favor, Olga. Nadie sabe cómo es el cuadro original. Casi nadie lo vio.

—Los mexicanos sí… Se darán cuenta…

—No se darán cuenta, Olga. Nadie lo notará.

Olga sintió hierba fresca brotando de sus heridas.

—¿Quiere que copie *La mesa herida*? ¿El cuadro, según sus palabras, «más aberrante del mundo»?

—No veo otra salida a esta ridícula situación.

—No tengo el material necesario…

—Yo me encargaré de todo. Todo. Pídame lo que necesite, pero replique el cuadro —dijo Boris.

—¿Pretende que replique un cuadro de memoria? —dijo Olga. Quería saber qué tan estúpido era realmente Boris. Porque ella tenía un montón de fotos del cuadro. Fotos que no había enseñado a nadie. Muchas, muchas fotos que había tomado desde muchos ángulos, cuando bajaba a ver el cuadro.

Sólo entonces Boris se dio cuenta de que pedía un imposible.

—Tiene razón… Estamos perdidos… —Y se ungió el sudor por toda la cara.

[13] Iliá Yefímovich Repin, el más grande de los realistas rusos, y probablemente de los pintores más importantes de toda la historia en su país, nació el 5 de agosto de 1844 en Chuguev, Ucrania.

Olga se sobó las heridas de los brazos.

Si era verdad que Boris la había sacado de Lefortovo, si era verdad, si había un resquicio de duda en donde eso podía ser verdad, por mínimo que fuera, entonces se lo debía. Eso y no más. Después, estarían en paz.

—No se preocupe, camarada. Replicaré el cuadro.

Boris alzó la vista como si fuera un pastor y ella una aparición.

Afuera, comenzó a llover con tal fuerza que las calles parecían ríos, y en los charcos chapoteaban alegres los guijarros.

SEGUNDA PARTE

La mujer y la mesa

Más allá I

Siento que estoy muerta.

Y sin embargo pienso que sigo viva.

¿Cuándo estoy? Pasado y presente se mezclan en esta paleta incierta de colores que es la muerte. Estoy aquí y allá. Entonces y ahora. Yo. Tú. Ella. Nosotras.

Puedo entender muchas cosas ahora. Cosas que antes me hacían sufrir y que ahora contemplo desde el remanso de estos nuevos lodos que me dan perspectiva. Ahora entiendo que esa mesa hizo de sostén. Me llevó en volandas para no romperme antes de tiempo. Sostuvo mi dolor. La traición, la infidelidad. Fui un pedazo de tabla en la que cortar a cachitos la vida. Soy una mesa herida. ¿O debo decir que fui una mesa herida?

La mesa y yo.

Las dos somos —fuimos— la misma cosa.

Al final, siempre termino pintándome. Siempre soy yo. Mi retrato es esa querencia hacia la que siempre me dirijo. Me dirigía. No es narcisismo. Era supervivencia.

Sí. Creo que he muerto. Sólo así puedo entender esto que vivo.

El tiempo aquí se queda suspendido o se acelera. Según convenga. ¡Qué cosa más extraña ésta de no vivir! Algunos sentimientos siguen tan latentes que me hacen pensar que esto no puede ser el vacío. No escucho nada. No hay música. Sólo se oye el eco de los recuerdos que no se han borrado ni de la memoria ni de la piel. Tatuajes que son cicatrices. Otros no. Otros se esfumaron como perfumes sin persistencia volatilizados en el limbo de lo insignificante.

Pero esta mesa no. Esta herida no.

Sé que decidí pintarte cuando habían pasado ya cinco años, lo recuerdo bien, cinco desde que Diego y Cristina... desde que Cristina y Diego... Cuando el dolor se difuminó en una nebulosa parecida al perdón. Se transformó en una masa dúctil. Pegajosa. Una masa tan distinta al suelo que piso ahora. La muerte y yo estamos hechos de distinta materia. A lo mejor yo también soy blanda ahora. Una mujer de algodón de azúcar. Una mujer sin cuerpo.

Cuando pinté *Unos cuantos piquetitos,* la sangre caliente de la traición me salía a borbotones. Esos piquetes rojos eran agujas en mi corazón. De haber tenido valor, yo misma nos habría clavado el cuchillo. Ahora mi sangre ya no hierve. Se ha apaciguado en un caldo que circula a mi alrededor, enfriándome las venas. ¿O qué es este líquido espeso que me fluye por dentro?

¿Por qué ahora que estoy muerta revivo lo que sentí? Lo que pensé. Lo que pinté. Lo que me llevó a pintar esa mesa. Aquí, en este tiempo sin espacio y espacio sin tiempo en donde todo sucede a la vez. Lo que fue, lo que es y lo que será. Trato de acostumbrarme a esta sensación de mareo. De vértigo eterno, mientras hurgo con las uñas en el imán de las traiciones.

Recuerdo que decidí hacer con todo ese dolor una bola de esparto y escupirlo a través de brochazos, de colores. De mi México. ¡Ah! México me duele desde aquí. Si me llevo la punta de los dedos al oído, aún puedo escuchar cómo brotan corridos. Con cada paso mi falda levanta el viento de Coyoacán. Me hundo en las raíces de mi pueblo y bebo de su agua. En la tierra en la que nací. Mi tierra huele a sangre derramada. A polvo cobrizo a ras de suelo. A lluvia que quema.

Agarro el pincel porque estoy rota.
Pintar juntará mis pedazos.

Estoy oyendo parir a mi criatura. Lo escucho abrirse paso a través del canal de parto. Yo empujo. Pujo. Me desgarro. Grito. Y ella sale. El nacimiento de un cuadro.

El cuadro está a ras de suelo, sobre dos maderas que hacen de soporte para que no toque el suelo. Estoy sentada en una silla bajita, frente a la enorme tabla. Nunca he pintado un cuadro tan grande. No estoy acostumbrada a tanto espacio vacío. Este cuadro es lo más parecido a un mural que nunca pintaré.

Alzo la batuta de mi pincel. El trazo resuena con la música pesada de un trombón que sólo yo percibo. Lo primero que pinto es mi cara. Mi rostro es también el tuyo. Tu rostro, mujer. Tan desilusionado, tan apagado. Y sin embargo desafiante. Me lo sé de memoria. Ninguna de las dos sonreímos. Ni mi retrato ni yo. Tu mirada es de piedra. Tus ojos opacos de ala de cuervo. Te pinto con el rostro serio y hierático del engaño.

—Estamos dentro del mismo pesar, pero no nos van a chingar —me dice la mujer del cuadro. La mujer que soy yo. Mi espejo. Tú.

Por un segundo, mi mano se queda suspendida en el aire. Dudo si retratarte con el cabello recogido. «No. Recogido no». Suelto, con una raya en medio que parta tu cabeza en dos mitades. Deslizo el pincel por la melena que reposará sobre tu hombro izquierdo. Siempre a la izquierda, donde late mi corazón revolucionario. Mi corazón rebelde y amoroso. Una calavera te agarrará un mechón a la altura de la frente. No con violencia, sino dispuesta a peinarte sonriente. Casi divertida. Un ser hecho de huesos fuertes y derechos, donde cada uno debe estar, no como los míos que son quebradizos y chuecos.

Cristina era quien siempre me peinaba. Quien se sentaba junto a mí y me decía: «Vente, Fridu, te voy a hacer tus trenzas para que no se te enrede el cabello mientras estás en la cama». Agarro un lápiz para marcar las líneas en donde pintaré tu cabello suelto. El rostro de una mujer sin adornos. Sin flores. Sin trenzar. La mujer que soy cuando no soy Frida.

Mojo el pincel y trazo una mano mecánica, fría, que peina por peinar. Porque le toca hacerlo. Una obligación más de tantas. Me pregunto si Cristina habrá sentido que soy una carga. La hermana tullida que le tocó en la feria. «¿Qué haría mi hermana sin mí?». Aplasto el pincel sobre la tabla. La respuesta me mira, levanta los hombros y alza las manitas y desaparece en el mar de posibilidades de las vidas no vividas.

Mojo la punta del pincel en mi saliva. Cierro los ojos un momento para revivir la imagen, aunque sé muy bien que no hace falta cerrarlos. Cristina y Diego retozando en el estudio, entre carboncillos, sobre papeles, Diego penetrando en ti y tú recibiéndolo. Parpadeo para sacármelos de los ojos. Un hedor rancio a trapo húmedo me pica en la nariz. ¡Maldito olor que no se me quita ni estando muerta! No se iba con el agua, ni con el tabaco, ni con las sábanas, ni con aguarrás.

Lleno mi pelo de flores para que ese olor se evapore. Este cuadro se llevará la pestilencia. Porque la vida sigue. Porque los sigo amando. Con, sin y a pesar de todo.

Por eso pinto. Por eso pintaré este cuadro. Para confinar el dolor a la pintura. Para dejarlo ahí encerrado y poder perdonarte.

Invocados por esta algarabía de emociones que se empuja por salir del canal de parto, los recuerdos se me agolpan porque cada uno quiere ocupar un papel en el cuadro. No puedo pintar a todos juntos. Les grito:

—¡Esperen su turno, chingao!

El olor a tequila de mi nodriza se cuela sin mi permiso. Mamé de esas tetas borrachas. Leche embriagadora que a veces aún busco en otros pezones, en otros pechos que aprieto con desesperación para exprimirlos, lamerlos con voracidad hasta sacarles la miel. «¿Cómo habría sido mamar de mi madre?». Me pregunto si a través de su pecho se habría establecido un vínculo distinto entre las dos. Un vínculo mejor. Si mi madre no hubiera estado en cama llorando porque no había nacido varón. Si mi mamita linda no hubiera caído en la depresión tras la muerte de aquel hermanito que murió al año de nacido. «¿Habría sido yo una mujer menos enfermiza?». Sacudo las telarañas de la cabeza y vuelan algunos pétalos de mi peinado.

—Que este cuadro se lleve también la culpa.

Aún no he decidido qué colores pondré, tan sólo estoy deslizando el contorno de tu figura. Te dibujo con el traje de tehuana. La falda ancha que tapa la deformidad de nuestra pierna y que nos reviste de identidad. Haré la falda verde y el corpiño rojo. Colores diametralmente opuestos que funcionan por pares. Colores complementarios. Masculinidad y femineidad. *Yin* y *yang*. Luz y oscuridad. Somos una mujer cubierta por un vestido vistoso que tapa nuestro cuerpo desollado.

Los demás verán sólo un retrato, pero estoy entregando mi mundo desnudo. Mi realidad. Del carbón más oscuro quiero sacar diamantes.

Te coloco en el centro, igual que Da Vinci colocó a Cristo en *La última cena*. Pero aquí no habrá pan ni vino. Mi mesa no ofrecerá ningún milagro, sino heridas. Mis heridas. Las nuestras. Las ideas se me arremolinan en un tornadito de colores. Gira que gira.

Detengo mi mano. Estoy cansada. Vaciada.

Y entonces escucho una voz. Lejana. Muy lejana. Una voz fría que se rompe. Es la voz de una mujer que habla otro idioma y que sin embargo entiendo. Se ve que aquí además de no haber tiempo, ni espacio, tampoco hay barreras lingüísticas. La mujer ha visto mi cuadro. Lo ha visto y se ha quedado paralizada. Y me ha llamado. Me pregunta:

—¿Por qué pintas así, mujer? ¿Quién eres? Háblame.

Me quedo quieta. Detenida. Agudizo el oído, pero no escucho nada. La voz se ha quedado suspendida, pero se me ha metido dentro. Pregunto a mi vez:

—¿Quién eres tú? ¿Cómo es que conoces este cuadro?

Nadie responde.

Me mojo los labios que se han quedado agrietados de no besar. Y vuelvo a ver el resto de la tabla. Aún no está terminado, pero el cuadro ya existe. Alguien lo ha visto, alguien trata de comprendernos. A ti y a mí. Tú estás ahí, en el centro, presidiendo la mesa, aunque el resto de la tabla está deshabitado. Aún no he pintado lo que falta. Pero sé quiénes serán tus apóstoles.

—No te preocupes —te digo—. Ahorita te pongo a los demás.

Moscú/México

1954

Llegó el verano y Moscú volvió a brillar en toda su majestuosidad. El dorado de las cubiertas carpadas de los edificios relucía a la luz del sol y la Catedral de San Basilio en la Plaza Roja, con sus cúpulas acebolladas de colores terrosos y sus cucuruchos de merengue, le hacía la competencia a un cielo brillante que así, lustroso y despejado, parecía no haber albergado jamás alguna nube. Tras meses de ir corriendo de portal en portal para esconderse del frío, la gente paseaba ahora con calma disfrutando de la anchura de las calles. En los parques las risas de los niños resbalaban por los toboganes y los peces volvían a nadar en el Moscova.

Pero la conversación que Olga Simonova mantenía con Kapustin la acababa de dejar helada:

—Entonces... les comunico que consideren cancelada la solicitud para el viaje de la señora de Rivera, dado su fallecimiento —dijo el embajador.

«No puede ser», pensó Olga.

Repasó mentalmente la foto de la mujer vestida con falda extraordinaria y flores en el pelo. La imagen de una mujer joven, llena de vida.

—Pero ¿cómo murió? Tengo entendido que era una mujer joven.

—No gozaba de buena salud —se limitó a contestar el embajador.

Flotó un silencio.

—En cuanto a *La mesa herida*... —prosiguió él—, entiendo que el camarada Lebedev va a autorizar que participe en la exposición de arte mexicano.

—Eso tengo entendido —contestó ella.

—Bien, pues seguiremos en comunicación. *Da svidanya*, camarada Olga.

—*Da svidanya*, camarada Kapustin.

Olga colocó el auricular sobre la baquelita del teléfono. Asimiló lo que acababa de escuchar durante un par de segundos, y luego se levantó, resbaló la silla para que quedase metida debajo del escritorio y abandonó su lugar en dirección a la salida.

—¿A dónde va? —le preguntó Nikolái al verla con paso apresurado.

—A bodegas —contestó Olga.

Mientras tanto, a varios cientos de kilómetros, en una exhacienda convertida en restaurante, tomándose un tequila con sangrita para distraer al hambre que le rugía en las tripas, un hombre alto, rubio, con cuerpo de estibador y manos de pianista esperaba la llegada del maestro Diego Rivera.

Uno a uno se comía los totopos de la cesta con disimulo, a ver si así apaciguaba las ansias. Unas mesas más allá, unos mariachis que apenas se aguantaban el guitarrón sudaban la gota gorda ante la petición de cantar *Cucurrucucú paloma*. Unas mesas más acá, un señor mayor, con la piel arrugada de pasita, camisa de manta y guaraches, se paseaba entre las mesas con un pajarito enjaulado que leía la suerte. En la calle, con unas manos callosas y tan duras que ni las púas de las rosas lograban perforar, una vendedora ambulante armaba ramilletes de flores de a peso. Corría un aire fresco con olor a lluvia, aunque las nubes aún esperaban cargarse un poquito más antes de reventar.

Diego Rivera apareció enfundado en una gabardina *beige* sobre un traje de terciopelo verde. El hombre se puso en pie:

—Maestro...

—Leopoldo...

Se saludaron con un buen apretón de manos.

—¿Te hice esperar mucho?

—Nada. Cinco minutos.

Hacía un par de años, Emma Hurtado los había presentado en una inauguración en el museo Franz Mayer y después habían coincidido en alguna exposición del FNAP, donde Leopoldo Baker trabajaba como curador. Diego lo caló enseguida. Nada más verlo, supo que era un hombre a la espera de una oportunidad. Un hombre que iba en segunda posición, pero siempre a las vivas para adelantar por la izquierda. Siempre cerca de la tribuna, nunca sobre ella. Un hombre al que convenía tener cerca.

Porque Leopoldo Baker era un niño bonito en tiempos revolucionarios. «Un comunista rico», solía bromear Diego. Hijo de ucraniana e inglés, había nacido en México por casualidad cuando su padre, por azares del destino, se vino a México para trabajar en el ferrocarril. Para cuando Lázaro Cárdenas expropió los ferrocarriles, el inglés ya se había vuelto más mexicano que el mole, la ucraniana había parido otros tres hijos más y ni por casualidad quisieron regresar a una Europa devastada y a las puertas de una segunda guerra mundial.

Leopoldo —a diferencia de otros— era preparado, estudiado y sabía idiomas. En su oficina tenía colgados todos sus diplomas de universidades mexicanas y extranjeras, un Premio Nacional de la Juventud y un montón de fotos con todas las celebridades a las que alguna vez había dado la mano. Tenía fotos con Agustín Lara, con Tina Modotti, con Chavela Vargas, con Picasso, con Paul Éluard, con Remedios Varo, con Leonora Carrington, con Dolores del Río, con Pedro Infante, con Orozco, con Lola Beltrán. En todas esas fotos, Leopoldo sonreía de oreja a oreja y el otro retratado, casi nada. Con quien no tenía fotos, porque tenía la precaución de no dejarse fotografiar, era con políticos. De ningún color, porque no era idiota. Pero era amigo de secretarios de Estado, de embajadores, de artistas y seminaristas. Comía con ellos, cenaba con ellos, se iba a la cantina y de viejas con ellos. Y ellos eran quienes lo buscaban cuando necesitaban arreglar algún desaguisado. Porque Leopoldo Baker era el depositario de los secretos, el hacedor de los milagros, el arregla entuertos y el hombre más discreto con el que se podía contar. Ni borracho conseguían hacer que despepitara. Y ésa era, amigos míos, su mayor virtud.

Leopoldo usaba gazné y chaleco estampado a juego con el forro de su saco. No se le había visto jamás con los zapatos sin lustrar ni las uñas sin recortar. No usaba bigote. Y era tan güero que, cuando entraba a algún hotel, las recepcionistas le hablaban en inglés. Idioma que, por otra parte, hablaba sin mácula y con un acento británico heredado de su padre. Acentuaba todo con exquisitez y corregía sin pudor la pronunciación de aquellos que cantinfleaban el inglés. «No se dice *colgate* se dice *colgueit*, no se dice *cinema* se dice *theatre*, no se dice *pants*, se dice *trousers*». Y alguno que otro entornaba el blanco de los ojos en busca de paciencia.

En el medio todo el mundo sabía que Leopoldo Baker era intocable, un hombre protegido por los mismos que lo mantenían en segunda posición. Esos que le daban cuerda al tiempo que lo mantenían atado, sin soltar más carrete del necesario, porque sabían que a Leopoldo Baker no se le podía dejar ni tantito campar a sus anchas. Era peligroso. Pero necesario.

Leopoldo pensaba que era sólo cuestión de tiempo para que las tornas giraran a su favor. Que ya casi, ya casi. Cada vez estaba más cerca el momento de subir a la tribuna. Porque se había ido metiendo como la humedad.

Y por eso, fue su rostro y no otro, el rostro de alabastro de Leopoldo Baker, pelo rubio encerado hacia atrás, raya bien marcada al lado, frente estrecha, ojos de gato, mandíbula cuadrada y nariz afilada, el que sin lugar a dudas Diego Rivera vio cuando pensó en alguien capaz de acometer el plan que, desde hacía meses, le hacía ruido entre los dientes.

Charlaron, bebieron, se comieron los aperitivos y, para cuando les trajeron la sopa, Diego abordó el tema de la exposición itinerante de arte mexicano por la Unión de Repúblicas Socialistas Soviéticas.

Baker sabía cuál era. ¡Cómo no! No se hablaba de otra cosa en el FNAP. Diego lo miraba como un sapo ve a una mosca. Un paso en falso y se lo tragaría.

—Verás, la situación es ésta. ¿Cómo anda tu ruso?

—Un poco empolvado. ¿Por?

—Necesito que vayas a Moscú.

—¿A Moscú?

—Sí.

—Y ¿se puede saber qué se te ha perdido en Moscú?

—Aún nada.

Los dos probaron la sopa. Diego se quemó.

—Pero si me cumples, de mi cuenta corre que te hagan director del INBA, por lo menos. —Y Diego apretó el puño con tal agarre que habría podido reventar una nuez.

A Baker se le rieron los huesos. Ahí estaba plácida, suavecita y sin chistar, la dichosa y conocida oportunidad que pintaban calva. Aún no sabía en qué consistiría ese favor, pero le daba igual.

—¿Y qué es eso que quieres que haga?

—Primero prométeme que esto quedará entre tú y yo.

Leopoldo se limpió los restos de sopa con la servilleta de tela.

—¿Por quién me tomas, Diego?

Diego se puso colorado.

—Bien. Bueno. Necesito que te traigas *La mesa herida* de regreso a México.

—¿Nada más? Eso está hecho. ¡Pensé que me ibas a pedir que matara a alguien!

—Espera, espera. Que no está tan fácil. Los rusos han accedido a prestarla por primera vez para esta itinerancia por Europa del Este. No sólo a prestarla, sino a exhibirla, porque hasta ahora los cabrones la han tenido escondida quién sabe dónde. Se afrentaban del cuadro, ya ves, tan incomprendida mi Friducha. —Hizo una pausa en la que Leopoldo chasqueó la lengua—. Y para que los rusos la tengan en una bodega, prefiero tenerla yo. Le prometí a Frida que recuperaría su cuadro y eso pretendo hacer.

Leopoldo, que escuchaba atento sin perder detalle, preguntó:

—¿Y cómo tienes pensado hacerlo?

—No, pues eso ya es cosa tuya.

—¿No tienes nada planeado?

Diego agarró una cucharada de sopa y sorbió.

—Esa parte te toca a ti. Tú verás cómo le haces. Hay que pensarle. —Y volvió a sorber.

—¿De qué tamaño es?

—¿No lo viste cuando se expuso aquí?

Leopoldo negó mientras se echaba otra cucharada de sopa.

—No, te la debo. No pude ir a la exposición surrealista. Dicen que estuvo buena…

Diego le contestó sin afirmar ni desmentir.

—Es grande. Dos metros. Como *Las dos Fridas*, más o menos.

«¡Qué canijo!», pensó Leopoldo. No le estaba pidiendo que se trajera un exvoto entre la maleta. *La mesa herida* era un cuadro enorme. Diego leyó sus pensamientos.

—Ya sé... —dijo Diego—. Para un cuadro grande que pintó mi Frida... No será fácil, pero si lo logras... mira: te vas a los cuernos de la luna.

No hacía falta azuzar ese fuego. Leopoldo había mordido el anzuelo desde hacía rato. Se imaginaba regresando con el cuadro, se imaginaba vitoreado, los titulares de los periódicos, se imaginaba vestido de gloria, recibido igual que Gamboa cuando rescató las obras mexicanas después del Bogotazo...[14] La voz de Diego, que hacía rato que le contaba algo, lo trajo de nuevo a la realidad:

—... un rollo de papeleo que hay con el Pushkin...

—Entonces, quieres robarle un cuadro a los rusos.

—Robar, robar... Aquí nadie está robando nada porque ese cuadro fue un regalo de Frida. Yo diría más bien, recuperarla. Pero nadie debe saber que la obra está en México hasta que pase un tiempito prudencial. No queremos exponer las buenas relaciones que ahora mantenemos con la URSS. No quisiera meter en líos al embajador Kapustin, que es un caballero. ¡Qué digo un caballero!: ¡Una dama!

—Mira, yo te agradezco la generosa oferta a futuro, pero comprenderás que para maniobrar necesitaré algún incentivo más. Para ser operativo...

—¿De a cuánto?

Leopoldo sacó una libretita del bolsillo de su abrigo (que descansaba sobre la silla) y escribió una cifra en un papel.

Diego agarró su caballito de tequila, lo alzó ante Leopoldo y dijo:

—Te lo consigo.

[14] Fernando Gamboa participó en la IX Conferencia Panamericana y una de sus actividades era la de montar una exposición con arte mexicano. Un mes después de la conferencia se desató en Colombia el Bogotazo (protestas, desórdenes y represión que siguieron al asesinato de Jorge Eliécer Gaitán el 9 de abril de 1948 en Bogotá), y para evitar que fueran destruidas las obras de la exposición, Fernando Gamboa se envolvió una bandera de México y se fue abriendo pasó por las agitadas calles del centro de Bogotá hasta llegar al Palacio de Comunicaciones para resguardar las obras que ahí se encontraban.

Leopoldo también agarró su tequila y se lo empinó de un solo trago. En eso apareció el mesero con los platos fuertes. El resto de la comida transcurrió en aparente normalidad.

Más allá II

He vuelto a escuchar esa voz. Ahora ha dicho mi nombre.

—Hola, Frida —me saludó.

¿Quién es esa mujer que me invoca? Me quedo esperando que hable otra vez, pero su voz se diluye en el fondo de este vaso de agua. Estoy segura de que no lo he imaginado. La he oído. Con un chasquido de dedos, esa voz que ya no suena me lleva a *La mesa herida*.

Terminé de pintarte un miércoles. A ti, que eres yo. El suelo estaba tapizado de jacarandas. Lo recuerdo porque esa visión morada no se olvida nunca. Ni cuando una se muere. Las jacarandas perduran.

Te pareces mucho a mí. Tienes roto el corazón. Yo tengo roto todo lo demás. Pero hay algo que nos diferencia: tú estás detenida en el instante, en esa mesa que presides y de la que jamás saldrás. Estás confinada porque eres el objeto de la pintura. Yo no. Yo tengo alas para volar. Yo soy libre porque te pinté y eso me hará eterna.

¿Qué me llevó a pintarte?

A pintarme.

A pintarnos.

¿Porque así y no de otra manera?

Nunca asistí a clases de pintura. Pero siempre quise pintar. Siempre. Aun cuando la medicina me coqueteaba, antes del accidente aquel, me gustaba pintar el cuerpo humano. Pintar tiene algo mágico. Atravesar el espejo de la realidad y mostrar el reflejo de otra cosa. ¿No es acaso eso magia? Yo ponía una lupa de aumento a mi realidad y los demás creían que pintaba sueños. Yo nunca soñé con ser un venado herido por flechas, ni una sandía explotada. Yo soñaba que estaba entera y que Diego me amaba. Eso soñaba. Soñaba con el amor.

Mi mamita linda me puso un espejo sobre mi cama para que pudiera retratarme. Ése fue el acto de amor más grande que tuvo conmigo. El milagro que necesitaba: una madre inteligente y un espejo. Mamá lo coloca allí, sin hacer alaraca, sin echarse al drama. Me besa y me señala al cielo de la cama y me dice:

—Píntate, Frida. Píntate hasta que te aprendas de memoria.

No me tapa las heridas para que no las vea. Me las enseña. Me dice:

—Ésta eres tú ahora. Quiérete así. Ámate así, con todas tus imperfecciones.

Mi mamita chula. La herida de mi madre también se trasluce, casi sin querer, en este cuadro que estoy pintando. Este cuadro que pinté. La comprendo. Porque mi mamita chula fue la madre de un hijo muerto. La menosprecian porque reza el rosario con fervor, porque va a misa a rezar por nosotros, porque no la retraté. Piensan que no la quise, cuando yo a mi madre la adoraba con locura, con veneración. Lo que lloré cuando murió. La falta que siempre me hizo desde entonces. Menos mal que aquí el tiempo no es como allá. Aquí la nostalgia dura muy poco.

Te pinté para explicarme las dudas que me surgían, que hacían ruido en mi cabeza una y otra vez. La incertidumbre me aplastaba con su cascanueces. Me quebraba, pero ese romper se acallaba en cuanto agarraba el pincel. Cuando pintaba, estaba en estado de absoluta concentración y ya podía temblar, caerse el cielo o inundarse el patio: mientras yo pintaba, lucía el sol.

Tengo treinta y tres años cuando pinto *La mesa herida*. En vez de cruz, yo exhalaré mi último aliento sobre esa mesa. «Dios mío, Dios mío, ¿por qué me has abandonado?», dijo Cristo cuando lo crucificaron. Yo no digo nada. Estoy muda. Los labios no se me separan. No hay quejas, ni preguntas. Pero el sentimiento es el mismo. «Cristina y Diego, ¿por qué me traicionaron?».

Te pintaré en el centro de la mesa rodeada de apóstoles. Un banquete sin pan ni vino. Una mesa en donde no hay nada que ofrecer ni que cenar. Sólo sangre. La mesa está vacía, pero yo la veo llena porque siempre fui capaz de rellenar los vacíos. Yo veo lo que nadie más ve porque sufro lo indecible.

Tus discípulos serán mis sobrinos, nuestros sobrinos, Isolda y Toñito, los hijos que no tuvimos. Una vida sin hijos. ¿Por qué chingados se nos negó eso también? Los pondré a tu derecha. Ellos estarán a salvo de las guerras traicioneras del Judas, más cerca de ti, que te aprisiona entre sus brazos de papel maché, tan grande que se te echa encima. No tienes brazos. Te encierro en ese cuerpo sin extremidades. Me miras preguntándome «¿Por qué? ¿Por qué no dejas que me libere, que me mueva con libertad?». Lo sé. Soy cruel a veces. Pero así es como me siento y te condeno al mismo mal. Porque somos un espejo, ¿te acuerdas? Tú y yo somos la misma cosa.

Sonrío. Lo más cercano a la felicidad, si es que hay tal cosa, es la pintura. ¡Todo lo que pienso mientras pinto! Es un dolor gozoso. Es rascarse una pierna con comezón. Es transformar la pinche mala suerte en un prodigio. El arte es lo único que puede salvarnos del horror. Pintar, crear, esculpir, escribir. Sólo el arte nos da la respuesta. Y de pronto me convierto en Medusa, convencida de que todo el que me miré se convertirá en piedra. Congelaré el instante en el que me mires y jamás podrán olvidarnos.

Es ella otra vez.

Noto que me mira. Se está aprendiendo el cuadro de memoria. Ella ha logrado romper el hechizo y puede mirarme sin congelarse, sin petrificarse. Me mira a través de su propio escudo. ¿Cómo lo hace? ¿Por qué? ¿Qué necesidad tiene de mirarme así? ¿Por qué nos mira con devoción, Frida? Casi puedo oírla llorar. Quisiera correr a abrazarla, a decirle que no hay dolor ni sufrimiento que no pueda aguantarse, ni mal que cien años dure. Me muerdo la lengua y un montón de pintura azul explota en mi boca.

Olga

Octubre, 1954

Boris se quedó perplejo cuando Olga le pidió:

—Venga conmigo, camarada.

—¿Perdón?

—Quiero enseñarle algo.

Boris se puso en pie y obedeció sorprendido ante la contundencia. Olga lo condujo a las bodegas. Le hizo atravesar varios pasillos largos y oscuros al ritmo del taconeo de sus zapatos. Avanzaron por unos pasillos mucho más asépticos que la calle del exterior. A diestra y siniestra había puertas cerradas en las que Olga no reparó, pues llevaba el paso ligero de una yegua con anteojeras. A Boris le costaba seguirle el ritmo y empezó a dolerle el costado izquierdo. Las luces se encendían a medida que avanzaban, como si fueran bailarines perseguidos por un foco por todo el escenario. Por fin, Olga se detuvo ante una puerta pintada de gris oscuro-casi negro.

—Hemos llegado.

Boris se agarraba el costado, disimulando malamente el pinchazo que le causaba respirar. Olga hizo caso omiso del mal estado físico de su jefe y se quitó un collar largo que quedaba oculto bajo su camisa. Una llave mediana que pendía del extremo destelló un reflejo plateado.

—Casi nadie conoce esta área —explicó Olga—. Antes era la zona dedicada para restauración, pero, desde que la sociedad dejó de realizar esas labores, está prácticamente abandonada. Y yo tengo la única llave —dijo haciendo tintinear el llavero colgante.

Olga le dio la espalda, metió la llave en la cerradura y la hizo girar. La puerta se abrió. Pfff.

—Pase…

Boris, un poco más derecho y sin el dolor del costado, que comenzaba a pasársele, entró. No pudo ver con claridad porque las luces estaban apagadas. Apretó los ojitos de tejón para afinar un poco más la vista. Poco a poco empezó a distinguir formas. Caballetes desperdigados como lápidas de un cementerio antiguo, algunos lienzos en blanco, lánguidos y sin esperanza, apoyados unos contra otros como presidarios contra la pared, colores desperdigados como colillas por el suelo. Olía a encerrado y a óleo recién abierto. Olga sacó una linterna y alumbró. Al fondo, apoyado sobre dos tablones de madera, para que no tocara el suelo, estaba la copia de *La mesa herida*.

—¡Oh! —exclamó—. Así que aquí es donde ha estado trabajando.

Olga ni desmintió ni afirmó, pero dirigió sus pasos al cuadro.

Boris también se acercó. Volvió a parecerle un cuadro muy feo, espantoso y raro, pero esta vez se quedó boquiabierto no por todo aquello, sino por el extraordinario parecido que tenía la copia con el original.

—¡Camarada Olga! ¡Pero si es idéntico al otro! En verdad es usted muy talentosa.

—Bueno… no es exactamente igual…

—¡Tonterías! ¡Es idéntico! Juraría que es el mismo cuadro… —dijo sorprendido.

—Gracias, camarada.

Y entonces Boris dijo:

—¿Cómo pudo replicarlo tan bien?

Olga se replegó en sus brazos y, sin dejar de alumbrar, empezó a juguetear con el tacón de sus zapatos. Lo clavó en el suelo y hacía girar el pie, a la derecha, a la izquierda, y de nuevo a la derecha, mientras decía al ritmo de metrónomo:

—Es que, verá, antes de quemar el cuadro, le tomé fotografías… para que quedara registro… por si alguien preguntaba…

A Boris le disgustó la iniciativa de la muchacha, pero, por otro lado, eso le permitía salvar el pellejo ahora, así que lo que le hubiera dicho en otras circunstancias se lo calló y tragó gordo. En su lugar, dijo:

—Pues lo ha hecho usted muy bien… Está copiado al detalle.

Olga miró el cuadro, esta vez sin decir nada. Lo escudriñaba y se deleitaba ante él con una sensación de triunfo que le enrojecía las orejas. Y entonces Boris abrió la boca y tronó la lengua en un chasquido de disgusto.

—Tchn...

—¿Sucede algo?

—Este detalle de aquí...

—¿Cuál? ¿El cervatillo?

—Creo que así no era el original... éste está un poco más flaco... la perspectiva es bastante burda.

—¿Usted cree?

Olga se fijó en el cervatillo. Se preguntó cómo era posible que Boris se acordara de cómo lucía el cervatillo original si apenas había visto el cuadro en una ráfaga encolerizada.

—Y estos niños... bueno... no le han quedado tan bien como el original... creo que la mirada de ellos era mucho más serena, usted les ha puesto una cara un poco insulsa, si me permite una pequeña crítica constructiva...

Olga ladeó la cabeza, torció la boca y luego volvió a decir:

—¿Le parece?

—Bueno, bueno, son detalles menores. Le ha salido muy bien, teniendo en cuenta que llevaba tanto tiempo sin pintar... aunque este tipo de obra sea una obra menor, a todas luces...

Olga frunció un poquito la frente. Apenas un poco y respiró hondo y profundo para que no se notaran sus ganas de darle un capón con la barbilla.

—Pero el retrato de la mujer del centro... —dijo Boris— ése está muy conseguido.

Boris se acercó al retrato de Frida, tanto que Olga sintió la necesidad de decirle que diera un paso atrás, que no se aproximara tanto, pero se mordió la lengua. Boris estiró el dedo gordo, y Olga pudo leer sus intenciones con la velocidad con la que siempre iba un paso por delante de él. Notó sus ganas, la malévola tendencia con la que ese dedo se dirigía hacia el cuadro. Boris se disponía a pasar toda la yema por encima de las cejas de la mujer. Olga contuvo la respiración, pensó en sus dedos grasientos, en la manera en que esas manos profanarían aquel rostro y, sin poder evitarlo, gritó:

—¡No lo toque!

Boris se quedó congelado, aún con el dedo índice estirado a un par de centímetros del cuadro. Miró hacia Olga con esa mirada seca y dura de cristal de ventana. No estaba acostumbrado a recibir órdenes, mucho menos de una mujer. Mucho menos de Olga. Ella dulcificó el tono de su voz y, con la sumisión de otras veces, le dijo:

—El barniz aún no se ha secado del todo. No vaya a mancharse.

El rostro de Boris cambió en el acto. Las cejas se destensaron, el bigote se ablandó, y dio un paso atrás. Entre humilde y desconfiado.

—¡Oh!, claro… qué imprudencia la mía.

Y luego aplaudió sobre sus muslos como si quisiera sacudirse el polvo imaginario de las manos.

—Bueno, camarada, pues creo que este cuadro pasará por el original sin problemas.

—Yo también lo creo, camarada.

Los dos guardaron silencio mientras veían el cuadro. Aunque cada uno estaba pensando un montón de cosas distintas. Entonces Boris chasqueó la lengua y rompió el silencio para decir:

—Hicimos bien en quemarlo. Digan lo que digan.

Más allá III

Voy a enmarcarte entre dos cortinajes pesados. El telón abierto del teatro en el que, antes o después, todo nos representamos. «Se abre el telón y aparece una mesa. Primer acto. En la mesa está una mujer…».

Recuerdo con nitidez pasar el pincel por los costados y crear esas barrigas inmensas de tela. Mucha tela. Mucha. Rematada en los bordes con los colores de la bandera mexicana y amarradas con cordones gordos y marineros. Las cuerdas de un navío.

Eso hice. Nos pinté a todos envueltos entre telas pesadas. Cortinas rojas de terciopelo como las que jamás vi en casa de mis padres, mucho menos después, cuando pintamos la casa de azul. Y sin embargo la gran casona de Coyoacán a veces fue un teatro. Salíamos cada día a representar una función. Yo era Frida. Él, Diego. Los perros eran ánimas del inframundo; los changuitos, mis hijos; Cristina, la cuñada abnegada; los amigos de correrías y pedas, nuestros hermanos. Una gran rapsodia en donde cada uno declamaba con épica el papel que le tocaba. Una ilusión. La Casa Azul era un gran escenario de puertas abiertas.

¿Quiénes éramos aquellos de entonces? Un elefante y una paloma, nos llamaron. Todos asumían que yo sería la paloma. Qué confundidos estaban. La elefanta siempre fui yo.

¿Era lo mío un disfraz? Déjame te explico. El vestido ocultaba el dolor, la traición, la decepción, pero también el amor. Todo apretadito debajo de las telas. Todo metidito ahí debajo, sin chistar. Muy pocos se asomaban bajo la falda. Sólo Lupe Marín osó levantar la falda el día de mi boda para que todos vieran lo que pretendía esconder. Porque esa cabrona era tan huevuda como yo. Pero el resto, ellos jamás. Y es que los vestidos por sí solos hablaban de lo contrario: fortaleza, osadía, tradición.

Elijo mis ropas con la misma delicadeza con la que elijo mis collares, mis aretes, mis sortijas. Me coloco todo con el ritual de un torero porque con ese vestido de tehuana voy a entrar a matar. Cada día toreo en el ruedo de mi vida para corregir los errores de mi historia.

Seducción. Ésa es otra palabra que rima con mi nombre, aunque no coincida en ninguna de sus sílabas. Siempre fui una gran seductora. Quería sentir y ser sentida. No quería pasar por la vida sin dejar huellas, aunque éstas fueran las marcas de una coja. Mi cuerpo, ese cuerpo lacerado era el motor de mi expresión. Un cuerpo que siente. Que ha sentido lo terrenal, lo angustioso y lo divino. Todo aterriza siempre en este cuerpo herido mío. Nunca tuve miedo de mi belleza imperfecta. Pero pongo flores en el pelo, me dejo las cejas y el bigote poblado porque así nadie apartará su mirada de mi cabeza. Nadie debe mirar el soporte de este templo.

Oigo su voz, de nuevo. Me llama. Pregunta.

La mujer que me habla a través del cuadro no es mexicana. Ni española. Tiene un acento eslavo que me queda demasiado lejano y eso me enternece. Aún no sé quién es, pero la siento cercana. Me invoca cada vez más.

—¿Crees que es una locura? ¿Puedo? ¿Debo? —escucho que me dice con una voz mitigada por la sordina del tiempo sin espacio.

Me pide permiso, beneplácito, y no entiendo para qué. Ni por qué. Pero es extranjera, cada vez estoy más segura de eso.

Mi guardarropa tenía vestidos de Oaxaca, pero también del resto del mundo. La coquetería no tiene nacionalidad. Blusas europeas, vestidos chinescos, faldas gringas, pecheras de seda con aplicaciones de pedrería. De todo me puse. Vestidos de mujeres de grandes dinastías. Vestidos que las modas aniquilaron enagua tras enagua. Casi nunca me puse pantalón. Aunque alguna vez lo usé, incluso con corbata. Pero eso fue antes. Antes de pintarte de tehuana. Nuestro vestido es más que un velo. Es un sello de identidad. Somos tradición y futuro. Soy el tiempo detenido en un vestido. Decir tehuana es decir matriarcado, comunismo y discapacidad. Todo hecho bolas en un compendio de encajes y colores bordados y superpuestos. ¡Cómo destacar junto a un hombre inmenso como Diego! Así. Así. Vestida de tehuana. A veces Diego se quedaba boquiabierto ante mi protagonismo. «Sólo tienen ojos para ti», me decía. No eran celos. Era condescendencia. Y luego se diluía en mi pincel.

Diego me amasa. Y yo dejo que sus manos me den forma. Pero sólo mientras soy moldeable, porque, si no, me rompería.

Yo era su vasija húmeda. Una vasija rebelde, contradictoria, que fraguaba cuando le daba la gana. Pero suya. A él le encanta que me ponga el vestido de tehuana de mi madre. Recuerdo que me dijo que nunca me había visto más bella. Porque me ve y en sus ojos entra México a raudales. Y yo así proclamo mi independencia. El vestido será mi segunda piel. No es un disfraz, sino un escudo. Una coraza que me protege de la indiferencia. Jamás me esconderé bajo un disfraz. Jamás. Al contrario, me expondré ante el mundo como soy. Mexicana, fragmentada, exótica y enamorada.

Olga

Diciembre, 1954

Leopoldo Baker nunca en su vida había sentido ni volvería a sentir más frío que el de Moscú en diciembre. Aterrizó en la ciudad abrigado hasta los dientes, pero nada lo preparó para la impresión que le causaría conocer al General Invierno. Los mocos se le congelaban y de su nariz pendían diminutos carámbanos. Se calaba el gorro hasta las orejas porque, de no hacerlo, temía que se le fueran a desprender al primer golpe seco con el peine. Se alzaba el cuello del abrigo, pero no había tela suficiente en el mundo para aislarle del frío. Siempre llevaba las manos dentro de unos guantes negros de piel, porque le aterraba la idea de llenarse de sabañones, y al caminar oía el crujir de los dedos gordos del pie amenazando con romperse cual zapatitos de cristal. Por las noches, las calles estaban desiertas y el cielo lleno de estrellas. El silencio tintineaba sobre su cabeza. Porque, eso sí, Leopoldo jamás había visto ni volvería a ver un cielo nocturno más hermoso que el moscovita.

A pesar de llevar la bufanda calada hasta la boca, Leopoldo entró a las oficinas de la VOKS sin poder ocultar esas ínfulas que le acompañaban, esa superioridad pretenciosa que lo poseía en cuanto era consciente de estar subido en un peldaño de poder, del mismo modo que no podía disimular la expresión aterida ni el brillo rojo de su nariz entomatada. Se identificó enseguida como el licenciado Leopoldo Baker, venía de parte del FNAP de México. Le indicaron que subiera al séptimo piso para entrevistarse con el camarada Nikolái Lebedev. Pasó por varios controles de seguridad. Y esperó. Tardó un buen rato en decidirse a soltar el abrigo de lana. Un rato más le costó aflojarse la bufanda. Porque Leopoldo tendría pinta de ruso, pero su termostato era más mexicano que el mole.

Tras cuarenta y cinco largos minutos, le indicaron que el camarada Nikolái Lebedev estaba muy ocupado, pero que lo recibiría la camarada Olga Simonova. Leopoldo sintió aquello como un desaire.

—Ella... ¿qué cargo tiene?

—Es nuestra delegada para esta exposición itinerante. Está al tanto de todas las cuestiones prácticas.

Y Leopoldo refunfuñó, pero pensó que así se ahorraría la diplomacia e iría al grano. Quería irse de ese frío infernal lo antes posible.

Olga lo recibió con una sonrisa plácida y una tetera hirviendo sobre la mesa.

—Bienvenido, camarada Baker.

—*Spasiba* —contestó él.

Leopoldo señaló el té. Olga le dijo:

—Por favor. Sírvase usted mismo, camarada.

—*Spasiba* —volvió a decir él.

Leopoldo se bebió ese té caliente con el recogimiento con el que los cristianos se beben la sangre de Cristo. Nada más agarrar la taza, Leopoldo notó el calor regresando a su cuerpo, mientras bebía, se fijó en Olga. La camarada Simonova. Le pareció discreta. Callada. Sin la belleza estridente de las mexicanas. Sin las cejas altivas ni la boca pintada. Sin la larga melena. Y, sin embargo, había algo en su rictus lánguido que magnetizaba. La forma en que Leopoldo repelió esa fuerza atrayente fue avasallándola con todo tipo de preguntas: sobre la institución, sobre su cargo, su labor y sobre la exposición.

—¿Y qué trae a un mexicano hasta Moscú? —interrumpió el interrogatorio Olga.

—La exposición de obras mexicanas, por supuesto. Estamos muy emocionados.

Olga asintió muy seria y siguió esperando una respuesta más concreta a su pregunta. Leopoldo echó un vistazo a sus cartas —que eran bajas— y empezó a jugar.

—Le agradezco el apoyo que nos están brindando para que esta exposición salga adelante.

—Es nuestro trabajo, camarada. No tiene nada que agradecer.

—Confío en que no sea la última vez que colaboremos. México tiene mucho que ofrecer a la URSS. Y desde luego, las puertas de México están abiertas para todos los artistas rusos que deseen exponer allí.

Olga observaba a Leopoldo en estado de alerta. Aunque el mexicano desplegaba una sonrisa encantadora, Olga detectaba un olor a casa quemada. O a carbón. A chamusquina. Y entonces Leopoldo soltó:

—¿Conoce la obra de la señora Frida Kahlo de Rivera?

Olga respondió con rapidez:

—Sólo una. Conozco *La mesa herida*, si a ésa se refiere.

«Bingo», pensó Leopoldo. «Con ella», se dijo Leopoldo. «Aquí es».

Y Leopoldo, que era un hombre consciente de sus encantos con las mujeres, dejó que su vanidad le susurrase al oído y con sutileza de serpiente comenzó a deslizarse haciendo eses sobre el suelo de madera. Una sonrisa encantadora, un pequeño chiste por aquí, un sutil desinterés por allá. Olga, a quien sólo un nombre propio le interesaba, pensó no sólo que era un adulador, sino un hombre peligroso.

—¿Cuántos años lleva la obra de la señora de Rivera en bodegas?

«La llama señora de Rivera», pensó Olga. Y luego echó cuentas mentales del tiempo que se suponía que llevaba el cuadro en bodegas.

—Unos cinco años.

—¿En las bodegas del Pushkin?

—Sí —mintió ella.

—¿Suelen mandar muchas obras allí?

—Sólo las que deciden resguardar a largo plazo.

—O sea, que el cuadro ha estado siempre resguardado.

Olga se enderezó en su asiento.

—Así es, camarada.

—Durante cinco años.

—Sí.

Leopoldo pensó que eso sería una ventaja. «Nadie echa de menos lo que no ve», se dijo.

—¿Podríamos realizar una visita al Pushkin? —preguntó entonces Leopoldo—. Quisiera ver en qué condiciones se encuentra.

Olga derramó un poco de té al colocar con brusquedad la taza sobre el platito.

—Me temo que eso no será posible.

—¿Por qué no?

Olga respondió a toda velocidad.

—El cuadro ya está embalado para su envío.

—¡Oh! Vaya. Eso es un gran inconveniente.

—Lo es. Lamento no poder mostrárselo.

Sorbos de té.

Silencio.

Largo.

Un silencio atronador que pedía a gritos que interviniera una voz.

—Pero puedo mostrarle fotografías.

—¡Oh! Estupendo.

Olga se puso de pie de un salto.

—Venga conmigo.

Olga se dirigió hacia un archivador de metal color mostaza y tiró de la manija de un cajón en la parte superior. Esa larga oruga comenzó a emerger y al llegar al tope un golpe retumbó en seco. Poc. El mueble se cimbró un poquito. Olga extrajo unas carpetas y varias cajitas azules del ancho de una nuez. Empujó el cajón para que volviera a engullirse a sí mismo.

—Sígame. Por aquí, por favor.

Leopoldo tomó su portafolio y la siguió, encantado de poder contemplar a gusto sus nalgas respingonas bajo esa falda de tubo. Llegaron a una sala de proyección. Al extremo de una mesa ancha que usaban para reuniones, un carrusel de diapositivas reposaba sobre una especie de taburete alto. Al fondo, una gran pantalla de tela blanca caía como una cortina sobre la pared. Olga abrió las cajitas azules del tamaño de nuez y sacó unas diapositivas. Las colocó una tras otra en el carrusel. Después le pidió a Leopoldo que apagase la luz.

—¿Le importaría apagar la luz?

—¿Perdone?

—La luz —señaló Olga—. ¿Puede apagar el interruptor, por favor? Está ahí, detrás de usted.

La oscuridad ocultó el gesto fétido que recibir una orden por parte de una mujer había plantado en la cara de Leopoldo.

El carrusel comenzó a arrullar y sobre la pantalla comenzaron a proyectarse reproducciones de obras de arte mexicano. Clic. Una diapositiva. Clic. Luego otra. Y de pronto, clic, clic, ahí estaba. *La mesa herida*. La foto era extraordinaria, pero no podía compararse con la sensación de estar frente al original.

—¡La famosa *mesa herida!* —exclamó Leopoldo.

«Mi cuadro», pensó ella.

«Mi cuadro», pensó él.

Y entonces Leopoldo dijo algo que dejó a Olga perpleja:

—¿Como de qué tamaño es? —Y fue señalando cosas de la habitación—: ¿Así de grande como la ventana?, ¿así como la mesa?, ¿así como la pantalla?

—¿No lo ha visto nunca?

—*Net.* Nunca.

—Pues... —Olga vaciló— es como del tamaño de ese pizarrón. —Y movió su mano «más o menos».

Olga notó que Leopoldo calculaba. Luego, el hombre dijo:

—Y ¿cómo lo transportarán: enrollado o en bastidor?

Olga reprimió el impulso de toser, pero no pudo. Al final tosió un poquito, lo suficiente para aclararse la garganta.

—¿Cómo dice?

—Sí, ¿cómo acostumbran transportar los lienzos?

—¿Los lienzos? —preguntó Olga perpleja.

—Entiendo que enrollado puede craquelarse. Por eso pregunto...

«Este hombre no tiene ni idea de que *La mesa herida* estaba pintada sobre tabla», pensó Olga con sorpresa. Se giró hacia el carrusel para ocultar su incredulidad. Pasó otra diapositiva, clic, y contestó:

—Se puede enrollar con el material pictórico hacia afuera, así se evita el craquelado.

Clic. Otra diapositiva.

—Ah, excelente, excelente. Entonces, a pesar de medir dos metros, puede transportarse sin mayores inconvenientes.

«Mejor», se dijo Olga, «que crea que es una tela».

—Así es, camarada. En un tubo de PVC, sin mayor inconveniente.

Silencio.

Clic.

Más silencio.

Olga habló.

—Me enteré de que la autora acaba de morir.

—Veo que está informada de todo.

—¿La conocía usted? —preguntó Olga seducida ante la idea de que alguien le hablara de esa mujer peculiar.

—Sí, la conocía. Su esposo y yo somos buenos amigos.

Y entonces, como si acabara de recordar algo, Leopoldo abrió su maletín. Buscó entre sus papeles y sacó una fotografía de Frida Kahlo pintando *La mesa herida*. Leopoldo señaló a la mujer del cuadro y luego a la de la foto.

—Mire, ésta es ella.

Olga agarró la foto y hundió sus ojos en la espesura de esa nieve. Ahí estaba Frida, la mujer exótica, de perfil ante su cuadro, repasando con un pincel los trazos de los cabellos de su melena suelta. El brazo izquierdo descansaba sereno sobre sus piernas, la falda vaporosa de su vestido, tapizada en un bosque de hojas de hiedra, su cabello recogido en un moño dejaba al descubierto la largura de su cuello.

La mujer llevaba puesto un collar. El cuadro, aún no.

Olga experimentó un éxtasis y a la vez una humildad inusitada. Recordó el fuego. El humo. Las cenizas negras que antes habían sido colores. El rostro derretido, las figuras volatizadas a polvo caliente. Y, sin embargo, Olga se convirtió en una mariposa que se desprendió de sus alfileres y revoloteó por aquella habitación. Con cada aleteo le brotaban cosquillas en el corazón. Pensó en el misterio de la creación artística. En la transformación de la materia. Los pigmentos en colores, los trazos en imágenes, la nada en algo. El acontecimiento sin igual de la creación, tan mágico como la transformación de una semilla en plantita, el espermatozoide y el óvulo en un niño. La magia. El instinto. La vida. Esa mujer exótica era una mujer como ella. Dormía como ella, comía como ella, respiraba como ella y, sin embargo, ¿qué las diferenciaba para que una pudiera hacer una bola de fuego con su experiencia y transformarla en un cuadro como aquél? La mariposa se posó quieta sobre la nariz de Olga, que tuvo que hacer una brisa con las manos para que retomara el vuelo. Porque tuvo la certeza de que Frida había traspasado el umbral de su vida y había vencido a la muerte. Olga se preguntaba cómo. Cómo era posible develar ese misterio. Potente como el amor. Paralizante como el miedo.

Olga se percató que llevaba mucho tiempo viendo la fotografía y la regresó a su dueño. Pero entonces Leopoldo agarró a la mariposa por las alas y la aplastó:

—No era muy buena pintora.

Los ojos de Olga se abrieron como platos.

—¿Por qué dice eso?

—A las pruebas me remito. —Leopoldo señaló hacia las imágenes del cuadro—. Es bastante feo.

—¿Usted también piensa como el camarada Guerásimov[15] que es un arte decadente?

—¿Decadente? Bueno. Sí. Podría llamarlo así. Yo sólo creo que no es un buen cuadro. Tendría que ver qué grandes artistas tenemos en mi país. Kahlo carece de valor.

Olga se quedó muda. Leopoldo continuó:

—¿Es por esa razón que lo tienen en bodegas? ¿Por decadente?

Olga bajó la mirada para no toparse con la de Frida:

—Sí. Lo llamaron burgués. Individualista... Formalista.

—Formalista es mucho decir. Hasta un niño podría pintar algo así.

Olga se mordió la lengua. Le ardían las orejas. Un niño jamás podría pintar un cuadro como aquel. Ella lo sabía porque lo había intentado. Lo había hecho. Recordaba lo difícil que fue copiar la mirada de ese rostro. Noches y noches enteras tratando de transmitir el dolor de una mujer desconocida que, sin embargo, también era ella. Ese cuadro sangraba, dolía, mostraba el dolor en el gran teatro del mundo. Un cuadro que dejaba el corazón al desnudo. Pero Olga hizo una bola con todo lo que pensaba y la aventó lejos, lo más lejos que pudo:

—Depende del niño —dijo, y fingió la sonrisa más falsa de todas las que había logrado en su vida.

[15] Aleksandr Guerásimov, líder de la Asociación de Artistas de la Rusia Revolucionaria y de la Academia Imperial de las Artes soviética, dijo del cuadro que era formalista y surrealista tanto en su temática como en su ejecución y que no merecía la pena exhibirlo.

Lo hizo tan bien, sin titubear, sin inmutarse, que Leopoldo le rio la gracia y se fue en banda. Una bola de billar a la que el taco acaba de atinar en el punto exacto.

—Sin embargo, eso no quiere decir que no despierte interés. ¿Sabe que hay una galería en Nueva York interesada en comprar este cuadro?

—¿Cómo dice? —Olga frunció la frente.

—Le confesaré una cosa, camarada Simonova: el FNAP a veces funge como intermediario en la compra-venta de obras.

—¿Y por qué hacen eso?

—A veces los museos demuestran interés por algunas obras y nosotros... bueno... nosotros se las vendemos. Así ellos engrosan su colección y nosotros sacamos algún beneficio.

—¿Venden los cuadros que participan en las exposiciones?

—No todos, claro. Sólo algunos. Cuando hay un interés especial. Es una práctica habitual. ¿Ustedes no lo hacen?

—No.

—¿Nunca?

—Jamás.

Entonces, Leopoldo serpenteó hacia ella, lento, cauteloso, frío, metódico, calculador. De pronto se convirtió en la anciana serpiente pitón Kaa que parecía querer decirle a Olga: «La luna va a desaparecer y no quiero que veas lo que va a suceder aquí esta noche». Le susurró:

—En México hay personas que pagarían mucho dinero porque este cuadro regresara a su país...

Durante un momento, los dos estuvieron en silencio, cara a cara, tan cerca que el aire que exhalaba uno lo inhalaba el otro.

—¿Qué quiere decir?

Leopoldo se acercó aún más. Olga retrocedió:

—Ésta será una exposición larga... que va a viajar a muchos lugares, y en el trayecto podrían pasar... ¿quién sabe?... algún tipo de incidente...

—¿Qué tipo de incidente?

— Pues, tal vez, podría perderse alguna obra...

Silencio.

Olga ni pestañeaba.

Leopoldo prosiguió:

—Usted sabe tan bien como yo que este cuadro va a volver a bodegas en cuanto regrese a Moscú... Lleva allí cinco años... usted me lo dijo. Nadie notaría su ausencia.

Olga pensó en Boris. En las llamas embravecidas como el mar quemando cuadros. La desesperación de ver arder colores, el crepitar de la madera, los chispazos de las telas. El olor a barniz caliente. Se erizó entera. Los pelos rubios de los brazos se levantaron alertados por la tormenta.

—Hacer desaparecer este cuadro es imposible. Su imagen ya se ha publicado en el catálogo y su desaparición llamaría mucho la atención —dijo Olga mientras pensaba a toda prisa. Sentía la mirada de Frida en las diapositivas acechándola en esa sala oscura. El carrusel arrullaba con el ventilador.

—No si usted borra bien las huellas. Entre los dos podríamos hacerlo. Usted se encarga del papeleo, borrar registros, y yo, del transporte. Y, además, la compensaré.

—El dinero no me servirá de nada si me descubren. Algo así podría costarme la vida.

Leopoldo sonrió malicioso.

—No sea tan dramática, camarada. El propio Guerásimov ha calificado la obra de formalista, como usted dice. Si Frida Kahlo hubiera sido rusa, estaría en la lista negra, no la habrían dejado pintar ni un solo cuadro.

Olga soportó la mirada de ese hombre en silencio. A vuelo de pájaro, recorrió la vista hacia las lámparas, hacia las esquinas, hacia los taburetes en busca de micrófonos. Por menos que eso la habían mandado a Lefortovo. Se preguntó si, por alguna razón desconocida, Boris no estaría detrás de esta oferta extraña. Leopoldo, ajeno a sus pensamientos, prosiguió:

— Piénselo, Olga. No buscarán un cuadro que a nadie le importa. Esta itinerancia es la circunstancia perfecta para que todos ganemos.

Leopoldo ladeó los labios con sonrisa viperina. La mirada de Olga delataba un pensamiento que iba y venía a toda velocidad. Leopoldo lo intuía con ese olfato suyo capaz de distinguir el olor a choquilla desde la puerta. Lo sabía. Lo sentía. Porque ésa no era la primera vez que Leopoldo corrompía, que tentaba, que seducía, que manipulaba. Y Olga, la bella, la discreta, la callada Olga se lo estaba pensando.

Porque Olga pensaba. ¡Oh! ¡Sí! ¡Claro que pensaba! Pero no lo que ese mexicano se imaginaba. Olga estaba pensando en que a lo mejor podría matar dos pájaros de un tiro. «Será que acaso podré...». Sólo tenía que darle a Leopoldo la copia que ella misma había copiado, darle gato por liebre, hacer que la obra se perdiera, hacerse de la vista gorda, aprovechar el traslado de un sitio a otro y ¡abracadabra!

«Sí...», se decía sin quitarle a Leopoldo un ojo de encima. «Puedo hacerlo, puedo hacerlo. Puedo hacerles creer que...».

Entonces, la mariposa, que se había quedado moribunda, medio aplastada en el suelo, movió levemente sus alitas. Se desperezó y alzó un vuelo alegre, aunque precavido, cuando Olga abrió la boca y sonó una melodía suave, de culebra recién nacida:

—Exactamente, ¿qué es lo que necesita que haga?

Más allá IV

Por treinta monedas Judas vendió a Cristo en el huerto de los olivos. Treinta monedas y un beso. ¿Por cuántas monedas te vendiste tú, Cristina? Al principio creí que había sido por eso, por tener una posición económica estable. Tener tus propios dominios. Una mesa de la que ser anfitriona. Dejar de ser la entenada. Porque por amor no fue. Eso lo supe siempre, lo sé ahora y lo seguiré sabiendo por los siglos de los siglos.

Pinto un Judas enorme que me aprisiona entre sus brazos de cartón, pero no le pongo cabeza. Ésa se la pintaré después, cuando me decida. Porque ahora soy un mar de dudas.

¿Qué cabeza tendrá mi diablo? Conozco bien el rostro de mi traidor. Un sapo que quiere ser elefante, pero un sapo, al fin. Mi Judas compra almas, hace pactos y promete dones. ¿Eso te prometió, Cristina? ¿Una casa? ¿Ser la esposa de un gigante? Qué tonta fuiste. Qué tontas fuimos las dos. Tú, por crédula, y yo, por confiada. Pensé que Diego no osaría tocarte. Como si Diego tuviera escrúpulos. Diego siempre es caótico y oscuro, tramposo y mutable. Es grotesco, omnímodo. Te lleno de cohetes a punto de explotar. En el cuerpo, en la frente, por los brazos. ¡Vuela! ¡Explota en mil pedazos! ¡Arde, traidor! Lo pinté sin alas porque las alas son mías. Sólo mías. Míos son también los cuernos que me pusieron los dos.

Y a ti, Cristina, ¿cómo te pintaré? Podría pintarte como un reptil, sin cola, con colmillos, escamas y ojos enrojecidos. Pero no puedo. Jamás podría, Kitty. No sé odiarte. Te pintaré como una calaca sonriente que sostiene mi pelo. No profanaré tu rostro.

Mi herida supura. Hiede. Hay cicatrices que quieren volver a su estado primigenio para ser heridas eternas. Diego es una de ésas. Tú, Diego. El hombre que amé con locura. Desde este lugar en el que me encuentro miro hacia atrás y me pregunto ¿cómo es que te quise tanto?

Rebobino mis recuerdos y los enrollo en un tubo de metal.

Me acuerdo de ti, Cristina. De tus dieciséis años. Te encaprichaste de un buen mozo de bigote y pelo engominado que montaba a caballo. El muchacho es un hombre de edad bíblica: treinta y tres. Tú, una mujercita que hacía dos días era una niña. Y caíste en esa crucifixión por pendeja. Por querer salirte de casa. Estás harta de que nadie te mire. Y Antonio Prieto, que así se llama el susodicho, te mira. Te mira y te sabrosea. Un par de años después, se casan. Sales de mi órbita. Al menos eso crees los primeros meses.

Recuerdo cuando al poco tiempo te pusiste ante mí para presumir de barriga.

—¿Quieres tocar? —me dijiste—. Ándale, toca aquí, pa' que veas cómo se mueve.

Y yo toqué.

Toqué.

Coloqué mis manitas llenas de envidia y sentí las pataditas que el bebé te daba.

—Algún día yo también seré mamá —te dije emocionada—. Debe ser maravilloso.

—Lo es —contestaste—. Lo que sí está de la tiznada es estar casada.

—Sonsa —dije dándote un sape.

Las dos nos reímos.

Aún no sabíamos el daño que nos haríamos. Nunca más volvimos a reír juntas.

Me acuerdo. Me acuerdo de todo con detalle. Y soy capaz de meterme en tu cabeza ahora, Cristina, como si estar muerta me concediera el don de la omnisciencia. Tú ya sabías lo que pensábamos todos: que no eras feliz. Que el hombre con el que te casaste es un bueno para nada. Que bebe. Que grita. Que humilla. Que no sirve para nada más que despilfarrar su pequeña fortuna. Para nada más. Bueno. Para alguna cosa más sí que sirve. «Es tan guapo», te dices con tu inmadurez. Cuando él te agarra y te besa, bajas la guardia y te dejas querer. Te gusta que te endulce el oído con palabras cochinas que a nuestra mamá pondrían los pelos de punta. Te gusta que te acaricie entre las piernas. Te gusta sentir a tu papacito dentro. Los golpes, eso ya no, claro.

Tras nacer la niña, el hombre se volvió aún más violento. Te zarandea, te obliga a hacer el amor cuando estás cansada. Tratas de zafarte las manotas de ese hombre que huele a alcohol y a mujer:

—Aquí no, Antonio, suéltame, que despiertas a la niña —le dices.

Y él se enfada y manotea, y la niña despierta llorando a voz en grito, enseñando las encías pelonas.

Encontraste valor para marcharte cuando ya tienes dos hijos y mucha más tristeza. Ya no quieres ir a bailar conmigo al Salón México. Sólo quieres trabajo para mantenerte, me aseguras. A ti y a tus hijos.

Y yo hablo con Diego. Inocente mariposa.

Desde aquí puedo ver lo que no veía entonces. Te veo viendo el cielo del techo de la habitación. Escucho tus pensamientos y meneo la cabeza. «¿Por qué Frida se lleva siempre lo mejor?». «¿Por qué yo no puedo tener un marido famoso, un marido respetado?». «¿Por qué no puedo ser un poco más Frida y un poco menos Cristina?». «¿Por qué estoy relegada a ese papel de sirvienta de mi hermana?». Escuchas la tosecita mocosa de Toñito, tan pequeño aún, y sin padre. Te secas las lágrimas que se te escurren por la comisura de los ojos.

Pobre Kitty. No sabía que te sentías así. Vuelvo a mirar en dirección a las risas. Son nuestras risas, las de Diego y mías. Reímos en mitad de la noche.

—Yo quiero eso para mí. —Te escucho pensar.

Y luego, te arrepientes. Pero sólo un poquito. Apenas nada.

Al poco tiempo nos despedimos porque Diego y yo nos vamos a Gringolandia. Te digo:

—Cuídate mucho, Kitty de mi corazón.

Diego también te da un beso en la mejilla:

—Ahí le encargo, cuñadita —te dice. Y te mira como si te encuerara, pero tú no dices nada. Te arrastra un beso por toda la mejilla. Un beso baboso que no te incomoda porque te has erizado entera.

Yo regresé muy cambiada de ese viaje. ¿Te acuerdas, Cristina? He perdido dos bebés. El último lo retraté en mi cama del hospital. Regreso arañada por dentro. Me ves y te me cuelgas del cuello. Me besas. Me has extrañado mucho. Yo también. Lo que habría dado por tenerte a mi lado en Gringolandia.

Diego me mandaba señales, pero yo no las veía. Cristo no supo que Judas lo iba a traicionar hasta que lo besó y lo entregó. Yo también esperé a que me besaras.

—Cristina haría buena modelo —me dijo.

Y yo lo besé en los labios y le aplaudí.

—¿Verdad que sí, panzón? ¡Píntala! Pero le pagas, ¿eh?

Y sí. Te pagó.

Treinta monedas.

Te desnudas para Diego. Es el único hombre, aparte de Antonio, ante el que te quitaste la ropa. Él te ve. Te hace el amor a ti, pero está haciendo el amor a la pintura. A todas nosotras, el muy cabrón hijo de su rechingada madre.

Agarro el pincel y termino de pintar el Judas del cuadro. Le pongo pantalón de mezclilla de obrero del pueblo, pero la cabeza, ésa se la reduzco todo lo que puedo. Si pudiera, le prendería fuego.

Incluso muerta me encabrono. Y huele a algodón de azúcar quemado.

Olga

RDA-Moscú, enero, 1955

En la RDA, Tobías releía por segunda vez *La séptima cruz* de Anna Seghers con un lápiz afilado al acecho. Su ejemplar de la Seghers estaba lleno de anotaciones, de flechas que salían y entraban, y las puntas dobladas como si lo hubiera llevado guardado en el bolsillo trasero del pantalón.

Una llamada telefónica interrumpió su lectura.

Era del trabajo.

—Te dije que no me llamaras a casa.

—¿No puedo llamar a un viejo amigo a su casa?

Tobías resopló.

—Prefiero ver a mis amigos con una cerveza.

—Será sólo un momento. Necesitamos que te encargues de un nuevo proyecto.

Esta vez no iría muy lejos, le garantizaron.

—Creo que deberíamos hablar de esto en persona.

—De acuerdo. ¿En el sitio de siempre? Mañana, a las diez.

Mantuvieron una conversación breve y luego Tobías colgó.

Al día siguiente se vieron en el parque de siempre, junto al banco de siempre. El hombre del teléfono, que llevaba unas gafas de pasta con una raya negra en la parte que le cubría las cejas, le contó que se iba a llevar a cabo una exposición de arte mexicano en Varsovia de febrero a marzo, y corría el rumor de que algunas de las obras estarían a la venta.

—¿Qué obras se exhibirán? —preguntó Tobías a su interlocutor.

El hombre de las gafas le contestó que estaban a la espera de recibir el catálogo. Que en cuanto lo recibieran se pasara por la Kulturbund para recoger su ejemplar.

—Hay varias piezas interesantes.

—No creo que sea buena idea —dijo Tobías—. La vez pasada casi no logro salir de Moscú.

—Piénsatelo. Es difícil que arte mexicano entre en la Unión Soviética. Es una ocasión única.

—No lo sé. Creo que deberías dejar que me enfríe un poco. Encárgaselo a otro.

—¿Estás seguro?

Tobías lo pensó un momento y luego dijo:

—Sí. Creo que será lo mejor para todos.

El hombre se quitó las gafas y las limpió con la punta de la gabardina.

—Piénsatelo —repitió—. Tienes hasta la última semana de enero para decidir.

El hombre se marchó.

Un par de semanas después, Tobías, como cada jueves, acudió a la Kulturbund a la tertulia habitual. Escuchó tranquilo, sin participar apenas, para que su presencia fuera una sombra. Al terminar, todos aplaudieron. Ya se iba cuando un guardia de seguridad le llamó desde detrás de la mesa de recepción:

—¡Camarada Richter!

Tobías de dio media vuelta.

—¿Sí?

—Trajeron un paquete para usted. —Y le alargó un paquete pesado y voluminoso.

—¿Quién lo envía?

—Lo trajo una *Fräulein*, muy guapa, de sombrerito rojo. No me dijo su nombre.

Tobías lo sacudió.

—No será una bomba…

El guardia palideció.

—Es una broma, Hans. —Tobías le sonrió con los ojos—. Ya sé de qué señorita se trata. Muchas gracias.

El guardia contestó muy serio.

—*Auf Wiedersehen*, camarada Richter.

—*Auf Wiedersehen*, Hans.

Nada más darle la espalda a Hans, a Tobías se le volatilizó la sonrisa. No cabía duda de que en la organización clandestina en la que participaba eran muy persistentes.

Tobías se esperó a llegar a casa para abrir el paquete. Ya se figuraba lo que contenía y no tenía ningún interés. Al entrar, dejó el paquete junto a sus llaves en la mesilla de la entrada. Puso un concierto de piano de Brahms en el tocadiscos y se fue a la cocina a prepararse un sucedáneo de café. Después, con la tacilla caliente y la música de fondo, se sentó en el sofá de terciopelo naranja y abrió el paquete con desgana. El catálogo. Claro. Un libro muy gordo y pesado. En la portada de pasta blanda, en letras grandes y muy negras, podía leerse: «*Wystawa Sztuki Meksykanskiej*», «Exposición de arte mexicano», y más abajo y en letra de menor tamaño: «organizada por el Frente Nacional de Artes Plásticas de México en colaboración con el Comité Polaco de Relaciones Culturales con el Extranjero». El lugar de la exposición sería la Galería Nacional de Arte Zachęta, un precioso edificio decimonónico que había resistido los bombardeos de la guerra. Tobías comenzó a pasar páginas. La explosión de color fue inmediata. Sin duda, había material para escoger. Había por lo menos cuatrocientas obras entre obra gráfica, litografías, serigrafías, grabados y obra de caballete. Obras realistas en su mayoría. Menos... ésa. Tobías se detuvo en un cuadro rarísimo. Una mujer sentada en una mesa que sangraba, una mesa que en vez de patas tenía piernas de cadáveres, dos niños, un ciervo, monstruos. ¿Qué era eso? ¿Qué decía? No podía ser. Tobías agarró la lupa y se acercó al pie de foto. Su ojo se magnificó al tamaño de un gigante. Y leyó: «Obra cedida por la VOKS de Moscú». Tobías pasó la página, y para su sorpresa en el reverso no había la foto de otro cuadro, ni de algún grabado. Ahí, en blanco y negro, con las manos a la espalda como una colegiala, estaba Olga.

—La mismísima Olga Simonova— se dijo.

El gato del vecino saltó a su balcón y se quedó allí, curioso, meciendo su cola con insolente desparpajo, viendo a Tobías leer con ayuda de la lupa: «Olga Simonova, delegada de la VOKS, será la encargada de custodiar las obras cedidas por la Sociedad para las Relaciones Culturales con el Extranjero».

Tobías tamborileó con sus dedos, del meñique al índice, sobre las brillantes páginas barnizadas del catálogo. El borde de las uñas golpeó el papel a ritmo de redoble.

Uno, dos, tres, cuatro. Uno, dos, tres, cuatro.

La cocina olía a sucedáneo de café. El disco giraba bajo la aguja. Restos de la escarcha de la noche permanecían en las hojas de los árboles. Tobías se puso en pie y adoptó una postura de vasija griega. Dio dos pasos que resonaron huecos sobre la moqueta y se topó de frente con los ojos verdes del gato pardo. Tobías dio un respingo. Le dio la espalda. Volvió a mirar el catálogo. Se fue directo al teléfono y marcó. En cuanto le contestaron al otro lado de la línea, dijo:

—He cambiado de parecer.

Aunque faltaba un mes para que la exposición de Varsovia se abriera al público, *La mesa herida* (junto con un lote de otras obras mexicanas enviadas desde la VOKS) había partido rumbo a Varsovia hacía una semana. Olga la había mandado en una caja, bien protegida y embalada. Y con muchos sellos de seguridad pegados sobre la madera. Por su gran tamaño se eligió para *La mesa herida* una sola de las paredes de la sala. Sería imposible no verla, pues tanto por su temática como por el lugar en el que se encontraba, casi parecía que ésa era la pieza maestra de la muestra.

Los montadores, tres polacos de espaldas como armarios, acostumbrados a mover desde camas hasta pianos, al sacarla de la caja para colocarla en la sala, pusieron la expresión de las brujas medievales ante la contemplación de su pira.

—¡Pero qué cuadro más feo!

—¿Y esto se va a exponer aquí?

—¿Qué pasa? ¿Ahora eres un experto en arte?

—Y tú qué sabrás.

—Lo más feo es lo que más pesa.

—Anda, calla y ayúdame a colgarlo.

Después abrieron otras cajas. Salieron otros cuadros más pequeños y más fáciles de entender y, aunque no comentaron nada, se quedaron tranquilos. Al terminar la jornada, uno de ellos sacó del bolsillo del mono de trabajo una bolsita con semillas de calabaza y las compartieron entre los tres.

Mientras tanto, Olga seguía en Moscú porque aún tenía asuntos que tratar y que maniobrar con Leopoldo «el Mexicano». Pero, mucho más que eso, necesitaba negociar con Boris. Ésa era una pieza difícil. «Bo-ris», pensaba. Y la última sílaba le silbaba entre los dientes.

Leopoldo, por su parte, estaba encantado con lo fácil que había sido corromper a Olga. Porque había sido muy fácil, tenía que reconocer, y volver a México con *La mesa herida* bajo el brazo sería pan comido.

«Ya verás el revuelo que causará en México saber que recuperé *La mesa herida*», se decía ante el espejo del baño de su hotel.

Y mientras se rasuraba escuchaba los vítores, los cánticos, los aplausos, su nombre en los noticieros y en los encabezados de los periódicos. «Leopoldo Baker, el salvador». El rescatador del arte mexicano. Le darían un cargo en cultura, en el INBA o en la Secretaría de Educación Pública. El presidente lo recibiría y le daría una medalla que él colocaría en el librero de su despacho, junto a los ensayos que se escribirían con su hazaña. Su nombre quedaría en los anales de la historia del arte. Y llamaría a la anciana de su madre para decirle: «¿Ya ves? ¿Qué te dije, mamá? Que tenía los tamaños, que sí la iba a armar en la política, y tú, que mejor me dedicara a la ingeniería o a la medicina. Mírame ahora». ¡Y Diego!, ¡la cara que pondría Diego cuando le enseñara el cuadro! Se darían un abrazo de esos que hacían retumbar las cajas torácicas, y se empedarían hartos de mezcales, y vendría el mariachi. Y serían carnales hasta la muerte, porque Diego le diría: «Te debo una», y él le diría: «Con tu amistad me basta y me sobra, querido Diego», pero Diego diría «Que no, que no, que te mereces las mieles del poder», y le abriría las puertas del Paraíso para que él se pasease por ahí hasta los confines de los tiempos.

Al principio insistió en hablar con Boris Bazhenov, que era la persona cuya referencia tenía desde México, pero Olga lo detuvo ante la primera insinuación:

—No le vaya a comentar nada al camarada Bazhenov —le dijo ella—. Cuantas menos personas sepan de nuestros planes, mejor.

A Leopoldo no sólo le pareció prudente, sino que le gustó la malicia que demostraba la mujer.

Así que durante las primeras semanas se mantuvo alejado del radar de Boris.

Pero Boris, que era perro viejo, se presentó un día ante Olga con cara de pocos amigos y una pátina de sudor que le hacía brillar la frente.

—Olga... ¿quién es ese mexicano con el que se entrevistó el otro día?

Olga siguió acomodando papeles sobre la mesa, fingiendo indiferencia.

—Ah, ése... lo mandaron de México para vigilar la exposición itinerante.

—¿Y a qué vino?

—Ya se lo dije, a ver que todo esté bien.

Boris apoyó los nudillos sobre la mesa como un pequeño gorila.

—¿Y por qué no ha venido a verme?

—No lo sé, camarada —dijo ella juntando valor. Y después añadió—: Como la que viajará con la exposición seré yo... a lo mejor no lo considera necesario.

Boris carraspeó. ¿Cómo era posible que Lefortovo no hubiera doblegado su carácter? Olga pareció leer sus pensamientos porque dejó los papeles para mirarlo directamente a los ojos.

Entonces, Boris redujo el tono de su voz a un susurro apretado:

—¿Ya se envió el cuadro a Varsovia?

—Ya, camarada. Está ahí desde hace una semana, junto con el resto de obras.

—Y... ¿todo bien?

—Todo bien.

—¿Nadie sospecha nada?

—Todo en orden —dijo con un batir de párpados.

—Bien —respondió él jalando aire.

Se estiró el saco de su traje.

—¿Y el mexicano sigue aquí?

—Sí, camarada.

Boris escudriñó a Olga.

—Qué extraño. ¿No le parece?

—¿El qué?

—La visita de este hombre.

Olga detuvo sus manos y entrelazó los dedos. Sopesaba. Llevaba muchos años al servicio de Boris como para fingir no saber que el hombre se había dado cuenta de algo. La habitación se llenó de humo. Un humo blanco que solamente Olga pudo ver, pero que reconoció como la fumata de la cuenta atrás. Había empezado. Olga contó: Diez, nueve, ocho... Y comenzó a hablar:

—Es que... —bajó el tono de voz y se aproximó— el mexicano tiene otros asuntos que atender.

—¿Qué clase de asuntos?

—Camarada... éste tal vez no sea el lugar para que hablemos...

Y miró hacia la puerta.

Boris miró dubitativo alrededor.

—¿Por qué no?

—Usted sabe por qué.

Boris se excitó tanto que el corazón le golpeaba a ritmo de tambor en el centro del pecho. Nunca antes Olga le había susurrado con ese poder de seducción. Con esa voz bajita que le acariciaba el lóbulo de las orejas.

—Vamos —le dijo—, conozco un lugar.

Llegaron a un restaurante moscovita al que solía asistir tanto la crema y nata de la política como reputados científicos y artistas. Boris Bazhenov entró con el pecho de palomo, orgulloso de ir tan bien acompañado.

Y se sentaron. Olga, de espaldas a la puerta, Boris, de cara a ella.

Olga pensó inmediatamente que esa noche debería hilar muy fino, porque sabía lo desconfiado que podía ser su jefe. No podía dar ni un solo paso en falso.

Una camarera de ojos plomizos y pelo castaño se acercó para darles la bienvenida y llenarles las copas de vino. Boris le sonrió:

—Espero que la comida esté a la altura de su belleza.

La camarera forzó una sonrisa condescendiente, miró a Olga sintiendo lástima por ella y se retiró.

—La comida georgiana aquí es excelente —le dijo Boris a Olga con un tono más aflautado del que hubiera deseado. Ambos revisaron la carta.

Pero a Olga el menú la traía sin cuidado. Ella sólo pensaba en que, por muy duras que parecieran, al final todas las ramas de un árbol ardían si estaban secas. Y en el fondo de su alma rezaba para que Boris se hubiera secado ya lo suficiente.

Por mucho que intentara evitarlo, estaban ligados. Unidos por el hilo invisible de un secreto. Y ya no quería estar más unida a él. Ni a él ni a nadie. Quería volar. Irse. Ser libre y empezar de cero. «Un lienzo en blanco», pensaba mientras hacía como que leía la carta.

Cuando la camarera se disponía a rellenar las copas de vino por segunda vez, Olga tapó la boca de su copa:

—Así estoy bien, gracias.

Boris alzó su copa para que se la rellenaran.

—La mía sí, camarada —dijo—, que con el agua me congelo.

Olga celebró que Boris estuviera de tan buen humor. Y así, un poco más relajados, empezó la jugada de póker.

—Pues... dígame... qué es eso tan delicado que no podía contarme en la oficina.

Olga apoyó los codos en la mesa para aproximarse un poco más. Sólo un poco, para poder hablar en voz baja.

—Verá, camarada... es sobre el cuadro.

—¡Otra vez ese maldito cuadro! ¿Qué sucede? ¿Han descubierto que es una copia?

Olga le chistó con un shhhh que le salió desde dentro.

—No, no. Nadie sabe nada. El cuadro, según tengo entendido, está ya colgado en la sala de exhibiciones y nadie sospecha nada.

— ¿Entonces?, ¿qué es lo que pasa?

—Es el mexicano, camarada... Quiere llevárselo. Robárselo, mejor dicho.

Boris parpadeó dos veces. Un, dos. Luego sacudió la cabeza:

—¿Perdón?

—Lo que oye.

—Pero... ¿cómo que quiere... *robarlo*?

—Al parecer es un cuadro muy valioso para gente de México. El marido de la pintora, según tengo entendido, quiere recuperarlo porque ella (la pintora) murió el año pasado.

Boris se llevó una mano al bigote y comenzó a tusárselo. Olga observaba cada movimiento, cada gesto. Buscaba una grieta por la cual resquebrajarlo.

—¿Y usted cómo sabe todo esto, camarada?

—Porque él me ofreció dinero a cambio de ayudarle.

Boris dio una palmada seca que sonó hueca. La camarera, creyendo que la llamaban, apareció en el acto con la jarra de vino y rellenó la copa un poco más, aunque seguía llena.

—¿Cuánto?

—Mucho.

—¿Mucho?

Olga asintió, mientras se mojaba los labios en la copa.

Boris agarró la suya y le dio un buen trago.

—¿Y usted no le dijo que lo que mandamos a Varsovia es una copia?

—Por supuesto que no, camarada —contestó Olga abriendo sus ojos de par en par—. Eso sería delatarnos.

Boris movió la cabeza, entre arrepentido por la pregunta y satisfecho por la respuesta:

—Por supuesto, por supuesto.

Y entonces, Olga, con una convicción digna de primera actriz, interpretó lo que llevaba días practicando decirle con paciencia. Con astucia, con inteligencia, con maña silenciosa.

—Pero, he pensado que... podríamos dejar que se llevara la copia.

—¿Llevarse la copia?

—El hombre nunca ha visto el original.

—¿Nunca ha visto el cuadro?

—Nunca. Sólo lo conoce por fotos. Y usted vio mi copia: es prácticamente exacta. Ahora mismo, mientras hablamos, está colgada en la sala del museo polaco sin levantar dudas ni sospechas.

—Darle la copia... —mascullaba Boris. «Pero qué mujer más lista esta Olga», pensó Boris. E inmediatamente: «Qué peligrosa. A saber las veces que me la ha aplicado a mí».

La camarera apareció con los platos principales y los colocó humeantes ante ellos. Olga levantó la cuchara y empezó a tomar la sopa.

—Y ¿por qué me cuenta todo esto, camarada? Podría haberle dado la copia y llevarse un dinero.

Olga lo miró.

—No quiero volver a Lefortovo, camarada. No haré nada que me ponga en ese riesgo jamás.

Boris apretó los labios.

La cuchara descansaba en el plato de sopa.

—En lugar de eso, quiero proponerle un trato.

Boris desenlazó los dedos que tenía sobre el plato, expectante. Ella prosiguió:

—Le daré todo el dinero que me dé el mexicano.

—¿Todo?

—Todo.

Boris, que había levantado la cuchara, se quedó con el cubierto en el aire.

—¿A cambio de qué?

Olga volvió a sorber. Se pasó el trago caliente por el gaznate y dijo:

—Quiero irme de Moscú.

Lo soltó así. Bum. Sin anestesia.

—¿Irse de Moscú? ¿A dónde?, si puede saberse.

—Quiero irme a la República Democrática Alemana.

—¿A Alemania? Qué se le ha perdido allí, si puede saberse.

Olga dejó el cubierto sobre el plato, se limpió con la servilleta de tela y dijo:

—Mi marido, camarada.

La luna comenzó a desaparecer tras una nube.

Boris se le quedó mirando, pensando en que en todos estos años había convivido con una mujer desconocida. Olga era, sin duda, una cajita de sorpresas. Qué distinta hubiera sido su vida si en ella hubiese habido una mujer que lo echara en falta. Pero en lugar de eso sólo hubo vacío. Un vacío que no se llenaba con nada. Las prostitutas con las que se acostaba para aliviar su soledad dejaban al marcharse un hueco más grande que el que había antes de llegar. No sabía lo que era despertar junto a alguien. Olga casi pudo escuchar su resquebrajar.

Un romperse lento.

Porque lo que Olga no sabía era que Boris, el jefe que estaba sentado frente a ella con la nariz y los mofletes enrojecidos por el vino, no era su salvador, sino su verdugo. El causante de su detención. El liante. El mentiroso. De haberlo sabido, quién sabe qué habría hecho Olga en ese momento. Pero no lo sabía. Y sin embargo, aun creyendo que él había sido quien la había liberado de la cárcel, Boris emanaba un tufillo agrio que contaminaba el aire. Parecía que su humor estuviera enmascarado por un perfume apestoso, pero no impedía a los sabuesos seguir el rastro. Olga se rascó la nariz, como si ese olor rancio pugnara por hacerse notar. Como si una alerta más antigua que el instinto le avisara: «No te fíes ni un pelo, Olga».

—Así que eso es todo lo que quiere a cambio —interrumpió sus pensamientos él.

—Bueno, eso... y un puesto de trabajo en la embajada —apuntó Olga—. Comprenderá que no puedo llegar sin tener algún trabajo que me avale allí. Y como hablo alemán...

«Más lista que el hambre», pensó Boris. Ahora entendía por qué Nikolái Lebedev la tenía en tan buen aprecio. Boris pensaba que ésa podía ser una buena oportunidad para volver a traerla de vuelta al redil. Volver a tenerla bajo su mando y bajo sus órdenes. Porque le vendría muy bien tener sembrada a alguien como Olga en la embajada de la RDA. Y, mejor aún, que ella pensara que le debía un favor.

—Eso podría arreglarse —dijo. Y hundió la cuchara en el puré.

Olga sonrió sin enseñar los dientes.

Boris estaba encantado por cómo estaba tornándose esa cena. De una sola tacada se iba a quitar de encima un cuadro, iba a ganar un dinero e iba a tener a una persona afín en un país extranjero. La jugada maestra.

—Entonces, ¿tenemos un trato?

Boris alzó la copa y la invitó a hacer lo mismo. Chocaron los cristales al tiempo que Boris le decía:

—Por supuesto, camarada.

Más allá V

La cabeza de jíbaro que le pongo al Judas es la de Diego. La tuya, claro. ¿De quién si no? Por eso *La mesa herida* siempre te cayó gorda. Cuando mandé colgarla arriba del sillón, me hiciste una mueca.

—Pero, Fridu, ¿ahí lo vas a poner?

Y por supuesto que ahí se quedó. Así lo podían ver las visitas que venían a verme. Nos tomábamos fotos y el cuadro salía, cortado de cintura para abajo igual que mi cuerpo mutilado, pero ahí estaba.

Me divierte pensar que ese cuadro al menos incomodaba a Diego. No le incomodaban los demás, pero ése, ése sí. ¿Y cómo no? En los otros él era un Dios, el tercer ojo. Y aquí, ¿qué era? Un Judas sin cabeza. Un esperpento.

¿Sabes lo difícil que fue para mí dibujarte así? Tú, que eras mi sol. La pintura me ayudaba a decir lo que no me atrevía por miedo a rompernos. Por hacernos volar por los aires. Peleábamos, sí. Gritábamos. Nos acostábamos con otros, con otras. Pero había unos límites que no cruzábamos. Tóxico. Envenenado. Adictivo. Así era nuestro amor. Un amor que dolía, que dolió de todas las formas en que pudo doler. Yo no quisiera ni hablar, ni dormir, ni amarte. Pero es imposible. Lo intenté y no pude. ¿Qué nos mantenía juntos? ¿El miedo? ¿La angustia? ¿El mismo ruido del corazón? Tú eras mi hijo y yo, tu Agripina.

La verdad es que nunca supe cómo pintarte. Nunca encontraba los colores. A mí, en cambio, para retratarme a mí siempre encontraba el color exacto.

No te gustaba mi cuadro. No. Lo mirabas de soslayo. Ésa fue mi victoria.

Me meto en el hueco de tus axilas que fue mi refugio y ahora es mi cárcel. No puedo salir de allí. Ojalá algún día pueda separar mi nombre del tuyo. Ser Frida Kahlo, sin Rivera. ¿Es eso lo que escucho ahora? El murmullo del futuro que llega.

Escribo que te amo para que no se me olvide. Para que cuando pase el tiempo y ya no me acuerde de nada, lea y diga: mira, yo amaba a Diego más que a nada en el mundo. Tú no escribías. Tú sólo pintabas murales. Murales en donde yo era sólo uno más de tus personajes, jamás fui la protagonista de ninguno de tus cuadros. Jamás. Tú eras Diego Rivera. El grande. El artista más grande que había dado México. ¡Qué ironía! Ahora eres el esposo de Frida Kahlo. Porque tú pintabas para adoctrinar, y yo, para expresarme. Y el arte, el arte de verdad, no se debe a ninguna ideología. ¡Cuántas cosas se aprenden en la muerte! Si hubiera sabido todo esto mientras estaba viva, ¡cuántas lágrimas me habría ahorrado!

Oigo esa voz de nuevo. La voz de ella. La voz de esa mujer eslava. Cada vez es más nítida. Llora. Sufre. Le queman los brazos. ¡Pero qué le hacen a esa pobre mujer! Pego la oreja al barro en el que creo estar para escucharla. Son sollozos de desesperación. Y entonces ella ve mi cuadro. Mi cuadro completo. Aún no lo he terminado, apenas voy a pintarle a Diego la cabeza de jíbaro encogida, reducida a una especie de muñeco grotesco. Pero lo ve. Lo siente. Lo entiende. Creo que nadie entiende mi cuadro mejor que ella. El cuadro la sostiene como me sostuvo a mí. Nos sostiene. Es la tabla de nuestra salvación.

Y entonces comprendo. No pinto para mí. No sólo pinto para confinar el dolor. Mi cuadro será soporte y consuelo para otras mujeres como yo. Para personas sufrientes como yo. Mirarán mis cuadros y dirán: «Yo lo comprendo». El árbol de la esperanza es firme. Inamovible. Y mientras haya esperanza, yo pintaré.

Mientras haya arte, habrá futuro.

Agarro el pincel y sigo enérgica, trazando con violencia sobre la tabla, rápido, automático. Quiero que esa mujer resista. Nos unimos a través de un hilo invisible. El hilo que sólo nace a través del arte. Trasciendo. Y ya no me importa que Diego me las pague, ni que mi amor sea inconmensurable y enfermizo.

Separo los labios que ya no tengo, y mis cuerdas vocales retiemblan en la tierra. Le digo:

—No te quiebres, no te doblegues, no te hundas. Yo estoy contigo.

Me giro.

Me rebozo en la nada, pero imagino que es una nube del color de las amapolas.

Me miro las alas de la espalda.

Y cuando me doy cuenta, la mujer me llama de nuevo. Ya no llora. Hay una expresión nueva en su semblante. La mujer ha renacido. Es más fuerte. Más osada. Me dan ganas de besarla. No puedo entender bien sus preguntas, pero sé las respuestas. Ahora soy yo la que le dice: «¿Hasta dónde estarás dispuesta a ceder?». Ella se queda pensando. Piensa mucho. Todo el rato. Sopesa cada una de sus acciones demasiado. «Sé como el coco», pienso, y me da la risa. ¡Ay, qué bonito es reírse! Eso es lo que más se extraña cuando se está muerto: la risa.

Yo reía mucho. Con todo y mis males. Si no reía más fue porque no pude.

Agudizo mis sentidos. Por fin entiendo lo que me está preguntando. Me está pidiendo permiso. ¿Permiso? ¿A mí? Nunca he entendido por qué si alguien quiere hacer alguna cosa no la hace. Yo nunca esperé a que me dieran permiso para hacer lo que yo quería hacer. Así que le susurro a mi nueva amiga:

—Te doy permiso. Cópiame.

Olga

Moscú-RDA, 1955

Nevó durante toda la noche y a la mañana siguiente el sol de Moscú rebotaría sobre una superficie blanca tapizándolo todo, suelo, árboles, autos, los juegos en los parques. La gente palearía nieve de los techos, los profesores ayudarían a limpiar el camino hasta las puertas de los colegios y el cielo se pintaría de un brillante azul eléctrico. Pero aún faltaban doce horas para que sucediera todo aquello.

La noche anterior, mientras los copos de nieve flotaban como dientes de león, alrededor de la cama de Olga se extendía también un manto de papeles. Hojas y hojas y hojas blancas con bocetos de fragmentos de *La mesa herida*. Los bocetos que había hecho para poder replicar el cuadro. Dibujos que durante todos estos años la habían mantenido obsesionada. Dibujos que se había aprendido de memoria. Había conseguido una maestría tal que con un carboncillo era capaz de imitar el trazo de Frida Kahlo como si fuera su alma gemela. Olga contemplaba el techo de su habitación, iluminada por la luz de la mesita de noche que había sido de Valentina. Extrañaba tenerla cerca. Y, a veces, cuando cruzaba el umbral, se escuchaba diciendo un «Ya llegué» que, nada más salir de su boca, se hundía en las paredes de papel pintado. Jamás pensó que la echaría tanto de menos. Pero lo cierto es que Valentina le hacía falta y para hacer más llevadera su ausencia le hablaba a su fantasma con la esperanza de vaciarse de secretos.

—¿Tú qué opinas, Valentina? —le decía en voz baja—. ¿Crees que estoy loca?

Y la triste Valentina, que ya no estaba triste, sino contenta, porque se había reunido con los espíritus de su marido y los de sus hijos, que estaba más guapa, más risueña, sin ese rictus de desdicha que le laceraba las mejillas, negaba con la cabeza y le contestaba:

—Nunca estuviste más cuerda.

—¿Pero no te parece una locura?

—Locura es vivir encerrada en el miedo, querida. Sé de lo que hablo.

—¿Tú crees que se den cuenta?

—¿Ésos? Su avaricia es tan grande que no se enterarán.

Olga se quedaba maquinando en silencio, despejando las nubes del horizonte. La voz de Valentina le sobaba la espalda y apoyaba la barbilla sobre su hombro.

—¿Y si me pillan?

—No te pillarán. Lo tienes todo planeado.

Olga pensaba en cómo sería su nueva vida en Alemania. La imagen dulce de Pieter se le venía a la cabeza. Cerraba los ojos y se pasaba los dedos sobre los labios. Podría ir en su búsqueda. Podrían volver a estar juntos. Sólo por eso merecía la pena intentarlo.

—Necesito ayuda —dijo Olga en voz alta.

«¿Quién, ¿quién?», pensaba en voz baja.

Y Valentina levantaba sus hombros fantasmales sin poder ayudarla.

Olga cogió la almohada, se la puso encima de la cabeza y contradijo a Valentina.

—Esto es una locura.

Aventó la almohada bajo su cabeza y se giró de medio lado. Y así, maquinando, imaginando, con la mirada fija en la oscuridad, el cansancio la fue venciendo poco a poco hasta hundirse en un sueño entrecortado que la tuvo dando vueltas sobre sí misma, como la luna que era.

En la RDA, en el Checkpoint Charlie un guardia fronterizo —amable sin llegar a ser amigable, serio sin llegar a intimidante— requirió a Tobías su pasaporte. El silencio entre los dos se podía respirar. El guardia comprobó en un vistazo de pájaro que la foto correspondiera con el nombre. Durante un par de segundos incómodos, Tobías sintió la dureza de la inspección del guardia en sus ojos, aunque en realidad el guardia miraba la forma del lóbulo de las orejas.

«Harmut Conrad», decía el pasaporte.

Tobías, con una mano sobre el volante y la otra sobre el muslo izquierdo, no iba en el coche reglamentario esta vez, sino que conducía un pequeño Trabant color vainilla. Un coche común. Un mosquito irreconocible entre los cientos de mosquitos sobrevolando el asfalto. Su indumentaria tampoco era la usual. Vestía camisa de cuello sin botones, un suéter marrón de cuello pico, pantalón de pana y no llevaba sombrero. Tampoco pipa. Al centro, unas gafas de pasta negra muy gordas y el pelo revuelto sin engominar. La pinta común de un universitario.

—¿A qué va al Oeste?

—Voy a visitar la tumba de mi padre. —Hizo una pausa—. Hoy era su cumpleaños.

—¿Cómo se llamaba su padre?

—Fritz Conrad. Murió en la batalla de Stalingrado.

—¿En qué ofensiva?

—En Kursk.

Aunque no hizo ningún gesto, al guardia le invadió un profundo respeto. Oteó por la ventana hacia el interior del coche. Vio un ramo de flores en el asiento del copiloto. Luego ordenó:

—Bájese del coche y abra el maletero.

Tobías se bajó sin prisa y rodeó el Trabant. Al abrir el maletero un leve chirrido de metal arañó el aire. Había allí muchos pinceles, bastidores, telas enrolladas en tubos, un maletín repleto de óleos. Encima de todo, cubriendo el fondo como el velo de azúcar de un pastel, un par de pequeños lienzos recién pintados.

—¿Pintor?

—Estudiante de Bellas Artes —contestó Tobías/Harmut.

El guardia movió los cuadros.

—¡Cuidado! Están frescos.

Con disgusto, pero sin decir palabra, el guardia comprobó que se había manchado de pintura. Estiró el dedo embarrado de verde y Tobías le dio un pañuelo.

—Tenga...

El hombre frotó, pero la pintura se extendió por todo el canto de su dedo.

—Sale con aguarrás —le indicó Tobías/Harmut.

El guardia le devolvió el pañuelo y luego anotó su nombre en la lista de registros. Le entregó su pasaporte tras comprobar que contaba con los permisos correspondientes.

Tobías volvió a subirse al coche. Tuvo que darle al contacto dos veces porque a la primera el Trabant se negó a encender. Pero Tobías no estaba nervioso o, más bien, había aprendido a controlar sus nervios. Adelantó por la izquierda el coche de un muchacho que seguía explicando que llegaría tarde al trabajo si no lo dejaban pasar.

El control fronterizo sobre las líneas de ocupación aún no era lo que sería unos años después y aún se podía cruzar de Este a Occidente sin temeridad. Muchos, como el chico del coche de delante, cruzaban la frontera a diario para ir a trabajar a Occidente y volvían a dormir al Oriente. Aunque ni en un millón de años se podían imaginar que por esas franjas después se levantaría un muro que dividiría Berlín en dos con la violencia de un machetazo, lo que sí sabían todos era que pasar esa frontera dejaba huellas imborrables en los archivos del Ministerio para la Seguridad del Estado (MSE, alemán Ministerium für Staatssicherheit), al que muchos llamaban «Stasi» para abreviar.

Esa misma noche, Tobías regresó a la RDA. Volvió a pasar el control de fronteras, volvió a entregar su pasaporte falso, volvió a enseñar el contenido del maletero, sólo que esta vez los cuadros frescos habían desaparecido y un ligero olor a pintura y aceite impregnaba las paredes del doble fondo vacío.

No era la primera vez que cruzaba la frontera con obras de contrabando escondidas en un segundo fondo del maletero del coche.

El contrabando de obras de arte no era algo a lo que Tobías pensara dedicarse cuando era pequeño. Pero fue uno de esos daños colaterales que trajo consigo la guerra. Cientos de obras de arte expoliadas a judíos, que habían tenido que malvender sus posesiones para poder huir de la guerra o de la muerte, habían estado colgadas en despachos, casas, departamentos, oficinas y salones nazis para dolor y vergüenza de sus antiguos dueños. Y al perder la guerra, las obras se quedaron ahí, prendidas de clavos revenidos, desvencijadas, descoloridas. Los carteles de espectáculos viejos en las marquesinas nada tenían que envidiarles. Entre tanto polvo y ruinas, esos cuadros difícilmente encontraron el camino de regreso a casa. Eran momentos de crisis, Berlín olía a quemado y el humo de mil cimientos ardía en los ojos. A Alemania le pusieron las orejas de burro y la sentaron en un rincón, y luego le amarraron los brazos y las piernas, y cuatro caballos tiraron en cuatro direcciones distintas para desmembrarla. Porque era culpable. Culpable total y absoluta del desastre. Se obligó a los alemanes a llevar esvásticas visibles, del mismo modo en que antes se había obligado a los judíos a llevar la estrella de David. Los nazis de a pie, los simpatizantes que se libraron de los juicios, metieron el rabo entre las piernas y se escondieron a la espera de abandonar Europa rumbo a América, o —en muchos casos— se metieron silenciosos como caracoles en sus conchas de la República Federal Alemana (RFA). Algunos dejaron todo en su huida. Aunque otros, conscientes de su valor, trataron de llevarse los lienzos enrollados en tubos, las piezas de bronce entre la ropa de las maletas, las azucareras de porcelana de Meissen envueltas en calcetines. Pero muchos cuadros se quedaron.

Tobías, alias Harmut Conrad, pertenecía a una organización clandestina que llevaba unos siete años aprovechándose de aquel desmán. Primero localizaban obras en posesión de rusos y alemanes —obras que antes habían sido robadas a los judíos— y después las mareaban hasta lograr venderlas. Normalmente a coleccionistas de Occidente (aunque alguno que otro comunista filántropo también había). Un negocio de bajo riesgo, tanto policial como jurídico, y de generosos márgenes de beneficio. Chatarreros del arte. Pero en la Kulturbund Tobías interpretaba a la perfección su papel de socialista convencido. Incluso, a veces, en las reuniones de la asamblea había llegado a ponerse en pie y aplaudir con fervor. Y bajo ese saco de arena, sus intenciones comerciantes y contrabandistas estaban tan bien, pero tan bien tapadas que ni siquiera Olga había sido capaz de detectar las grietas de su incongruencia. Porque debajo de esa pinta de normalidad, no había un hombre común, sino un mentiroso profesional.

Llovía. La ropa del tendedero aún no se había secado y las gafas de Tobías se le empañaban con los vapores que emanaban al plancharse un pantalón. Desde que había visto a Olga en esa fotografía del catálogo de la exposición mexicana, llevaba días queriendo hablar con ella. Había pasado mucho tiempo desde la última vez que se habían visto. Aquella vez había logrado sacar de Moscú los cuadros con mucha dificultad, y le habían puesto tantos impedimentos que prefirió no arriesgarse a hablar con Olga, al menos durante un tiempo. La plancha exhaló tres fumarolas de vapor. Ffff. Ffff, ffff. Aunque vivía con comodidad y su participación en la Kulturbund lo convertía en uno de esos privilegiados que contaba con un teléfono particular en su apartamento, miraba el aparato con desconfianza. «Ni que fuera estúpido», pensaba. Sabía de buena tinta que era más que probable que estuviera intervenido. Así que miró por la ventana:

—Cuando pare de llover… —dijo en voz alta. Y siguió planchando.

Pero la lluvia no paró.

Comió arrullado por el golpeteo del agua en las ventanas, trató de leer, arregló el goteo de una llave que lloraba lágrimas como un mal actor, volvió a leer sin concentrarse del todo, ordenó su colección de discos, y mientras hacía todo esto miraba con desconfianza el teléfono de su sala. A media tarde, Tobías se dijo: «Qué demonios». Agarró un paraguas y salió.

Caminó un buen trecho bajo la lluvia porque decidió que sería mejor usar una cabina alejada de su zona. La piel de sus zapatos se oscurecía con el salpicar de las gotas al resbalar paragua-abajo. Pero a medida que avanzaba, la lluvia fue amainando.

Cuando entró en la cabina telefónica color yema de huevo, ya no llovía. La cuchilla fina de un rayo de sol atravesó el cristal y le iluminó la barbilla. Tobías se giró, y al hacerlo, la gruesa guía de teléfonos que pendía de un dispositivo giratorio le pegó en el codo.

—Auch. —Se sobó y miró el armatoste con desprecio.

El auricular estaba frío. Así que antes de colocarlo sobre la oreja lo calentó con su aliento. Una manía que tenía. Ahora estaba frío y húmedo. Tobías estiró la manga de su suéter y frotó como si quisiera ver aparecer al genio de la lámpara. Afuera, una señora que llevaba el pelo cubierto con una pañoleta, y que había visto cómo aquel hombre le ganaba la cabina apenas por unos segundos, torció la boca en una mueca de impaciencia y miró su reloj.

Tobías escuchó los tonos de llamada. Tras un par de segundos, le contestaron. En ruso —se había olvidado del ruso—, y tuvo que hacer esfuerzos para conseguir que le pusieran con el departamento de Olga, porque ya no estaba con Boris Bazhenov. Esperó. La voz metalizada de Olga le calentó la oreja.

—¿Diga?

—Olga, soy yo —dijo en alemán.

—...

—Olga... ¿estás ahí?

Olga se paralizó.

—¿Qué quieres?

—Necesito hablar contigo.

—Yo no quiero... no puedo hablar contigo. Mucho menos en las oficinas. No me llames más.

—No me cuelgues, Olga, por favor...

—Lo siento, Tobías... —dijo ella.

Pi, pii, piii. Los pitidos de la comunicación interrumpida menguaron la cabina. Tobías se encogió un poco, enroscado sobre sí mismo, aturdido por la conmoción. ¿Le había colgado? ¿Olga? ¿Por qué? Se quedó con la expresión atolondrada de un pollo al que van a decapitar; Tobías colgó el auricular. La señora de la pañoleta le dio el golpe mortal al abrirle la puerta de la cabina.

—¿Ha terminado ya?

Tobías alzó las manos:

—¡Un respeto, señora! ¡Ya le avisaré cuando haya terminado!

Y se volvió a encerrar. Tobías descolgó de puro coraje, y con el auricular dando señal de tono hizo como que llamaba, sólo por fastidiar. La señora refunfuñó y sacó un cigarrillo. El mechero se resistió un par de vueltas antes de encender. Tobías pensaba. ¿Qué habría pasado? Y entonces un presentimiento le erizó detrás de la nuca. ¿Acaso habrían podido...? Y luego, una certeza. Tenía que ir a Polonia para verla. Ahora más que nunca. Volvió a presionar la baquelita del teléfono para obtener un nuevo tono. Marcó. Unos segundos después:

—¿Otto? Aquí Harmut. Necesito que me prepares un nuevo... *pastel de cumpleaños*. No. No le ocurre nada al otro *pastel*. Pero... necesito otro. No confío en nadie más. No. Para mí no. Es para otra persona. Sí. ¿Cuándo podrías tenerlo listo?

Tras varios minutos, se pasó la mano por el pelo, se rascó las patillas, colocó el auricular en su sitio y salió.

La señora tiró la colilla al suelo y una pequeña nube de humo salió de su boca cuando dijo:

—Ya era hora.

La llamada de Tobías desató en Olga un terror encarnizado. Un miedo que venía a morderla y que la arrastraba al fondo del río para devorarla mientras seguía viva. Y ella abría la boca para gritar y entraba agua. El miedo salía a borbotones y las marcas de los brazos se le ponían en carne viva.

Despertó enfadada de sus pesadillas. Todo estaba saliendo bien, y no iba a permitir que la llamada de Tobías la sacara de concentración. Y aunque se dio cuenta de que la voz de ese hombre acababa de despertar los recuerdos de Lefortovo, invocó a esa otra voz que siempre le había hablado de libertad y arte. La de su madre. Pero no podía oírla.

Olga se llevó las manos a la cara y se preguntó cómo había sido capaz de vivir tanto tiempo hibernando. Porque sus anhelos le pertenecían igual que su cabello, que su risa o sus pestañas. Entonces, ¿por qué soltó amarras y se alejó de la orilla despacio? Tan despacio, con tan poco oleaje, que ni siquiera se dio cuenta de que su barco era de papel. Y cuando se vio flotando a la deriva, ¿por qué alzó la mano y le dijo adiós a su otra yo, a esa Olga que nunca sería? ¿En qué momento había escondido sus cabellos con la vocación de una monja que tomaba los hábitos?

«Eso se acaba ahora», se dijo. Y entonces, la voz de su madre empezó a cascabelear, despacito primero, más alegre después, hasta que aquello se convirtió en un concierto que se escuchaba con nitidez:

—Úsalo —decía esa voz.

Y sí. Eso haría. Si tenía miedo, pintaría con miedo.

Pero pintaría.

Agarró los bocetos que tenía ocultos en la carpeta de la cocina y se dirigió a la oficina. En cuanto llegó, tomó unos bártulos y bajó a las bodegas. Sacó la llave que llevaba colgada al cuello y entró en los cuartos abandonados de las salas inferiores. Estiró una tela que estaba enrollada, construyó un bastidor, tensó el lienzo. Lo colocó en un caballete que relinchó de gusto al sentirse utilizado. Y tomó el pincel.

—Vamos allá—dijo para sí.

Olga se puso a replicar *La mesa herida*. Trazo a trazo. Línea a línea. Brochazo a brochazo. Aún podía hacerlo. No había perdido el toque. El don con el que sus profesores alababan su destreza. Dos plumazos y clavaba la imagen. Brochazo por aquí, pincelada delicada por allá. Trabajaba con finura. Cuidando el detalle. El color exacto. La expresión, la distancia. Los espacios vacíos. Las ausencias.

Así, pintó con frenesí en aquel lugar apartado de la vista de todos durante semanas.

Olga tenía ojeras porque se desvelaba hasta las tantas y llegaba a casa agotada, exhausta y con los zapatos salpicados de pintura. Y aunque sus labios no se separaran ni un milímetro, su corazón tarareaba una canción de despedida. A veces creía que estaba perdiendo el juicio, porque se sentía poseída por Frida. Como si la mujer del cuadro la mirase a través de un espejo.

Hasta que un día, lo cubrió de barniz y terminó.

Algo parecido a la electricidad le recorrió desde la planta de los pies.

Se quedó pasmada.

La obra de Olga era melliza de la de Frida. Un ojo inexperto diría que eran gemelas idénticas, pero Olga distinguía muy bien las diferencias entre ambas. Sin embargo, era una réplica perfecta cuya única diferencia era el soporte. La original sobre tabla. La réplica en tela.

—Leopoldo no lo notará —se dijo entonces con un cierto regusto en la punta de la lengua.

Luego azotó el aire con una palmada divertida por su osadía, por su arrojo, por el valor ante lo que estaba a punto de hacer. Se acercó a su cuadro y le habló quedito:

—Yo te salvaré.

Y cuando habló, se sintió unida a Frida por un puente invisible que lo mismo las unía que las separaba. Olga estaba abducida por esa mujer. Casi podía oírla respirar. Olga pasó sus dedos por esos ojos que parecían estar a un segundo de romper en llanto y le inquirió: «¿Por qué lloras, Frida? ¿Qué es eso que te angustia tanto?».

Olga posó las manos sobre las marcas de la madera de esa mesa herida que parecía una vagina sangrante. El fantasma de Valentina flotaba junto a Olga, pero no podía verla porque Olga sólo tenía ojos para su cuadro. Valentina pensaba que si alguien hubiera visto a Olga en esos momentos la habría confundido con una de esas locas de los parques rodeadas de palomas hasta la cabeza. Porque Olga le hablaba a la réplica y le preguntaba:

—¿Por qué pintas así, mujer? ¿Qué es lo que me quieres decir? Háblame, Frida.

Y se le quedaba viendo como si su copia pudiese responderle.

—Cero y van dos —se dijo.

Más allá VI

Yo aprendí a jugar en los brazos de mi madre. Mi madre era la mujer más amorosa y juguetona del mundo. Jugaba con Cristina y conmigo, nos hacía pedorretas en la panza, nos buscaba cuando nos escondíamos y también nos hacía rezar antes de dormir. En el nombre del Padre y del Hijo y del Espíritu Santo, Amén. Mi mamita chula era una mujer imponente. Guapa hasta rabiar. Un día, abrí su armario y encontré colgado un par de vestidos de Tehuantepec y una polilla muerta junto a los zapatos.

—¿Y esto?

—Póntelo —me dijiste—, sólo una mujer de verdad puede ponerse uno de ésos.

Mi mamita fue la que me enseñó a posar para las fotos, así, desenfadada. De ella heredé la sonrisa y la capacidad de reír a mandíbula batiente. Sin embargo, es mi padre de quien todos hablan, como si mi madre no hubiera sido en mi vida más que una dolorosa cara de angustia. Qué mentira más grande.

Tras el accidente, mi madre no pudo verme. No pudo. Fue superior a sus fuerzas. Creyó que se moriría al verme así, hecha añicos. Mi padre tampoco vino y, sin embargo, es la ausencia de mi madre la que resuena. Matilde, mi hermana mayor, mi querida Matita, fue la que estuvo a los pies de mi cama, a la vera de mi dolor. El Milagrito, me llamaba. Yo le ayudé a escaparse con su novio cuando apenas era una escuincla. Ella y yo. Las dos éramos unas chamacas. Yo abrí una ventana y luego la cerré. A eso se limitó mi complicidad. Pero luego escuché el llanto plañidero de mi madre. Creo que ésa fue la primera vez que escuché el corazón de una madre romperse en mil pedazos. Después volví a escuchar ese tintinear, el doliente pesar de una madre que por más que se empeñe no puede proteger a sus hijas del mal. Por eso rezaba tanto mi mamita. Porque hay momentos en donde no queda de otra más que agarrarse a la fe, a ese clavo ardiendo que es pensar que una fuerza todopoderosa cuidará y protegerá a tus hijos. El llanto de mi madre me deshizo en remordimientos. ¿Por qué tuve que abrir esa ventana? ¿Por qué no entendí que por ahí se escaparía mi hermana y no volvería a verla? La fuga de Matita fue para mi madre una estocada. La certeza irrefutable de que los hijos son prestados. Que por más que los ames, los hijos se irán y harán su vida. Sin ti.

La buscamos por toda la ciudad, pero de Matita, ni rastro. Mi Matita linda. Ella también fue un poco mi madre. Maternales fuimos todas. Las cuatro. Pero sólo Cristina pudo tener hijos. Las demás nos limitamos a apoyarnos, a querer hijos ajenos como propios, a ver crecer a esos chamacos desde lejos, sin opinar más de la cuenta porque —a fin de cuentas— «la mamá soy yo», nos decía Kitty, a regalarles cosas cuando viajábamos, consentirlos cuando su madre no estaba o no veía. Éramos las tías Kahlo. Mujeres que no pariríamos nunca, que no procrearíamos. El apellido paterno moriría con nosotras.

El jardín de la Casa Azul siempre sonaba a juegos infantiles. Nos correteábamos, saltábamos a la cuerda, a las ligas, a *las traes*. Jugábamos al escondite inglés, un, dos, tres, a las ocho, a las nueve y a las diez. Cristina y yo siempre íbamos juntas, urracas inseparables, muertas de risa. Mamá nos apuntó a la catequesis de nuestra primera comunión, pero Crisi y yo nos escapábamos para ir a comer elotes con chamoy. «Si tú no se lo dices a mamá, yo tampoco». Ay. Los secretos compartidos. Después tampoco le dijimos a Matilde y a Adriana que Cristina y Diego habían sido amantes. «Si tu no se los dices, yo tampoco». De todos modos se enteraron.

Cuando se nos hacía tarde y oíamos las campanadas de la iglesia de Coyoacán, nos mirábamos y apuradísimas tronábamos los dedos, y tú empezabas la frase que era un pistoletazo de salida, un juego nuestro, un juego de las dos:

—Pies pa' qué los quiero…

—¡Si tengo alas para volar!

Y salíamos disparadas a la casa.

Así éramos.

Así fuimos.

Niñas felices. Hermanas que eran la mitad de la vida de la otra. El tranvía aquel no sólo me arrolló a mí. Nos atropelló a las dos. Nos partió en dos mitades de un sablazo. Y tú lamías donde nos dieron el corte para ver si así se juntaban los pedazos. Pero yo ya nunca pude ser la de antes. Ni tú tampoco.

Matita apareció, tras años desaparecida, para cuidarme en el hospital. Se sentó a mi lado y yo me alegré hartísimo al verla.

—¡Matita!

—Hola, mi Fridu, pequeña.

Pero pude ver mi cuerpo roto en sus ojos.

De mamá, nada. Ni una carta.

No te culpo, mamita. Mis hermanas colmaron tu ausencia. Que estabas en *shock*, me dijeron. Que no sabías cómo manejar la situación. Porque tú eras todo risas y alegría, y que tu Dios te mandara esta desgracia a través de mí no se lo pudiste perdonar. Recuerdo que a partir de entonces perdiste la sonrisa. El cabello se te puso todo blanco y tu boca se apretó en un rictus tan duro que parecía que te habías quedado sin boca. Aunque no se lo dijiste a nadie, creo que te enojaste con Dios. Y ese rencor que se te metió tan hasta el fondo del alma te mató un poco. ¿Por qué tu Dios te castigaba así? Primero te quitaba a un hijo varón cuando apenas tenía un añito de nacido, y ahora te mal mataba a una hija dejándola inválida. No eras una mujer que pudiera vivir en el vacío.

Yo sí. Yo sí podía vivir sin Dios. Eso creía.

Pero no es verdad, mamita, no es verdad. Porque ¿sabes qué? Dejé de creer en Dios para creer en Diego. Mi fe se fue de un lado al otro en un prodigio de vasos comunicantes. Mi diosa sería la Coatlicue, la diosa azteca de la fertilidad. Ella también me abandonó. Pero no quiero acordarme de eso ahora.

Quiero acordarme de tu mano acariciándome el rostro cuando volvimos a vernos después del accidente. El tacto caliente de tus yemas sobre mi mejilla. Y yo diciéndote:

—Mamita, linda. No temas. No voy a morirme todavía.

Y tú con las lágrimas atoradas en la garganta diciéndome:

—Perdóname, hijita. Tuve tanto miedo, tanto miedo, tanto miedo que no pude moverme.

Y tus besos en mis manos.

Me veías acostada, tiesa como una muñeca de porcelana, y me acompañabas mientras cosías vestidos. Me enseñabas las puntadas, me decías:

—Te estoy haciendo un vestido para cuando te levantes, Fridu.

Cosías como los ángeles. Me enseñaste a bordar mis primeras faldas «a lo tehuana». Me decías que era muy útil saber costura, que era muy bueno y necesario para hacerle vestidos a las hijas.

—¡La de dinero que se ahorra sabiendo confección!

Y luego te hundías en el silencio, como si tú presintieras antes que yo que esos hijos a los que debería hacerles ropita nunca nacerían.

Pero yo no quería coser, aunque después lo hice, claro, para bordarme mis propios vestidos. Aunque aún faltaba tiempo para eso. Entonces tú sugeriste pintar. Y yo me quejé.

—¡Cómo voy a pintar si lo único que veo es el cielo de esta cama!

Me miraste, viste al techo, y me miraste de nuevo.

—¿Y si te pongo allí arriba un espejo?

—¿Para qué, para verme toda rota, todo el día? Lo que me faltaba.

Y me dijiste muy seria:

—Ay, hijita, si te oyera Narciso, te mataría.

Al día siguiente te plantaste con dos trabajadores para que pegaran al techo de la cama de doseles un espejo cuadrado, grande, desde el que podía verme tumbada.

Porque eras clarividente, mamita linda. Ese espejo me salvó. Del aburrimiento y de mi soledad. Pude analizarme, pintarme. Aprenderme. Pude verme sin artificios. Volví a nacer convertida en brochazos, en retratos. Y poco a poco, cuando viste que era cierto, que no moriría todavía, me dejaste suficiente espacio para pintar.

Alzo mi mano herida para pintar el fondo de esa mesa. Le pongo hojas grandes, vegetación exuberante y verde, del color de la tristeza. Porque me duele que no estés conmigo, mamita, porque extraño volver a ser una niña que juega, que brinca, que ignora los males que se le van a echar encima. Y de pronto me da por pensar que Alemania entera es de este color.

Olga

Varsovia, 1955

Antes de partir hacia Polonia, Boris se despidió de Olga con la falsedad con la que los traidores besan en la mejilla. Le entregó un pasaporte y le dio instrucciones para dirigirse a la embajada rusa en la República Democrática Alemana.

—Suerte con el rencuentro con su marido.

Olga se erizó entera porque no creía en la suerte, pero contestó con un dócil «No se preocupe, camarada, yo me encargo» que recordaba a la eficiencia de los primeros años, y que hizo que los pelos del bigote de Boris se erizaran ante esa cuerda de violín mal afinada, cuyo rechinar duró muy poco, apenas nada, porque era mayor su soberbia que su desconfianza.

Leopoldo se quedó a regañadientes en Moscú, desde donde, por instrucciones de Olga, debería partir hacia Kaliningrado, de ahí tomaría un barco a Copenhague, y de ahí un trasatlántico a Nueva York y de ahí un avión a México. Un viaje como el de Phileas Fogg.

—Yo le haré llegar el cuadro en cuanto pase la primera itinerancia —le había dicho.

El mismísimo Boris salió al quite para mantenerlo ocupado, de día, con requerimientos burocráticos, y de noche, al calor de prostitutas de lujo (en el negocio regentado por su amiga Polina, una señora rechoncha, de pelo rojo encendido, y al que Boris lo llevaba en su coche reglamentario). Se corrían buenas juergas con el dinero que Leopoldo les había dado en pago por el cuadro. Salían a altas horas de la madrugada, tarareando las alegres notas del acordeón a ritmo de *Rio Rita* en medio de la borrachera. Gracias a eso, a Leopoldo se le hizo más llevadera la espera.

Olga llegó a Varsovia con una pequeña maleta de cuero marrón, varias carpetas de grabados, unos cuantos lienzos, un collar de piedras verdes guardado en una bolsita aterciopelada y una réplica perfecta enrollada en un tubo, óleo sobre tela, del cuadro que a todo el mundo horrorizaba.

En las charlas de los cafés, en las tertulias culturales de la radio, incluso en las reuniones familiares, la gente comentaba con emoción la gran Exposición de Arte Mexicano que se exhibiría de febrero a marzo.

El catálogo de la exposición tuvo que reimprimirse dos veces porque se agotó. A Olga le entretenía observar la reacción de la gente, paralizada ante la foto que le había tomado al cuadro el reputado fotógrafo polaco Leonard Sempolinski.

Olga comparaba las imágenes de memoria, la original y la copia. Tan parecidas como dos besos. Como dos rosas en una corona fúnebre. Como dos amaneceres. Como dos noches estrelladas. Iguales, sin llegar a serlo del todo.

El día de la inauguración, Olga, vestida de terciopelo rojo, apareció en la galería a primera hora. Repasó los cuadros por encima, saludó a unos cuantos miembros del mundo del arte. Ella era la única mujer. Y luego se acodó en una esquina con una copa de vino blanco en la mano. Desde ahí podía ver con claridad «su cuadro». Buscaba a alguien, un alma en esa sala que sintiera algo, el relámpago que la estremeció cuando vio *La mesa herida* por primera vez.

Nadie.

No hubo nadie.

Todos iban hacia ese lugar común que les cortaba la lengua. Pero los rostros hablaban. Manos que tapaban labios, ojos arrugados, hombros que se alzaban, muecas de extrañeza y manos interrogantes, ojos de espanto ante el cuadro de una mujer rodeada de monstruos y niños presidiendo una mesa vacía con pies en vez de patas. A pesar de su tamaño, la gente pasaba de largo y sin detenerse, a punto de perder un tren que pasaba en otra sala. Nadie se acercaba a la cartela para leer quién era el autor de tamaña osadía. Y aunque ninguno lo decía, casi todos pensaban que un cuadro como ése no debería estar colgado en ninguna pared de ningún museo del mundo.

Algunos se esforzaban por opinar con fundamento:

—Ese cuadro es muy poco mexicano —decía un crítico de arte por aquí.

—Su mirada individualista le resta valor —decía otro más allá.

Y Olga mecía sus cabellos ante la imposibilidad de arrancárselos.

El embajador de Alemania en Polonia divisó a Olga sola en la sala y se acercó.

—Todo un éxito la exposición.

—Sí, todo un éxito.

—Las obras de los grabadores están causando furor.

Olga estiró el cuello para ver que, en la sala conjunta, la gente se agolpaba ante unos aguafuertes de colores llamativos de unos campesinos segando una milpa.

—Pero acompáñeme, por favor, no se quede usted aquí sola.

Olga caminó junto al embajador y entraron en la sala conjunta. Allí el bullicio, la música de cámara y el champán hervía a borbotones. Por un momento muy corto, a Olga le tentó la idea de volver a la tranquilidad de la soledad, pero entonces el embajador le tocó el hombro.

Un hachazo.

Un árbol ensangrentado en medio del bosque.

—*Fräulein* Olga, le presento a Harmut Conrad. *Herr* Conrad es un reputado especialista de arte moderno. *Herr* Conrad, le presento a la camarada Olga Simonova. Es la delegada de la VOKS, de Moscú.

Una parvada despavorida de pájaros contra un muro.

Vapor tóxico de lava al respirar.

La Nada.

Tobías estiró la mano.

—Encantado, *Fräulein* Olga.

Olga seguía sin reaccionar.

Tobías, tras unos segundos, retiró la mano.

—¿Se encuentra bien, *Fräulein*? —dijo el embajador.

Olga buscó palabras:

—Discúlpeme, embajador, me he mareado, hay demasiada gente aquí.

Tobías se adelantó y la agarró de un brazo:

—No se preocupe, es natural, hay muchísima gente. La acompaño a tomar el aire. Con su permiso, embajador.

Y Tobías se la llevó afuera casi en brazos.

La noche estaba limpia y helada. Sobre las ramas de los árboles una fina capa de hielo congeló el tiempo. Olga hiperventilaba. Las estrellas del cielo escarchado dejaron de tintinear.

Los dos se miraron como Adán y Eva cuando se dieron cuenta de que estaban desnudos.

Tobías le acercó un vaso de coñac del que no se había deshecho.

—Bebe —le dijo—. Te vendrá bien.

Ella le dio un trago. Le temblaba la mano.

El alcohol aligeró la bravura de su voz más de lo que habría querido:

—¿Harmut? ¡¿Harmut?!

Tobías se metió las manos en los bolsillos.

—¿Quién eres? —le preguntó Olga con ojos llorosos.

—Antes dime, ¿por qué me colgaste el teléfono?

—¿Eso es todo lo que vas a decir? ¿Que por qué te colgué?

—Necesito saberlo, Olga.

Olga lo abofeteó.

Tobías esperó con los puños apretados del coraje.

—Olga... tienes que contármelo.

Y ella resbaló el miedo en un susurro.

—Creí que te habrían matado.

Tobías la sujetó de los hombros como un padre agarraría a un niño de dos años.

—¿Por qué pensabas eso, Olga? ¿Qué pasó cuando me fui de Moscú?

Olga alzó la vista. Le devolvió el vaso sin mediar palabra, y luego, lentamente, se remangó. Los brazos desnudos. La herida. Las cicatrices.

Tobías sintió el ardor, el fuego, el desgarro de la carne, las tenazas, los pinchazos, los músculos retorcidos y apartó el terror de su imaginación bajándole las mangas.

Dejó caer su cabeza junto a la de ella y luego colocó sus manos sobre la tela, apretando fuerte para detener una hemorragia que ya no sangraba.

—Olga, Olga… Olga.

Eso fue lo único que dijo. Su nombre. Las demás palabras se le agolparon en el embudo de la garganta. Atinó a verbalizar una duda que se quedó a medias:

—¿Cuánto tiempo te tuvieron…? ¿Cuánto tiempo estuviste…?

Ella contestó:

—Demasiado.

Y ahí permanecieron, con la vergüenza latiéndoles en los párpados, sin atreverse a mirarse. El vaho de su respiración llenaba el espacio que los separaba.

Olga arrastró un hilo de voz.

—Creían que eres un espía.

Tobías la agarró de la mano y se la besó. Ella hizo una pregunta llena de vergüenza:

—¿Eres un espía?

—No.

—¿Trabajas para el enemigo?

—No —dijo él.

—Esos cuadros que sacaste de Moscú, eran robados, ¿verdad?

—No —volvió a contestar.

Olga le clavó las pupilas. «Miente», pensó. «Siempre me mintió».

—Digo la verdad —dijo Tobías leyéndole la mente. Y la mentira le regurgitó en el cielo de la boca.

—¿Por qué me mientes?

Silencio.

Tobías volvió a mirar sus brazos.

—¿Quién eres? —preguntó por segunda vez ella.

—Soy Harmut Conrad. Contrabandista de obras de arte.

—Y entonces, todo ese rollo que me soltaste en Moscú… de la libertad, del arte al servicio del Estado…

—Eso lo dijo Tobías Richter, no Harmut Conrad.

Olga suspiró. De pronto se sintió muy cansada. De todo. De todos.

El peso de muchas vidas le cayó encima. La de Pieter, la de Valentina, la del hijo que no conoció, la de sus padres, la de los cientos de miles de muertos en la guerra, la hipocresía de Boris, la corrupción de Leopoldo, todo le cayó encima tan de golpe que la espalda rebuznó con un chirrido de resorte.

Olga se llevó las manos a la cara y se la tapó. Estaba herida. Herida. Presidiendo una mesa de horror como la que antes había pintado Frida y ella después. Tobías era el esqueleto que la agarraba de los cabellos. Y a lo lejos, escuchó una voz que decía algo que no entendía. Una voz a ras de suelo que se levantaba despacito, un remolino de tierra en el idioma de su madre, la melodía de los cantos de cuna. Una plegaria que rogaba: «Ven conmigo».

Olga se topó de frente con los ojos de un hombre que nunca sería un hombre común.

—¿Qué dices?

—Que vengas conmigo, Olga.

Tobías la agarró de las manos.

—Yo te protegeré.

— Tú no puedes protegerte ni de ti mismo.

—Puedes empezar una vida en Alemania, conmigo.

La cárcel de Lefortovo le azotó a Olga en la frente.

—Ni siquiera sé si dices ser quien eres. ¿Y tú me dices que me vaya contigo? ¿Cómo puedes pedirme eso? ¡Me torturaron por tu culpa!

—Olga, escúchame. Escúchame, por favor. Este viaje es el último que haré para llevar unos cuadros a Occidente. Pienso quedarme allí. Vámonos juntos.

Y entonces Olga se cruzó de brazos:

—Iré. Pero no contigo. Mi marido me está esperando en la RDA.

Olga se dio media vuelta y, tiritando, se dirigió hacia la entrada de la galería. Adentro, un cuarteto de cuerdas interpretaba un concierto de Schubert.

—Te prometo que no permitiré que nada malo te pase —le dijo Tobías.

Olga se giró. Sus miradas chocaron. Ella era arena; él, sal.

—No puedes prometer algo así. Nadie puede.

—Yo sí puedo. —Y luego corrigió—: Tobías Richter puede.

Los dientes de Olga castañetearon.

—Eres más ingenuo que yo, Tobías.

Se dio media vuelta y entró.

Más allá VII

Su voz ha cambiado. La mujer eslava me habla con otro acento. Si cambia el acento, cambia el corazón. Yo siempre hablé con la misma música. México pegado en la garganta. Aunque hablara otro idioma, México se traslucía a través. México se me transparenta en el anverso de la lengua.

Ella, la mujer que me invoca, pronuncia bien mi nombre. Hundo mi oído en su boca e identifico ese acento. Es alemán. Un idioma que se habla con los dientes pegaditos. La voz de mi padre vuelve a pasearse entre mis cejas. Oigo su voz húngara, lenta y epiléptica. «Frieda». La voz del primer hombre que amé. El segundo hombre fue Alejandro, la voz sin acento de los primeros besos robados con lengua. Después vinieron más hombres, más mujeres, más acentos, más besos con lengua.

Esta mujer me habla distinto. No ordena. No manda. Está inquieta. Puedo sentirlo. Quiere recuperar mi cuadro porque lo ha perdido. «¿Qué has hecho?», oigo que dice. Reconozco la desesperación. Nadie le contesta, o al menos, yo no oigo respuesta. Yo también me pregunto qué habrá hecho, pero no puedo hacer nada.

Una no sabe de lo que es capaz hasta que lo hace. Si te cortan los pies, hay que confiar en las alas. Eso me decía Cristina.

¿Cómo será esta mujer que tanto se preocupa por salvar mi cuadro? Quisiera poder asomarme y verla, pero eso es imposible. Al menos, no sé hacerlo todavía. Sólo estamos unidas por ecos. Ecos que van y vienen y que parecen llamarnos. Lo que sí sé es que de algún modo que aún escapa a mi entendimiento estamos unidas por el cuadro. *La mesa herida* nos ha juntado.

Imagino cómo será y creo que habría podido amarla. Siempre tan generosa en el amor yo. Ella ama el arte. Lo sé. Se siente. Lo percibo porque se estremece de pasión ante el cuadro. Me gustan los artistas, la gente creativa, los que pueden agarrar barro y hacerte una vasija. Los que con las manos y su inteligencia construyen imágenes eternas. Los que aún sin saber a dónde van se encaminan. Las manos de los médicos son otra cosa. Los médicos nunca me gustaron de un modo pasional, pero los amé con locura.

Quizás el amor casto tiene su encanto. Un amor limpio, sin sexo.

¿Ha salido eso de mi boca? Ahora sí, seguro que estoy muerta.

Me pregunto si lo mío con Diego fue amor. ¿Puede ser amor si hay obsesión? A lo mejor el amor verdadero nada tiene que ver con lo que yo sentía por Diego y resulta que me he muerto sin conocer el amor. ¿Será posible? Si es así, exijo ahora mismo una reencarnación.

Todo en mí fue simbiótico. Los registros de mi memoria mezclados en una masa de vivencias, dolorosas muchas veces, hechas masita con el arte popular de mi país. Mesoamérica es el soporte de mi obra. A eso siempre jugaba con Diego:

—Mira, Diego, ¿encuentras la referencia?

Y el panzón a veces le atinaba y a veces no. Y entonces yo le decía:

—¿No ves? La diosa Tlazoltéotl me da a luz.

Yo quería ser más política con mi arte, quería ser útil al pueblo. Ser una buena comunista. Y en mi propia ceguera no me percataba de que estaba siendo útil, pero no a la política, sino a la construcción de la identidad de mi país. No sabía, aunque sé ahora, que la gente vería mis cuadros y pensaría en dos cosas: dolor y México. Una suerte de oxímoron que se opone a sí mismo. Que lucha por desasociarse. Por jalar cada uno hacia un extremo y separarse. Mi sufrimiento y mi patria: dos cosas que terminaron por ser mis piernas. Ésas dos me sostenían. Me sostienen. Me sostuvieron.

Otros se vestían de europeos, se enchinaban el pelo y se hacían moños a lo Audrey Hepburn y se vestían a lo Cary Grant, pero si les preguntaban si eran españoles decían que no, y entonces si les preguntabas si eran indígenas contestaban que «menos, eso sí no». Racistas y clasistas, pero mexicanos, al fin y al cabo. Cuando uno no es nada, es de un lugar, pero yo siempre supe quién era y quién quería ser. Yo era mexicana de los pies a la cabeza. Así que llené mis cuadros de caballitos de tule tejido a mano, de judas de papel maché, piñatas llenas de promesas. *La mesa herida* es eso. Dolor y México. Tatuados debajo de mi piel.

Un día escuché a Diego decir a un periodista: «Que nuestros artistas sepan, crean y sientan que hasta que no estemos en constante comunicación íntima con el pueblo no produciremos más que abortos. Cosas inútiles por inanimadas». La sangre me burbujeó en las entrañas. Abortos. Yo pintaba abortos. Y no eran anécdotas, ni pinturas vacías. Era sangre derramada. Sacrificios a los dioses prehispánicos que exigían el tributo de hijos recién nacidos en favor de las cosechas. Mis lágrimas, mi llanto, harían crecer el maíz. Mi lucha individual sería social: porque daría voz a las mujeres. A las mujeres sangrantes, dolientes. No a las vírgenes en sus pedestales, no. Vírgenes jamás. A las mujeres que parían porque habían conocido varón. A las que cogían, las que gozaban, las que sentían. Las que no se avergonzaban de disfrutar de la vida. Que vivían sin temor al pecado y sin confesarse, arrepintiéndose solamente de lo que habían dejado de hacer por cobardía. El miedo siempre me pareció la rémora de la felicidad. Pero entonces yo aún no era consciente de la potencia de mi voz.

Algunos dijeron que Diego y los nacionalistas enmierdaban la pintura mexicana. Que hacían un pastiche nacionalista chantajista y convenenciero. Que era pura demagogia. Yo escuchaba, miraba los murales de Diego y luego mis cuadritos pequeños tamaño de exvotos, todos ellos tan míos, tan personales, tan llenos de sangre, de animales, de flechas, de frutas partidas, y pensaba que México no olía a mierda, sino a violencia. A violencia contra mi cuerpo de mujer. Todas las mujeres sangramos igual, por mil razones distintas. Yo nunca quise aleccionar a nadie más que entenderme a mí misma.

Me construí solita, a base de sobreponerme al dolor, al sufrimiento. Mi herida es mi incapacidad para ser madre. Eso aún duele, aunque también soy la fortaleza, la capacidad de levantarme aún con la pierna amputada, la sensibilidad para llorar ante un corrido de despecho. Si no hubiera sido mexicana, habría sido una pobre infeliz, pero no. Soy mexicana. Y las mexicanas sabemos mirar a la desgracia de frente y decirle: «¿Qué me ves? Sácate para allá que llevo prisa».

Pasado, presente y futuro están en mis cuadros.

No sé cómo lo hice. Pero lo hice.

Soy, fui, una mujer pasional. Una vida sin pasión es una vida en un corsé. Huele mal e impide moverte. Me la pasé aprendiendo a vivir y a pintar. Dos cosas que, lo sé ahora, embonaban en los mismos engranajes. Pintar y vivir: la misma cosa. Unidas. Igual que estoy unida a esa mujer que me habla.

Shhhh. Calla. Ahí está ella de nuevo. Déjame oír.

Olga

Varsovia, 1955

Nadie podía protegerla. Pero las palabras que Tobías le dijo esa noche se le quedaron pegadas a la frente como un sello en una postal. Durante semanas trató de arrancárselas, pero aquello estaba grabado con sangre. Giraba y giraba sobre sí misma, envolviéndose en las sábanas, una pupa en la crisálida. Y se quedaba ahí, panza arriba, viendo el techo, mientras trataba de oír el crujir de sus alas. La noche era un centinela que no quería dormirse. Siempre alerta. Titilante.

Y así, en vela, amaneció.

Y el nuevo día repitió la rutina del anterior.

Y el día siguiente a ése, también.

Los días eran fichas de dominó engarzados uno tras otro sobre la mesa de una cantina. Días pegados entre sí, uno tras otro.

Pasaba las horas frente a su cuadro. Le gustaba pensarlo así. «Mi cuadro», y la mariposa se posaba en la punta de su nariz. Se quedaba inmóvil frente a él, echando cuentas. Contaba los días que faltaban para dejar de verlo.

Como si el tiempo la hubiera empujado hacia adelante, Olga se hizo mayor. Un mechón de pelo gris le brotaba en manantial desde el nacimiento de la oreja y, junto a la comisura de los labios, se le hundieron dos rayitas de la anchura de una moneda. Pero nadie pareció percatarse de su repentino envejecimiento.

Una tarde, el más joven de los responsables de la curaduría se le acercó:

—*Fräulein* Olga, ¿cuánto tendremos que empezar a preparar la itinerancia?

—Dentro de ocho semanas —contestó sin necesidad de mirar el calendario.

El muchacho anotó la fecha en una libreta y luego estuvo hablando con Olga un buen rato sobre la logística de las exposiciones, las dificultades del transporte del cuadro, los permisos aduanales. Olga a todo contestaba diciendo que sí con la cabeza. Las palabras del muchacho llegaban ensordecidas, como si hablara debajo el agua. Porque Olga sabía que *La mesa herida* no llegaría ni a Bulgaria.

De pronto, la voz del muchacho emergió a la superficie con la potencia de un submarino:

—... una caja más grande, para que otras obras puedan viajar con ese cuadro de la Kahlo.

—¿Cómo dices?

—Sí... meteremos otras obras en la misma caja.

—¿Cuántas obras?

El muchacho alzó tres dedos.

Olga se negó:

—*Nein, nein, nein. La mesa herida* viajará en su propia caja.

El muchacho perdió la jovial sonrisa con la que había entrado, porque Olga no escuchaba razones. El muchacho hacía aspavientos, e incluso se fue a buscar unos documentos y volvió a los diez minutos con los cachetes rojos a la altura de las muelas, las orejas encendidas, y le enseñó cartas en donde se recibían instrucciones de sus superiores en donde autorizaban el embalaje conjunto, y le mostró dibujos con el encargo a los señores de carpintería para hacer una caja más grande. Pero Olga se enrocó.

—*Nein, nein, nein.* De ninguna manera.

El muchacho, entre que buscaba explicarse en alemán y entre que era el primer encargo importante que le asignaban, se empezó a sofocar. Olga podía oler su transpiración. Él le decía:

—Pero ahorraríamos costes de portes.

Y Olga que *nein, nein, nein*. No cedía ni un milímetro. Se había tomado muchas molestias y se jugaba mucho —«la vida», pensaba ella— para que ahora un principiante con ideas eficientes sobre gestión le viniera a echar los planes por tierra.

—O esta obra viaja en condiciones óptimas o me la llevo de regreso a Moscú.

El joven curador trató de relajar la tirantez de su boca. Los brazos le caían lánguidos a ambos lados del cuerpo.

—Avisaré en carpintería. —Y rendido, abandonó la sala.

Olga volvió a quedarse frente al cuadro.

Ahora estaba segura. Insuflada de aire caliente. Aquel momento insignificante le acababa de hacer saber qué tan lejos estaba dispuesta a llegar. Se sorprendió de lo poco que le importaban los demás. Se sintió acelerada. Capaz de correr sin detenerse. Sintió un ramalazo de amor propio que la empujaba. Un beso egoísta que le metió la lengua hasta la campanilla. Y le gustó.

«Yo te protegeré», le dijo al cuadro en silencio.

La mariposa aleteó.

Y al mismo tiempo la voz afilada de Tobías atravesó la sala y se le clavó en el pecho.

Olga llevaba la cuenta de los días que faltaban para la itinerancia a Bulgaria en una agenda con tapas de cuero azul marino. Cincuenta y dos rayitas. El 31 de marzo caería en jueves. Hoy era lunes. Olga contó con los dedos: «Martes, miércoles, jueves». Tres días. Ni uno más.

Había llegado el momento.

Agarró el teléfono y llamó al embajador de la República Democrática Alemana.

—Buenos días, sí, al habla la camarada Olga Simonova. ¿Podría decirme dónde se hospeda el camarada Harmut Conrad? Gracias. Sí. Espero en la línea…

Tobías desayunaba solo en el *lobby* de un hotel reconstruido desde sus cenizas. Los labios rozaban el borde de una taza de té cuando alzó la vista y se paralizó. De pie, desde lo alto de la escalera, Olga apareció con la imponencia de la *Victoria de Samotracia*. Tobías dejó la taza con suavidad sobre el plato (la porcelana sonó ¡clin!) y se puso de pie. Olga avanzó sin detenerse como si la escoltara un pelotón.

—No te levantes —dijo ella. Y luego se sentó a su lado.

«Qué cansada se ve», pensó Tobías. Olga hizo una seña al camarero.

Un muchacho de uniforme apareció con una jarra.

—¿Chocolate?

—Por favor.

El camarero le sirvió y se retiró. La taza humeó.

Era cierto. Olga se veía cansada. Como también era innegable que una nueva impronta se asomaba tras el cansancio de sus ojos.

—Pensé que no querrías volver a verme —dijo entonces Tobías.

—También yo lo pensé.

Olga sopló la taza antes de beber.

«No, no es cansancio», pensó Tobías. «¿Qué es eso que le noto?». Olga había cambiado. Tobías se reclinó hacia adelante para achicar el espacio que los separaba. Ella permaneció en su sitio, sin mover un músculo. Si alguien los hubiera visto desde otra mesa, habría pensado que eran una pareja hacía muchos años casada.

—¿Cómo supiste que había vuelto? —preguntó Tobías.

—Estuve preguntando. No tuve que buscar mucho. Te reputación te precede, «Harmut».

Se miraban. Se decían cosas sin hablar. Sabían que en el momento de abrir la boca se condenarían. Así que permanecieron en la trinchera de ese silencio, largo sin ser eterno, serio sin ser hostil. Tobías decidió romperlo:

—¿Has pensando en lo que te dije?

Ella asintió. Tobías esperó sin respirar.

Olga se apoyó sobre sus codos y le habló muy bajito. Tan bajito que Tobías tuvo que leerle los labios.

—¿Has venido para contrabandear con cuadros de Polonia?

«¿Los cuadros? ¿Quiere saber de los cuadros?», pensó él atónito.

—Tal vez.

—Eso es un sí —dijo ella.

Tobías, sin confirmar ni desmentir, se destensó y se llevó la taza de té a la boca. Después, se cruzó de brazos.

—¿De verdad quieres hablar de los cuadros?

—¿Cómo piensas llevártelos?

Tobías alzó las cejas. Se hizo un poco para atrás y comenzó a untar mermelada sobre una rebanada de pan.

—Igual que siempre.

—¿Es decir?

Olga lo miraba fijamente. Él se chocó con el muro de piedra de sus ojos. Pensó en no sucumbir, en aguantar. «No te imagines cosas que no son», se dijo. «Así mira ella». Pero ¿entonces? ¿Por qué estaba pegado en ese alquitrán? ¿Por qué se embarraba en esa gruesa capa de grasa que no se podría quitar? Tobías hundió las manos en un charco negro de sebo caliente y se lo untó por toda la cara:

—En camión. Iré por tierra hasta Berlín.

Ella pareció calibrar.

—¿Y después? ¿Qué harás con ellos?

Tobías dio un trago a su té. «Sí», pensó. «Ha cambiado mucho». Se movía con la misma parsimonia de siempre, y, sin embargo, todo era distinto. La manera en la que buceaba dentro de sus ojos sin temor a ahogarse. La manera en que sujetaba la taza sin que le temblase la mano. La serenidad con la que apoyaba los codos sobre la mesa. Por un momento temió que estuvieran poniéndole una trampa. Quizás estaba hablando de más.

—¿Por qué preguntas?

—¿Te quedas con ellos o qué haces? ¿Los vendes?

—Si hay suerte.

«Yo no creo en la suerte», pensó Olga.

—¿A quién se los vendes?

Tobías se sacudió las migas de las manos y detuvo el interrogatorio.

—¿Qué es lo que pasa? —Se dio cuenta de que había alzado el tono de voz, así que lo bajó—. La última vez que te vi te dije muy claro lo que quería y tú te negaste. Cosa que respeto, aunque creo que es un error. Y ahora, después de dos meses sin vernos, me acribillas a preguntas sobre mi... actividad. ¿Qué pretendes, Olga?

Tobías buscaba a Olga en la mujer que tenía delante. Pero aquella mujer ya no estaba. Ésta era otra. Una impostora, sin pátina de inocencia.

Olga se zambulló, a la de una, a la de dos, a la de tres:

—Necesito que te lleves un cuadro más.

Una sonrisa amenazó con relajar la expresión constreñida de Tobías, pero él se la comió. Mordió. La boca se le llenó de pan tostado.

—¿Lo quieres vender? —dijo a medio masticar.

—Al contrario. Quiero quedármelo.

El pan aún crujía entre sus dientes cuando Tobías dijo:

—Y quieres que yo me lo lleve.

Olga asintió.

Tobías tragó pan duro. Se pasó la punta de la servilleta sobre los labios y la miró. Sus ojos le preguntaron: «¿Cómo sé que no me engañas, que no me has delatado?», y entonces Olga le dijo:

—Si de verdad quieres compensarme por lo que pasó, ayúdame con esto, Tobías.

—Harmut...—la corrigió él. Y le guiñó un ojo.

La mariposa de Olga quiso volar, pero ella la atrapó en el cuenco de sus manos. La sostuvo ahí. El leve roce de sus alitas le hacía cosquillas. Jamás se acostumbraría a llamarle de esa manera. Tobías sonrió antes de preguntar:

—¿Es bueno?

—¿Qué?

—El cuadro...

Olga negó con la cabeza y soltó aire a la vez.

—Es uno que pinté yo.

Ahí, Tobías volvió a cruzarse de brazos y se reclinó en su asiento. «Vaya, vaya, vaya».

—¿Un cuadro tuyo?

—Sí.

—No entiendo nada, Olga. ¿Tú pintas?

—Sólo a veces.

—¿Y por qué no lo quieres vender?

—Sólo hazme ese favor. Llévatelo entre los otros. Ese cuadro no puede volver a Moscú.

—¿Por qué no?

—Es... demasiado grande. En cambio, tú... a ti no te van a hacer preguntas. Sería uno más de tantos otros que llevas.

Tobías no le creyó una palabra. Pero le gustó volver a ver, muy en el fondo, a la Olga trémula de antaño.

—Llévatelo a Berlín. —Y añadió—: Por favor. Será sólo temporal.

—¿Y luego qué?

—Yo iré a buscarlo.

Tobías, sin querer, posó la vista en esos brazos tapados. La idea de que Olga fuera a Berlín le dio el tiro de gracia.

—¿Vendrás por él?

—Me han trasladado a la RDA. A la embajada rusa.

—¿Cuándo?

—Cuando desmonte la exposición.

Tobías sonrió.

—En ese caso, supongo que podría hacerlo.

—Sólo una cosa más...

Tobías resopló por lo bajo.

—Usted dirá.

—Tienes que llevártelo dentro de tres semanas.

—¿Tres semanas?

—¿Puedes esperar?

—A lo mejor podría esperar dos... es todo lo que puedo prometer.

—Con dos me basta —dijo Olga. Y luego, en otro tono dejó ir un—: Gracias.

Olga entonces le pidió un pitillo que él le encendió.

—Prométeme que no lo venderás —añadió como una sentencia.

Tobías se pasó la mano por el pelo, como hacía siempre que tomaba una decisión. Y luego le extendió la mano.

—Cuenta con eso, camarada.

Llegó el jueves, y Olga en vez de tachar el número treinta y uno en la agenda con una rayita, lo encerró en una bolita de tinta roja. Un pequeño botón nuclear.

Los trabajadores descolgaron los cuadros de las paredes, colocaron papel de seda entre los grabados, los guardaron en sus carpetas, inventariaron los lienzos. Ninguno fue quitado de su bastidor. Los embalaron en cajas de madera y los trabajadores polacos que habían colgado *La mesa herida* en la pared se alegraron al desmontarla.

Una vez que estuvo apoyado en el suelo, Olga se asomó al cuadro por detrás. Dos etiquetas indicaban los sitios en los que se había expuesto. En una amarilleada se leía:

La mesa herida. Frida Kahlo. Galería de Arte Mexicano Inés Amor. Exposición Internacional de Surrealismo, 1940.

Y otra, más reciente y con la tinta nueva, decía:

Zachęta. Varsovia, Polonia, 1955. Wystawa Sztuki Meksykanskiej 121 x 124 cm. Frida Kahlo.

Los dos lugares en los que se había expuesto.

Los dos lugares en los que se había exhibido la obra original.

La-obra-ori-gi-nal.

Porque ahí, en el museo de Polonia, no había colgada una copia.

Eso nunca había sido una copia, siino la única y verdadera. *La mesa herida* pintada por las manos mexicanas, mexicanísimas, de Frida Kahlo.

Un ave fénix.

Mientras Olga dilucidaba en cómo despegar las etiquetas con cuidado de no romperlas, pensaba en lo mucho que se parecían ella y el cuadro. Dos supervivientes. Las dos habían sobrevivido al fuego.

Olga jamás habría podido quemarlo. Al menos, no *ese* cuadro.

Si Boris supiera que aquello que había ardido hacía años no era ese cuadro que él tanto había odiado, siino una copia. Una burda copia pintada a toda velocidad por Olga misma, con nerviosismo y mal lograda, porque estaba muerta de miedo ante el tamaño de su desacato, ante el tamaño de su osadía, que eso que había ardido en la pira no era sino una burda copia en la que Boris ni siquiera reparó, convencido de que algo tan mal pintado debía de arder en los infiernos.

Si Boris supiera que las mismas manos que pintaron aquello ahora intentaban salvarla de la ignominia por segunda vez. Ya lo había hecho hacía años, y lo haría de nuevo. Ese cuadro no se merecía el ostracismo, ni el fuego, ni la venta secreta. No sabía exactamente por qué, pero una voz en el interior de Olga, quizás la voz de su madre, le decía que debía cuidar de ese cuadro para la posteridad.

Olga sentía el corazón acelerado de júbilo y prudencia en la misma proporción. Se acordaba de Boris, la cara de felicidad que había puesto cuando había visto arder el cuadro, y el miedo que ella pasó cuando la pintura comenzó a quemarse y el aire comenzó a oler a pintura fresca. Creyó que la descubrirían. Creyó que enseguida se notaría el engaño. La impostura. La falsificación. Pero nadie notó nada. El único pesar fueron los otros cuadros a los que no pudo salvar, y a los que Olga pidió perdón durante toda esa horrible cremación.

Sí. Si Boris supiera que durante todos estos años la obra que él creía quemada había estado siempre en las bodegas de la VOKS. Si hubiera sabido que esa copia que le había enseñado en ese rincón de los pasillos secretos no era una réplica, sino la obra original, vuelta a la vida como Lázaro saliendo de su tumba. Olga recordó al tonto de su jefe diciendo no sé qué de la mirada de los niños, no sé qué del cervatillo que estaba mal logrado. Si supiera. Si supiera. Si supiera que el cuadro que tanto aborrecía estaba aún aquí. Con ella.

Olga volvió a concentrarse en la labor de despegar las etiquetas. Rascó con las uñas. La primera se podía despegar con facilidad porque el pegamento comenzaba a perder adherencia. La nueva se agarraba con fuerza.

«Tendré que tener cuidado y despegarla con vapor», pensó.

Durante el resto del desmontaje, Olga se paseó por las salas con listas de obras y al lado de cada título colocaba un punto con un bolígrafo. Después, entregó los listados a los curadores del FNAP (que eran tres) y firmaron en las hojas de salida. Todo estaba en orden, les garantizaron, algo que tuvieron que creer a pies juntillas, porque las hojas estaban una en polaco, y otra copia, en cirílico. Olga dio instrucciones al traductor para que firmaran.

—Que firmen todas las hojas, camarada.

—¿Tres? —preguntaron los curadores.

—Una es para los archivos. La otra es para ustedes —tradujo el hombre.

Y los curadores firmaron dando por válida la explicación, sin poner en duda el procedimiento.

Al día siguiente, las obras partieron rumbo a Bulgaria.

Todas, menos una.

Kaliningrado/México

1955

Cobijado bajo un paraguas que se camuflaba con la lluvia, Leopoldo Baker recorría una calle del puerto de Kaliningrado con el desasosiego de un animal enjaulado. Cada quince o veinte pasos se detenía y sacaba un reloj de bolsillo de la ranurita de su chaleco (que hacía juego con el forro de su abrigo). Ajena a la impaciencia de Leopoldo, la lluvia cantaba. Un coche oscuro de contornos redondeados se aproximó y se colocó a su lado. Un güero mal encarado, de sombrero y con un abrigo de piel hasta los tobillos, se apeó. Aunque iba de paisano, hizo un saludo marcial.

—¿Camarada Leopoldo Baker?

Leopoldo asintió.

El hombre entonces bordeó el coche y abrió la cajuela. Sacó un tubo largo de casi dos metros y se lo entregó. Leopoldo alargó el brazo con el paraguas:

—¿Me sostiene, por favor? —dijo en español, porque pensó que aquel gesto era universal.

El hombre, sin entender ni jota, sostuvo el paraguas. Por un segundo dudó si debería cobijarse él también. Eso lo obligaría a arrimarse más de lo aceptado con un desconocido. Optó por levantar paulatinamente el brazo, lo suficiente como para que el paraguas los encerrara a los dos, pero aún podía sentir el agua escurriéndole en la espalda.

Leopoldo abrió el tubo, que hizo el mismo sonido de descorche que una botella de champán. Jaló una esquina del lienzo. Leopoldo dio un visto bueno con un toquecito de barbilla. El güero le regresó el paraguas y, con prisa por regresar al interior del vehículo, se marchó por donde había venido.

—Pues fue más fácil de lo que esperaba —dijo. Y se embarcó hacia Copenhague, contento.

Estaba a punto de cumplirse un año desde la muerte de Frida, y aún faltaba un mes para que Leopoldo regresara a México con lo que él creía que era *La mesa herida* original, cuando Diego recibió una llamada que le alargaría la vida. Era el embajador Kapustin.

—¿Camarada Rivera? Le tengo buenas noticias.

Y sí. Eran buenas noticias. Los rusos habían concedido permiso para que Diego visitara la URSS y recibiera tratamiento.

—Podrá tratar su enfermedad con médicos soviéticos.

Diego respiró hondo.

—Eso es una excelente noticia, embajador. No sabe cuánto se lo agradezco.

—Sí, yo también me alegro por usted, camarada. Y, no sólo eso, arreglé todo para que, si lo desea, pueda viajar con un acompañante.

—Gracias. Gracias, embajador —le contestó.

Diego se rascó el nacimiento de las entradas. La única persona con la que habría accedido a viajar había sido Frida. Y ni siquiera a ella la había podido atender. La recordaba en San Francisco y en Nueva York, sola, extrañando a su madre a la que escribía cartas a diario, aburrida como un calcetín disparejo tendido en una cuerda mientras él se pasaba el día fuera. Claro que, ahora, no iría a pintar, sino a meterse en un hospital. Él, que tanto los aborrecía.

Fue entonces cuando Emma Hurtado, la Hurtadora (como la llamaba Frida), decidió jugarse el resto. Insistió como cuchillito de palo en que de ninguna manera Diego podía realizar ese viaje solo. Se iba a ausentar casi un año entre operación y convalecencia «y tú eres un niño grande, Diego», le decía. Necesitaba que alguien se ocupase de él en todo momento. El postoperatorio, sin lugar a dudas, sería duro. Cada vez que Diego le decía que viajaría solo, ella le argumentaba: «No seas necio, Dieguito, que te va a venir bien mi compañía», y luego, cual bruja asomada a su bola de cristal, le exponía con todo lujo de detalles el escenario al que se abocaría, un panorama incierto y más áspero que el cuero de las lagartijas. A Diego se le ponía tan mal cuerpo que el pelo ralo que aún conservaba amenazaba con soltarse de la cabeza y precipitarse al vacío.

En las noches, mientras el aire fresco entornaba con empujoncitos la reja, rechinar adentro, rechinar afuera, Diego sopesaba arrullado por el insomnio. Tal vez no era tan mala la idea de que Emma lo acompañase. Una mujer mandona solía venir bien en casos de emergencia. A Diego se le escapó un rebuzno desapacible.

—Ya me cayó el chahuistle —se lamentó.

Porque, puestos a escoger, prefería mil veces a Lupe. A su Lupita. Su primera mujer con nombre de virgen milagrosa. La madre de sus hijas. La fuerza de la naturaleza. Pero cuando le volvió a pedir matrimonio tras la muerte de Frida, Lupe Marín lo había mandado a Chihuahua a un baile más rápido que lo que prendía un cerillo. Aún le latía en su cabeza la frase mortal con la que lo atravesó:

—Yo no estoy para aguantar a un viejo bolsa —le había dicho con los brazos cruzados y esos ojos de esmeraldas transparentes bien abiertos—. Mira, Dieguito, que te aguante la garrapiñita esa.

—No le digas así. Es buena gente la Hurtado.

—Le digo como me da la gana. Y si tanto la defiendes, pues llégale. —Y tronó los dedos.

Tendido en la cama, Diego tosió porque se le atoraron los recuerdos. Desde que Frida comenzó a entrar en barrena, Emma había empezado a hacer de «su madre». Hacía años que lo traía más derechito que un soldadito de plomo. Lo vestía, le mandaba a hacer sus trajes con unos colores estridentes dignos del Circo Atayde y que a María Félix hacían reír.

—¿Y ahora de qué te disfrazó ésa? —le decía con la ceja levantada y haciendo tintinear las joyas de sus aretes.

Pero Diego, que era un bebote, se dejaba.

Él, que había sido un huracán, ahora era polvo a ras de suelo. Un montoncito de tierra suspendido en el aire sobre los pasos de Emma Hurtado. Ella pisaba y él se limitaba a flotar sobre sus huellas.

Emma, que era buena negociante, comenzó también a hacerle de marchanta y le vendía cuadros al doble de su precio. Apenas era unos meses más joven que Frida, pero parecía su mamá. Pachoncita, de collar de perlas, cejas de hilo y cabello ahuecado. Frida y Emma eran como un huevo a una castaña. Una llena de gracia y la otra de política; una era la libertad, y la otra, las cadenas; una era la fiesta, y la otra, el interés. Así que nadie, ni las hijas que tuvo con Lupita —Ruth y Lupe—, ni la actriz María Félix, ni sus amigas las Lolas: la Olmedo y la Álvarez Bravo, ninguna pudo dar crédito cuando, apenas un año después de la muerte de Frida, Diego anunció que se había casado con la Hurtado.

Cuando Diego le dijo que sí, que viajaría con ella a Moscú, que la quería a su lado antes, durante y después de la operación, Emma sintió que si le dieran una pértiga sería capaz de saltar por encima del Popocatépetl y pellizcar las nubes.

Un miércoles de finales de julio, Diego le indicó a Emma que debían acudir a la oficina de su abogada para rellenar unos papeles. «Para el trámite migratorio», le dijo. Así que fueron. La abogada le extendió unos documentos que debía rellenar y firmar.

—Aquí, aquí y luego aquí —le indicó la abogada marcando unas x en el papel.

Emma agarró una pluma, dobló el brazo izquierdo para que el bolsito de mano quedara enganchado en su codo y se inclinó hacia adelante.

En la casilla del estado civil Emma escribió «Casada». Presionó la pluma con fuerza. El papel carbón experimentó un empuje vertical de abajo hacia arriba igual al peso de la tinta desalojada. Emma apretó tanto que su nuevo estado civil no sólo quedó calcado en la copia de abajo, sino que la silueta de las letras se hundió en las páginas del cuaderno en donde la abogada, amablemente, le había ofrecido apoyarse. Un bajo relieve que perduraría más que el granito. Al incorporarse, una sonrisa larga atravesaba el rostro de Emma Hurtado y del trasero le salía una pomposa rueda de pavo real en carnaval.

Uno de esos días nublados en que parece que la luna se ha comido al sol, y que hasta los peces de Chapultepec se esconden en la negritud del lago, sonó el teléfono.

Era Leopoldo que, tras una eternidad, había regresado a México.

—¡Diego! —lo saludó—. Te he andado buscando como loco.

—¡Quihúbole, qué milagro! ¡Pensé que te habían mandado a un gulag! ¡O que te había atrapado una rusa de esas que marchan con el uniforme del Ejército Rojo!

Leopoldo rio.

Hablaban a los gritos como si el teléfono no sirviera para una chingada y tuvieran que acortar distancias.

—¡Al que atraparon fue a otro! ¡Ya me enteré! Estás lleno de sorpresas…

—¡Pues ya ves! El que nace pa' maceta no pasa del corredor.

Y los dos hicieron una pequeña pausa para cambiar el tono de voz.

—¿Cuándo llegaste?

—Hoy. Te llamé hace rato, pero no te encontré.

—¿Y cómo te fue en Moscú? —preguntó Diego—. ¿Conseguiste lo que te encargué?

Leopoldo hizo una breve pausa dramática antes de decir:

—¿Cuándo te he fallado yo, Diego? —Y sonrió libidinoso.

—¿Lo tienes ahí?

—Aquí mismo.

—¿En serio?

—En serio. Lo tengo delante justo ahoritita.

—Ése es mi Leopoldo, chingao.

Leopoldo estaba tan emocionado que una leve erección empujó el cierre del pantalón. Se repantingó en la silla y se jaló el calzón para dejar a su miembro emerger en paz.

—¿Quieres que te lo lleve?

Leopoldo no pudo ver los cachetes de bulldog de Diego sacudirse al batir palmas.

—No, no, no. No me lo traigas aquí. Y tampoco te lo quedes en tu casa, no seas tarugo.

Al carajo la erección.

—¿Y qué quieres que haga entonces?

—Pues no sé... búscale un lugar. Mételo en una bodega... en algún sitio en donde esté bien resguardado hasta que yo regrese.

«Me lleva el tren», pensó Leopoldo mientras se sobaba los ojos cerrados.

—¿A dónde te vas?

Y Diego soltó aire tan de sopetón que por poco chifla.

—A Moscú —dijo.

Leopoldo se quedó más tieso que el pomo de una puerta, y luego dijo:

—¿Estás bromeando?

—No, es en serio. Me voy en tres días. Van a operarme allá.

—¿Qué vas a operarte a Moscú? ¿Qué tienes? ¿Por qué te tienes que ir a operar a Rusia?

Y Diego se lo contó. No con detalle. Pero lo suficiente para quitarse un peso de encima. Mientras estuvo escuchándolo, Leopoldo estuvo en todo momento protegiéndose el pito con el escudo de su mano, haciendo de pararrayos ante el escalofrío que le erizaba los vellos del pubis como los dientes abiertos de un peine.

Y entonces, solidarizándose con su masculinidad, dijo lo único que pensó que podía decir en esa situación:

—Por el cuadro no te preocupes, Diego. Yo me encargo. Tú componte y nos vemos a la vuelta.

Eso fue todo.

El cielo seguía negro porque un colchón de nubes se instaló en lo alto impidiendo pasar la luz del sol. En los ranchos, las gallinas se fueron a dormir en los gallineros y en las casas de las colonias adineradas los perros mimados se hicieron bolita sobre las cobijas de sus dueños.

Leopoldo deambuló por la casa con las luces apagadas. Nada más faltaba que Diego fuera a morirse en Moscú —«Dios no lo quisiera»— sin haberle cumplido. Otra vez, con la maldita puerta en las narices, siempre como el perro de las dos tortas. Todas sus ilusiones se empezaron a enfangar en un lodo blando que le ensuciaba los mocasines. Y entonces lo sintió. La rabia. La urgencia. El punto de ebullición. El coraje trepándole por las piernas. La desesperación de una ardilla correteándole por el cuerpo para huir de un depredador. Las garras sobre la piel. El burbujeo que le subía desde la planta de los pies. Un cazo de leche a punto de derramarse. Y cuando rompió a hervir en la garganta, Leopoldo abrió la boca y vomitó como un torrente:

—¡Pero qué pinche mala suerte tengo! ¡Su puta madre!

Olga

Varsovia, 1955

Mientras en Bulgaria los curadores de la Exposición de Arte Mexicano se preguntaban dónde podría haberse extraviado un cuadro tan grande como *La mesa herida*, en Varsovia, a los pies de un camión con obras de arte apiladas una tras otra como cartas de una baraja, Tobías daba una calada larga a un cigarrillo.

Observaba el cuadro del que Olga le hacía entrega. Estaba impresionado. Mucho. Bastante. Primero, por su tamaño. Segundo, por su calidad.

—¿Y esto lo pintaste tú?

Olga asintió con la vista clavada en la punta de los zapatos (salpicados de pintura).

Pegada sobre una tabla, podía verse una tela en colores pastel, en la que unos obreros pintados en azules y grises trabajaban sin descanso en una fábrica de acero. En medio de la frialdad de los colores fríos, el rojo quemaba con sus lenguas de fuego. Una fragua de Vulcano futurista. El contraste y el movimiento del cuadro era espectacular. El mensaje, también: la industrialización, el pueblo trabajando unido en pro del progreso.

—No me imaginé que tus gustos fueran propios del realismo socialista.

Olga alzó los hombros.

—Yo tampoco —dijo.

—¡Esto debería estar expuesto en el Pushkin! —exclamó Tobías.

—No exageres —contestó Olga.

Tobías volvió a dar una calada al cigarro. Las palabras salieron envueltas en una nube de humo:

—Conozco a alguien a quien le interesaría este cuadro. Se llama Otto… mueve arte en Berlín…

Olga arrastró la frase por el suelo como si barriera con ella:

—Ya te he dicho que no está en venta.

Los dos contemplaban el cuadro sin decir nada. Tobías se acariciaba el mentón.

—¿Cuándo lo pintaste?

Olga midió bien sus palabras.

—Aquí. En mis ratos libres.

—¿Aquí? ¿Cuánto te tardaste?

—Dos semanas. De hecho, ten cuidado, el barniz puede estar un poco fresco.

Los pensamientos nadaron por el silencio de una pausa. Primero hacia la derecha, luego viraron a la izquierda. Movieron sus colas y se fueron mar adentro.

—Tienes talento, Olga.

—¿Tú crees? —contestó convencida de que aquello no era verdad.

—Lástima que el talento no sirva de nada en la RDA, si no, podrías exponer.

Olga juntó las manos.

—Tobías… no insistas. Necesito recuperar este cuadro en un par de meses. No se puede vender. Sólo guárdalo un tiempo.

El cigarro pegado del labio inferior de Tobías se movía al hablar.

—¿Cuándo vendrás a recogerlo?

Olga lo miró. Fijamente. Tres palomas azul grisáceas que los observaban desde el alféizar zureaban al mismo nivel que la brisa.

—Pronto.

Olga entonces miró a Tobías con una petición arrugada en la frente. Tobías se quitó el cigarro de la boca. Aminoró el ritmo de su respiración. Exhaló. El humo que flotó entre ellos parecía proceder del puchero de una bruja. Olga esperó a que se dispersara para decir:

—¿A quién conoceré en Berlín, a Harmut o a Tobías?

Los ojos de Tobías destellaron como las piedras cristalinas y húmedas de los ríos.

—A Tobías.

—Habría preferido a Harmut…

Olga dejó caer la cabeza. Tobías se la levantó sujetándola por la barbilla:

—Dime algo. Te pidieron que me espíes…

Olga afirmó con la cabeza. Dos veces. Dos síes que podían ser dos noes.

—No te preocupes —susurró Tobías con total seriedad—, sé borrar las huellas.

Y luego, Tobías se acercó tanto que Olga creyó que iba a besarla, pero fue para decirle:

—Ayúdame a subirlo.

Entre los dos treparon el cuadro al camión. Lo acomodaron con cuidado encima de otros cinco que Tobías llevaba (Olga no preguntó ni quiso saber de dónde los había sacado). Cuando terminaron con la operación, una paloma pequeña voló a los pies de Olga. La miraba desde abajo moviendo la cabeza de lado a lado. Casi parecía que le reclamara: «Pero qué haces, loca, cucurrucú».

—¿Crees que estoy loca? —le preguntó.

—¿Por qué dices eso?

—Por todo. Por todo. Por dejar Moscú… por darte este cuadro…

Tobías la agarró de los hombros y la miró a través con esos ojos marrones y acuosos:

—La única locura es la guerra —le dijo—. Y nosotros estamos vivos. ¿Nunca te preguntaste por qué?

—¿Por qué, qué?

—Por qué sobreviviste. Por qué no moriste en la guerra. Murieron tantos…

Por la mente de Tobías desfiló una hilera de sombras de amigos muertos. Eran muchos. Olga volvió a ver en Tobías esas historias que no le contaba, pero que lo acompañaban siempre en su silencio.

—Todos moriremos algún día —y al decir esto, sin querer, Olga echó una mirada al cuadro del camión. Y pensó en Frida. La mujer exótica que ya sólo existía en sus cuadros porque había muerto demasiado joven. Tobías cerró la puerta trasera del camión—. ¿Crees que trascenderemos de alguna manera? —preguntó Olga—. ¿Que nuestra vida servirá para algo más que… sobrevivir?

Y la respuesta se quedó flotando. Prendida de un globo que se rehusó a volar. Tobías agarró la respuesta de un hilito y se la amarró al dedo:

—Habrá que intentarlo, al menos. —Y dio dos golpes en la parte trasera del camión como si palmeara el lomo de una yegua. Alguien encendió el motor, que rugió al ponerse en marcha.

Tobías metió la mano en el bolsillo de su abrigo y sacó un papel doblado. Lleno de sellos. Se lo entregó a Olga.

—Por si alguna vez lo necesitas.

Ella lo abrió. Era un pasaporte falso de la República Federal Alemana.

—¡Estás loco! No puedo llevar esto encima.

Tobías la agarró de las manos.

—Escóndetelo en la ropa interior. Pero quédatelo. Nunca sabes cuándo lo podrías necesitar.

Olga volvió a verlo y a regañadientes lo metió en su bustier.

Tobías sonrió.

Él se acercó y le plantó un beso en la mejilla. Un beso que se hundió a lo largo de sus labios para paladear la sal de su piel. Olga apretó los párpados y se dejó rozar por la caricia de una lija de agua. Un ovillo entre sus brazos. Pero Tobías dio un paso atrás. Se quedó frente a ella, cigarro en mano. Olga entonces se lo quitó de entre los dedos, se lo colocó en la boca y le dio una calada que dejó marcado en el borde un rodal de carmín. Y así, fumando del mismo cigarro, calada a calada, se despidieron hasta la próxima vez.

México

1955

Antes de marcharse a Moscú para operarse, Diego se sienta a testamentar con la presencia de Frida sobre las piernas. Ella le va dictando en el oído. «Dieguito, panzón, la Casa Azul déjasela al pueblo mexicano». Y Diego obedece y escribe una serie de instrucciones legales para crear un fideicomiso que se encargue de hacer el museo en honor a su Friducha. Ése será su templo. El Anahuacalli, el museo que sigue en construcción —porque recrear una pirámide le ha tomado más tiempo y dinero que vida—, con sus paredes negras de piedra volcánica y con todas las piezas prehispánicas que ha ido recopilando a lo largo de los años, también. Todo para su México. El estudio con las casas gemelas de Altavista, las que construyó Juan O'Gorman para cada uno: una para Frida y otra para él, unidas por un puente como único símbolo de buena avenencia, ésas sí serán para sus hijas Ruth y Lupe. Diego se lleva el bolígrafo a la lengua y moja la puntita de la bola. Cuando la vuelve a deslizar, la pluma sobre el papel vuela. «Y que mis cenizas se mezclen con las de Frida». Escribe de su ronco pecho. Sólo de leer la frase se pone contento. Se toma un segundo para pensar si a Emma le debe dejar algo y entonces se dice: «Nel. Ésa ya tiene bastante con mi obra de caballete». Luego piensa en Cristina. En que no le va a hacer ni tantita gracia tener que salirse de la Casa Azul. Pero se dice: «A ella y a sus chamacos ya los mantuve bien mientras vivió Frida. Que se busque a otro que la mantenga».

Pone la fecha y firma.

Piensa que *La mesa herida* ya está en México y de pronto le dan ganas de ir a ver el cuadro de su Friducha. Recuerda lo poco que le gusta, pero todo lo que ella ha tocado se cubre de un halo de grandeza y de misterio de Santo Grial. Sus pinceles. Su caballete con el retrato de Stalin a medio acabar. Sus libros. Sus rebozos. Su espejo. Todo se cubre de un halo de misticismo. Debería ir a ver el cuadro. Agarra el teléfono para hablarle a Leopoldo, pero en eso le dan unos pinchazos en el bajo vientre que lo doblan de dolor y se va a recostar. No tiene cuerpo para nada. «Mejor a la vuelta», se dice. Y la muerte se le sienta en las piernas y le clava sus huesitos cuando le dice maliciosa:

—Si vuelves, chaparrito.

Diego se opera y no puede evitar pensar en Frida. En su pierna gangrenada. En su mutilación y en cómo aquello la llevó a la tumba.

«Ya está», piensa. «De aquí, todo es un rodar cuesta abajo». Pero mira a Emma, que a su vez lo mira con ojitos aguados porque sabe que su vida sexual se acaba de ir al carajo, y porque de pronto le cae el veinte de que se ha casado con un hombre viejo, enfermo, que le han dejado los restos de un festín, y por un segundo muy breve se pregunta si no estaría mejor con un hombre más pequeño, tanto de ambiciones y tamaños, si podría conformarse con vivir una vida plácida de anonimato junto a un hombre común. Y Emma bulle por dentro y se recompone y se dice que no, que no, que no. Que es la esposa de un titán. Y aunque lo castraran con una hoz diamantina, ella resurgiría de las entrañas como Gea. Le acaricia el rostro de cachetes flácidos y ojos de huevos cocidos y le dice maternal:

—Mejor una vida sin un cachito de pito que la muerte, Dieguito.

Y un poco más allá, sentada en el sofá de terciopelo azul cielo, la muerte disiente.

Le acortan el pene y le alargan la vida.

Diego se deprime. No quiere pintar. Quiere morirse y que mezclen sus cenizas con las de Frida. Pero para eso tendrá que hacer el esfuerzo de morirse en México. Un día, se lo dice a Emma:

—Emma, si me muero, crémame y mezcla mis cenizas con las de Frida.

Emma, que lleva entre las manos unos guantes de cuero blanco, los exprime como si fuera a sacarles pulpa.

—Diego —le dice tranquila y tragando gordo—, tú tienes un compromiso con el pueblo de México. Tu cuerpo debe estar en un mausoleo que todo el mundo pueda ir a visitar. «La tumba del maestro Rivera». Te mereces un monumento, no un nicho perdido como Hernán Cortés.

Diego entonces se da cuenta de que ha hecho bien en dejar esa voluntad por escrito en el testamento para que sus hijas cumplan, porque lo que es Emma Hurtado, ahí, delante de él, tan pelirroja que parece que el fuego le sale desde las cejas, no va a hacerle caso.

—Sal del cuarto, Emma.

—Pero, Dieguito.

—¡Que te salgas!

Y Emma se pone en pie y sale. Arrastra bajo la suela de los zapatos un ardor que debieron sentir los hijos de Urano cuando tras castrar a su padre nacieron los titanes con las gotas de su sangre derramada sobre la tierra.

Olga

RDA, 1955-1956

Olga se presentaba en las oficinas de la embajada rusa en la RDA, no muy lejos de la puerta de Brandeburgo. Era un martes por la mañana. Llevaba un traje de falda de tubo azul cobalto que casi le tapaba las rodillas, una camisa blanca de manga larga, el cabello corto a la altura de la barbilla. Y un cigarro. Porque Olga había empezado a fumar. Llevaba también muy buenas referencias porque Boris —que desde Copenhague había recibido una llamada efusiva y de agradecimiento de Leopoldo— se encargó de sembrarla allí bien. Incluso ahora tendría a su disposición una secretaria para ella sola.

Olga se instaló en las nuevas oficinas, colocó su carpeta y su portafolio sobre el escritorio de madera, se presentó diligente ante los camaradas que eran sus nuevos jefes y en poco tiempo tenía controlada la nueva situación. Una corriente de aire caliente que nada tenía que ver con el clima de Berlín circulaba entre las hojas de los cuadernos, sobre el suelo de moqueta. Esperanza y resignación a partes iguales.

El río Spree avanzaba tan silencioso que parecía un estanque. Llenaba el aire de humedad y en algunas zonas repobladas tras la Segunda Guerra Mundial volvía a crecer el trigo. Las grandes avenidas aún dejaban ver la huella de la reconstrucción y cierto olor a escombros se mezclaba con el de cemento fresco.

Sólo habían pasado diez años desde el fin de la guerra. Una eternidad y a la vez un parpadeo. Los adolescentes que entonces desfilaban orgullosos con sus camisas azules en las filas de la Juventud

Alemana Libre (el FDJ de Honecker) ocupaban ahora trabajos en las fábricas. Rotulaban, hacían tuercas, soldaban, ponían ladrillos, cavaban zanjas. La música volvía a sonar en la radio y a veces las risas se escapaban por las ventanas e inundaban los patios. Pero por donde pisara, Olga encontraba los arañazos de las bombas, del hambre, del incendio. Si se pegaba la oreja al suelo aún se podía oír a la tierra llorar.

Tobías, que se había marchado antes a Berlín con el cuadro de Olga, seguía a la espera de recibir noticias en cualquier momento. Seguía con su fachada de la Kulturbund. Asistía a las reuniones con Anna Seghers los días entre semana y contrabandeaba y vendía obra expoliada los sábados y los domingos.

Pero se le acababa el tiempo. Los de su organización le habían advertido que el nombre de «Harmut Conrad» empezaba a sonar más de la cuenta y que no era conveniente que siguiera arriesgándose. Sólo era cuestión de tiempo que alguien empalmase su foto con su nombre y estaría vendido. El viento llevaba ecos de sospecha en tiempos en donde las paredes empezaban a oír.

—Tienes que deshacerte de toda la obra que tengas en casa —le dijo su contacto de gafas de pasta en el sitio de siempre—. Deshazte de todo lo que pueda vincularte a Harmut. Quema los pasaportes falsos. Todo. Cualquier mínimo error te puede costar un interrogatorio. O algo peor. A partir de ahora, vuelves a ser Tobías Richter. Sólo que tendrás un nuevo cometido.

—¿Cuál?

—Vas a promover una iniciativa para recuperar las obras expoliadas por las nazis.

—¿Las obras con las que contrabandeamos? ¿Has perdido el juicio?

—¡Al contrario! ¡Es perfecto! Serás juez y parte. Nadie sospechará de ti. Así podrás seguir la pista a algunos cuadros y, de paso, meter en la cárcel a los colaboradores con los fascistas. Te adorarán —dijo el de las gafas de pasta.

Así que Harmut Conrad desapareció para dejar paso únicamente a Tobías Richter, que promovería la iniciativa de buscar cuadros expoliados y vendidos a los nazis. Su estrategia funcionó y su propuesta fue aplaudida por unanimidad. Tobías Richter era un héroe nacional.

Aun así, para que la coartada fuera perfecta, Tobías se deshizo de todos los cuadros y entregó la documentación comprometida al de las gafas de pasta.

—Durante un tiempo no tendrás noticias mías —le dijo—. Por seguridad.

Se dieron la mano y, por primera vez desde que se conocían, el de las gafas lo apretó en un abrazo fraternal:

—Adiós, camarada.

—Adiós, *Genosse*.

Lo que Tobías no le contó a su compañero es que hubo un cuadro del que no se deshizo. Un cuadro bastante grande que pesaba porque el soporte era rígido. El cuadro de Olga.

«No me causará problemas porque es un cuadro realista socialista», pensaba Tobías, porque, claro, el pensamiento individual era peligroso ya que iba en contra de la voluntad popular (porque en la Alemania Democrática no cabía un *yo*, sino siempre un *nosotros*). Pero a pesar de eso (o quizás, precisamente por eso) le gustaba mirarlo y saber que él era el único capaz de contemplarlo. Y un placentero cosquilleo de vértigo le sacudía las tripas.

Lo colgó en el salón, en la pared que daba al comedor, y todos los días el cuadro de Olga presidía la mesa. A veces, a media cucharada de sopa, le parecía escuchar una voz interior que le asaltaba pensando: «Ven pronto, Olga».

Más valía que Olga hubiera escuchado ese llamado, porque para cuando Olga se puso en contacto con Tobías, fue demasiado tarde.

En su defensa Tobías alegó que nada pudo hacer para negarse. Y también que no lo había vendido, así que, oficialmente, había mantenido su promesa.

Pero Olga zapateó como una niña pequeña enrabietada. Por más que Tobías trató de hacerla entrar en razón, Olga no le confesó a Tobías la verdadera razón por la que jamás le perdonaría aquel error.

Y es que nadie pudo presagiar lo que el cuadro de Frida estaría por atestiguar, del mismo modo que tampoco nadie imaginó lo que las dos repúblicas alemanas estaban condenadas a vivir. Tampoco Tobías (mucho menos Tobías) pudo presagiar que Erich Mielke, aquel hombrecillo regordete, miembro del Partido Socialista Unificado de Alemania (unificado porque, al perder la guerra, los alemanes de todas las agrupaciones políticas que habían sido prohibidas o disminuidas durante el Tercer Reich, juntaron fuerzas, porque eso de «divide y vencerás» había quedado demostrado que era un error descomunal, y a la vista estaba que era momento de arrimar el hombro, todos a una, y tirar del carro juntos: unidos, unidos. Unidos y hacia la izquierda por una república democrática, aunque sólo fuera en apariencia), ese Mielke, ese miembro del SED, que apenas acababa de entrar a trabajar como policía en el nuevo Ministerio para la Seguridad del Estado («Stasi» para los amigos), ese pequeñajo de voz fúnebre y mala leche se convertiría en un maestro del terror, en el líder de una organización estatal que utilizaría sistemáticamente el espionaje contra todos los alemanes, que sería capaz de manipular hasta a su madre y encarcelaría a inocentes, y torturaría y aterrorizaría a media Alemania y a buena parte de la otra. Nadie. Nadie se imaginó que Erich Mielke, pequeño, poca cosa, con ojos duros de piedra y de no matar una mosca desde bien joven, cuando aún no era el temido ministro que llegaría a ser, eso sí, ese hombre se presentaría un día en el departamento de Tobías por sorpresa y sin avisar para solicitar su apoyo en la caza y captura de esos nazis-roba-cuadros, porque quién habría podido vaticinar que aquel hombre —que terminaría sus días sentado en el banquillo de los acusados para responder por sus crímenes—, al ver aquella obra colgada en la pared del comedor de Tobías, con sus azules y grisáceos, con sus lenguas de fuego, esa fragua de Vulcano en donde Mielke creyó ver el pasado, el presente y el futuro de su país… ese hombre… se prendaría completamente del cuadro de Olga y lo querría para sí.

Erich Mielke no gastó un solo marco del presupuesto del Estado en la compra del cuadro de Olga. Sencillamente se lo llevó alegando que un cuadro tan relevante no debería estar en una casa particular, sino en unas oficinas gubernamentales para el disfrute del pueblo (aunque *el pueblo* nunca entrara a la sala de juntas de las oficinas de un ministerio). Y se lo llevó.

A los pocos días, sonó el teléfono en casa de Tobías.

Tarde. Demasiado tarde. Olga sólo dijo:

—Soy yo.

Un silencio en el que Tobías se quedó con la boca abierta. Luego Olga ordenó en voz baja:

—Veámonos en el Monumento de Guerra Soviético. A las tres en punto. —Y colgó.

Por la manera en que Tobías había guardado silencio al otro lado, Olga intuyó que algo iba mal, aunque meneó la cabeza. «No seas pesimista. Seguro que todo está bien». Y apostada en su escritorio, esperó a que dieran las dos.

El lugar favorito de Olga en Berlín era el Monumento de Guerra Soviético en el Tiergarten, un gran bosque que había sido completamente arrasado por las bombas, primero; para hacer leña en el duro invierno de la posguerra, después.

Para llegar había que cruzar al sector británico de Berlín (oeste), al que Olga llegaba sin dificultad sólo con enseñar su pasaporte de la embajada al subirse al tranvía. Solía acudir de vez en cuando y se sentaba en las pequeñas escalinatas desde donde leía la inscripción debajo del enorme soldado ruso de metal: «Gloria eterna a los héroes que lucharon contra los invasores fascistas alemanes por la libertad y la independencia de la Unión Soviética».

Olga se sentaba allí y veía los troncos brotarse de ramas nuevas que rompían la corteza. Le reconfortaba pensar que el cementerio de esos doscientos mil soldados estuviera cubierto de verde. «Porque la vida siempre se abría camino», pensaba. Y luego, antes de volver al sector soviético, ponía un clavel rojo, o a veces un tulipán amarillo, sobre las tumbas.

Aunque Olga apareció puntual, Tobías ya estaba allí. Se notaba impaciente. Avanzó hacia su dirección por la explanada del Tiergarten con las manos dentro de los bolsillos de su falda.

—Me alegro de verte —le dijo Tobías—, aunque sea del lado occidental —bromeó.

Ella alzó los hombros:

—Me hubiera gustado que el monumento estuviera en el sector soviético, pero ¿qué le vamos a hacer?

Y empezaron a caminar uno al lado del otro. Ambos tenían las manos en los bolsillos, no porque hiciera frío, sino porque no sabían qué hacer con ellas. Estaban a medio metro de distancia, pero caminaban con la cadencia de un par de enamorados. Tobías abordó el tema porque al mal paso darle prisa.

—Ha habido un pequeño problema.

Olga detuvo el paso y esperó a que él prosiguiera. Tobías aclaró sin que hiciera falta:

—Con el cuadro…

Olga se impacientó.

—¿Qué pasó con el cuadro?

—Se lo llevaron.

—¿Cómo que se lo llevaron?

—Un policía de la Stasi.

Olga se llevó las manos a la boca.

—Se enamoró del cuadro en cuanto lo vio. No pude negarme.

Ella tenía ganas de arrancarse todos los cabellos.

—¡Ay! ¡Tobías! ¡Te dije que no estaba en venta! —Brincó sobre sus puntas.

—¡Y no lo vendí!

Olga daba vueltas en círculo como un perro olisqueando su cola. «¿Qué voy a hacer, qué voy a hacer?».

—¡Qué voy a hacer ahora! —soltó en voz alta.

—Pues tendrás que pintar otro —le dijo Tobías.

Pero Olga se sujetaba la cabeza con ambas manos.

—Es que no lo entiendes.

—Pues explícamelo, Olga.

—¡Ese cuadro no es mío!

—¿Qué quieres decir? ¿Lo has robado?

Olga se puso roja. Los árboles se pusieron rojos. La tierra se puso roja de vergüenza.

—¿A quién? —preguntó Tobías.

—A la VOKS —susurró ella viendo al suelo.

Ahora era Tobías quien caminaba en círculos.

—¡Pero cómo no me lo dices antes! No es que me asuste transportar carga comprometida, pero ¡me tenías que haber avisado, Olga!

—Te lo dije, te lo dije. Pero tú sólo escuchas lo que te importa.

—No, tú me dijiste que ese cuadro lo habías pintado tú.

Los dos bufaban. Estaban a un metro uno del otro.

Olga calló. Decidió que no diría una sola palabra más para no comprometer a Tobías más de lo que ya estaba. Olga se acercó para no tener que gritar:

—Está bien, calmémonos —dijo Olga—. Tenemos que pensar.

—No hay mucho que pensar, Olga. Lo mejor es no decir nada y dejar que el cuadro se quede en las oficinas de Mielke.

—¿De quién?

—De Erich Mielke. El policía del ministerio. Él piensa que el cuadro es alemán. Si no decimos nada, nadie tiene por qué enterarse de que el cuadro es ruso. Además, tú borraste los registros en Varsovia, ¿no es así?

Olga asintió con un sí muy quedito y un toque de cabeza.

—Pues, entonces, olvídate del cuadro. Al menos sabes donde está.

«Sí, en una oficinucha de segunda de un ministerio», pensó Olga. Y entonces, se le iluminó la cara.

—No me gusta nada esa mirada, Olga. ¿Qué estás pensando?

—¡Eso es! ¡Tengo que conocer a ese tal...! —Tronó los dedos tres veces.

—¿Mielke?

—Ése.

—¿Para qué?

—No puedo perderle la pista a ese cuadro, Tobías. Tienes que ayudarme. Necesito acercarme a ese hombre.

—¿Y cómo voy a ayudarte yo?

—Consígueme una entrevista con ese *Genosse*...

—¿Con Erich Mielke?

—Con ése.

México

1956

Después de pasarse meses en Europa del Este, Diego y Emma regresan a México. Por fin, Leopoldo recibe la llamada que llevas meses esperando.

—Vamos a ver el cuadro de Frida —le dice.

Diego piensa al colgar en cómo todo es relativo. Un cuadro que antes le horrorizaba y ahora añora. Es como si Diego, tras la enfermedad, empatizara con el dolor.

Se quedan de ver en un banco en donde Leopoldo había contratado una bóveda para salvaguardar la obra. A Diego le dio gusto.

Y hacia allá se fueron.

Leopoldo reprimió el gesto de sorpresa. Del Diego que le había encargado que recuperase *La mesa herida* al Diego que tenía en frente había un abismo. La delgadez le había cambiado hasta la mirada. La enfermedad lo había consumido a bocados grandes. Leopoldo fingió demencia y lo saludó como si nada. Aunque por no negar la evidencia, no pudo evitar decirle un:

—Te veo muy bien. ¡Hasta que bajaste de peso! —Y tras el abrazo de palmada en la espalda, Diego contestó:

—Ya me hacía falta.

Eso fue todo, porque los dos sabían que poco más había que comentar.

Después, como si Diego presintiera que no le sobraba tiempo, le preguntó:

—¿Y el cuadro?

Leopoldo sacó una llave grande (parecida a la de una reja) y la movió ante los ojos de Diego como una campanita.

—Vamos allá —dijo.

Leopoldo avanzaba hacia la victoria. Pisaba firme, a diferencia de Diego que se balanceaba de lado a lado como metrónomo. Llegaron a la bóveda y prendieron la luz. Leopoldo se calentó las manos como si fuera a batir chocolatito y sacó un tubo apoyado en un costado de la pared. El cuadro estaba enrollado. Sonó un puf hueco cuando Leopoldo quitó la tapa de un extremo. Y sacó la tela. Todavía le pidió a Diego:

—Sujétame ahí.

Y le acercó las esquinas de la tela.

Desenrolló.

Palmo a palmo, la tela acartonada ronroneó al abrirse.

Y así estaban: Diego del lado izquierdo, Leopoldo del lado derecho, sosteniendo entre los dos una mesa herida.

—¡Aquí la tienes! —dijo Leopoldo.

Diego, que llevaba todo el proceso con los ojos bajos y la boca abierta, lo miró lánguido y con cara de idiota.

—¿Estás jugando conmigo?

Leopoldo ni siquiera tuvo tiempo a perder la sonrisa.

—¿Esto es lo que te dieron? —dijo Diego.

—¿Cómo que esto? Ésta es *La mesa herida*, ¿no?

Diego soltó la tela y los niños Isolda y Antonio apoyaron sus cabezas sobre el suelo. El corazón desconcertado de Leopoldo latía a destiempo.

Diego arrastró esa voz guanajuatense de barítono crudo:

—¿No habrás pagado nada por este cuadro?

Leopoldo, por cuya cabeza silbaban pensamientos mortíferos como balas, contestó:

—Lo que me autorizaste, Diego.

Diego alzó los brazos entre divertido y enfadado. No se sabía cuál.

—¡Pinches rusos! ¡Salieron más vivos que tú!

—¡Qué pasa, Diego! Ésta es *La mesa herida*. Mira, tiene hasta las etiquetas por detrás.

Leopoldo le dio la vuelta al lienzo tan rápido que el copete se le movió.

Diego se asomó. Y luego su boca, ya de por sí doblada en una hoz, se curvó un poco más.

—Bien vivos, sí, señor —dijo para sí—, bien pinches vivos.

Después fue el mismo Diego el que le dio la vuelta a la tela para verla de frente. Parecía que se zambullera en esos trazos, pasó los dedos por encima del pigmento para sentir los brochazos rugosos, el discurrir del pincel que había profanado a su Frida de aquella manera.

—¿Me vas a decir qué pasa de una vez?

Y entonces Diego le clavó un puñal con los ojos:

—Mira, Leopoldo, pues resulta que, además de transa, me saliste pendejo.

—No tienes por qué hablarme así. Me pediste que trajera *La mesa herida* y aquí está. Me vine cargando este cuadro desde Rusia. Yo cumplí. No me vengas ahora con enredos.

Diego le gritó:

—¡Te engañaron, Leopoldo! ¡Te dieron una falsificación! *La mesa herida* está pintada sobre tabla. ¡Sobre tabla! Y esto —Diego agarró la tela y la empezó a abanicar como un papalote—, ¡esto es un lienzo!

Leopoldo no podía verse en un espejo, pero estaba seguro de que tenía cara de pendejo.

—¿Cómo sobre tabla?

—¡Sobre tabla!

—Frida nunca pintaba sobre tabla.

—¿Que no? Le encantaba pintar sobre masonita. Decía que resbalaba mejor el pincel.

A falta de dónde sentarse, Leopoldo se apoyó sobre los muslos mientras una voz en su cabeza repetía «No puede ser, no puede ser, no puede ser».

—Te vieron la cara, Leopoldo. —Y luego, para limar asperezas—. Nos la vieron a todos.

Leopoldo repasaba mentalmente todos sus movimientos. ¿En qué momento le habían podido dar la vuelta? ¿Quién? ¿Boris? ¿Olga? Y miraba el cuadro: «Imposible, imposible».

—Imposible —dijo en voz alta—. Me aseguré de todo.

—Ya déjalo, Leopoldo. De haber sabido, ahora que estuve todo este año en Moscú habría intentado buscarlo. Seguramente, sigue en las bodegas esas, guardado, y el tipo al que corrompiste se sigue riendo.

Diego se dirigió a la salida.

—Lo peor del caso es que no es una mala copia —dijo pensando en si alguien, algún día, lo falsificaría a él, porque en el mundo del arte no eras nadie si no te copiaban al menos una vez en la vida. Hasta en eso su Frida le había salido más picuda.

—¿Y qué hago con esto? —le preguntó desesperado Leopoldo con la tela en la mano.

—Haz lo que se te hinche.

Y salió despacito.

Diego caminaba tan despacio que a Leopoldo le dio tiempo de enrollar el cuadro, meterlo en su tubo y salir corriendo tras él. Con el corazón en la boca llegó a tiempo para ver a Diego meterse en el Ford gris plata en donde el *Inquieto* lo esperaba. Corrió hasta allí, justo a tiempo de que Diego cerrara la puerta. Desde ahí los cachetes de Diego parecían colgar aún más. Leopoldo, con la mano en el chasís, humilló antes del descabello:

—Diego… la cagué. —Su voz era baja, grave—. Dame una oportunidad. Te traeré el cuadro bueno, el auténtico.

—La oportunidad ya te la di. —Y cerró la puerta del Ford.

Leopoldo se quedó perplejo, viendo al coche alejarse en una nube de polvo.

Esa noche Leopoldo no llegó a su casa a dormir. En lugar de eso, se metió en la primera cantina que encontró en el camino. La puerta se cerró tras él y el sonido a cortina metálica separó el mundo de Leopoldo en dos. Afuera se quedó un Leopoldo con cara de pendejo, humillado, estafado, y dentro, un güero alto con pinta de extranjero y sed de revancha que se puso a pedir como si no hubiera un mañana. Soltó un fajo de billetes sobre la barra con la enjundia con la que se aplasta una araña. El cantinero lo agarró, encantado de que le pagaran la borrachera por adelantado. Leopoldo no supo ni cuánto tiempo pasó sentado ahí, tras la barra de nogal. «Porque ésta me la pagan», se decía con cada trago. Porque él no era ningún muerto de hambre, quién se creía Diego Rivera para tratarlo así. «Ojalá te mueras sapo, feo panzón, que se te caiga la verga a pedazos», le deseaba. Y, ¡zas!, se llevaba otro trago de mezcal a la boca para aplacar el sabor de su bilis. Boris también se llevaba su parte: «Pinche ruso, ratero, corrupto, mamón», le decía. Y, ¡zas!, pa' dentro. Empezó a escuchar a Olga reír. A la pánfila, mosca-muerta, «pinche vieja cabrona, me las vas a pagar».

Una muchacha, la única en todo el local y que cobraba por compañía, se le acercó:

—Cómo estás, mi rey.

Leopoldo ni la miró. No tenía ganas de andar con ficheras.

—Me voy a empedar solo. No gastes tu tiempo.

La muchacha, tras un estira y afloja en donde sólo ella aflojó, se sentó junto a un flaco al final de la barra que ya tenía la cabeza metida en el vaso.

Al poco rato, el aliento de Leopoldo olía a rencor enclaustrado y cada que eructaba se le escapaba una lágrima. En remolino se le venían los momentos de inocencia en que creyó que era poseedor de una joya. Que se había llevado el gato al agua. Quería agarrar esa sensación con los dedos, pero se le escurría. Su ilusión transformada en humo, agua de nube. Un gas incorpóreo que desaparecía en el momento en que lo tocaba. Y ¡zas!, caballito tras caballito, se empedó lo más rápido que pudo. No quería pensar. Quería olvidar la humillación. La cagada. La pinche impotencia que lo envolvía desde los pies hasta la coronilla. Su dignidad empezó a oler a caca.

—Todo lo que toco se convierte en mierda.

Y hundía la cabeza entre sus manos, y se daba de bofetadas, y se quería agarrar a madrazos. Se levantó y se puso a insultar a todo el que tuviera delante. Uno le soltó un putazo que le reventó la nariz. «Al fin», se dijo Leopoldo. Y se enzarzó en una pelea que duró poco porque estaba tan borracho que erraba los golpes. Lo aventaron sobre una silla y la música volvió a sonar, ajena a la humillación.

Leopoldo se dejó mecer en el sopor etílico de su desdicha igual que un infante duerme plácido entre los pechos mullidos de su madre, hasta que el cantinero se negó a servirle un trago más.

—Ya váyase a dormirla, joven.

Luego, antes de regar cuál era el motivo de su pena, le preguntó:

—¿Es por amor o por dinero?

—Las dos son la misma (hip) pinche cosa. —Arrastró la lengua de centavo.

—Mañana será otro día —le dijo el cantinero.

—¿Tú también me vas a sermo (hip) near?

—No, joven. Cómo cree.

—Sácate a la chingada, Diego —le contestó con la mirada abatida.

—Me llamo Juan.

—¡Me vale madres! —dijo Leopoldo. Y arrastró la silla para ponerse en pie. No duró en vertical ni cinco segundos. Dos borrachos (no tanto como él) se rieron y aplaudieron felices, felices, ante el espectáculo de Leopoldo tirado en el suelo de barro.

—Pinche jarra que lleva.

—¿Viste? ¿Le ayudamos a pararse?

—¡Qué le vamos a ayudar! ¡Pa' qué chupa si no aguanta!

—Salud, compadre.

—Salud.

Uno más allá, ajeno a la conversación de los borrachos, trataba de ayudarle. Leopoldo lo espantó de un manotazo.

—Aparta. Yo pue-do (hip) solo.

Y se levantó, no sin antes manotear y agarrarse de las patas de una mesa igual que un náufrago de un salvavidas. Trastabilló hasta la puerta, agarrándose de las paredes frías. Cuando salió, el aire de un mundo en donde todos lo miraban y lo señalaban le pegó en toda la cara. «Tú, Leopoldo Baker: eres un pendejo». Las voces entremezcladas con los cláxones de los coches en la avenida le cegaban y cerró los ojos. «Ahí va el tarugo al que le vendieron un cuadro falso». Leopoldo se hacía sombra con la mano como si en vez de la noche estuviera tumbado en una playa. No tenía ni idea de dónde quedaba su casa. Desorientado y aturdido, puso un pie en el asfalto.

Un claxon se estiró como un chicle.

Un pitido largo y descendente de silbato en agonía.

Una advertencia en forma de flauta mal afinada.

Leopoldo apenas sintió nada.

Voló por los aires como una serpiente aventada de su canasto.

Cayó unos metros más allá, delante de las ruedas de un coche cuyo conductor salió del vehículo espantado. Gritaba fuera de sí, tratando de controlar el temblor de sus manos:

—¡Se me echó encima, se me aventó!

El cráneo de Leopoldo era un huevo quebrado. La sangre que se le desparramó alrededor olía a tequila blanco atropellado.

Leopoldo ni se enteró de que ésa había sido su muerte.

La mesa herida se quedó entonces sin dueño. Resguardada en la bóveda de un banco, un lienzo sin reclamar con las etiquetas de las exposiciones en las que se había expuesto pegadas por detrás, una entera y otra rota en una esquina.

Al poco tiempo, Diego murió también, sin decir ni pío sobre el cuadro de su mujer.

Pasarían veinte años hasta que un masón se interesara por el tubo que contenía un lienzo en una caja de seguridad que llevaba años sin abrirse. Y cuando lo abrió, los ojos le brillaron como Alí Babá al descubrir la cueva de los cuarenta ladrones.

Olga

RDA, 1956-1957

En el momento exacto en que Leopoldo ponía un pie en el asfalto, instantes antes de salir catapultado por los aires, en Berlín, Olga se alisaba las arrugas de su falda, carraspeaba un poquito para pasarse saliva y se presentaba ante una secretaria.

—Buenos días, vengo a ver al camarada Erich Mielke.

—¿Su nombre, camarada?

—Olga Simonova. De la embajada rusa.

La mujer levantó el teléfono y avisó. Olga notó que una luz roja parpadeaba. Cuando colgó, la mujer le anunció:

—El camarada la está esperando.

Olga avanzó.

La puerta se cerró tras ella con un retumbar de sarcófago.

A la salida la esperaba Tobías, apostado sobre un coche y fumando, como siempre.

—¿Y bien? ¿Lo viste?

«Sí», dijo con la cabeza. Y ella se encendió un cigarro.

—Bueno, pues ya está entonces. Sabes dónde está el cuadro. ¿Qué le dijiste?

—Que ese cuadro… lo había pintado yo.

—No te atreviste…

Olga dio una calada y soltó humo.

—Sí. Se lo dije.

—¿Y qué te dijo?

—Me felicitó. Sabía muy bien dónde trabajaba. No hizo falta que dijera mucho. Estaba al tanto de todo.

Tobías sacó su pitillera. Estaba vacía. Olga le compartió de su cigarro. Él dio una calada y se lo regresó.

—Y ahora… ¿qué vas a hacer?

—Vendré a trabajar aquí. En las oficinas del Ministerio de Seguridad.

Olga se alzó de hombros con resignación y dio una calada honda y larga a su cigarrillo. El humo los envolvía cuando empezaron a andar.

—Hay algo que no me estás contando, Olga.

Caminaban y cada cierto número de pasos se detenían para dar una calada. Parecía que remaran. Empujón, calada, remo al agua, empujón, calada, remo al agua.

—¿Todo esto por un cuadro?

Olga sacó humo envuelto en aire.

—¿Y eso me lo dices tú?

Tobías siguió caminando, sin nada que alegar.

—Pero no —concedió Olga—. No es sólo por el cuadro.

—¿Entonces?

Olga se detuvo.

—Es por mí. Estoy cansada de tener miedo.

Tobías se detuvo a la espera de que ella, por fin, se abriera al vapor. Olga entreabrió los labios. A punto de confesar. De gritarle a los cuatro vientos lo que había hecho con el cuadro. Que lo había copiado, que había engañado a un mexicano al que le había dado una copia de un cuadro que ansiaba conseguir. Y que le había gustado esa sensación de poder. Quería contarle que bajo ese cuadro que le había dado se ocultaba otro prohibido, aunque Olga sospechaba que a estas alturas algo se olería ya Tobías. Estuvo a punto, a punto de hablar. Pero alertados por una prudencia más anciana que el tiempo, los labios de Olga volvieron a cerrarse despacito y, luego, Olga se llevó el cigarro a la boca. Aún no estaba lista para darle la combinación de una caja fuerte que no quería abrir. Con pesar, Tobías la vio encerrarse en su concha mientras retomaban el paso en silencio. Nunca volvió a preguntarle por qué ese cuadro era tan especial...

A partir de ese día, Olga salió y Helga entró en escena.

Helga Hildebrandt era un nombre escogido por Mielke, que sabía perfectamente quién era Olga Simonova, puesto que había sido él quien la había reclutado para el ministerio y no al revés.

Durante un año, Helga/Olga estuvo haciendo labores administrativas, pasando a máquina documentos, poniendo sellos, y tomando dictado de todo tipo de reuniones. Hasta que, no sin mucha sorpresa —pues había hecho sus méritos y era implacable—, Erich Mielke fue nombrado jefe absoluto del MSE. Jefe de la Stasi.

Olga empezó a entender por qué ese hombre regordete, de mediana estatura, ojitos pequeños y pelo rapado por debajo de las orejas, era el hombre más temido de la República Democrática Alemana.

—Jamás recuperaré el cuadro —se dijo entonces Olga con pesar.

Porque Mielke, al tomar posesión de las oficinas centrales en la Normannenstraße en la sala de juntas, no colgó un retrato del primer ministro Walter Ulbricht, sino un cuadro bastante grande que mostraba a unos obreros en una fragua. Un cuadro, prueba irrefutable del arte realista socialista, para no olvidar, para no perder el foco, y que le recordaba todos los días cuál iba a ser su misión en la política.

Un cuadro que Helga sólo pensaba en cómo sacar del lugar más seguro de Berlín.

México

1957

Emma sabe que se aproxima el final un día en que Diego no tiene fuerzas para agarrar los pinceles. Diego sufre. Siente dolor. Y se acuerda de su Frida, de lo mucho que debió de sufrir ella, y se alegra de haber hecho lo que hizo.

Quiere morirse ya.

Ha pintado todo lo que ha querido. Ha dejado su huella en los murales de México. Es hora de partir.

La muerte se le sienta a un ladito:

—¿Ya estás listo, Diego?

—Ya, pelona. Llévame con Frida.

Y la muerte se le acerca despacito y le besa en la boca. Un beso sin lengua que truena en los dientes.

Es el 26 de noviembre de 1957. Seis días después del aniversario de la Revolución mexicana.

Lo visten con camisa roja y traje azul oscuro. El sapo está en los huesos y toda la ropa le queda grande. Y se lo llevan a Bellas Artes. Esta vez, nada de banderas comunistas:

—Sobre mi cadáver —avisa Emma Hurtado, que de pronto se ha crecido con la muerte de *su* marido y está como una leona defendiendo su territorito con uñas, dientes, y su pelo rojo parece echar chispas.

Esta vez, los alcatraces inundan Bellas Artes. Es un mar gigantesco de olitas blancas. Políticos, presidentes, artistas, escritores, pintores y un Judas de papel maché van haciendo guardia junto al féretro de caoba.

Por ahí alguien pregunta si lo van a cremar, y una de sus hijas responde que sí y que colocarán sus cenizas junto a las de Frida en el Anahuacalli en cuanto esté terminado el museo. Emma Hurtado detiene las lágrimas y aguza las orejas de gato montés. De eso, nada. Ahora es la viuda-de-Diego-Rivera, así, todo junto (se tiene que mandar a hacer nuevas tarjetitas de presentación, piensa egoísta en un pronto de esos que tiene cada cinco minutos). Y asegura que a ella Diego nunca le comunicó esa intención.

—Cuando vio arder el cuerpo de Frida, se le quitaron las ganas —dijo.

Diego sería enterrado en la Rotonda de los Hombres Ilustres del panteón Dolores, que su trabajo le costó.

—¿Estás loca? —le dice una de las hijas de Diego—. Ni se te ocurra contradecir esa voluntad de mi papá.

Pero Emma ya no escucha. Se imagina lo grandioso que será ese templo que construirá para el eterno descanso de *su* marido. Todo construido con puros materiales mexicanos. De su cuenta correrían los gastos. Todo México podrá ir a poner alcatraces a la tumba de *su* esposo. Faltaría más. Los periodistas se le agolpan alrededor para tomarle fotos y le preguntan por Diego llamándola para entrevistas: «señora de Rivera, señora de Rivera». Y a Emma se le escurre una lágrima de la emoción. Por fin, en la muerte, Diego le pertenece sólo a ella.

Olga

1961

Una cortina de hierro separaba Occidente y Oriente. El Stasi contaba ya con cincuenta mil personas en planta. Olga tenía registros de lo que hacía media Alemania y, sin embargo, de Pieter seguía sin haber rastro.

Al principio, durante los primeros años, Olga lo buscó por todas partes. En los archivos, en los documentos de entradas y salidas, en los registros de pasaportes, actas de defunción, actas de matrimonio, ingresos en psiquiátricos, pero por más que buscó y buscó (y buscó a conciencia con todo el aparato del Estado), jamás dio con nadie que se correspondiera con el nombre de su esposo. Pieter había logrado desaparecer de la faz de la tierra.

Olga empezó a creer que su marido no querría ser encontrado. A veces se preguntaba si no habría sido mejor saber que lo habían matado, pero entonces se sentía mezquina por su egoísmo, se pellizcaba los padrastros y daba gracias al cielo por saber que su cuerpo no había aparecido en una zanja. Sin embargo, el recuerdo de Pieter la acompañaba a todas partes, enquistado en su carne. Un callo duro y viejo que dolía si lo presionaba. Así que lo dejó estar y decidió ir por la vida con un calzado más amplio.

Para entonces Olga tenía treinta y cinco años, la misma edad de su madre cuando murió. Un tictac empezó a acompañarla. A todas horas. No era vieja, ni tampoco joven. Pero empezó a tener la certeza de que recorría la segunda mitad de su vida. Tictac, tictac. Cuando en el parque se cruzaba con madres que empujaban las carriolas de sus hijos, les sonreía en un cruce rápido de miradas. A veces incluso les preguntaba por sus rutinas, «¿Duerme bien?», «¿Come bien?», y las otras les contestaban con paciencia que sí, que todo de maravilla.

—¿Usted no tiene hijos?

—Uno —mentía Olga.

Y las madres se alejaban diciéndole que se animara a ir por un hermanito.

—Les hace mucho bien —le decían.

El deseo le hormigueaba a Olga en la palma de las manos.

Antes quiso ser pintora.

Ahora quería ser madre.

Y un día, mientras estaba sentada en un banco del parque, se dio cuenta de que esa ilusión era un nuevo motor en su vida. Un nuevo principio. Una llamada que bullía caliente en su interior. Quería tener un hijo por sobre todas las cosas. Si al menos estuviera con Pieter. Si al menos lo hubiera encontrado. Olga empezó a hacer círculos en la arena con la punta de su zapato. Los pensamientos se le arremolinaban dándose codazos por ocupar la primera fila. Se preguntaba por qué llevaba tanto tiempo esperando a que el hombre volviera. ¿Qué le diría si lo viera aparecer? Probablemente, adiós. Probablemente agradecía en secreto que él no hubiera vuelto. Pero entonces, ¿por qué se sentía tan sola? Tal vez que Pieter no hubiese vuelto le abría una ventana de libertad por la que asomarse. Se habían casado tan jóvenes, pensaba. Y ya no se acordaba a qué sabían sus besos. Ella ya no era la mujer que se había casado con Pieter, y probablemente él tampoco sería el mismo hombre. En esas estaba cuando un niño se acercó a ella:

—¿Quiere uno, señorita? Hay muchos…

—¿Cómo dices?

—Que si quiere un caramelo.

Olga notó entonces que el niño le estaba ofreciendo unos caramelos con la palma extendida. Tomo uno de envoltorio rojizo.

—*Danke* —le dijo.

Se lo metió en la boca ante la mirada atenta del niño, que aun sin necesidad de sonreír se le notaba que le faltaba algún diente. El niño agarró también un caramelo envuelto en papel de celofán y se lo metió en la boca. Le sonrió con la encía pelona y con el caramelo arrumbado en la mejilla como si le hubiera salido un chichón. Y después se fue dando brinquitos, tan espontáneo como había aparecido.

Olga lo vio alejarse mientras sentía el dulzor de la fresa deshaciéndose en la boca. Lo vio marcharse hasta que su chaquetilla azul celeste no fue más que un punto en el horizonte. «Hay muchos», musitó.

—Adiós, Pieter —dijo entonces sin apenas separar los labios.

Se levantó del banco. Se estiró la falda. Y así, sin más, mientras el sol comenzaba a descender, soltó el luto de su autoimpuesta viudedad.

Los días en la oficina transcurrían con la rutina del trabajo burocrático. A discreción, y con absoluto secretismo, mantenía informados a los rusos y a la KGB de cualquier movimiento o discusión que se llevaba a cabo tras los muros del MSE. A cambio de eso, Olga era intocable. Nadie se metía con ella y gozaba de ciertos privilegios. Una vivienda, un coche. Olga se preguntaba cuántos más como ella habría infiltrados y miraba a todos sus compañeros con recelo. Bien sabía que nadie estaba libre de sospecha.

Su vida en la RDA no se parecía en nada a la que llevaba en Moscú. Aquí se sentía más libre, a pesar de todo. Los inviernos, sin ser cálidos, eran más llevaderos. Y todos la llamaban *Frau* Helga, una señora a la que era mejor mantener contenta porque estaba conectada con las altas esferas rusas del poder y a quien Mielke tenía en consideración.

Igual que antes en la VOKS, Helga Hildebrandt había llegado a la oficina con el silencio incorporado y todo el mundo asumió que ésa era su forma de ser. Y no estaban mal encaminados. El silencio y la soledad eran primos hermanos. Así había sido siempre. Y es que Olga sabía que una palabra suya era capaz de salvar o de condenar, así que tenía mucho cuidado con las cosas que decía. Había visto a muchos compañeros castigados a pasarse jornadas enteras, semanas, meses, despegando sobres con vapor sólo por el hecho de opinar o contar un mal chiste sobre la RDA. Las paredes tenían oídos y había informantes en cada mesa. Los enemigos estaban todos disfrazados de amigos. La prudencia se colaba en cada cucharada de comida, en cada gota que caía de la regadera al bañarse, en cada pliegue de la ropa.

Era mejor callar y fingir lealtad absoluta.

Pero Olga callaba, además de por precaución, porque su vida era una vida solitaria. A veces pasaban días sin que hablase con nadie más allá de la oficina. Llegaba a su casa y reinaba el vacío. Una existencia hueca de sonidos desde que había dejado de pintar. Porque desde que había llegado a la RDA no había vuelto a tomar un pincel. También extrañaba la compañía de Valentina. Extrañaba incluso su languidez, la manera en que levantaba la taza de té, la tristeza de su pelo. A veces estiraba la mano en el sofá y acariciaba el lugar de su ausencia. A veces se quedaba quieta a medio lavar los vasos porque se la imaginaba colgando de la soga, en medio de la cocina. Sacudía la cabeza para espantar la pesadilla de su imaginación y le pedía perdón. Se arrepentía tanto de no haberle hecho más compañía en su dolor. De no haber sido para ella un soporte más firme. De haberla abrazado más. De no haberla dejado llorar entre sus brazos.

Lo que daría Olga por su abrazo, ahora. Por oír su voz. Y entonces le hablaba:

—¿Tú qué dices, Valentina? ¿Debo tener un hijo?

Pero nadie le respondía.

Hay preguntas cuyas respuestas tienen que salir desde dentro de una misma.

Y entonces, el resabio del olor de Tobías invadía la habitación como un jazmín en la noche.

Tobías pasaba mucho tiempo fuera, cruzando a diario la frontera a Occidente con sus trapicheos artísticos. Olga lo sabía, pero Helga no. Helga fingía demencia y le guardaba el secreto. Cuando alguna vez la visitaba a la vuelta de sus viajes, Olga jamás le preguntaba nada que pudiera comprometerlo. Aunque él quisiera contarle, ella no se lo permitía. Le colocaba los dedos sobre los labios y le decía:

—El secreto de nuestra amistad es la ignorancia.

Y él la miraba con la acuosa inteligencia de sus ojos marrones y obedecía.

—Cuánta razón tienes.

Por supuesto, jamás, jamás, jamás hablaban de política. Pero, a pesar de todo, ante el silencio reinante de ese departamento, Tobías entraba y la bocina de un buque surcando un río parecía sonar.

Tobías apareció un día con el pelo recién cortado y una sonrisa que decía «Me alegro de verte, te he echado mucho de menos». Se abrazaron, se besaron en las mejillas y luego Tobías se echó en el sofá como si fuera el hombre más libre del mundo. A Olga el recuerdo de la acidez de un caramelo de fresa deshaciéndose en su boca la sorprendió de pronto.

Tobías hablaba y hablaba, tanto que casi no le dio a Olga la oportunidad de intervenir. La avasalló con sus historias porque, a diferencia de Olga, a Tobías le incomodaba el silencio. Eso y la manera en que Olga lo estaba mirando. Porque por primera vez Olga se estaba imaginando qué tipo de hombre sería Tobías debajo de la ropa. «A qué sabrán sus besos», se preguntó.

Olga se sorprendió tanto de sus propios pensamientos que se puso de pie y se dirigió a la ventana:

—¿Te importa si abro la ventana?

—No, para nada. Este junio está siendo muy caluroso... ¿Te encuentras bien?

—Sí, sí. Es sólo que me he acalorado un poco. ¿Quieres algo de comer?

Y sin darle tiempo a contestar, se fue a servir un plato con galletas que acompañaran al té helado. Tobías hablaba desde el salón, contando mil cosas que Olga no escuchaba. Porque en su mente sólo había espacio para escuchar el burbujeo de dudas que rompió a hervir en su interior. En todos estos años, lo suyo había sido una amistad fraternal. Una complicidad compartida. No había deseo. ¿O sí? Disfrutaban de su mutua compañía y compartían secretos, pero nunca se habían tocado. Jamás. Al menos no de esa manera. Olga se preguntaba por qué. Y mientras colocaba las galletas de mantequilla una mariposa batió las alas. «¿Será que no le gusto?». Y casi inmediatamente: «Es un hombre bueno. Mi único amigo. Mi cómplice. ¿Por qué no somos amantes?». Tictac, tictac. Tobías de pronto era la ruta más corta hacia la maternidad. ¿Sería capaz? ¿Lo utilizaría? «Sería capaz de tener sexo sin amor». Porque no se amaban. No se amaban. ¿O sí? ¿Qué es primero, el deseo o el amor? O ¿es al revés?».

Con el plato de galletas aún en la mano y con una jarra de té helado en la otra, Olga se quedó de pie frente a él:

—Deberíamos acostarnos —le soltó.

Tobías, que había estado hablando sin parar, se calló, por fin.

—¿Cómo dices? —contestó él con la expresión simplona y anodina de quien acaba de oír una ocurrencia que no acaba muy bien de entender.

Olga dejó el plato y la jarra sobre la mesa de centro y se sentó a su lado:

—¿No te parezco atractiva?

Tobías, estirando los labios hacia una absoluta seriedad, contestó:

—Ya sabes que sí.

—Entonces… ¿por qué nunca me has besado?

—Porque no me has besado tú —contestó él.

Durante un segundo, ninguno de los dos supo qué hacer. Eran dos amigos que estaban a punto de cruzar una frontera de la que no podrían volver. Al menos no sanos y salvos. Lo sabían. Lo intuyeron. Aun así, Olga cerró los ojos y esperó.

El beso se posó sobre sus labios con serenidad. Como una mariposa en el borde de una copa de vino.

Sin fuegos artificiales ni vuelos de palomas por la habitación. Sin arrebatos. Sin lujuria. Fue todo bastante lento y extraño. Tobías parecía pedir permiso para poner las manos sobre el pecho, ella parecía mantenerlas tiesas sobre el pectoral impidiendo un acercamiento. Se chocaron con los dientes, se les dobló la punta de la nariz.

Poco a poco comenzaron a ceder, a dejarse hacer. A reconocerse en esos cuerpos que acariciaban con las yemas de los dedos. Con los besos. Y el arrebato empezó a subir como la marea, ajena a los bañistas en ella. Hicieron el amor ahí mismo sobre el sofá. Fue todo tan rápido que Olga no llegó a quitarse el vestido. Olga se quedó mirando a Tobías con ojos traviesos. Ojos que preguntaban mil cosas. «¿Qué ha pasado, qué has sentido, esto es todo?». Tobías estaba entre excitado y avergonzado. Permanecieron así no más de un minuto. Y entonces empezaron a reír. Rieron mucho. Mucho y muy fuerte, durante un rato corto que les dio tiempo para reconducir.

—Podemos hacerlo mejor —dijo Tobías.

Olga le contestó:

—¿Probamos otra vez?

Esta vez lo hicieron desnudos y en la cama.

Esa noche, Tobías se quedó dormido con la oreja sobre la barriga de ella. Olga deseó con todas sus fuerzas que estuviera escuchando un latido que aún no existía. Ella se levantó y se colocó un albornoz. Se acurrucó en el sofá de la sala con las piernas apretadas contra el pecho y miró por la ventana. En el alfeizar un pajarito movía la cabecita sin saber si echarse a volar.

La relación de Tobías y Olga pasó a ser una amistad con momentos eróticos. No se exigían más de la cuenta. Cada uno seguía con su vida, él salía de viaje hacia el Este, ella trabajaba para la Stasi, y de vez en cuando compartían la cama. Tobías casi nunca se quedaba a dormir con ella.

Y dos meses después, Olga supo que estaba encinta.

«No se lo diré aún», pensó Olga. Así, cuando Tobías estaba con ella, Olga disimulaba el asco que le daba el olor a café y el de su perfume. Fingía no tener hambre, le decía que sólo estaba alicaída, y Tobías le creyó. O quiso creerle.

Tobías tuvo que salir, de nuevo, en uno de esos viajes secretos de los que nunca se contaban nada, de mutuo acuerdo y para protegerse. Y eso le dio a Olga la oportunidad de vomitar en paz por las mañanas.

Pero con su ausencia volvieron temores olvidados. Un miedo atroz a ver sus bragas manchadas de sangre. Caminaba a pasos chiquitos, pellizcos sobre el suelo, por temor a que el bebé se le aflojase en sus entrañas y se le escapase del cuerpo.

Y entonces, la necesidad de ver *La mesa herida* otra vez irrumpió con fuerza. Igual que los alcohólicos necesitan un trago con urgencia ante un problema, igual que el adicto al juego necesita aventar los dados sobre la mesa. Así, con obsesión, Olga necesitaba ver de nuevo su cuadro.

Acudía con frecuencia a la sala de oficinas de Mielke y se quedaba viendo el lienzo de la fragua. Caminaba de lado a lado de la sala sin quitarle la vista al cuadro. Parecía un animal encerrado en la jaula de un zoológico. Una leona entre barrotes. La gente que la veía ahí de pie cuchicheaba:

—La camarada Helga está obsesionada con el cuadro de Mielke. Mírala. Está perdiendo la cabeza.

—¿Qué hace?

—Y yo qué sé. Aprendérselo de memoria.

—Lleva ahí quieta quince minutos.

—Qué mujer más rara…

Pero en cuanto Helga los miraba, se callaban y volvían a sus labores sin levantar la vista del papel.

No era en esa memoria en la que hurgaba Olga. No. Porque Olga intuía que la mujer del cuadro podía entender su preocupación. No podía explicarlo, era una sensación. Esperó a quedarse sola y entonces pasó la mano sobre la pintura, para ver si así conseguía sentir los trazos de Frida, palpar la mesa, el rostro de esa mujer que la miraba directo al centro de su alma.

«Sé que estás ahí debajo», le dijo sin hablar.

Quería tanto volver a verla. Y entonces, en una plegaria, dejó caer los párpados e imploró bajito, casi inaudible:

—No permitas que pierda a este bebé, Frida. Por favor. Por favor. No lo permitas.

Durante las siguientes semanas, las fugas masivas hacia la RFA hicieron de la oficina de Olga un hervidero. Aquello era ya un problema serio. Serio, serio. Miles de personas escapaban de la RDA hacia la Alemania Federal, a la que consideraban un oasis en medio del mar comunista. La gente corría despavorida sin importarle quedarse enganchada en los alambres de púas que dividían las fronteras. Salían disparados sin nada encima hacia la libertad. Los guardias de fronteras aún no tenían orden de disparar.

Mielke se reunía a todas horas con su círculo más cercano para ver de qué manera atajar el problema.

La palabra «guerra» se mencionaba por los pasillos de las oficinas. Varias veces al día. El fantasma de una tercera guerra mundial se mecía en una cuna entre los bloques de Occidente y Oriente.

Olga reportó enseguida a su embajada, pero Moscú le decía:

—No haga nada, camarada. Deje que todo siga su curso.

—Pero los alemanes tomarán una decisión radical... —decía ella.

—No haga nada —le repetían los rusos.

A los pocos días, Olga escuchó en la radio a una corresponsal del *Frankfurter Rundschau* preguntar si como medida extraordinaria estaban pensando de alguna manera aislar la ciudad, alrededor de la puerta de Brandeburgo.

Ulbricht, bigote y gafas tiesas, contestó:

—Nadie tiene la intención de construir un muro, si es a eso a lo que se refiere.

«Será cabrón», pensó Olga.

Durante los días siguientes, Olga revisó documentos y asistió a reuniones sumarísimas en donde hablaban de la «Operación Rosa». Una operación ultrasecreta que pondría fin al problema de las fugas.

Un muro.

Una barrera de contención.

Se levantaría en un solo día para que no hubiera tiempo de reaccionar.

Un rayo cruzó su mente.

Tenía que avisar a Tobías. Tenía que avisarle. Ponerlo sobre aviso.

E inmediatamente pensó: ¡El cuadro! ¡El cuadro! Necesitaba sacar el cuadro de la RDA, robárselo si era necesario, pero tenía que sacarlo o quedaría atrapado. Pero ¿cómo? ¿Cómo?

No sabía. Pero si alguien podía inventar un motivo para sacar un cuadro era Tobías. Estaba convencida de que se le ocurriría algo.

Por fortuna, justo cuando Olga empezaba a perder los nervios, Tobías apareció. Se veía visiblemente demacrado, con ojeras y sin rasurar.

—¿Dónde has estado? —le preguntó ella.

Tobías se dirigió hacia la radio y la encendió a un volumen alto por si había micrófonos. Luego escribió en un papel algo que Olga ya sabía:

Van a construir un muro.

Ella abrió los ojos de par en par. Le quitó el papel de las manos y escribió:

¿Qué sabes de la "Operación Rosa"?

Él la agarró de los hombros:

—¿Tú también lo sabes?

—Claro que lo sé. Pero tú, ¿por qué lo sabes tú?

—Eso no importa ahora.

Luego Tobías escribió en el papel y ella leyó sobre su hombro:

Tenemos que salir. Esta noche.

Olga se llevó las manos al vientre. Fue un gesto leve, apenas imperceptible que Tobías no notó.

Olga, entonces, agarró una hoja de papel nueva y escribió:

No sin el cuadro. Y subrayó «cuadro» con dos líneas negras.

Tobías se llevó las manos a la cabeza:

—¿De qué demonios estás hablando, Olga? ¿No entiendes lo que te digo?

Ella encerró la palabra en un círculo. CUADRO.

Tobías renegó con la cabeza y luego le extendió un documento a nombre de «Anna Conrad».

Se quedaron viendo. Y ella dijo:

—Ayúdame. Ayúdame con esto. Es lo único que te pido.

Los ojos de Tobías vibraban enfebrecidos. Casi podía leerse en ellos: «Pero ¿cómo puedes pensar en un cuadro en un momento como éste? Pero ¿cómo puedes pensar en un cuadro en vez de en nosotros?».

Tobías dio dos pasos sobre la alfombra y casi pudo oír el rechinar de la decepción en la que se le hundían los pies. Se había equivocado tanto con Olga. Tanto, tanto, tanto.

Tobías escribió en el papel.

«¿Cuánto tiempo tengo?».

Ella escribió junto a la pregunta:

«Siete días». Luego lo tachó y corrigió: «cinco».

Él cerró los ojos y puso los brazos en jarras.

—No puedo prometerte nada —le dijo—, pero tengo un amigo que tal vez pueda hacer una oferta por el cuadro.

Ella dijo en voz baja:

—De acuerdo.

Tobías entonces le besó el pelo en la coronilla:

—Volveré por ti —le prometió.

El recuerdo de promesas pasadas incumplidas meció las cortinas.

Olga le agarró las manos y se las llevó a las mejillas para que él pudiera sentir el tacto de su piel. Olga pensó que en esos momentos, en esos precisos momentos, su rostro era idéntico al de la Frida del cuadro. La misma angustia. La misma apatía. La misma desilusión.

—Te creo —le contestó ella.

Durante el resto de la semana, Olga siguió viendo el cuadro colgado en el despacho de Mielke. Preguntó a la secretaria si había alguna solicitud de compra-venta del cuadro. La secretaria le contestó con un «No que yo sepa» que escondía un «¡Pero qué obsesión más rara se le ha metido a esta mujer con ese cuadro!».

Y pasó un día.

Luego otro.

Tres días.

Cuatro.

Cinco.

Tobías no volvió.

Desesperada, Helga Hildebrandt utilizó el aparato del Estado para dar con Tobías Richter o con Harmut Conrad. Quien apareciese primero.

Lo que descubrió la dejó perpleja.

Porque lo encontró. Sí. Lo encontró.

Tobías, el socialista modelo, se había fugado a la República Federal Alemana.

A Occidente.

Sin despedirse.

Sin dejar una nota.

Sin ella.

Y sin el cuadro.

Igual que Pieter hacía años, Tobías tampoco se enteraría nunca de que iba a ser padre.

En plena sala de juntas, a los pies del cuadro que era en realidad *La mesa herida*, Olga renegó de todos los cabrones hijos de puta que la abandonaban.

—No los necesito —dijo—. A nadie. A ninguno.

La secretaria entró al oír los llantos, pero no se acercó. Tan sólo le avisó desde la puerta:

—¿Se encuentra bien, *Genosse* Helga?

Olga se enjugó con el dorso de la mano. Se estiró la chaqueta de su traje y se dio media vuelta.

Al salir, la secretaria volvió a ver el cuadro.

—Este cuadro va a terminar por volverla loca —se dijo.

Y cerró la puerta.

Olga despertó con el ruido de mil hombres trabajando a los pies de su ventana. Un ejército de obreros levantaba un muro en mitad de la calle, sobre la línea de ocupación que separaba Oriente de Occidente. Una raya de cemento y piedras que atravesaba la ciudad como la cicatriz de una cesárea.

Olga se llevó las manos a la barriga. Dudó. Si se daba prisa, aún podía salir. Ir tras el desertor de Tobías. Escapar de un encierro anunciado. Olvidarse del cuadro y ver nacer a su bebé al otro lado del muro. Formar una familia. Quizás amar otra vez. Aún estaba a tiempo. Sólo tenía que tomar el bolso y cruzar. Un pequeño paso de gigante.

Pero no.

No podía.

Porque había hipotecado su libertad por ese cuadro.

Y el cuadro seguía en las oficinas de Mielke. Olga suspiró.

Ella no abandonaba. Ella era de las que se quedaban. No abandonaría *La mesa herida*. Ella era la culpable de que el cuadro estuviera allí y junto a él se quedaría. Y si eso implicaba dejar de ser Olga para ser Helga por el resto de sus días, lo haría. Pero mientras pensaba todo esto veía el muro levantarse, a la gente estupefacta ante los obreros del pueblo que ponían piedra sobre cemento y ladrillo. Bloques de granito custodiados por un alambre de espino. Algunas personas les decían a los obreros:

—Oiga, pero mis hijos van a la escuela en el otro lado.

—Pues ya no.

—Oiga, pero mi mamá vive en el otro lado.

—Pues que ella la venga a ver a usted.

—¿Quiere decir que ya no puedo salir?

—Quiere decir que ya no pueden entrar. Éste es un muro de protección antifascista.

Y la gente anonadada no daba crédito a estar viendo nacer su propia cárcel.

Olga y *La mesa herida* estaban atrapadas dentro del Muro de Berlín.

Olga corrió hacia el cuarto de baño y vomitó.

Más allá VIII

Fui la madre de tres hijos muertos. Se me resbalaban. Cuando estaba embarazada no me atrevía ni a respirar. Nunca me sentí más vulnerable. Y eso ya es decir mucho. La maternidad era un deseo que me paralizaba. Caminaba a pasos chiquitos agarrándome la panza, aún sin abombar. Quería sujetar a mis hijos. Sostenerlos igual que esa mesa me sostiene ahora. Retenerlos. Pero ellos se soltaban. Salían de mí despavoridos. A veces imaginaba sus caritas a medio formar, mirándome extrañados con los ojos a los lados de la cabeza. Peces sacados del agua en mitad de la noche. Yo quería verlos, pedirles perdón. Porque no era culpa suya. Era mía. Mía y de mi útero herido.

Soy un cuenco roto.

Ese dolor fue más grande que el de la traición de Cristina. Se lo dije una vez y ella me acarició el cabello, como siempre hacía, y me dijo:

—No hace falta parir para ser madre, Fridu. Puedes ser la madre de mis hijos.

—No es lo mismo —le contesté yo.

Y ella bajó la cabeza, como si haber parido la avergonzara.

Tal vez fue por mi forma de mirarla. Mis ojos marrones echaban chispas de envidia.

Pero al final fue casi verdad. Esos niños fueron como mis hijos. Sobre todo, Isolda. La niña de mis ojos. La miraba buscando en ella mis rasgos, como si por algún tipo de sortilegio la niña pudiese parecerse más a mí que a Cristina. Le escribía cartas desde donde estuviera. Le decía «mi niña linda» y ya con eso mi maternidad frustrada descansaba un poco.

La mesa herida es una vagina sangrante. Soy yo. La mesa y yo: la misma cosa. Un páramo en donde nada florece. Una mesa vacía. Sólo hay dolor. El dolor por no ser madre.

Habría sido una mamá estupenda. Una mamá cariñosa. Deseaba tanto tener un Dieguito entre mis brazos. ¿Cómo habría sido un hijo nuestro, Diego? ¿Te imaginas? Lo mejor tuyo y mío. Lo peor, jamás.

Veo a la mujer que soy yo, que eres tú, en el centro de la mesa. Presides atrapada entre los brazos de un Judas de papel maché a punto de arder. Ardimos entre esos brazos. Me quemé.

Estoy muerta, pero este lugar no es comparable con el horror que viví en el Hospital Henry Ford. ¿Te acuerdas, Diego? Me regalaste una orquídea cuando nuestro hijo decidió abandonar mi cuerpo. Una flor. Eso me diste. Una flor viva a cambio de un hijo muerto. No hubo suficientes cordones umbilicales para mantenerlo atado a mi cuerpo. Mi propia sangre mezclada con la de este bebé/feto que se escapó lentamente de mi cuerpo, un caracol blando, envuelto en babas y sin caparazón.

Tú —que eres yo— no lloras en *La mesa herida*. No te pinto lágrimas. No lloras porque todo el llanto se quedó confinado en el cuadro del hospital. Cuando te pinto el momento de llorar, ya pasó. Los fetos serán mis lágrimas.

Tres hijos muertos. Dos más después de ése. Vuelvo a dibujarme, de pie, desnuda. Alrededor del cuello llevo un collar de jade, el mismo que colocaré más tarde en *La mesa herida*, grandes piedras que no compiten con las lágrimas en las mejillas. Pinto fetos sobre mi vientre, pequeños niños enroscados en su concha, y a lo largo de una pierna escurre un hilo de sangre. Mi sangre caerá en la tierra y la nutrirá, y nacerán plantas en forma de ojos, manos y genitales de mi niño. Mi sangre nutrirá el suelo de México. Pariré una nueva mexicanidad. México y yo, unidos por el mismo cordón umbilical. El refugio de mi maternidad perdida.

En esta mesa herida pinto a mis niños. A Isolda y a Toñito. Mis hijos postizos. Isolda y yo somos parecidas, pero ella no está rota. Quiero protegerla de todo mal y le digo:

—Isoldita linda de mi corazón: sé libre y bástate a ti misma.

La pinto mirando hacia el espectador porque a esa escuincla nadie va a sorprenderla. Ella va a ser una niña espabilada. Va a aprender de los errores de su madre y de su tía. Mi niña adorada. Jamás le diré que su mamá me clavó un puñal por la espalda, pero dejaré la pista en este cuadro. Tal vez, cuando crezca, se enteren de lo que nos pasó a Cristi y a mí, y así no tendrán que preguntarse por qué yo, que pintaba siempre mi dolor, no pinté aquello.

Toñito mira hacia el venadito Granizo. Los animales fueron esos otros hijos en los que deposité mi cariño. La inocencia. La mirada de Toñito sobrevuela la mesa como una flecha. Él se librará del dolor de perder hijos. Jamás sabrá lo que es eso. Ni perderlos ni engendrarlos. Como tampoco supo Diego. Toñito será un hombre que regalará flores cuando su mujer llore porque sus calzones están manchados de rojo. Lo pinto con las manos en los bolsillos. Tal vez, me digo, Toñito será un hombre distinto.

Y sin embargo…

Encierro a los niños en este cuadro extraño del que jamás podrán escapar. Y de pronto soy la bruja de los cuentos. La madrastra malévola que los lleva con engaños, con promesas cariñosas de miguitas de pan hasta un cuadro de dolor.

Berlín

1961

Mientras el mundo se tiraba de los pelos por ver la construcción de un muro de la vergüenza que dividía Berlín en dos, Helga Hildebrandt azuzaba a Mielke.

—¿No cree que el cuadro de la sala de juntas ha perdido fuerza, *Genosse*? —le soltó Olga al hombre más temido de la RDA al tiempo que recogía los papeles tras una junta.

Mielke, que aún firmaba documentos, alzó la vista a disgusto porque la camarada Helga le saliera de pronto con esa bobada de comentario. Estaba a punto de abrir la boca cuando lo miró. Quizás se había acostumbrado a verlo, quizás sus ambiciones habían cambiado. El caso es que Helga llevaba razón; el cuadro ya no le removía las entrañas por dentro. Había perdido fuerza. La industrialización ya no tenía la relevancia de 1953 y ahora un nuevo impulso movía su vida. Sin dar pie a que Mielke dijera palabra, ella sugirió:

—La decoración de esta sala debería ir acorde a los tiempos.

Mielke entornó los ojos al cielo, impaciente.

—No me venga con nimiedades decorativas, *Genosse*.

—No es una nimiedad. Piense en el mensaje que mandaría si en vez de ese cuadro que tiene ahí —señaló su propio cuadro—, hubiese uno sobre la construcción del Muro.

El pecho de Mielke se hinchó empalomado porque jaló todo el aire de aquella habitación. «Un cuadro sobre el Muro», pensó.

Olga se puso en pie, tomó su carpeta.

—Piénselo, *Genosse*. Y hágame saber qué decide. Yo me encargaré.

Luego dijo «Con su permiso» y se retiró.

Avanzó sin girarse, pero pudo sentir la mirada del ministro posada en ella. Y luego a la pared. En ella, y luego a la pared.

Mielke empezó a imaginárselo. El muro de protección antifascista: la obra de su vida por la que estaba dispuesto a jugarse el todo por el todo. El mayor logro de su inteligencia. El blindaje con el que ninguna mente jamás, por más maquiavélica, había dado hasta ahora. Convertir a todos los habitantes en pájaros a los que se les permitía volar bajito dentro de una jaula de alambre, cemento y balas. Sí. Sin duda sería un gran cuadro. Que todo aquel que entrara en esa sala enorme se topara de frente con el Muro al fondo.

Olga aún no alcanzaba la puerta cuando escuchó la voz de Mielke que le decía:

—Encárguese.

Olga se detuvo. Nerviosa. Se giró. Mielke estaba con la cabeza sobre los papeles.

—¿Cómo dice?

—El cuadro sobre el Muro, *Genosse* Helga —contestó sin mirarla a la cara—. Encárguese.

Olga dudó un segundo, uno solo, pero no quiso dejar pasar la oportunidad.

—¿Y qué hacemos con el otro?

—¿Con ése? —Mielke señaló a la pared.

Olga asintió.

—Primero veamos cómo queda el nuevo cuadro. Después, ya veremos.

«Lo recuperaré. Por fin. Por fin lo recuperaré», pensó Olga sin atreverse ni a respirar.

Salió de allí con el corazón palpitando a mil por hora. Pensó que los nervios se le notarían aún de espaldas. Pero se controló, se controló, porque estaba ante Mielke, el jefe, la cabeza de la Stasi, la red de espionaje civil más grande jamás vista. Y no pensaba dejarse pillar.

Pintar ese cuadro del Muro resultó más difícil de lo que Olga creía. Cada vez que trazaba una pincelada, los nervios la traicionaban. Dudaba de si debía camuflar bajo una temática socialista un cuadro de vanguardia: llevar a cabo una pequeña venganza personal. Pero entonces sentía una patadita en su vientre, el movimiento de una vida que se abría paso en su interior y se detenía. ¿Debía jugársela y arriesgarse a perder otra vez *La mesa herida*? ¿O pintar un cuadro que hiciera sentir orgulloso a Erich Mielke?

La voz de su madre le taladró el centro de las muelas.

«No seas sumisa, Olga. El arte no es sumisión».

El arte era protesta. Un grito enrabietado. Olga volvió a experimentar la gracia de la creación, el misterio más grande del mundo.

El otoño trajo hojas muertas que Olga pisaba al andar, y a personas tan tristes como las ramas desnudas. Otras no. Muchos daban palmas con las orejas ante la idea de estar construyendo una utopía. La fortificación de las fronteras se tornó implacable. Se ordenó la evacuación de las casas limítrofes al Muro, porque la gente sacaba la cabeza por la ventana y tenían la cabeza en Occidente y el culo en Oriente, y muchas veces, tras hacerles señales de auxilio, los bomberos de Occidente desplegaban sus lonas y esperaban a que mujeres, ancianos y niños se aventaran desde los balcones igual que los payasos de Dumbo. A veces, los de los primeros pisos —socialistas comprometidos con la causa— trataban de impedir aquellos saltos mortales de sus compatriotas a los brazos del enemigo, y les hacían pie de ladrón o les agarraban de los tobillos para que no saltaran. A veces lo lograban y el vecino caía fuera de la red y se mataba. Otras, los vecinos caían en Occidente, sobre las mantas que un montón de gente sostenía con fuerza. Caían vapuleados y magullados, pero con vida, y los occidentales aplaudían y luego les hacían señas obscenas con los dedos y cortes de mangas a los de las ventanas: «Sí pudo, que te jodan. Ya está de este lado, hijo de puta».

Se perseguían incluso los anhelos de fuga. Fantasear con cruzar podía costar penas de cárcel. Huir de la RDA era huir del paraíso. En la oficina, Helga Hildebrandt escuchaba todo tipo de comentarios sobre los que abandonaban el país:

—Malagradecidos. Huir del país que les da de comer, trabajo y techo. Se merecen la cárcel.

—Si todos se van, ¿cómo pretenden sacar adelante al país?

Olga, de tanto en cuando, revisaba los archivos para comprobar que Tobías no hubiera sido detenido y, a pesar del abandono, descansaba cada vez que terminaba de leer sin encontrar su nombre.

Helga Hildebrandt tenía que sellar órdenes de derribo día sí y otro también, porque todo lo que estorbaba la visibilidad del Muro se derrumbó. Todo lo que incomodaba al Muro se tiró. Mielke mandó a destruir casas, iglesias y hasta la estación de trenes del Norte, enterita, ladrillo a ladrillo, se derribó. Edificios que habían sobrevivido a los bombardeos de las guerras mundiales no sobrevivieron al Muro de Berlín.

Cada pincelada que Olga daba le recordaba que estaba encerrada en una ratonera. Y, mucho más que eso, que Tobías la había abandonado allí. No lo culpaba por querer irse, sino por marcharse sin tener la decencia de despedirse. Ellos, que habían compartido tanto. Ellos, que fumaban del mismo cigarrillo.

A veces Olga se preguntaba si habría algo mal en ella que hacía que todos quisieran huir. La idea de que nadie jamás hubiera arriesgado nada por ella era la sábana triste con la que se tapaba cada noche. Una herida maloliente y mal curada que supuraba en cuanto se descuidaba. Sólo algo la salvaba del dolor. Sólo una cosa. Olga agarraba los pinceles y, dentro de sí, la entereza, la fuerza, la voz de su madre la cubría con su manto. La pintura era el único camino. Recuperaría *La mesa herida.* El cuadro por el que se había jugado la vida y ahora la vida de su bebé. Porque ya no estaba sola. La voz de Valentina llorando por sus hijos muertos olía a aguarrás. Y de su imaginación salió un cuadro azul. Todo, enterito, pintado de azul.

Pintó lo mejor que pudo.

Y el pincel comenzó a plasmar la puerta de Brandeburgo al fondo, unos obreros construyendo el muro a la derecha, en primer plano, uno de ellos con camisa azul, a la izquierda, un guardia fronterizo, con casco y todo, impidiendo la salida de cualquier traidor, y un cielo nublado, de trazos imprecisos, borrosos e impresionistas como los brochazos violentos de su corazón.

Lo miró un buen rato mientras acariciaba su panza.

—*Alea iacta est*[16] —dijo en latín.

Ella, que no creía en la suerte.

[16] La suerte está echada.

Se enjuagó las manos y se fue a dormir.

Tal vez no fue suerte, ni providencia, ni fortuna, pero Mielke quedó encantado con su nuevo cuadro. Lo colgó detrás de su sillón, presidiendo la pared del fondo de la gran sala de juntas del Ministerio, coronada por una mesa de madera larga e imponente rodeada de una veintena de sillas tapizadas en azul cobalto. Era el único salón en donde en vez del retrato del jefe de Estado se exhibía un cuadro de temática distinta y que sería el orgullo de Mielke hasta el final de los tiempos. Un cuadro de la construcción del Muro de Berlín.

—La felicito, camarada Helga. Si no fuera porque es una excelente funcionaria, le diría que debería ser pintora —le indicó Mielke con una cortesía inusual en él.

—*Danke, Genosse*.

Mielke estaba tan satisfecho que, en un gesto más dadivoso de lo habitual, dijo:

—Puede llevarse el otro cuadro, Helga.

—¿De verdad, *Genosse*?

—Llléveselo. Le firmaré la autorización.

Y las alas de su mariposa volvieron a cubrirse de polvo.

Con ayuda de dos camaradas, lo descolgaron de la pared. Olga solicitó al conductor de la lechera —la furgoneta que la Stasi disfrazaba para espiar y requisar prisioneros sin llamar la atención en plena calle— que le ayudara a llevárselo a casa porque era un cuadro muy grande y estorboso. Así, en la parte trasera de la lechera, a oscuras (porque una vez cerrada la puerta se tragaba la luz como una serpiente a un ratoncillo), desorientada (porque con las ventanas tapiadas se perdía la noción del espacio y de la dirección), Olga viajó con el cuadro que tantos sacrificios le había costado. Nadie pudo ver que durante todo el trayecto Olga dejó reposar su cabeza en el centro del cuadro, frente a frente contra la Frida oculta debajo.

Seis años. Seis años le había tomado rencontrarse con *La mesa herida*. Tanto tiempo ya que Olga no sabía ni cómo sentirse. No sabía si aplaudir o quedarse desapacible como una acelga en un plato. Un par de vecinos le ayudaron a subir el cuadro a casa. Lo colocaron a ras del suelo, junto al sofá.

Nada más escuchar que los hombres habían abandonado el edificio, Olga agarró un algodón y lo mojó en agua. Necesitaba comprobar que *La mesa herida* continuaba allí. Necesitaba comprobar que la cola de pescado que había utilizado para pegarle esa tela con la pintura de la fragua a la tabla podía despegarse. Contuvo la respiración cuando jaló de una esquinita. Aunque en Polonia había tomado la precaución de barnizar el cuadro para que secara bien y no estuviera mordiente cuando fuera a pegar la tela encima, siempre cabía la posibilidad de haberlo hecho mal y cargarse el cuadro original.

Empezó a tirar con sumo cuidado, mojando bien el algodón en agua como si se despintara el barniz de las uñas. Creyó que iba a perder el sentido cuando la tela dio un tironcito y se desprendió, apenas. Con la paciencia de un filatélico ante un sello postal, Olga continuó jalando. Centímetro a centímetro. Con cuidado de no llevarse la pintura de debajo. Y de pronto, ahí estaba. La cola de pescado había hecho su función y el barniz también.

La mesa herida de Frida Kahlo estaba intacta.

Olga respiró y alzó las manos al cielo como si le hubieran dicho que Pieter había aparecido sano y salvo. Como si Tobías siguiera a este lado del Muro. Como si nunca hubiera perdido un hijo. Como si le aseguraran que pariría a un bebé sano. Como si pudiera vivir el resto de su vida sin miedo. Como si estuviera libre de toda culpa. Como si nunca más en la vida fuera a experimentar angustia ni tristeza. Como si jamás volviese a pasar hambre. El sonido de las alarmas se ensordeció por siempre. Y el de las bombas. Y el mundo de pronto fue un lugar mejor.

Olga volvió a pegar con cuidado la tela sobre la tabla, porque no estaba segura de cuánto tiempo faltaría para poder exhibirla sin disfraz. De lo que sí estaba segura era de que el cuadro estaba con ella, seguro. Nadie más se lo quitaría. Nunca más.

Lo colgó en el salón. Y entonces, le dijo al bebé en su interior:

—Algún día ese cuadro será tuyo.

Y un piecito diminuto dibujó un montecito en la barriga de Olga.

Berlín

1961-1964

El día que se levantó el Muro, el 13 de agosto de 1961, Tobías estaba en Occidente convenciendo a su socio y amigo de los lentes de pasta para sacar de las oficinas de Mielke el cuadro sin el que Helga no pensaba salir.

—¿Estás loco? No hay forma de sacar un cuadro de esas oficinas.

—Habla con tus contactos. Que le hagan una oferta por él. Te daré mi parte.

El de las gafas parecía pensar. Era un acto osado, casi suicida, pero a lo mejor podía hacerse. No perdían nada por preguntar.

—Pero tenemos que darnos prisa. Sólo tenemos una semana.

—¡¿Una semana?! Imposible.

—No hay nada imposible para ti… venga. Al menos pregunta. Hazlo por mí.

—Haré lo que pueda.

Se dieron la mano y se despidieron.

Pero el de las gafas llevaba razón. En una semana fue imposible concretar nada.

Con la nocturnidad y alevosía con la que brotan las setas, apareció un muro que les impediría el paso y los rajaría con impunidad como si los berlineses fueran una naranja.

Había sucedido.

Estaban separados. Partidos en dos. Y no había posibilidad de volver junto a Olga.

Tobías, desesperado, agarró una bicicleta y se fue directo al Checkpoint Charlie, dispuesto a cruzar al lado oriental. En el camino hacia allí, Tobías avanzó juntó a las brigadas de obreros que colocaban la barrera a conciencia como reposteros embadurnando la última capa de un pastel de bodas. Su entusiasmo y velocidad contrarrestaba con el caos reinante a todo lo largo del Muro, gente que corría con maletas, gritos de familias en el Este que llamaban desesperados a sus familiares en el Oeste, apenas a unos metros de distancia, ruegos que competían con el de los martillazos y paladas de cemento. Los guardias, cariacontecidos pero firmes en su labor, no los dejaban pasar, con sus fusiles de asalto atravesados y bien sujetos frente al pecho.

—¡Atrás o dispararé! —amenazaban algunos.

Uno que otro disparó al aire.

Cuando Tobías llegó al cruce fronterizo, sintió un golpe que lo derribó. El de las gafas de pasta lo agarró por las solapas:

—¿Te has vuelto loco? ¡Qué haces!

—¡Tengo que volver! ¡Helga está allí!

—Harás más por ella desde aquí. Buscaremos la manera de sacarla. Pero no hoy.

Tobías miró a su cómplice. A su amigo.

—¿Me lo prometes?

— Alejémonos de aquí. No es seguro.

Y viendo a los guardias que los vigilaban y miraban con desconfianza, añadió:

—Ahora.

Tobías obedeció. Pero con cada paso hacia el Oeste pensó que caminaba en dirección equivocada.

El Muro se erigió como una herida. Un machetazo que mataba a todo aquel que intentara cruzarlo. Tobías se la pasó maquinando con su amigo el contrabandista mil formas para sacar a Helga de la República Democrática Alemana.

Pasó un año entero.

Después un año más.

Y luego otro. Pero ni un solo día Tobías olvidó su promesa. Trató por todos los medios de comunicarse con Olga, pero fue imposible. Los teléfonos estaban intervenidos, los pasos, fuertemente vigilados. La vigilancia del Muro se perfeccionó. Y si le echaban el guante a Tobías, iría preso por más de quince años por haber huido de la RDA. Lo que sea que hiciera tenía que hacerlo en el más absoluto secreto.

Y un día, el de las gafas le habló de un túnel que unos estudiantes italianos estaban construyendo. El riesgo, aparentemente, no era tan elevado. Era laborioso, eso sí. Había que cavar en la oscuridad durante meses. Convertirse en mineros durante horas, trabajar en equipo y confiar en no ser descubiertos. Pero si todo salía bien, Helga podría cruzar por debajo y estar en Occidente en cuestión de minutos. Tobías accedió.

La mañana del 4 de septiembre de 1964, el hombre de las gafas de pasta se dirigió hacia Berlín Este, a pie, muy temprano, para pasar con un pasaporte italiano por el Checkpoint Charlie. Llevaba un sombrero con una cinta clara de lunarcitos azules y tarareaba (a ratos silbaba) una melodía que interrumpía sólo para dar una calada al cigarrillo que se iba fumando. Llegó a la caseta. A esa hora de la mañana, los guardias se calentaban las manos con su propio aliento y el mayor de todos mostraba a sus compañeros un termo de té que humeó al abrir. Los soldados sonrieron y pescaron sus tazas. Al ver al de las gafas, el guardia más joven lo detuvo:

—*Guten morgen*, control de pasaportes.

Con toda la naturalidad de la que hizo acopio, el de las gafas saludó a los guardias con el gesto marcial de un marinero. Llevaba el pasaporte cerrado en la mano. En cuanto el guardia vio la carátula italiana, revisó a toda prisa y, sin ahínco, comprobó el permiso vigente por quince días que se le concedía a los extranjeros y le cedió el paso, sin más. Luego el guardia se volteó hacia los suyos para no quedarse sin su ración de té. Porque el problema siempre había sido poder salir, y no poder entrar.

La misión del hombre era avisar a Helga que Tobías había hecho un túnel. Tenía que acompañarlo al punto de extracción y salir con él. Tobías y él habían estado hablando largo y tendido sobre los peligros que eso suponía. No habían querido avisarle antes para no poner en peligro la huida de los demás escapistas, puesto que Helga debía estar vigilada. Así, le avisarían ese mismo día. Si algo fallaba, ella debía ser la última en pasar. A regañadientes, Tobías accedió.

Llegó a la dirección que Tobías le había dado. Observó. Y esperó a ver salir a la mujer que correspondía con la descripción que Harmut le había dado. Mujer de cuarenta años. Cabello cenizo. Mediana estatura. Tendría que tirar de intuición porque había cientos como ella. Pero sabía que no podía abordarla en ningún sitio que no fuera a cielo abierto. Era muy arriesgado.

Tras un rato, Helga salió. Llevaba de la mano a una niña que apenas le llegaba a las rodillas. «No es ella», pensó. Tobías no había mencionado nada de una chiquilla. Pero... había pasado mucho tiempo... así que el hombre siguió a la mujer sin titubear. Caminó un par de pasos tras ella y la llamó por la espalda:

—¿Helga Hildebrandt?

Se detuvo en seco y apretó la mano de su niña, que protestó un poco porque su madre acababa de hacerle daño. Helga tomó valor antes de darse la vuelta, antes de saber quién la llamaba. Porque su corazón reconoció esa voz antes que su cerebro. Un golpe en la frente. Un espasmo previo a un orgasmo. Su voz. Una voz que no pertenecía a ningún hombre común. Que no pertenecía ni a un panadero, ni al lechero, ni a un médico, ni al repartidor de periódicos. La voz del único hombre cuyo nombre propio le interesaba. Uno. Uno solo y no más. Helga se dio la vuelta.

—¿Pieter? —balbuceó.

Y los dos se quedaron congelados, uno frente al otro, sin atreverse a respirar.

Era él.

Su Pieter. Debajo de tantas identidades que ya no se parecía en nada al hombre con el que se había casado.

La conversación fue pausada. Lenta. Y dolorosa.

Olga acostó a su hija, la pequeña Anne, nacida en la orfandad, en la cama de la habitación. Pieter preguntó:

—¿Cuántos años tiene?

—Casi tres.

—Se parece mucho a ti.

Pieter entonces le contó a Helga por qué nunca volvió. Era una historia rusa larguísima de desamor. De desencanto. De pérdida de la ilusión. Del nacimiento de una nueva esperanza cuando llegó a Berlín y conoció a...

—A otra —dijo Olga viendo al suelo—. Ya lo sé. No tienes que explicarme nada.

Pieter le levantó la carita.

—No, Olga. No fue lo que crees. Conocí a Otto.

Todo se desenfocó bajo un manto calmo de lágrimas. Ante Olga estaba un Pieter nublado e irreconocible.

—¿Qué dices?

Pieter empezó a susurrar, como si fuera la primera vez que contaba esto en voz alta. Su voz dolía. Lastimaba. Un serrucho sin filo sobre una madera noble.

—Yo manejaba un T-34. Gracias a eso, sobreviví en Stalingrado, no como los pobres que eran carne de cañón… pero un día nos atacaron con granadas y tuve que saltar del tanque. Me iban a matar. Me faltó valor, Olga —dijo avergonzado—. Me aterré al verme sin el tanque. Así que… me tiré al suelo. Me hice el muerto.

Pausa. Pieter se pasó la mano por la cara para quitar telarañas.

—Otto me encontró. Aún recuerdo cómo me miró. Me dio la vuelta y yo, asustado, abrí los ojos, estaba seguro de que me iba a pegar un tiro. Pero me miró, Olga. Me miró —repitió—. Y yo a él. Entonces lo oí gritar: «¡Están todos muertos!»… —Pieter se emocionó—. Y siguió de largo. Nunca me olvidé del alemán que me había salvado la vida. Después lo volví a encontrar. Estaba mal herido. Le puse el uniforme de un soldado del Ejército Rojo muerto, me lo eché a hombros y lo llevé al hospital de campaña. —Hizo una pausa—. Se salvó. Después de eso no nos separamos. Estuvimos juntos cuatro años. Otto murió en el 49.

—¿Un nazi? —dijo Olga.

—Otto era tan nazi como yo estalinista.

—Pero… Yo te estaba esperando…

Pieter dejó caer la cabeza un segundo. Luego la levantó, completamente incomprendido.

—¿No has oído nada de lo que te he dicho, Olga? ¡No podía, Olga! No podía. Yo ya no era el mismo. Ni tampoco el mundo. No podía volver a mi vida de antes.

Olga seguía sin enfocar. Los pequeños ronquiditos de Anne bailaban por la habitación.

—Al finalizar la guerra, Otto y yo empezamos la vida aquí, en Berlín. Fue duro al principio. Los dos habíamos desertado, así que tuvimos que escondernos por un tiempo. El bloqueo de Stalin nos pilló en el sector francés. —Pieter suspiró y luego hizo un salto adelante porque se cansó de escucharse—. Las secuelas de la guerra no lo dejaron vivir mucho tiempo. Cuando Otto murió, cambié de identidad. Desde entonces llevo su nombre.

Silencio.

De todo lo que Olga había escuchado, apenas se quedó con la mitad. Porque dentro de su cabeza zumbaba un murmullo: «Se enamoró de un hombre, me dejó por un hombre, se enamoró de otro hombre, me abandonó por un hombre. Por un hombre, por un hombre, un hombre. Un hombre».

—Podías habérmelo dicho. ¿Sabes el tiempo que pasé esperando verte aparecer por la puerta?

Pieter bajó la vista, avergonzado.

—Me equivoqué. Y te pido perdón. Pensé que no entenderías.

Olga miró a su Pieter, que ya no era suyo ni nunca lo había sido. Tomó aire. Se preguntaba cómo era posible que lo hubiera estado esperando tanto tiempo. La herida de su corazón ya no dolía. Se dio cuenta de que hacía mucho su herida se había convertido en una cicatriz.

Y entonces le acarició la mejilla.

—¿A qué has venido, Pieter? ¿Por qué después de todos estos años…?

Pieter le habló de alguien que la quería. De su amigo, Harmut Conrad. Le contó de por qué estaba en Occidente el día que se levantó el muro.

—Intentamos sacar un cuadro que tú querías, pero fue imposible.

Olga dirigió su mirada al cuadro que estaba colgado en su salón. Pieter volteó a verlo.

—¿Fue por ése?

Olga asintió.

—¿Lo abandonaste por un cuadro, Olga?

—No me vengas ahora con juicios morales. Mucho menos tú.

Pieter calló. Durante un momento se mecieron en una niebla densa y negra de incomodidad. De juicios de valor, de cosas que no se dirían.

Olga le dijo:

—Él no sabe nada de la niña. No pude decírselo.

Pieter contestó:

—Te está esperando. Debes venir conmigo. Pero tienes que tomar una decisión. Ahora. Ahora o nunca.

Y Pieter le pasó un papelito.

Olga lo leyó. Abrió los ojos de par en par. Eran las señas del túnel. Pieter le dijo:

—Tienes que decidir. Ahora.

«Me voy o me quedo». Tobías esperaba al otro lado de un túnel que, según hablaban, se abría bajo Berlín como una herida supurante. Y entonces Olga dijo:

—No puedo, Pieter.

Pieter la agarró de los hombros con fuerza, zarandeándola para que los pensamientos se le acomodaran en su lugar:

—Olga, por el amor de Dios.

—No puedo, Pieter —repitió.

Y entonces Pieter miró tras él y clavó los ojos en el cuadro que colgaba en medio de la pared.

—No me digas que es por eso. —Y lo señaló. Y peguntó—: ¿Es por eso?

Olga asintió.

—No puedo creerlo, Olga. No puedo creerlo.

Se hizo una pausa:

—Piensa en tu hija —le dijo Pieter—. Es su hija también.

Olga miró en dirección a la niña. Luego al cuadro. Luego a Pieter. Pensaba. «Qué hacer, qué hacer». La descubrirían. Estaba segura. La descubrirían. Si quería ayudar a Tobías, lo mejor era dejarlo ir. Igual que había dejado ir a Pieter. Y lo miraba, ahí en medio de su sala, hablándole como si jamás se hubiese ido, como si un fantasma del pasado se le apareciera para atormentarla con sus cadenas, con promesas de huidas bajo tierra y futuros mejores. La cabeza le daba vueltas. Pero no podía irse sin *La mesa herida*. Después de todo lo que había hecho por salvarla de las llamas, de la tiranía, de esconderla, tapiarla bajo esa tela que la cubría como disfraz... No iba a escaparse y dejarla colgada en esa pared a merced de quién sabe qué. No. Si se iba, se tenía que llevar el cuadro. Pero... Tobías había cavado un túnel por ella. ¿Para salvarla? ¿Para rescatarla de qué?

Ella no necesitaba que nadie viniese a salvarla. ¿Qué pretendía Tobías, desaparecer tras años y tronar los dedos para decirle vente conmigo? ¿Deja tu vida, tu carrera, tu ambiente, déjalo todo por mí, *ahora, ahora, ahora, en este mismo instante*? ¿Pero quién se creía? ¿Qué pretendía que hiciera? Que se liara la manta a la cabeza, que agarrara a su bebita y salir con lo puesto, hacia qué, hacia dónde, hacia quién. Junto a Pieter, el hombre que la había abandonado por otro, que no se había dignado a dar señales de vida en años. Olga se mareó.

Pieter miró su reloj, impaciente. Las horas habían pasado y tenían que marcharse ya. No podía arriesgarse más.

—Olga… Por favor, decídete ya.

En la franja de la muerte, Hans, un guardia muy jovencito de pestañas tupidas que parecían mojadas, patrullaba sin enterarse de que bajo sus pies familias enteras atravesaban a gatas.

Hans caminaba de lado a lado, miraba la punta de sus botas, aburrido y adormilado tras haber estado cuidando la zona por la que apenas pasaba nadie durante toda la noche. Un par de metros más allá, en la torre de vigilancia, otro soldado, también jovencísimo, de nombre Helmut, llevaba toda la noche de guardia sin haber podido moverse para orinar. Cuando amaneció, la urgencia comenzó a hacerle dar saltitos. No podía aguantarse más, así que le gritó al compañero que patrullaba abajo:

—¡Ey, Hans! ¡Voy al baño un momento!

—¿Y dejar la torre sola? Espérate a que llegue el cambio de turno. Ya no tardan.

—No puedo, Hans… me meo encima.

—¡Mea en una botella!

—¡Venga, Hans, es sólo un minuto! Y esto está más tranquilo que el sillón de un abuelo.

Y Hans, a disgusto, le tronó los dedos para que fuera pitando.

—¡Pero no te tardes o nos caerá una buena!

Helmut abandonó la torre lo más rápido que pudo, apretando el esfínter para no mearse en los pantalones.

La torre de vigilancia se quedó vacía.

El sol bañaba la calle lentamente.

Y a los pocos segundos, el teléfono de la torre empezó a sonar.

Mientras tanto, bajo tierra, un grupo de gente con la adrenalina hasta las cejas y con las rodillas desolladas salía a la superficie a cuentagotas. La tierra arenosa del túnel comenzaba a desmigajarse.

—Tenemos que darnos prisa —avisaron los demás.

—Pero despacio… o levantaremos sospechas.

Algunas voces decían:

—A prisa, a prisa, a prisa.

Decir que Tobías estaba nervioso sería quedarse muy corto. El de las gafas seguía sin aparecer y los nervios seguían tan en punta que podría caerles un rayo. Ya casi había cruzado todo el mundo. Pero de Olga, ni rastro.

«Vamos, Olga. Date prisa», pensaba Tobías.

En un cuarto de baño portátil, Helmut se abrió el cierre y comenzó a hacer pipí.

—Ahhhhh… —dijo al inclinar la cabeza al techo y los ojos cerrados.

Un ring-ring sonaba en la torre.

Hans detuvo el paso un momento y agudizó el oído. «¿Era eso el teléfono?».

—¡Joder, están llamando! —Y se paralizó. «¿Dónde coño estás, Helmut? Nos van a sancionar a los dos como no regreses ahora mismo», pensó. Miró hacia la torre. «Tengo que subir a contestar», pero eso implicaba dejar su puesto, algo que sabía que no debía hacer «bajo ningún concepto». Así que a medio paso se detuvo. «Yo me quedo en mi puesto», pensó. Pero comenzó a morderse los padrastros mientras miraba hacia a la torre:

—Venga… Helmut… date prisa…

Bajo tierra, Tobías, ansioso, y Olga, sin aparecer. Ni rastro.

«No va a venir, no va a venir», pensó.

Helmut suspiró cuando acabó de hacer pis.

«Qué liberación», pensó mientras se sacudía las últimas gotas. Sonreía cuando se cerró la cremallera .

El teléfono en la garita sonaba con más insistencia.

Hans se dijo impaciente: «Algo está pasando, voy a subir».

Y en eso vio a Helmut venir caminando con toda tranquilidad.

—¿Se puede saber dónde diablos estabas? ¡Sube ya! ¡El teléfono! —señaló—. ¡El teléfono!

Helmut abrió los ojos de par en par y subió los escalones de la torre de dos en dos.

—¿Diga, mi camarada?

El rostro de Helmut palideció.

—¡Hans! —gritó.

Hans miró hacia arriba.

—¡Un túnel! ¡Hay un túnel! —Y accionó una alarma—. ¡Se están escapando!

Veintinueve personas habían logrado escapar cuando Hans y Helmut se echaron a correr en dirección al túnel.

Tobías bajó la escalera y se metió al túnel para pasarse al otro lado. No pensaba quedarse en Occidente sin Olga. Esta vez no.

—¿Qué haces? ¡Vuelve! —le gritaron.

Pero Tobías hizo oídos sordos. Avanzó en dirección contraria, fuera de sí.

Había recorrido los ciento sesenta metros de túnel gateando a toda prisa, mientras sentía las piedras desmoronarse sobre él como un castillo de arena, cuando escuchó la alarma. Un par de soldados jovencísimos le apuntaban con sus rifles.

—¡Sal con las manos en alto! —le gritaron.

Helmut y Hans, inexpertos, jóvenes, asustados y sin dormir, le apuntaban nerviosos. Era la primera vez que apuntaban a un hombre.

Tobías obedeció. Con las manos en alto pidió:

—¡No disparen, no disparen!

Pero entonces la vio.

Olga apareció tras ellos, roja, sofocada de tanto correr, como una aparición y gritó:

—¡Tobías!

Todo sucedió muy rápido. Tan rápido que habría que haberlo visto en cámara lenta para entender qué sucedió. Si fue primero el grito de Olga, si fueron los nervios de los muchachos, si Tobías creyó que irían a disparar… quizás todo sucedió a la vez, o justamente al revés. Ninguno supo bien qué pasó. Con el tiempo, cada uno reprodujo en su memoria el orden de los factores para ajustarlos a su versión y poder vivir con la culpa o con el perdón.

Lo que los peritos concluyeron fue que a Hans se le había ido el primer tiro. Un tiro nervioso. Y luego, vinieron los demás. Olga se echó al suelo, Tobías cayó, Hans cayó también. Helmut se quedó disparando hasta que se quedó sin munición, con las manos temblorosas, una pierna herida y el corazón a mil por hora cuando se desmayó.

Olga se arrastró hasta Tobías:

—Viniste... —le dijo él con los dientes llenos de sangre.

Él estiró el brazo. Y ella le agarró la mano, y se acariciaron los dedos llenos de lodo y tierra. A pesar de la muerte que estaba ya presente, su rostro enjuto volvió a ser el que ella había conocido hacía años. Un rostro de un hombre que nunca, nunca, nunca sería un hombre común.

—Tobías... —fue lo único que alcanzó a decir ella.

Después, nada.

Nada.

Tobías murió en sus brazos.

Olga se lo llevó al pecho mientras pedía perdón en letanía.

—Perdóname. Perdóname.

Ser de la Stasi no libró a Olga de pasarse la noche en el calabozo. Olga no volvió a casa hasta el día siguiente, con el vestido ensangrentado y un vacío tan grande que apenas tuvo fuerza para mirar a su hija. Pieter se había quedado con ella.

—Si no vas a volver, al menos díselo a la cara —le había dicho Pieter.

—¿Me vas a dar lecciones de abandono ahora? ¿Tú?

—Precisamente por eso, porque me he arrepentido cada día de cómo hice las cosas. No cometas mis mismos errores.

Olga lo escuchó.

—Tobías se está jugando el pellejo por ti, Olga.

—Pues entonces estamos a mano —se escuchó contestar en voz alta.

Pieter contuvo la sequedad de la boca.

Pero entonces Olga le dijo:

—Quédate con la niña. No te vayas hasta que yo vuelva. ¿Podrás?

—¿Volverás?

Y Olga por toda respuesta, salió y cerró la puerta.

Pieter esperó. Como antes había esperado ella.

Durante la noche y el resto del día, Olga tuvo que responder en un interrogatorio largo, arduo y muy penoso cómo es que se encontraba en el lugar de los hechos. Qué sabía de todo eso. Sobre el túnel. Sobre Tobías. Sobre los anhelos de fuga.

Otra vez, igual que en Lefortovo, pero ahora la única tortura fue mantenerla en vela toda la noche.

Tras mucho preguntar, y gracias a su entrenamiento moscovita, Olga los convenció de que no había tenido nada que ver con la huida, ni con el túnel, ni con nada. Fue complicado. Mucho. Pero gracias a su cercanía con Mielke, salvó el pellejo:

—Por esta vez —le aseguraron.

Regresó al día siguiente con el vestido ensangrentado y un vacío enorme en el corazón. Un vacío que reconoció como esa herida que Pieter había abierto.

Se sentó en la mesa. Pieter le preguntó:

—¿Qué ha pasado, Olga?

Ella se llevó las manos sucias de sangre a la cara.

—Ha muerto —dijo—. Por mi culpa.

Y luego miró al cuadro. Lo atravesó con sus ojos y luego agarró un vaso de leche que estaba sobre la mesa y se lo aventó con toda la fuerza.

—¡Por tu culpa!

Los churretones se deslizaron colina abajo, lágrimas de lava blanca que descendieron por esa tela pegada encima que no valía nada.

Ahí donde el vaso impactó, quedó una muesca.

Pieter se quedó con ellas unos días. El tiempo suficiente para cerciorarse de que Olga podía volver a reconducir su vida. De que volvía a ser la Helga Hildebrandt que todos conocían. Durante esos días hablaron mucho. Se vaciaron, se arrancaron la piel a tiras hasta que sólo quedó el hueso.

Pieter, inevitablemente, le preguntó.

—¿Me vas a contar qué pasa con ese cuadro?

Olga se puso de pie y le dijo:

—Ven. Ayúdame a bajarlo.

Con ayuda de Pieter, lo descolgó. Y ante la atenta mirada de Pieter, con ayuda de un algodón empapado en agua comenzó, de nuevo, a desprenderle la tela.

—Pero… ¿qué demonios? —dijo él.

—Ayúdame —le dijo ella.

Entre los dos quitaron el disfraz que durante años había mantenido oculta *La mesa herida*.

Al terminar, los dos miraron en silencio ese cuadro extraño, raro, y Olga se estremeció tanto que Pieter tuvo que colocarle sobre los hombros un chal.

—¿No te parece maravilloso? —dijo ella.

Y rompió a llorar.

Olga le contó todo.

Todo, todo, todo.

De la primera copia que había hecho para salvarlo de la quema en Moscú, de la segunda copia que había hecho para que el mexicano creyera que se llevaba el original, de cómo Tobías le había ayudado a sacarlo de Varsovia, tapado, de cómo había estado colgado en la sala de juntas de Mielke durante años, de cómo había pintado un cuadro con la construcción del Muro para que Mielke le dejara intercambiarlo por éste. De cómo vivía con ese cuadro tapado en el salón de su departamento porque se moría de miedo de que alguien averiguara todo lo que había hecho. De cómo estaba amarrada a ese cuadro para siempre. De que, a pesar de todo, volvería a hacerlo igual.

—Bueno… tal vez todo no. Tobías… lo de Tobías no me lo perdonaré jamás.

Pieter la escuchó atentamente.

—¿Y nadie en México ha dicho nada del cuadro?

Olga se alzó de hombros.

—No que yo sepa. Supongo que piensan que mi copia es el original.

Pieter se pasó la mano por la barbilla, para rascarse con los pelillos de su barba.

—¿Y qué vas a hacer ahora?

—No lo sé. Taparlo de nuevo, supongo.

—Creo que es lo mejor —le dijo él—. Tápalo y olvídalo, Olga. Y empieza a vivir. Te mereces eso, Olga. Suéltalo. Por tu hija.

Ella asintió.

—No te vayas hasta que vuelva a taparlo, ¿vale?

Pieter le dijo que sí.

Pieter y Olga se despidieron para siempre el día que ella volvió a cubrir el cuadro con una nueva pintura parecida a la anterior, pero distinta. A un extremo del lienzo, pintó el retrato de un hombre común y en la solapa de su chamarra le escribió dos iniciales: T. R.

Esta vez, al salir Pieter de su vida, la herida ya no dolía.

TERCERA PARTE

La cicatriz

Más allá IX

Empecé a morir desde que nací. La muerte siempre me acechó, como si me persiguiera. Como si hubiera sido siempre una criatura de su mundo que se hubiera escapado. Estaba viva y me gustaba. Me comí la vida a mordiscos. Me la saboreé a lametones. Me la engullí. Viví muy de prisa y un día la muerte me alcanzó con la lengua de fuera. Morí muy joven.

Polio. A los siete años. La enfermedad paralizante. Me tumbó y se chupó mi pierna derecha. No me mató de puro milagro, porque mi mamá rezaba con ahínco junto a mi cama y me sobaba la piernita y me ponía paños, desafiando el infinito poder de la enfermedad.

Aprendí a ser enferma alrededor de gente sana. Gente a la que no le dolía nada, que caminaba derecha, que jamás estornudaba, que comían y bebían sentados en la mesa, y que se quejaban de todo lo demás. Yo me cubría con flores, rebozos, trajes de colores que hacían verme llena de vida, cuando mi vida estaba cercenada a la mitad. La polio no sólo me dejó la pierna escuchimizada, me paralizó la espina de a poco hasta convertirla en un yute seco y duro en dónde las agujas se doblaban al picar.

A veces creí que me estaba convirtiendo en árbol. Mi piel era una corteza vieja. Acariciaba los troncos de los árboles y me preguntaba si ellos, en otra vida, habrían sido personas enfermas como yo. Pensar que reencarnaría en un ser vegetal ponía de punta los pelos de mi cristiana madre, pero a Cristina y a mí nos hacía sonreír. En el patio de la Casa Azul, junto a la fuente, veía los arbolotes tapando el sol y preguntaba:

—¿Qué árbol crees que seré, Diego?

Y el panzón me contestaba:

—Uno bien chingón.

Vivir con la enfermedad sólo hizo que amara más la vida. Cada día era un regalo. Por eso me encabritaba cuando me postraba en cama, encorsetada, jalada con riendas como una yegua arisca. Yo nunca fui arisca. Era dócil. A todo decía que sí. Para curarme, para seguir viviendo. A mí me gustaba la vida. Lo que no soportaba era el dolor. El dolor me anunciaba que todos los colores del mundo se apagarían pronto.

Me vienen nebulosas de rendición en este espacio vacío. Un sabor a almendras amargas. La muerte me habla y me dice:

—Di la verdad, Frida. Te echaste a mis manos.

Pero escucho la voz de la muerte y no la comprendo. Yo no recuerdo haberme echado a sus brazos huesudos. Los únicos brazos en los que yo me dejé ir alguna vez fueron los de Diego. Le contesto enojada:

—No me atormentes, pelona.

La calaca de *La mesa herida* me sonríe. Es la única de ese cuadro que ríe y su grotesco gesto endurece el de los demás apóstoles. Los niños, el Judas, Granizo. Todos estamos serios y con cara de consternación. Te pinté así. Riéndote de todos nosotros. Sabes que, antes o después, todos caeremos en tus brazos. Es lo malo de vivir.

Mi cuerpo duele. De eso sí me acuerdo. Duele mucho. Cada vez más. Y soy muy joven. Me consumo despacio. Soy una brasa en la playa. Mis ojos se hunden bajo las cejas. Se contraen, se aprietan, se juntan cada vez, igual que mis vértebras. Me encojo.

La mujer con acento alemán está más tranquila. Parece que ha conseguido lo que quiere. Ha desterrado el miedo a perderme. Ya no me llama con desesperación. A veces me quedo con la oreja pegada en el barro para ver si la oigo, pero su voz ya no fluye en mi dirección. Ha sido madre. El río gira hacia ese meandro nuevo. Y yo me retiro sin hacer ruido. Pero dentro de ella crece una rama. Ella también será un árbol.

¿Será que este cuadro que pinté está maldito? ¿Será que tanto dolor confinado entre esos colores atraen a la muerte? ¿Puede una obra llamar a la muerte? Si Diego me oyera, me regañaría. Me he vuelto supersticiosa en este lugar. La vida es mucho más bonita. Ojalá la sangre que derramé en la tierra florezca y ahí brote mi simiente. Una mujer como la que fui, pero sin enfermedad. Una mujer sana. Pero entonces me acuerdo de aquello que decía Machado: «La inteligencia no escribe buenos versos». Puede que la salud no haga buenos cuadros. ¿Estaría dispuesta a pasar por lo mismo con tal de pintar? Y la muerte se ríe a mis espaldas porque ha leído mi mente: «Sí, estaría dispuesta».

Estoy cansada. Tanto acordarme de mi cuerpo enfermo me ha agotado. El esqueleto se me dobla y amenaza con quebrarse. Mis huesos resecos anhelan su carne herida.

Frida y Olga

Veinte años después
1982-83

Hayden Herrera, una historiadora del arte gringa que había viajado a México en 1976 y que había quedado fascinada por el arte de esta mujer desconocida, Frida Kahlo, ponía el punto final a su tesis doctoral a la que tituló: *Frida: una biografía de Frida Kahlo*. La llevaba escribiendo con ahínco desde hacía varios años en su casa de Boston, Massachusetts.

«Creo que quedó bien», pensó.

Y luego se puso una copa de vino para brindar a su salud.

No se equivocó. La tesis le había quedado tan bien que una editorial se puso en contacto con ella:

—Estamos interesados en publicar su tesis doctoral sobre Frida Kahlo.

La doctora Herrera aplaudió de alegría.

Y así, ¡bum!, Frida Kahlo salió al mundo.

La gente hablaba de esta artista «surrealista» sin entender nada de nada de su arte, incapaces de etiquetar un arte que tenía identidad propia. Aunque, eso sí, empatizaban con el dolor de su vida. Para muchos, Frida era onírica. No sólo sus cuadros: toda ella era una especie de sueño. Sus flores en el pelo, sus cejas pobladas, ese mostacho a pesar del cual no restaba a su femineidad. Y esa vida de tormentos, accidentes, sangre, abortos, sexo, corsés y mutilaciones. La vida de Frida se fagocitó a sus cuadros.

La maternidad no fue tan idílica como Olga se la había imaginado. Al principio sí. Más allá del sacrificio que conllevó la crianza (la falta de sueño, el cansancio, el desdoblamiento en padre y madre...), Anne Hildebrandt no fue un bebé complicado. Olga adoraba amamantarla, porque nunca le sangraron los pezones, porque Anne se había enganchado a sus pechos con naturalidad y boquita tierna. Los problemas empezaron después, cuando Olga se vio en la tesitura de criar a una hija libre dentro de un país cercado, a una hija sin padre. Vinieron entonces las preguntas, los reproches, los porqués, todo amalgamado con noticias de gente que se jugaba la vida intentando escapar. La rebeldía.

Anne se juntaba con *punks* y bebía, bailaba música electrónica hasta las tantas. Pero ser la hija de Helga Hildebrant la mantenía en un lugar, hasta cierto punto, seguro y justamente eso, más de una vez, la había hecho arriesgarse más de la cuenta.

Pero lo que más le pesaba a Olga era la visión coartada del arte con la que Anne estaba creciendo. Olga quería ser como su madre, hablarle del poder de las imágenes, de la libertad creativa, del romper las reglas. Pero ¿cómo? Si su vida estaba regida por la norma. Entonces Olga miraba hacia el cuadro y le daban ganas de desnudarlo, de decirle a la pequeña Anne: «Mira, Anne, ¿qué ves? ¡Qué sientes ante esa mesa herida?», pero luego se convencía de que era mejor mantenerla alejada de la insubordinación, puesto que Anne desde pequeña apuntaba maneras y Olga se preguntaba si no sería contraproducente confesar que su madre había infringido todas las normas. O al menos varias. Aún no estaba lista para esa conversación.

—Ten paciencia —se decía Olga—, ya llegará su momento.

A pesar de todo, Anne Hildebrandt cumplió veintiún años sin ser detenida por la Stasi. Llevaba media cabeza rapada del lado izquierdo y más largo el lado derecho. Se delineaba los ojos de negro y usaba aretes dispares. Olga la reñía:

—Cualquier día de estos te van a detener si continúas con esas amistades.

—Pero entonces tú me rescatarás —le contestaba.

Las cárceles del Este estaban llenas de alemanes de ambos lados del Muro. No de gente que trataba de huir, sino de gente que «violaba las leyes», decía Olga con un eufemismo que a Anne le daba comezón.

En todos estos años, Olga había visto morir a muchos jóvenes de la edad de su hija. Así que decidió protegerla. A su manera. Sabía que desde la muerte de Tobías su casa estaría pinchada. Probablemente hubieran puesto micrófonos cuando se hubiera ausentado. Ella misma llevaba en el bolso una cajita con plastilina que les daban en la Stasi para copiar llaves en caso de ser necesario. Pero a veces, cuando caminaban juntas hacia la parada del metro, aprovechaba y le decía las mismas palabras que Valentina le había dicho a ella hacía años:

—No te metas en líos de los que no puedas salir.

—No, mamá. Si de aquí no se puede salir —contestaba Anne sarcástica.

Para 1982 el 90% de los intentos de fuga terminaban en fracaso. Casi nadie se arriesgaba ya. En el este, la gente caminaba de espaldas al muro para no atreverse ni a pensarlo.

Olga a veces se imaginaba cómo sería salir de la RDA. A veces fantaseaba con la idea de viajar a México y conocer el país que había alumbrado el arte como el de Frida. Pero sabía que eso era un sueño imposible que jamás se atrevía a mencionar en voz alta. Ni en baja.

Un día, Anne leía con sumo interés un libro que le había pasado de extranjis Briggitte, una de sus compañeras en la fábrica. Anne había cubierto la portada con el forro de *La montaña mágica* porque cualquier lectura occidental estaba prohibida.

—¿Qué lees? —le preguntó su madre.

Anne le enseñó la portada sin decir nada más.

—Te lo vas a aprender de memoria —ironizó su madre.

Anne no le contestó.

El resto del día permanecieron cada una en lo suyo. Y sólo al llegar la noche se dijeron un:

—Que descanses. Ya me voy a dormir.

A veces a eso se reducían sus charlas. A una simple y llana convivencia pacífica.

Al día siguiente, cuando Anne salió a la fábrica, Olga buscó el libro. Sabía que Anne lo habría escondido bien, igual que sabía que escondía billetes de marcos alemanes tras el gabinete de la cocina. Tras mover un poco, abrir cajones y remover alguno que otro mueble, lo encontró.

Y el cielo cayó sobre Berlín.

Frida Kahlo.

En letras grandes.

«Una biografía, por Hayden Herrera».

A Olga le temblaron las manos y el libro se le fue de bruces contra el suelo.

«No puede ser».

Lo levantó. La funda de Thomas Mann se desprendió y voló antes de caer al suelo cual cáscara de cebolla. «Frida Kahlo. Frida Kahlo». Repetía en un mantra. Se sentó en la mesa del comedor, con el libro frente a ella, cerrado, como si se dispusiera a abrir la caja de los truenos. Lo abrió.

Y leyó. Leyó. Lo acabó.

Y lo empezó a leer todo otra vez desde el principio.

Se le hizo de noche con el libro en la mano. Así la encontró Anne al volver del trabajo, sentada a la mesa, con una pequeña luz de pie encendida y el resto de la casa a oscuras, con el libro de Frida cerrado frente a ella y su madre en una posición ceremoniosa de recogimiento.

—Mamá, ¿se puede saber qué haces con mi…?

Olga colocó el dedo índice sobre los labios, pero no chistó.

—Agarra tu abrigo. Vamos a salir a dar una vuelta.

—Pero está nevando.

—Pues toma el gorro y la bufanda también.

—¿Ahora?

—Ahora.

Olga y Anne paseaban por la Alexanderplatz, bajo la torre de la antena de televisión. Nevaba copiosamente, así que Anne se caló el gorro hasta debajo de las orejas. Enhebradas, una en el brazo de la otra, daban vueltas alrededor del Weltzeituhr, el reloj mundial, un pastel coronado por un móvil de esferas giratorias. Llevaban dando vueltas media hora.

Anne se detuvo debajo de la hora de México.

—¿Pero cómo el cuadro que tenemos en el salón es un Frida Kahlo?

Olga apretó el cuello. Bajo la bufanda, unas tiras verticales le marcaron tres rayas de la mandíbula a la clavícula. La saliva se le pegaba a las muelas.

—Ya te lo he contado. Lo saqué de Moscú, hace años. Bueno, de Polonia, en realidad.

—Ya, ya, sí te he oído. Pero es que no lo creo… —Hizo una pausa para asimilar—. ¿Y estuvo colgado en la Stasi cinco años?

Olga reanudó el andar alrededor del reloj sin decir nada más. Pero sus ojos decían todo.

—¿Te das cuenta de lo que eso significa? —dijo Anne.

—Significa que van a buscarlo.

—No. No creo. No lo han buscado en treinta años.

—Veintisiete.

—Bueno, da igual. Es mucho tiempo de igual manera. Y nadie sabe que está aquí. ¿Por qué iban a buscarlo aquí?

—Pero es que… no te he contado lo peor.

—¿Hay más?

—Yo lo falsifiqué. Les di una copia a los mexicanos y me quedé con el original.

Anne se echó a reír.

—Vaya, vaya, mamá. «Doña-no-infrinjas-la-ley». Quién lo iba a decir. ¿Y por qué lo hiciste? ¿Por amor? ¿O por dinero?

—Pensé que lo destruirían. Lo hice para protegerlo.

Las palabras de Tobías golpearon a Olga en la frente. «Yo te protegeré».

Caminaban en círculos. Dando vueltas en silencio. El tranvía amarillo les pasó por un costado.

—¿Y cómo es?

—¿El cuadro?

—Sí. ¿Qué representa?

—Es… —Olga pensó—. Es Frida Kahlo. Sentada en una mesa de dolor. Ella no llora. La mesa tiene piernas en vez de patas. Hay una especie de telón, como si todo fuera una obra de teatro, una representación. Y hay dos niños y un cervatillo. Y unos monstruos, unas figuras extrañas... que... no sé qué son.

—Joder, mamá.

—Tendrías que verlo. Es especial. Es un cuadro que dice cosas.

Las mujeres giraban al ritmo de los copos de nieve.

—Bueno, pues si a estas alturas no lo han reclamado, será porque los mexicanos piensan que tienen el original.

Olga asintió para tranquilizarse. «Claro. Seguro que no se han dado cuenta».

La nieve les caía en las pestañas.

—¿Y cómo lo sacaste de allí?

—Tu padre me ayudó.

—¡Joder! ¡Vaya par!

—Deja de decir palabrotas.

Más vueltas. Más silencios.

—¿Por qué nunca me hablas de papá?

—Porque no hay mucho que contar.

—Pues por lo que me estás contando, hay más de lo que parece.

Silencio.

Debajo de la bufanda, Anne trataba de entender la gran contradicción que resultaba su madre. Era como si la conociera por primera vez.

Olga bajó la cabeza.

—Tu padre era un buen hombre.

Siguieron dando vueltas. La nieve había creado un manto blanco que ellas pisaban. Ninguna se atrevía a bajar de ese tiovivo que eran sus piernas.

—¿Y qué piensas hacer ahora? Con el cuadro...

—No lo sé, Anne. No lo sé.

—Podríamos venderlo...

—Ese cuadro no se puede vender. Además... no podemos sacarlo de Berlín. Ésa era mi intención al principio... pero ahora... es imposible.

Vueltas. Y más vueltas.

—¿Pues nos lo vamos a quedar sin decirle a nadie que tenemos ese cuadro?

—Creo que es lo mejor.

—Bueno... al menos de una cosa puedes estar segura.

—¿De qué?

—Tienes buen ojo para descubrir artistas. Deberías ser galerista. En Occidente.

—Chhhst. ¡Calla! —le ordenó su madre. Y volteó hacia todos lados.

—Aquí no pueden oírnos.

Otra vuelta.

—¿Entonces nos quedaremos con el cuadro tapado? Al menos podríamos destaparlo.

—Es muy arriesgado.

Más silencio.

—Mamá...

—¿Hmmm?

—¿Eres feliz?

Olga apoyó su cabeza sobre la de su hija.

—La felicidad es un pellizco. No se puede ser feliz todo el tiempo. Pero ahora, por ejemplo, soy feliz, aquí contigo.

Por primera vez en años hablaban sin gritarse, sin menospreciarse. «La había extrañado tanto», pensó Olga.

—Perdóname, Anne —le dijo por fin.

—¿Por qué?

—Por no haber sido la madre que esperabas.

Anne no supo qué contestar, pero apoyó su cabeza sobre su hombro:

—Vámonos a casa, mamá. Hace mucho frío.

Olga

1988-1989

Los años desfilaron a lo largo y ancho del muro como hormigas ordenaditas y disciplinadas, sin adelantarse y sin tropezarse, mientras en el resto del mundo se consumía Coca-Cola y hamburguesas con queso que pesaban un cuarto de libra de pura carne de res bajo el sello de Ronald McDonald, y se compraban autos japoneses de dos puertas con alerones y se viajaba en aviones en los que se podía fumar hasta minutos antes del aterrizaje y en donde daban de comer en bandejitas de plástico con cuchillitos de metal, y las calles de Roma, Madrid, Nueva York y Tokio se llenaron de alemanes occidentales que tomaban fotos con cámaras Kodak, que capturaban los colores como si pudieras tocarlos, amarillo, verde, azul y rojo, aunque algunos seguían prefiriendo las instantáneas de la Polaroid porque se agitaban y abanicaban, y a los pocos segundos uno podía verse aparecer por arte de magia, apenas un minuto después de haberse tomado la foto imitando el beso del marino y la enfermera en el Times Square o haciendo como que una se bañaba en la Fontana di Trevi a lo Anita Ekberg, y el turista aparecía al instante sobre un papel gordo de marco blanco sin tener que esperar a revelar el rollo para saber si uno había cerrado los ojos, ni que los hijos se terminaran de desayunar los cerelaes Kellogg's de tigres azucarados que *grrrrruñían* y daban energía suficiente para meter goles y lanzar *homeruns*. Y las chicas se ponían un arete largo y otro corto, y se pintaban las mejillas de morado y fumaban Marlboro, y cantaban *Like a Virgin*, con un gritito ¡ih!, y los chicos querían enfundarse en unos *jeans* Levi's para presumir de trasero apretado como Bruce Springsteen, y en el bolsillo de los vaqueros empezaron a llevar condones porque el sida andaba suelto y a lo loco, y se podía transmitir con un beso negro o francés, y hasta por el piquete de un mosquito, y qué terror las transfusiones de sangre porque se extendió el bulo rencoroso de que los sidosos se vengaban de la humanidad yendo a donar litros y litros de sangre contaminada, y que las jeringas de la heroína tenían que doblarse después de pincharse —que quién se iba a poner a doblar jeringas en pleno viaje— y los centros comerciales abrían sucursales por toda América a ritmo de *Thriller*, y Pepsi era el sabor de una nueva generación que bailaba como los ángeles, y la gente subía y bajaba por las escaleras eléctricas como zombis y muertos vivientes de las películas de serie B con las manos llenas de bolsas de papel marrón de JC Penney o de tela en Galerías Lafayette, mientras *La mesa herida* seguía colgada en el comedor de una casa de Berlín Oriental sin que nadie se acordara de ella porque en México un terremoto acababa de tirar abajo media ciudad y la gente buscaba sobrevivientes de entre los escombros, y Plácido Domingo se arremangaba para ayudar a sacar a sus familiares sepultados por el edificio Nuevo León derrumbado en un Tlatelolco que se parecía mucho al Berlín Oriental porque al fin de cuentas *We are the World, we are the children*. Y al otro lado del muro, otro Ronald, no el de las hamburguesas, el presidente Reagan, que había sido actor en los sesenta y que ahora presidía una nación (porque en los Estados Unidos eran tan libres que hasta los actores podían llegar a ser presidentes), le dijo a Gorbachov que tirara el Muro, «*tear down this wall*», y la gente vitoreó enardecida enarbolando banderas alemanas de franjas tricolor, porque los americanos eran expertos en decir mucho con pocas palabras, y si Gorbachov hubiera sido argentino en vez de ruso le habría dicho a Honecker que menudo quilombo tenía montado en la RDA. Sí. Así pasaron los años. Uno detrás de otro. Hormigas bien enfiladas hasta que en 1988 las hormigas dieron un frenazo de pronto. Y se quedaron quietas, paradas, sin saber qué dirección seguir cuando un médico le dijo a Olga:

—Tiene usted cáncer.

«Cáncer». Ella lo miró con entereza.

—¿Qué tan grave?

El médico le explicó punto por punto el estado de su condición. Después, Olga se atrevió a visualizar una vida con punto final. El recuerdo de Tobías vino a ella, muerto entre sus brazos, y Olga deseó tanto, tanto, tanto, que pudiera estar ahí, agarrándole la mano.

—¿Cuánto me queda, doctor?

—Bueno, no pensemos en eso aún. Con suerte podremos atajarlo.

—¿Y si no?

El hombre sostenía un bolígrafo en horizontal, la tapa en la mano izquierda, el otro extremo en la derecha.

—Un par de años. Tal vez tres.

—Dígame, doctor, ¿qué tengo que hacer?

Y Olga lo hizo.

El Estado financió todas sus intervenciones.

Primero le quitaron un pecho. El izquierdo.

Luego vino la quimioterapia.

Después los vómitos.

La pérdida de cabello.

La transformación de un cuerpo en otro.

Así, con la cabeza cubierta por un pañuelo, cuando el dolor le dolía tanto que creía que se volvería loca, Olga cerraba los ojos y, con ayuda de la morfina, viajaba con la memoria hasta su cuadro. La Frida de *La mesa herida* y ella unidas por las mismas lágrimas. Juntas habían pasado tantas cosas. Pieter y ella, viéndola sin decirse nada, porque todo estaba dicho ya. La huella de abandono, el dolor, el sufrimiento. ¿Culpa? Sí, también culpa.

Olga quiso viajar a México. Quería conocer el sitio en el que había vivido Frida Kahlo. Pero su estado de salud, cada vez más débil, no se lo permitió.

En lugar de eso, le dio por leer y leer la biografía de Frida Kahlo hasta aprendérsela de memoria. Todo lo que encontró de Frida se lo leyó. Así se sentía más unida a ella. Como si fueran hermanas de distintas madres. No podía explicarlo con la inteligencia, porque era pura emoción.

«Cuánto me habría gustado haberte conocido. Haber charlado contigo un rato», le decía.

Y un día en que la soledad le cayó encima como una losa del muro, entre sueños, oyó su voz. No la de su madre, sino la de ella.

La voz del Frida desde el Más Allá.

Una voz metálica de grabación antigua.

—La culpa no sirve para una chingada, güerita. Suéltala ya.

—¿Eres tú, Frida?

—Estoy aquí. —Y luego le dijo—: Árbol de la esperanza, mantente firme.

—¿Me perdonas por quedarme con tu cuadro?

—Te perdono, güera. Ahora, hagamos eso que hacemos para soportar la vida y el dolor.

Olga alzó la mano y, con mucho esfuerzo, comenzó a trazar las líneas con pinceles imaginarios. Frida sostuvo su mano y la guió. Entre las dos pintaron juntas *La mesa herida*. De nuevo.

Y luego Frida la besó en los labios y se llevó el dolor.

Anne llegó al hospital acompañada de Briggitte, su novia.

—Espérame fuera, ¿te importa?

Y Briggitte le contestó que por supuesto.

—Estaré afuera leyendo una revista.

Anne le dio un piquito en los labios.

Entró. La puerta se cerró tras Anne con la elegancia con la que se dobla un abanico.

Los sonidos de una máquina hacían notar lo artificial de la habitación. Se sentó a los pies de la cama de su madre, que dormía, y le acarició las piernas flaquitas. Le impresionó sentir su cuerpecillo enclenque. Su madre nunca había sido una mujer grande, pero ahora se consumía lentamente, hasta casi desaparecer. Una vela que se apaga. Olga abrió los ojos de pestañas inexistentes. Veía el espejismo de su hija, entre los sedantes, entre una tela nebulosa que cubría su visión.

—¿Anne? ¿Eres tú?

—Estoy aquí, mamá.

—Anne —tosió—, quiero que me prometas algo.

—Lo que quieras, mamá.

—Prométeme… —hizo una pausa—, prométeme que algún día irás a México.

—¿A México?

—A México…

—Y ¿cómo se supone que voy a hacer eso? Sabes que no podemos viajar.

—El Muro no vivirá eternamente —le dijo—. Yo no lo veré caer, pero tú sí.

Anne se enterneció. Por un momento quiso creerle a su madre, pero ese Muro había llegado para quedarse.

—¿Tú crees?

Olga por toda respuesta cruzó los dedos. Luego dijo:

—¿Lo harás?

—Si cae el Muro algún día…

Olga siguió con su petición, dando por hecho que el Muro —ese muro por el que había muerto Tobías, ese muro que las mantenía encerradas en un sección de tierra, y que ella había ayudado a mantener, en cierta medida— caería algún día, dijo:

—Y cuando vayas… busca la tumba de Frida Kahlo y llévale unas flores en mi nombre.

—Ay, mamá. ¿Pero y dónde voy a encontrar yo la tumba de esa mujer?

Olga tuvo un acceso de tos y Anne le acercó un vaso de agua. Olga bebió y soltó aire. Su cuerpo se hundió en el colchón de la cama.

—¿Has venido sola?

—Briggitte está afuera.

—¿La quieres? —preguntó Olga.

Anne sonrió, contenta, sin decir más.

—Yo también quise a una mujer —dijo Olga.

—¿Sí? —Anne no podía ni tragar saliva.

—Sí. Pero nunca nos amamos en la manera que estás pensando.

Entonces Olga alzó una mano y la posó sobre su mejilla:

—Tenía que haberte llamado Frida. Es un nombre precioso.

—Ay, mamá, qué cosas dices. Anne está bien.

Anne también tenía su mano fuerte, fuerte, apretada sobre la de su madre.

Las dos permanecieron así, una en las manos de la otra, hasta que Olga se quedó dormida de cansancio.

Los pitidos del monitor en el hospital eran cada vez más lentos. Piii. Piii. Piii.

Olga se moría.

Anne le acariciaba su mano pinchada de agujas, su piel transparente como el papel de fumar. Le acariciaba su cabecita de anciana a pesar de ser apenas una mujer de sesenta y ocho años. La enfermedad la había cambiado tanto. Se la había tragado entera.

Y un día, Anne, completamente enardecida, vino corriendo a contarle una noticia.

—¡Mamá, ha caído! ¡El Muro ha caído!

Olga entreabrió los ojos. Le ardían.

—¿Cómo que ha caído?

—¡Ha caído! Briggitte y yo ayer estuvimos en Occidente. Hemos vuelto esta mañana.

Y Anne, emocionada y profundamente conmovida, le contó cómo Briggitte y ella se habían subido al Muro junto a sus amigos. De cómo un señor que se llamaba Rostropovich se había plantado con su violoncello y una silla cerca del Checkpoint Charlie y había dado un concierto.

Anne le siguió contando de la euforia de la gente, los planes para la reunificación de Alemania.

Olga la escuchaba cuando dijo:

—Por fin podremos sacar el cuadro.

—Sí, mamá. Ya podemos sacarlo.

—Llévatelo a México —pidió Olga.

—Llevémoslo juntas —le contestó Anne.

—Yo ya no podré, hijita. Pero llévalo tú. Y no te olvides de llevar flores a su tumba… —y al decir esto, cerró los ojos—. Al fin estaré con ella —dijo Olga.

Anne acarició su cabecita rala.

Guardaron silencio un ratito. Anne le humedeció a su madre los labios. Olga le agarró la cara:

—Tienes que ser más lista que yo. ¿Me has oído, Anne?

Y Anne bromeó:

—Eso está hecho, mami.

Olga le sonrió poquito. Casi nada. Porque ya no tenía fuerzas para más.

—Mamá, respecto al cuadro de Frida... —le dijo entonces Anne — ¿Puedo quedármelo?

Olga pareció despertar de pronto. Si hubiera tenido fuerzas, habría reído. La vida era una rueda que giraba y giraba.

—Pero destápalo —le dijo Olga.

Y Anne dejó caer los ojos para asentir con su silencio.

Olga pidió, por último:

—Cuando vayas a México, devuélvele a Frida el collar de jade que le quité. Está dentro de la caja de metal, en mi mesa de noche.

—Te quiero, mamá. Perdóname por todas las cosas que te dije... por no haber sido más comprensiva... perdóname...

Olga la interrumpió:

—No, pequeña. Perdóname tú a mí.

Anne se acurrucó en la cama con su madre, una entre la otra, como dos cucharillas de café en un cajón.

Mientras afuera la gente brindaba y celebraba, Anne se deshacía en llanto.

Olga murió un 13 de noviembre de 1989.

Más allá X

Terminé el cuadro. Al fin. Está completo. Tú al centro, rodeada de tus apóstoles. Los niños de Cristina, el Judas de papel maché con la cabeza de Diego reducida a lo jíbaro, petardos por su cuerpo inmenso inabarcable, la calaca que me peina. Granizo, el venadito que corre elegante sin preocuparse de tropezar. La idea de la muerte sobrevolando invisible. *La mesa herida*. Vaginas sangrantes, vacías, incapaces de contener nada distinto al dolor. Todos encerrados en ese teatro de máscaras que fingimos ser.

Lo observo. Es el cuadro más extraño que he pintado porque no me importa que nadie más lo entienda. Éste lo pinté para mí. Con toda la fealdad de las desgracias, con el sinsentido de la traición más absoluta, con lo grotesco de la fraternidad quebrada. Todo eso, ahí, sobre la tabla.

Dejo caer todo el barniz despacito sobre la tabla y extiendo ese mar transparente. Un barniz mate que protegerá la pintura.

Y la escucho. Ha vuelto a invocarme.

—Frida —me llama.

Me estremezco porque su voz está rota. El acento que tenía ha desaparecido para dejar paso a otro nuevo: el acento del dolor. La mujer está sufriendo. Y es entonces cuando la veo. Su sufrimiento es el mío. Le han cortado un cachito, como a mí. Le han extirpado la parte enferma, podrida. Extiendo mi mano para acariciar su cicatriz. Hundo mis dedos en su hueco y lleno ese vacío. Luego paso mis dedos por su cabeza pelona.

—Olga —me susurra la muerte—. Se llama Olga.

Olga. Repito. Un nombre de dos sílabas, como el mío.

Puedo sentir su angustia llena de culpa. Un erizo que se le clava cada vez que intenta moverse. Y entonces le digo:

—Déjalo ya. La culpa no sirve para una chingada, güera.

La tomo de la mano para que pinte conmigo. Juntas repasamos *La mesa herida*. Figura a figura confinamos el dolor. Soltamos lastre. Pintamos y somos felices. Las dos. Olga y yo. La mesa y yo. Nosotras.

Me acerco a su boca azul para besarla. Para agradecerle por toda la compañía que me ha hecho durante este viaje.

Y volteo a ver a la muerte que me sonríe. Le digo:

—¿Y tú qué te traes, pelona?

Me señala una puerta que no había visto con su hueso estirado y sin abrir la mandíbula me dice algo que parece un:

—¿A poco creías que te ibas a quedar en ese vacío por toda la eternidad?

Camino hacia allí.

Ya no dejo huellas al andar. Ni puedo verme en un espejo. Ni sostener pinceles. Ni escribir poemas. La piel ya no se me eriza con el agua helada.

Pero sé quién he sido. Quién fui. Quién seré.

Fui una mujer amada, deseada, admirada. Y cuanto más tiempo pase, seré más amada, más deseada y más admirada.

Los años pasarán al ritmo en que seré imitada y alabada y comprendida. Y estudiada y replicada y copiada y aplaudida. Y la gente hará fila para ver mi cama, mis espejos, mi silla de ruedas y mis vestidos. Pondrán mi nombre a fincas, a perros, a hijos, a escuelas, a muñecas. También saldrán detractores que no me entenderán.

Avanzo segura de ser Frida. Sólo Frida.

La única. La de las cejas. La de la mirada inquieta. La andrógina. La inigualable.

Capaz de enfrentarme al dolor con un pincel y mis retratos, y sé que de ahora en adelante todos me llamarán Frida Kahlo.

Cruzo el umbral.

La luz me ciega. Me hago una visera con las manos y comienzo a distinguir los contornos.

Estoy en una Casa Azul. Azul, azul, azul, azul.

Anne

Berlín-Coyoacán, 2019

Anne despierta con desgana, porque ese día cumple cincuenta y siete años. Casi diez años menos que los que tenía su madre al morir. La cifra le parece redonda y demasiado cercana. Se le encoge el estómago. Se frota la cara para espantar miedos. Aún con las manos sobre la cara, gira la cabeza hacia la izquierda para comprobar que Briggitte hace rato que se ha levantado. Su lugar en la cama ya no conserva las formas de su cuerpo. Aprovecha un último estirar y luego desliza la mano al pecho por debajo del pijama. Se palpa. Debajo de la axila, alrededor del pezón. Aprieta. La teta aún conserva el calor de las sábanas, la blandura de la carne. «Gracias a Dios», piensa. Y casi inmediatamente: «Pues claro que no hay nada raro. No seas tonta». Ningún bulto, ninguna anomalía. Aunque jamás se atreverá a admitirlo en voz alta, a veces cree que la enfermedad la acecha. Que es sólo cuestión de tiempo. Sacude la cabeza y se levanta.

En la cocina huele a café y a *bagel* tostado. Briggitte le ha preparado el desayuno y ha acomodado todo con primor sobre un pequeño mantelito de hilo. Junto al periódico, una flor roja corona el plato en un pequeño florero de IKEA. Anne suspira enternecida ante la coquetería de su Briggitte. Saca la flor del florero y pega los pétalos a la nariz. Aspira. Luego besa la flor y vuelve a colocarla en el florero. Deja caer el peso de su cuerpo aún dormido en la silla. Se sirve café, negro, sin azúcar, en una taza. Humea. Anne estira el cuello al escuchar el barrer de hojas en el jardín. A lo lejos ve a Briggitte, enfundada en su sombrero de paja, rastrillando las hojas del otoño. Pero Anne no hace notar su presencia. Prefiere estar unos segundos más así, sola, ante su periódico y su taza de café. Sopla la taza y despliega las enormes hojas del diario. Está así, pasando páginas, con pereza porque se ha dejado las gafas de la presbicia en la mesa de noche. Cuando, de pronto, una noticia la deja pasmada. Helada. Parpadea varias veces para cerciorarse de estar leyendo bien. Y luego arrastra en voz baja:

—No puede ser.

Estira los brazos en escuadra con su cuerpo para poder leer:

«A la venta *La mesa herida*, de Frida Kahlo, desaparecida en 1955: ¿Descubrimiento o estafa?».

La ola la alcanza.

Se lleva la mano a la boca para tapar una voz que de todos modos no pretende salir a ningún lado.

«Un marchante español afirma tener en Londres el misterioso cuadro al que se le perdió la pista en Polonia hace sesenta y cinco años. Expertos y académicos ponen en duda la autenticidad de la obra».

La ola la revuelca.

Y entonces la llama:

—¡Briggitte! ¡Briggitte, ven!

La mujer aparece en la cocina con una sonrisa de oreja a oreja y su sombrero de paja en la mano y le suelta desde la puerta un «¡Feliz cumpleaños!» que pierde efusividad nada más verla. Piensa que está viendo la esquela de algún conocido y su rostro se enjuta también:

—¿Quién se murió?

—Ha aparecido.

—¿Quién ha aparecido?

—El cuadro.

Y le señala el periódico.

Briggitte se asoma por encima de su hombro para leer:

«Hace casi setenta años, la pintura más grande que jamás pintó Frida Kahlo desapareció. *La mesa herida* (1940), de casi dos metros y medio de largo, fue vista por última vez en una exposición en Varsovia, en 1955. No dejó rastro en archivos ni en almacenes o aduanas. Ahora, un empresario mexicano afincado en Londres, y supuestamente heredero de una sobresaliente colección desmigada poco a poco debido a dificultades financieras, declara, a través de un marchante gallego, que tiene en su poder el cuadro más buscado de la pintora mexicana. El valor de venta es de unos 42 millones de euros…

—¡Cuarenta y dos millones! —exclama Briggitte.

—Sigue leyendo, sigue leyendo… —le pide Anne con impaciencia.

«La pintura viajó de México al Reino Unido en diciembre de 2019 y allí se custodia en la bóveda acorazada de un banco, según el relato del marchante. Dice que su cliente —con empresas en el sector financiero e inmobiliario en México y Panamá— no quiere subastas. Prefiere cerrar el trato entre particulares, al margen de las cámaras, pero no cuenta con un certificado de autenticidad de la obra…».

Las mujeres leen la noticia hasta el final y luego se detienen. Boquean como peces fuera del agua. El silencio se instala entre ellas un segundo. Ninguna se atreve a romperlo. Se miran. Se preguntan con ojos incrédulos. Briggitte se cruza de brazos y entonces dice:

—¿Y qué hacemos ahora?

Anne estira la mano y acaricia la de Briggitte. Entrelazan sus dedos. Permanecen así durante más de un minuto, después Anne se dirige al comedor para ver el cuadro. Aunque parece una locura, necesita cerciorarse de que no se lo han robado por la noche. «OK», se dice Anne, «está ahí».

Y sí. Ahí está. Colgado. Intacto. Sobre la mesa.

Entonces piensa. Recapitula. El cuadro que ha aparecido debe ser, sin lugar a dudas, el cuadro que pintó su madre. El cuadro que le entregó al mexicano y que se había quedado, según el periódico, abandonado en una cámara acorazada durante sesenta y pico de años.

Briggitte, que la ha seguido a toda prisa, no habla, pero se muerde los padrastros mientras observa a Anne. Y entonces, Anne suelta:

—No hay que decir nada. Hay que dejar que crean que el cuadro de mamá es el verdadero.

Briggitte se muerde un pellejito y tira.

—No sé, Anne. ¿Vas a dejar que vendan la réplica de Olga?

—No creo que lo vendan… es una tela. No tenemos que hacer nada. Nos quedaremos calladitas como hasta ahora.

—¿Estás segura?

—Decir que tenemos el original sólo nos causaría problemas. ¿Cómo vamos a explicar que tenemos este cuadro? No, no.

—Pero son cuarenta millones…

—Pues a nosotras nos ha salido gratis.

Y entonces las dos mujeres miran el cuadro. La voz de Briggitte sale con vergüenza, con pudor, porque sabe que el tema del valor del arte es espinoso. Mucho más *ese* cuadro.

—Nunca entendí por qué te gusta tanto ese cuadro.

Anne le acaricia el pelo, antes de decirle:

—Es que tú apenas tienes heridas.

Anne y Briggitte permanecen en silencio un momento muy corto. *La mesa herida* está escuchándolas, empujándolas a pensar. Anne suelta con entusiasmo repentino:

—¡Ya sé cómo voy a celebrar mi cumpleaños!

—¿Cómo?

—Vamos a ir a México.

—¡A México!

Y entonces Briggitte se lleva las manos al pecho:

—¿Vas a devolver el cuadro?

—No, voy a cumplir una promesa.

Anne agarra la cara de su mujer y la besa con ternura.

Vuelan.

Llegan un lunes.

Se instalan en un hotel con unos floreros gigantes de orquídeas en la recepción que parecen decirles que han llegado a un país de exuberancia. Las paredes de colores se atreven con su belleza. La gente sonríe con los ojos. Servicial. Cariñosa. «México no es un país tímido», piensa Anne. Y enseguida, la ráfaga: «Ay, mamá. Si pudieras ver esto».

Al día siguiente, a primera hora, visitan la Casa Azul. La distancia de un sitio a otro es inmensa. Todo en México es gigante y ellas, un par de turistas liliputienses.

La Casa es Azul. Azul, azul, azul. Toda, enterita, pintada de azul. Como el cielo sobre sus cabezas. No hay ni una nube. Hay dos filas.

Una para gente con entradas sacadas por internet y otra para incautas como ellas, sin *ticket*. Esa fila es kilométrica.

—Deberíamos haber sacado entradas antes —dice Briggitte.

—No me podía imaginar que habría tanta gente un martes —replica Anne.

Sin protestar demasiado, se colocan al final de la fila.

Les esperan tres horas largas de avance a pasitos cortos.

Nadie protesta. Aquello, más que una fila, parece una peregrinación. Todos esperan pacientemente su turno para entrar en ese templo azul. Anne se entretiene observando a los vendedores ambulantes que recorren la fila con todo tipo de artesanías. Rebozos rosa mexicano, bolsas de yute, fotografías de Frida, dibujos, caricaturas, alebrijes de animales imposibles, blusas tejidas con bordados de flores. Briggitte quiere comprarles todo, no tanto por fetichista, sino por bondadosa, y a su alrededor un enjambre de vendedores las atosiga. Una señora con rosas y poemas le da una a Briggitte, que enseguida se coloca la flor en el pelo y le sonríe a Anne toda coqueta. Anne tiene que protestar para pedir un poco de espacio y llama al orden a Briggitte. Los vendedores se alejan, pero no demasiado.

Anne observa el río de gente. Muchas mujeres, aunque también hombres. Novios. Novias. Extranjeros. Muchos extranjeros. Delante de ellas, una treintañera con cuerpo de bailarina de *ballet* espera con los pies en primera posición. Anne mira hacia atrás. La fila tras ella ha crecido considerablemente en la media hora que llevan formadas. Ya da la vuelta y se pierde en la esquina. El sol arrecia y Anne duda en si comprarle al vendedor que las observa desde la acera uno de esos sombreros de paja. Decide que no. Una madre llega a las carreras con su hija de unos siete años. Suspiran cuando ven la cola. Un guitarrista pide monedas a cambio de amenizarles la espera. Toca una ranchera que Anne no entiende, pero que suena a desgarro. La madre de la niña canturrea en voz baja, siguiendo el ritmo: «Ay de mí, llorona, llorona, llévame al río». Entonces la niña pregunta:

—¿De qué murió Frida, mami?

—De viejita, mija.

La bailarina voltea y entorna los ojos al cielo y niega con la cabeza. Busca la complicidad de Anne para que no quepa duda de que ella sí sabe que Frida murió con cuarenta y siete años. Que Frida nunca fue vieja ni lo será nunca. Pero Anne sólo alza los hombros porque no habla español. La bailarina se voltea y vuelve a ver hacia adelante. El cantante sigue rasgando la guitarra: «Dos besos llevo en el alma, llorona,/ que no se apartan de mí./ El último de mi madre, llorona/ y el primero que te di».

Dos horas más tarde, por fin, consiguen entrar.

Se respira quietud y se escucha el agua de una fuente. Calma. Oasis. El jardín es grande y la gente se dispersa sin agolparse. Anne y Briggitte avanzan hacia las salas. Se topan de frente con una naturaleza muerta en un marco redondo que asemeja una vulva. Más allá, un cuadro de sandías en cuya carne hay algo escrito. Anne lee tratando de reproducir un acento español:

—«Viva la Vida». —Y las uves le rebotan entre los dientes.

Las mujeres continúan con su recorrido. Cuadros, dibujos. La cocina. Briggitte suelta una exclamación ante la exposición de utensilios artesanales congelados en un instante en el tiempo. Las ollas de barro, los fogones. Todo es tan diferente. Tan palpable. Al salir del pintoresco comedor, Anne se fija en un Judas de papel maché que está junto a las repisas en donde se exhiben las colecciones de objetos tradicionales de Frida.

—¡Mira, Briggitte! ¡Es el que sale en el cuadro!

Y algo las estremece porque se dan cuenta, casi por primera vez, que ellas son testigos, de alguna manera, de toda esa historia viva.

Todo lo que Anne ve no sólo grita «Frida», sino «mamá». Mamá, mamá, mamá.

Porque la presencia de Olga va con ella, mirando cada cuarto, cada objeto, y Anne se emociona porque desea con todas sus fuerzas que su madre pudiera estar allí con ella, acompañándola en esa visita, viendo el espacio, la casa, el lugar en el que vivió y murió la mujer que le cambió la vida. La vida de Frida y la de Olga, unidas por un hilo invisible, por un secreto, por un cuadro.

Anne se queda paralizada ante la silla de ruedas que está ante un caballete, a la espera de que venga Frida a ocuparla. Cierra los ojos y se imagina a Frida pintando *La mesa herida*, cuando aún no ocupaba esa silla infame ni sabía que la ocuparía. Y las imágenes se le mezclan con las de su madre, copiando ese mismo cuadro. La silla de ruedas en la que se sentó su madre al final, cuando los huesos se le quebraron por la metástasis, Olga nunca estuvo ante un caballete, sino ante una puerta cerrada. El remordimiento le da a Anne un bofetón en toda la cara. «Qué sola estuvo mamá», piensa con pesar. Y de pronto Anne tiene una ocurrencia que pasa veloz por su imaginación: cuando regrese a Berlín, en vez de flores llevará pinceles a la tumba de su madre. Y así será siempre. Un florero de pinceles de colores. La idea le hace sonreír.

Camina un poco más y llegan a la biblioteca. Libros y libros y libros. En la pared, el póster de un bebé acomodado boca abajo en el útero materno. Un bebé listo para nacer.

—Frida quería ser médica, por eso se interesaba mucho por las cuestiones de ciencia —dicen por ahí.

—Yo creo que eso, más bien, es porque nunca pudo ser madre —contestan otros más allá.

Frida atraviesa a todos por igual.

Anne mira a Briggitte y piensa en las madres que nunca serán.

Luego se asoma a una vitrina pequeñita en donde hay dos relojes de mesa intervenidos por Frida. En uno marca la hora en que se divorció de Diego. En otro, la hora en que se volvieron a casar.

Pasan por el lugar en el que pusieron la cama de Frida tras amputarle la pierna, un poco antes de morir. Desde allí se puede escuchar el canto de los pájaros y al agua chapotear en la fuente. Los árboles frondosos se estiran hasta tocar el cielo azul. Azul.

«Si mi madre hubiera podido ver esto», piensa Anne.

La mirada triste de Olga, muriendo en un hospital blanco, sin pájaros, sin árboles, sin fuente, le arruga la frente.

Anne escucha el llamado de una voz. El eco del agua. Una voz que le dice: «Ven. Estoy aquí».

Y camina hacia la recámara donde Frida dormía.

Todo es muy sencillo. Sin la estridencia de sus colores, ni de sus vestidos. Anne se imagina lo que debió ser estar encerrada ahí. Encerrada en su cuerpo. Encerrada tras los muros de su vida. Y entiende en el acto por qué su madre se prendó del cuadro.

Anne contempla la cama con el espejo en el techo.

Y luego se gira hacia el tocador.

Ahí está.

La urna en forma de sapo.

Las cenizas.

Anne se estremece porque no espera encontrarse las cenizas allí. Pensaba que estarían en una especie de altar, en una sala museográficamente oscura, alumbradas con un haz de luz blanca, en un lugar de recogimiento, de rezo, de veneración. Pero la urna está sobre un tocador de amplio espejo, sobre un tapetito de ganchillo blanco. Un lugar sin aspavientos ni chantajes.

Anne se lleva una mano al pecho.

Briggitte se coloca a su lado.

—Está ahí —dice Anne con un hilo de voz.

Briggitte se quita la flor prendida al cabello y se la da.

Anne la toma. De su bolsillo saca un collar de jade. Briggitte le dice:

—Anda, ve.

Anne se acerca despacito a la urna, con pudor, con ternura. Coloca la flor y el collar sobre el tapetito blanco. Piensa qué decir. Quisiera decir tantas cosas. Pero las palabras se le atragantan. Separa los labios, apenas una rendija, y resbala un susurro:

—De parte de Olga. Te da las gracias. Por todo.

EPÍLOGO

La mesa herida desapareció en 1955, en Varsovia, tal y como aquí se narra. La exposición debía itinerar a Bulgaria y, de ahí, al resto de países de Europa del Este citados en la novela. Pero el cuadro jamás llegó a ninguno de sus destinos.

Hasta el día de hoy se desconoce el paradero de la obra. Algunos piensan que pudo haberse quedado en Polonia, otros que fue quemada o destruida hace años.

Pero en 2020 apareció un marchante gallego que dijo tenerla y cuenta una rocambolesca historia de encargos secretos, bóvedas acorazadas, masones, deudas bancarias, venta de terrenos a cambio del cuadro de Frida.

Los expertos en Frida Kahlo y en *La mesa herida* consultados para escribir esta novela aseguran que es una obra falsa, puesto que Frida pintó este cuadro sobre tabla (masonita), y no sobre tela, que es lo que el supuesto marchante tiene resguardado en un banco en Londres a la espera de que alguien (un particular) pague los millones que pide sin salir a subasta.

También parece ser un hecho que Frida Kahlo taladró la obra original para colgarle joyería auténtica al cuello. Tampoco se ha encontrado el collar de jade que la obra llevaba.

Todos los personajes de esta novela son personajes nacidos de mi imaginación, incluso los verdaderos. No obstante, vaya la aclaración de que Olga, Tobías, Boris, Leopoldo, Otto, Briggitte y Anne son personajes de ficción.

Si *La mesa herida* ha sobrevivido, espero que esta historia ayude a dar con ella.

Y si no, queda esta novela como mi pequeño homenaje a Frida Kahlo y a uno de los episodios del siglo XX que más me emocionaron cuando descubrí que el ser humano es capaz de destruir y crear belleza en igual proporción.

Creemos siempre belleza. A pesar de todo. Contra todo.

Viva la vida.

AGRADECIMIENTOS

Quiero agradecer especialmente a la doctora Helga Prignitz-Poda por facilitarme el estudio titulado: «La pintura perdida de Frida Kahlo: *La mesa herida*», que ella y Katarina Lopatkina escribieron y publicaron en el *IFAR Journal* (International Foundation for Art Research) y en el que recogen toda la información que a la fecha de la publicación de esta novela se conoce sobre *La mesa herida*. Su investigación fue fundamental para poder informarme al respecto y poder recrear a través de la ficción el recorrido de la pintura hasta su desaparición.

También quiero agradecer a Mac Zavala, quien me habló de este cuadro por primera vez, picándome la curiosidad. Gracias, Mac, por tener siempre un ratito para mí, a pesar de los años y de la distancia.

A José María Chivite, que emocionado hasta las lágrimas me dio unas clases magistrales sobre el Berlín que él conoció en su juventud y, no bastando con eso, cuando le dije que viajaría a Berlín, me hizo una lista de los lugares interesantes de la antigua RDA que debería conocer. Fui a todos. Al final, por causas narrativas, prescindí de muchas de las cosas berlinesas que aprendí, pero me lo guardo todo para otra novela.

A la restauradora Silvia Moreno, que me explicó paciente y amorosa todas las maneras posibles de reentelar una obra en el siglo XX. Sus consejos fueron fundamentales para recrear una manera verosímil de tapar *La mesa herida* sin estropearla. Todos los fallos que haya podido cometer a este respecto en la novela son míos y no de ella.

A Vero Llaca por los consejos y el cariño que siempre me brinda. Por estar siempre ahí al pendiente.

A mis perros, Devon y Tanina. Siempre les digo que les dedicaré una novela y luego se me pasa. Así que no se me pasará esta vez. Ellos se han chutado cada una de estas páginas echados a mis pies o a mi vera. Sus ronquidos me han hecho sentir acompañada en este oficio tan silencioso. Y cuando me perdía en la trama, salía a darles un paseo por el campo y las ideas parecían acomodarse poco a poco. Jamás me reprocharon que estuviera pensando en personajes imaginarios en vez de tirarles la pelota. Así que gracias, perritos.

Y por supuesto, a mi familia. El núcleo duro. El centro. El ancla.

A mis hijos, Alonso y Borja, que hacen que mi vida sea mejor. Y que yo sea mejor, también. Me siento muy orgullosa del esfuerzo que hacen cada día y de verlos convertirse en hombres buenos.

Para Darío ya no tengo palabras después de tantas novelas y tanta vida juntos. Así que, para variar, se lo diré en alemán: *Ich liebe dich.*

A todos los que aportaron una palabra cariñosa, un empujón, un consejo, una palabra de aliento a lo largo del tiempo que me llevó escribir esta novela.

A Gioconda, Lavinia y Lucía, mi mamá, las hermanas Belli, que se leyeron el primer manuscrito a la par y que me aconsejaron entusiastas con esa admiración —subjetiva, creo yo— que nace del cariño. Las quiero mucho. Gracias por entender mi mesa herida y ver más allá de las palabras.

A mi mamá, especialmente, con quien reboté las idas y venidas y enredos de este cuadro.

A mis alumnos de novela, que me enseñan tanto y con los que comparto mis penurias y mis alegrías.

A todos los que confían en mí, mis editores en Planeta, Gabriel, Carmina y David, siempre apoyando y aportando con todo cariño para que mis novelas salgan bien y bonitas.

A mi agencia Schavelzon Graham. Siempre ahí, a mi lado, desde hace una década. Gracias, Bárbara.

A Mariana Morales que me guio en la búsqueda del camino hacia el cuadro literario. Gracias por tu lectura y generosidad.

Por último, quiero agradecer a todas las promotoras de lectura (la mayoría son mujeres, sí) que he conocido a lo largo de estos últimos años y que altruistamente han apoyado no sólo mi labor, sino la de todos los escritores.

Gracias especialmente a Maura Gómez McGregor, «Maura te recomienda un libro», a Gaby, a René, a Lore, a Valentina, a Nadia, a Ali… a todos ustedes, que son muchos. Gracias por hacer que las historias que escribimos sigan llegando a los lectores.

Manténganse firmes.

BIBLIOGRAFÍA

A lo largo de la escritura de esta novela he tenido muchos libros de consulta acompañándome sobre el escritorio. Especialmente fueron muy útiles:

El universo Frida Kahlo, Editorial RM, México, 2022.

Barbezat, Suzanne, *Frida Kahlo at home*, Frances Lincoln.

Cordero, Karen, y otros, *El diario de Frida Kahlo: una nueva mirada*, Editorial La Vaca Independiente.

De Cortanze, Gérard, *Frida Kahlo: La belleza terrible*, Editorial Paidós.

De la Guardia, Ricardo Martín, *La caída del Muro de Berlín*, La Esfera de Los Libros, 2019.

Jaimes, Héctor (comp., intr. y n.), *Tu hija Frida. Cartas a mamá...*, Siglo XXI Ediciones, 2016.

Lozano, Luis Martín, *Frida Kahlo, el círculo de los afectos*, Cangrejo Editores, 2017.

Ortiz Monasterio, Pablo (ed.), *Frida Kahlo. Sus fotos*, Editorial RM, 2010.

Zamora, Martha, *En busca de Frida*, 2015.

———, *Heridas, Amores de Diego Rivera*, 2018.